Titres parus dans la même collection

JACKIE COLLINS : *Les Enfants oubliés*
WHITNEY OTTO : *Le jour du Patchwork*
PAULLINA SIMONS : *Le Silence d'un femme*

JOY FIELDING

NE PLEURE PLUS

traduit de l'américain par Elisabeth Chaussin

LE GRAND LIVRE DU MOIS

JOY FIELDING

NE PLEURE PLUS

traduit de l'américain par Elisabeth Chaussin

Roman

Titre original : DON'T CRY NOW
© Joy Fielding, Inc., 1995
Traduction française : Éditions Fixot, Paris, 1996

ISBN 2-87645-311-8
(édition originale : ISBN 0-688-12673-1 William Morrow, New York)

*À Owen Laster,
avec mon respect,
mon admiration et mon amour*

1

Elle imaginait des palmiers. Bruns, élancés, courbés par des années de vents violents, ils berçaient leurs longues palmes vertes dans un ciel bleu d'une pureté féerique.

Rod avait évoqué la possibilité de l'emmener à Miami le mois prochain. Les compagnies de son réseau de télévision devaient se réunir pendant quelques jours et ils auraient le reste de la semaine pour eux deux, à jouer les Burt Lancaster et les Deborah Kerr sur la plage – qu'en pensait-elle ? Elle en rêvait déjà, des images de palmiers dansant dans son imagination dès qu'elle fermait les yeux. Cela n'irait pas sans lui créer certaines complications au travail : elle devrait mentir à son principal, lui dire qu'elle était malade, elle qui se targuait toujours de faire partie de ces gens à la santé insolente, jamais atteints par le moindre rhume ; elle devrait aussi préparer ses cours en détail pour que son remplaçant sache exactement quoi faire et à quel rythme. C'était là de bien maigres contrariétés face à la perspective d'une semaine de rêve au soleil avec l'homme qu'elle aimait. Une semaine qui aurait presque un parfum d'interdit, même si l'homme en question était son mari depuis cinq ans.

En soupirant, Bonnie s'efforça de chasser les palmiers de son esprit. Des petits désagréments, peut-être, mais comment s'y prendrait-elle, avec sa mine superbe et son teint bronzé, pour donner le change à un principal de collège quelque peu pointilleux ? Pourrait-elle seulement le regarder en face sans rougir, lui parler sans bafouiller, affronter sa sollicitude lorsqu'il s'informerait de sa santé ? Elle détestait le mensonge, mentait d'ailleurs fort mal, plaçant l'honnêteté par-dessus tout. Enfin, elle était fière de n'avoir jamais manqué un seul jour en neuf ans d'enseignement. Pouvait-elle sérieusement s'absenter une semaine entière pour aller roucouler avec son mari sur une plage de Floride ?

– Et en plus, fit-elle à haute voix en couvant sa fille du regard, une blondinette de trois ans, comment pourrais-je t'abandonner, toi, pendant cinq longs jours ?

Elle caressa la joue d'Amanda, effleurant des doigts la fine cicatrice qui marquait la pommette de la fillette, résultat d'une récente chute de tricycle. Comme les enfants sont fragiles, songea-t-elle, penchée sur sa fille, se délectant de son odeur. Les yeux bleus d'Amanda s'ouvrirent alors tout grands.

– Oh, tu es réveillée ? demanda Bonnie en l'embrassant sur le front. Plus de mauvais rêves ?

L'enfant secoua la tête, et Bonnie sourit, soulagée. Amanda les avait réveillés à cinq heures du matin, en larmes à cause d'un cauchemar à moitié oublié. « Ne pleure pas, mon bébé, avait murmuré Bonnie en prenant Amanda dans leur lit. Ne pleure plus ; tout va bien à présent. Maman est là. »

– Je t'aime, mon ange, dit Bonnie en embrassant de nouveau l'enfant, qui pouffa de rire.

– Je t'aime encore plus fort.

– Impossible ! Tu ne peux pas m'aimer plus fort que je ne t'aime.

Amanda croisa les bras sur sa poitrine en affectant son air le plus sérieux.

– Bon, d'accord, on s'aime pareil.

– C'est ça, nous nous aimons autant l'une que l'autre.

– Sauf que moi, je t'aime plus fort.

Bonnie éclata de rire en balançant ses jambes hors du lit.

– Je crois qu'il est temps de nous préparer pour l'école, dit-elle.

– Je peux le faire toute seule.

La seconde d'après, le petit corps potelé d'Amanda, à peine dissimulé dans une grenouillère rose et blanc, dévalait le couloir jusqu'à sa chambre.

D'où les enfants tirent-ils tant d'énergie ? se demanda Bonnie en se pelotonnant de nouveau sous les couvertures, laissant son corps las s'abandonner avec délice au calme du petit matin de printemps.

Le téléphone sonna. La tonalité stridente lui vrilla le crâne avec une telle violence qu'elle eut l'impression d'avoir été percutée par une voiture. Elle sursauta, les épaules crispées et la nuque contractée. Il n'était pas sept heures. Qui pouvait bien appeler si tôt ?

Elle fit un effort pour ouvrir les yeux, regarda d'un air hébété l'appareil sur la table de nuit, s'appuya à contrecœur sur un coude et avança une main fébrile pour décrocher.

– Allô ?

Surprise d'entendre sa propre voix encore tout enveloppée de sommeil, elle s'éclaircit la gorge en attendant que quelqu'un s'annonce à l'autre bout du fil. Mais rien.

– Allô, répéta-t-elle.

– C'est Joan. Il faut que je te parle.

Bonnie sentit son cœur se serrer. Il n'était pas encore sept heures et voilà que, déjà, l'ex-femme de son mari téléphonait.

– Est-ce que tout va bien ? demanda-t-elle, redoutant le pire. Sam et Lauren... ?

– Ils vont très bien.

Bonnie poussa un soupir de soulagement.

– Rod est sous la douche, déclara-t-elle, tout en songeant que, si tôt, même quelqu'un d'aussi porté sur la bouteille que Joan ne pouvait pas être déjà soûle.

– Ce n'est pas à Rod que je veux parler. C'est à toi.

– Tu crois vraiment que c'est le moment ? répliqua Bonnie le plus aimablement possible. Il faut que je me prépare pour aller au boulot...

– Tu ne travailles pas aujourd'hui. Sam m'a dit que c'était un jour de FS.

– FC, corrigea Bonnie. Cela veut dire « formation continue ». Pourquoi diable donnait-elle des explications à une femme à qui elle n'en devait aucune ?

– Peux-tu me retrouver plus tard dans la matinée ?

– Non. Absolument pas, objecta Bonnie, stupéfaite d'une telle demande. Je serai en stage toute la matinée. Souviens-toi : j'ai un séminaire de formation.

– À midi, alors. Tu vas bien faire une pause pour le déjeuner.

– Joan, je ne peux...

– Tu ne saisis pas bien. Il le faut.

– Comment ça, il le faut ? Qu'est-ce que je ne saisis pas bien ?

De quoi cette femme parlait-elle donc ? Bonnie lança un coup d'œil désemparé vers la salle de bains. La douche coulait toujours et Rod chantait à tue-tête le refrain de *Take Another Little Piece of my Heart*.

– Joan, je n'ai vraiment pas le temps.

– Vous êtes en danger ! siffla Joan.

– Quoi ?!

– Vous êtes en danger, Amanda et toi.

Un sentiment de panique immédiat s'empara de Bonnie.

– Qu'est-ce que tu veux dire ? Quel danger ? Qu'est-ce que tu racontes ?

– C'est trop compliqué à t'expliquer par téléphone, poursuivit Joan d'un ton soudain étrangement calme. Il faut qu'on se voie.

– Tu as bu ? lança Bonnie, que la colère gagnait.
– Ai-je la voix de quelqu'un qui a bu ?
Il fallait avouer que non.
– Écoute, je fais visiter une maison toute la matinée au 430 Lombard Street. C'est à Newton. J'en sortirai quand la propriétaire rentrera, vers treize heures.
– Je t'ai dit que j'étais en stage toute la journée.
– Et moi, je te dis que vous êtes en danger ! répéta Joan en détachant bien chaque syllabe, comme pour donner à chaque mot le plus de poids possible.
Bonnie ouvrit la bouche pour protester mais lâcha finalement :
– Bon. J'essaierai de te retrouver là-bas à l'heure du déjeuner.
– Avant treize heures, intima Joan.
– Avant treize heures.
– S'il te plaît, ne parle pas de tout cela à Rod.
– Et pourquoi pas ?
Pour toute réponse, Joan lui raccrocha au nez.
– Toujours à ta disposition, fit Bonnie en raccrochant à son tour, désappointée. Quelle nouvelle absurdité cette femme à l'esprit confus avait-elle encore inventée ?

Elle n'avait pourtant pas du tout l'air confus, reconnut Bonnie en se traînant jusqu'à la salle de bains. Joan paraissait tout à fait cohérente ; elle savait parfaitement de quoi elle parlait. Comme une femme investie d'une mission, songea Bonnie en se brossant les dents. Elle s'aspergea le visage, puis foula l'épaisse moquette grise jusqu'à la penderie. Il était sûrement temps de sortir les vêtements d'été. Quoique, quel était le proverbe idiot que son amie Diana citait à tout bout de champ ? En avril, ne te découvre pas d'un fil ? Oui, c'était bien ça, se souvint Bonnie qui aurait pensé à n'importe quoi pour ne plus entendre la menace de Joan. Alors qu'elle troquait sa chemise de nuit blanche contre une robe en jersey rose, sa voix revint pourtant à la charge. *Vous êtes en danger... Amanda et toi.*

De quoi Joan voulait-elle parler ? Quelle sorte de danger pouvait les menacer, sa fille et elle ?

S'il te plaît, ne dis rien de tout cela à Rod.

Pourquoi ? Bonnie se reposait la question tout en ajustant sa robe sur ses hanches minces. Pourquoi Joan ne voulait-elle pas qu'elle parle à Rod de son étrange mise en garde ? Sans doute parce qu'il la prendrait pour une folle. Cela fit sourire Bonnie. Il prenait déjà son ex pour une folle !

Elle n'irait pas voir Joan. Elle ne voulait rien entendre de cette femme. Il n'y aurait de toute façon rien de bon à en tirer. Mais, tout en prenant cette décision, Bonnie savait pertinemment que sa curiosité l'emporterait et que, pour finir, elle s'éclipserait tôt du stage, loupant probablement le meilleur, et ferait tout le trajet jusqu'à Lombard Street juste pour constater que Joan ne se souvenait même plus l'avoir appelée. Les coups de fil d'alcoolique en pleine nuit, les délires de dingue au milieu du dîner, les pitoyables lamentations à l'heure du coucher, tout ça était toujours oublié le lendemain. *Qu'est-ce que tu me racontes ? Je ne t'ai jamais appelée. Pourquoi tu me cherches comme ça ? Mais de quoi parles-tu donc ?*

Bonnie avait passé sur beaucoup de choses. Malgré tout ce qu'elle savait de cette femme et de la douleur qu'elle avait causée à Rod, elle s'était montrée compatissante ; qu'aurait-elle pu faire d'autre ? (« Tu es une brave petite », disait sa mère.) Mais il ne fallait pas oublier une chose : Joan ne pouvait s'en prendre qu'à elle-même ; c'est elle qui avait délibérément décidé de s'enfoncer dans l'alcoolisme. C'était trop facile d'excuser son comportement, sous prétexte qu'après le genre de tragédie qu'elle avait traversée il n'était pas franchement étonnant qu'elle ait ainsi sombré.

D'ailleurs, même la tragédie avait été en grande partie de sa faute. Elle aurait sans aucun doute pu être évitée si Joan s'était montrée moins négligente, si elle n'avait pas laissé son bébé de quatorze mois tout seul dans la baignoire, même moins d'une minute, comme elle l'avait soutenu ensuite avec tant de véhémence. Elle avait toutes sortes d'explications : Sam et Lauren étaient en train de se battre dans la pièce voisine ; Lauren hurlait ; elle avait cru que Sam lui avait fait mal et s'était précipitée. Le temps qu'elle revienne, le plus jeune de ses enfants était mort ; et son couple détruit.

S'il te plaît, ne dis rien de tout cela à Rod.

À quoi bon le perturber au saut du lit, se demanda Bonnie, décidant finalement de ne rien dire du coup de fil à son mari, du moins pas avant d'avoir vu Joan. Rod avait déjà suffisamment de soucis au studio : une émission à une heure difficile en plein après-midi, une animatrice épouvantable, un concept usé. Le public avait-il vraiment besoin de tant de médiocres débats télévisés ? Sous sa direction avisée, l'audimat avait cependant régulièrement augmenté. Des débats simultanés se multipliaient sur plusieurs chaînes au plan national. Le congrès de Miami qui aurait lieu le mois prochain pouvait s'avérer capital.

Les palmiers réapparurent comme par enchantement, tels des motifs de papier peint, sur les murs de la chambre bleu lavande. Une légère brise imaginaire accompagna Bonnie jusqu'à la petite coiffeuse installée, en face du lit, sous une gravure tout en douceur, un nu de Salvador Dali : une esquisse de femme sans visage, aux hanches pleines, aux membres effilés, avec de mystérieux rayons qui jaillissaient de son crâne chauve.

La calvitie, c'était peut-être là la solution, songea Bonnie en s'escrimant à arranger ses cheveux bruns mi-longs autour de son étroit visage comme son coiffeur le lui avait montré. « Laisse tomber », lança-t-elle à son image dans la glace. Elle abandonna, décidant qu'après tout, malgré les petites rides qui entouraient ses yeux d'un vert profond, elle n'était pas si mal que ça. Elle avait une beauté saine et sportive, le genre de beauté qui ne se démode pas et la faisait paraître plus jeune que ses presque trente-cinq ans. Joan l'avait décrite un jour comme une belle passe-partout.

Une image démultipliée de l'ex-femme de Rod se superposa brusquement à celle des palmiers, à la manière d'une sérigraphie de Marilyn Monroe par Andy Warhol. Bonnie se mit à articuler « Joan » plusieurs fois, en deux syllabes pour donner au mot plus de douceur. *Jo-oan, Jo-oan.* Ça ne marchait pas. Le prénom se figeait sur ses lèvres, impossible à modifier ni à adoucir, exactement comme Joan dans la vie.

C'était une grande femme de près d'un mètre quatre-vingts, avec d'immenses yeux bruns qu'elle s'entêtait à dire sable, des cheveux d'un roux flamboyant qu'elle préférait qualifier de Titien, et une poitrine qui, dans le vocabulaire de tout un chacun, serait décrite comme spectaculaire.

Tout, chez elle, était exagération. C'était à cela, du moins en grande partie, qu'elle devait son succès comme agent immobilier.

Qu'est-ce qu'elle mijotait cette fois ? Pourquoi ce mélodrame ? Qu'est-ce qui était si compliqué qu'elle ne puisse en parler au téléphone ? De quel danger s'agissait-il ? Estimant qu'elle aurait bientôt le fin mot de cette histoire, Bonnie haussa les épaules alors que la douche de Rod s'arrêtait dans un dernier frémissement.

La Caprice blanche pénétra dans la contre-allée au 430 Lombard Street à douze heures trente-huit très exactement – à cause d'un accident sur l'autoroute, le trajet avait pris plus d'une demi-heure – et se gara juste derrière la Mercedes rouge de Joan. Il était évident que celle-ci se débrouillait fort bien. Malgré la baisse du marché immobilier, Joan semblait s'être joliment tirée d'affaire ; une rescapée, voilà bien ce qu'elle était. Il n'y avait que dans son entourage qu'on périssait.

La vente de cette maison ne devrait pas présenter trop de difficultés, songea Bonnie en clignant des yeux dans le soleil encore pâle, alors qu'elle foulait la pelouse devant la grande pancarte annonçant la mise en vente. Elle gravit les marches du perron.

Récemment revêtue d'une couche de peinture blanche, c'était une maison en bois à deux étages, comme la plupart des demeures de cette banlieue très chic de Boston. La porte d'entrée noire était légèrement entrebâillée. Bonnie frappa timidement avant de pousser le battant. Des voix se firent aussitôt entendre venant d'une pièce sur l'arrière. Un homme et une femme. Peut-être Joan, peut-être pas. Peut-être en pleine discussion, c'était difficile à dire. Il était hors de question qu'elle écoute aux portes. Elle attendrait donc quelques minutes, puis s'éclaircirait discrètement la gorge jusqu'à ce qu'ils se rendent compte de sa présence.

Elle jeta un coup d'œil autour d'elle et prit une fiche d'information dans la pile que Joan avait disposée sur une petite tablette dans le hall, à côté d'un registre ouvert à l'intention des visiteurs. D'après cette fiche, la maison avait une superficie de deux cent quatre-vingts mètres carrés sur deux niveaux, possédait quatre chambres et un sous-sol aménagé. Un large escalier central la divisait en deux parties égales : séjour d'un côté, salle à manger de l'autre ; la cuisine et l'office sur l'arrière et des toilettes entre les deux.

Bonnie toussa discrètement, puis recommença plus fort. Les voix continuèrent. Elle se hasarda dans le salon tout de blanc et beige en consultant sa montre. Elle disposait de peu de temps. Telles que les choses se présentaient, elle serait même en retard, ratant la première partie de la conférence sur la manière dont l'école moderne devait s'adapter aux adolescents d'aujourd'hui. Elle regarda de nouveau sa montre, impatiemment. Tout cela était ridicule. L'idée d'interrompre Joan au beau milieu d'une transaction lui répugnait, mais c'était pourtant Joan elle-même qui avait insisté pour qu'elle arrive avant treize heures, et on y était presque.

– Joan, appela-t-elle en retournant dans le hall pour emprunter le couloir menant à la cuisine.

Les voix continuaient comme si de rien n'était. Elle saisit quelques bribes qui lui parurent bizarres – « Donc, si ce projet sanitaire est mis en œuvre... – Voilà une estimation bien stupide. » Pourquoi des gens – et surtout Joan – tiendraient-ils de tels propos dans une circonstance pareille ?

« Je me vois obligé de vous couper, chère madame, déclara soudain la voix masculine. Vous parlez en dépit du bon sens et j'ai envie d'un peu de musique. Si on écoutait les harmonies toutes classiques de Nirvana ? »

C'était la radio. Nom d'un chien, grommela Bonnie. Elle avait gaspillé tout ce temps à toussoter discrètement, juste pour permettre à un grossier animateur de radio de malmener jusqu'au bout une auditrice infortunée ! Qui était la folle de service ici ? se demanda-t-elle, à bout de patience. Donnant de la voix pour couvrir la brusque charge de Nirvana, elle appela « Joan » en pénétrant dans la cuisine jaune et blanc et Joan apparut : assise à la longue table en pin, ses grands yeux sable embrumés par la boisson et la bouche entrouverte, comme sur le point de parler.

Mais elle ne dit rien. Elle ne bougea pas non plus. Pas même lorsque Bonnie s'approcha, agitant la main devant son visage ; pas davantage quand Bonnie toucha son épaule pour la secouer.

« Joan, mon Dieu... »

Elle ne sut jamais à quel moment exact elle avait réalisé que Joan était morte. Ce fut peut-être à la vue du chemisier de soie blanche éclaboussé d'une tache cramoisie, véritable œuvre d'art abstrait. Ou devant le sombre trou béant entre les seins, tandis qu'elle sentait sur ses mains du sang chaud et poisseux comme du sirop. Ou à l'horrible mélange d'odeurs, réelles ou imaginaires, qui la prit soudainement à la gorge. Ou encore en entendant ses propres cris hystériques qui se perdaient dans la musique de Nirvana.

Ou enfin à la vue de la femme, sur le pas de la porte, qui hurlait avec elle ; une femme plaquée contre le mur le plus éloigné, les bras chargés de sacs, cramponnée à eux comme à des béquilles, paralysée de terreur.

Bonnie s'approcha et la femme recula, horrifiée, quand elle lui prit les sacs des bras.

– Ne me faites pas de mal, supplia-t-elle, je vous en prie.

– Personne ne vous fera de mal, lui assura Bonnie avec calme, en posant les sacs sur un plan de travail.

Tout en la soutenant pour l'empêcher de s'écrouler, elle attrapa le téléphone mural et composa rapidement le numéro de la police. D'une voix ferme, elle donna l'adresse à la standardiste, précisant qu'une femme semblait avoir été tuée par balle. Puis elle conduisit la propriétaire de la maison, en état de choc, dans le séjour, où elle s'assit à côté d'elle sur le canapé en tissu havane. Elle enfouit la tête entre ses genoux pour ne pas s'évanouir et attendit l'arrivée de la police.

2

Leur irruption dans la maison, comme un coup de tonnerre en plein orage, fut terrifiante. Le hall résonna de leurs voix et le séjour grouilla soudain de monde. La femme assise près de Bonnie se leva d'un bond pour les accueillir.

– Dieu merci, vous voilà, gémit-elle.
– C'est vous qui avez appelé la police ?

Bonnie sentit le doigt accusateur de la femme pointé sur elle, et les regards se tourner dans sa direction au fur et à mesure que la pièce se remplissait. Elle dut se faire violence pour les affronter, car elle ne pouvait détacher ses yeux de Joan. Joan avec ses cheveux roux Titien tombant en mèches folles autour de son visage de cendre, sa large bouche soulignée d'un rouge à lèvres orange vif, entrouverte, et ses yeux sable désormais vitreux.

– Qui est la victime ? demanda quelqu'un.

La femme pointa à nouveau son doigt, en direction de la cuisine cette fois :

– Mon agent immobilier. De l'agence Ellen Marx.

Des jeunes gens portant la blouse blanche du personnel médical se ruèrent vers l'arrière de la maison. Sûrement des ambulanciers, conclut Bonnie qui se sentait curieusement étrangère à la scène. Avec un détachement soudain, elle enregistrait en détail tout ce remue-ménage. Il n'y avait pas moins de six nouveaux venus dans la maison : les deux auxiliaires médicaux ; deux agents en uniforme ; une femme vraisemblablement de la police, bien qu'elle semblât tout juste sortie de l'adolescence ; et un homme grand, d'une quarantaine d'années, à la peau abîmée, au ventre proéminent, sans doute le chef, qui avait suivi les ambulanciers dans la cuisine.

– Elle est morte, leur annonça-t-il en revenant.

Il portait une veste de sport à carreaux noirs et blancs et une cravate unie rouge. Bonnie remarqua la paire de menottes qui pendait à sa ceinture.

— J'ai prévenu les autorités judiciaires. Le médecin légiste sera là d'une minute à l'autre.

Autorités judiciaires, répéta mentalement Bonnie, trouvant soudain une bizarre consonance à ces mots.

— Je suis le capitaine Mahoney et voici l'inspecteur Kritzic, fit-il en désignant d'un signe de tête la jeune femme à sa droite. Voudriez-vous nous raconter ce qui s'est passé ici ?

— Je rentrais chez moi..., commença la propriétaire de la maison.

— C'est chez vous, ici ? demanda l'inspecteur Kritzic.

— Oui, j'ai mis la maison en vente...

— Votre nom, je vous prie.

— Pardon ? Oh ! Margaret Palmay.

Bonnie regardait la femme policier jeter ces informations sur un calepin.

— Et vous, vous êtes... ?

Il lui fallut quelques secondes pour comprendre que l'inspecteur Kritzic s'adressait à elle.

— Bonnie Wheeler, balbutia-t-elle. Je voudrais téléphoner à mon mari.

Pourquoi avait-elle dit ça ? Elle n'avait même pas conscience de l'avoir pensé.

— Vous pourrez appeler votre mari dans un instant, Mrs. Wheeler, dit le capitaine Mahoney. Nous voudrions d'abord vous poser quelques questions.

Bonnie acquiesça, comprenant qu'il était important de maintenir un minimum de discipline. Bientôt d'autres personnes arriveraient, avec d'étranges instruments et des poudres pour mesurer et analyser, avec des caméras vidéo, de grands sacs verts pour le corps et des kilomètres de cordon jaune pour baliser l'endroit. *Lieux du crime. Passage interdit.* Elle connaissait la routine pour l'avoir vue bien des fois à la télévision.

— Continuez, Mrs. Palmay, invita l'inspecteur Kritzic avec douceur. Vous disiez que vous aviez mis votre maison en vente...

— Depuis fin mars, oui. C'était notre premier jour de visite. Elle a dit qu'elle s'en irait vers treize heures.

— Il vous est donc impossible de savoir combien de personnes ont visité la maison ce matin, conclut le capitaine Mahoney.

— Il y a un registre de visite dans le hall, glissa Bonnie en se rappelant le livre ouvert à côté de la pile de fiches d'information.

Sur un regard de son collègue, l'inspecteur Kritzic, dont Bonnie remarqua les cheveux roux, assez semblables à ceux de Joan, disparut quelques secondes. Elle revint, le livre en main, et adressa un signe entendu à son collègue.

– Vous êtes donc arrivée chez vous, et... ?

– Je savais qu'elle était encore là parce que sa voiture était dans l'allée, expliqua Margaret Palmay. Je savais aussi qu'il y avait quelqu'un d'autre à cause de l'autre voiture derrière la sienne. J'ai dû me garer dans la rue. J'aurais bien attendu qu'ils partent, mais j'avais fait des courses et il fallait que je mette les surgelés au congélateur.

Elle s'arrêta là, comme si son cerveau était soudain vide, ce qui était possible, après tout.

C'est une belle femme, songea Bonnie. Plutôt menue et bien faite, elle avait des cheveux blonds, courts et frisés, et un nez fin qui pointait entre deux yeux bleu ciel. Sa bouche était petite et sa voix claire et assurée.

– Qu'est-il arrivé lorsque vous êtes entrée, Mrs. Palmay ?

– Je suis allée directement à la cuisine et c'est là que je l'ai vue. (De nouveau, un doigt accusateur s'extirpa de la manche de son manteau poil de chameau et se pointa sur Bonnie :) Elle était penchée sur Joan, les mains pleines de sang.

Bonnie baissa les yeux et sursauta à la vue du sang rouge sombre qui maculait ses doigts, comme ceux d'un enfant qui barbouille. Une bouffée de chaleur la parcourut de la tête aux pieds. Elle se sentit faible, étourdie.

– Puis-je enlever mon manteau ? dit-elle.

Sans attendre de réponse, elle fit glisser ses manches en prenant garde à ne pas tacher la précieuse doublure de son manteau.

– Qui est Joan ? demanda le capitaine Mahoney en fronçant les sourcils.

– La victime, lâcha Margaret Palmay – un mot qui sonnait creux dans sa bouche.

Le capitaine Mahoney consulta ses notes.

– N'aviez-vous pas parlé d'une certaine Ellen Marx ?

– Non, objecta Margaret Palmay. Ellen Marx est le nom de l'agence pour laquelle la victime travaillait. Son nom à elle c'est – *c'était* – Joan Wheeler.

– Wheeler ?

Les yeux sombres virèrent au noir, et tous les regards fusèrent sur Bonnie.

– Wheeler, répéta le capitaine Mahoney en fermant un œil, comme pour ajuster Bonnie dans le viseur d'un fusil. Une parente à vous ?

Une parente à elle ? Bonnie se demanda s'il existait quelque chose comme une belle-ex-épouse.

– Elle était l'ex-femme de mon mari, répondit-elle.

Nul ne souffla mot. Comme si on leur avait demandé d'observer une minute de silence, songea Bonnie, percevant une tension dans l'atmosphère ; on sentait qu'un courant ne passait plus dans la pièce.

– Bon, restons-en là pour l'instant, fit le capitaine Mahoney qui s'éclaircit la voix avant de revenir à Margaret Palmay : Vous disiez avoir vu Mrs. Wheeler penchée sur le corps de la victime, les mains ensanglantées. Avez-vous vu une arme ?

– Non.

– Et ensuite ?

– Je me suis mise à hurler. Je crois qu'elle criait elle aussi, je ne suis pas sûre. Quand elle m'a vue, elle s'est approchée de moi. Ça m'a fait très peur, mais elle m'a juste pris les sacs des mains et a appelé la police.

– Vous êtes d'accord avec la déposition de Mrs. Palmay ? s'enquit le capitaine Mahoney auprès de Bonnie, qui resta muette. Mrs. Wheeler, avez-vous quelque chose à redire aux paroles de Mrs. Palmay ?

Bonnie fit non de la tête. La version des faits donnée par Margaret Palmay lui semblait parfaitement exacte.

– Et si vous nous disiez ce que vous faisiez là ?

Voilà qui serait nettement plus difficile, songea-t-elle en se demandant soudain si son frère avait éprouvé la même chose la première fois qu'il avait été interrogé par la police, s'il s'était senti aussi tendu, aussi déstabilisé. D'un autre côté, elle se dit qu'il avait dû finir par s'y faire et chassa de son esprit ces pénibles souvenirs. S'il existait une personne à laquelle elle n'avait pas besoin de penser en ce moment, c'était bien son frère.

– Joan m'a téléphoné très tôt ce matin, commença-t-elle, pour me demander de la rejoindre ici.

– Vous n'étiez pourtant pas en quête d'une maison, je suppose ?

Bonnie prit une nouvelle inspiration.

– Joan m'a dit qu'elle voulait me confier quelque chose dont elle ne pouvait pas parler au téléphone. Je sais, poursuivit-elle sans enthousiasme, on dirait du cinéma.

– En effet, admit-il franchement. Étiez-vous amie avec l'ex-épouse de votre mari, Mrs. Wheeler ?

– Non, répondit-elle simplement.

– Avez-vous trouvé bizarre qu'elle vous appelle pour vous dire qu'elle voulait vous parler ?

– Oui et non, répliqua Bonnie, qui ne poursuivit que lorsque le policier l'invita du regard à de plus amples explications. Joan buvait, et il lui arrivait parfois de nous appeler.

– Je suis sûr que cela ne vous faisait guère plaisir, fit le capitaine Mahoney en risquant une moue que Bonnie crut pouvoir prendre pour un sourire entendu.

Ne sachant trop que répondre, elle haussa les épaules.

– Puis-je appeler mon mari à présent ?

– Comment votre mari a-t-il réagi à propos de votre rencontre avec son ex-femme ? demanda le capitaine en profitant de sa question pour en poser une autre.

Bonnie hésita.

– Il n'en sait rien.

– Il n'en sait rien ?

– Joan m'a priée de ne pas lui en parler.

– A-t-elle dit pourquoi ?

– Non.

– Faisiez-vous toujours ce que l'ex-femme de votre mari vous demandait de faire ?

– Certainement pas !

– Pourquoi aujourd'hui ?

– Je ne suis pas sûre de bien comprendre votre question.

– Pourquoi avoir accepté de la voir aujourd'hui ? Pourquoi n'en avoir rien dit à votre mari ?

Bonnie toucha sa lèvre supérieure de son poing fermé et, à l'odeur du sang, le reposa vivement sur ses genoux. Elle se sentit prise de nausée à l'idée que c'était le sang de Joan.

– Elle m'a dit quelque chose d'étrange au téléphone.

– Que vous a-t-elle dit ?

Le capitaine Mahoney se rapprocha d'elle, le stylo prêt à transcrire sa réponse.

– Elle a dit que j'étais en danger.

– Que *vous* étiez en danger ?

– Moi et ma fille.

– A-t-elle dit pourquoi ?

– C'était trop compliqué pour en parler au téléphone.

– Et vous n'avez aucune idée de ce dont il s'agissait ?

– Aucune.

– Vous avez donc accepté de la rencontrer.

Bonnie hocha la tête.

– À quelle heure êtes-vous arrivée ici ?

– Douze heures trente-huit, répondit-elle.

Le capitaine Mahoney la regarda, surpris de la précision de sa réponse.

– J'ai une pendule digitale dans ma voiture, déclara vivement Bonnie, aussitôt frappée par la désespérante banalité de ses paroles.

Elle eut un petit rire idiot en voyant la curiosité faire place à l'effarement sur tous les visages qui l'entouraient. Une femme était morte, nom de Dieu ! Morte assassinée. Et pas n'importe laquelle – l'ex-femme de son mari. Par-dessus le marché, on l'avait découverte, elle, penchée sur le cadavre, les mains pleines de sang. Cela n'avait décidément rien de drôle. Bonnie rit de nouveau, plus fort cette fois.

– Voyez-vous quelque chose de drôle ici, Mrs. Wheeler ? demanda le capitaine Mahoney.

– Non, rien du tout, lui dit-elle d'une voix étranglée par un rire aussitôt avorté. Je pense que je suis simplement un peu nerveuse. Excusez-moi.

– Avez-vous des raisons d'être nerveuse ?

– Je vous demande pardon ?

L'inspecteur Kritzic alla s'asseoir près d'elle.

– Y a-t-il quelque chose que vous aimeriez nous dire, Mrs. Wheeler ?

Le ton maternel qu'elle adopta détonnait avec son visage de petite fille.

– Je voudrais téléphoner à mon mari, répéta Bonnie.

– Finissons-en d'abord avec ça, d'accord, Mrs. Wheeler ?

La voix de l'inspecteur Kritzic avait soudain repris son timbre naturel ; il n'était plus celui d'une mère indulgente.

Bonnie haussa les épaules. Avait-elle le choix ?

– Vous êtes arrivée à douze heures trente-huit, reprit le capitaine Mahoney, attendant la suite.

– La porte était ouverte, alors je suis entrée, raconta Bonnie en revoyant la scène. J'ai entendu des voix qui venaient de l'arrière de la maison et je ne voulais pas les interrompre. J'ai donc attendu quelques minutes ici, puis je suis allée à la cuisine.

– Vous y avez vu quelqu'un ?

– Seulement Joan. Il n'y avait personne d'autre. Les voix que j'avais entendues venaient de la radio.

– Que s'est-il passé ensuite ?

– Ensuite... (Bonnie hésita.) J'ai tout d'abord cru qu'elle était évanouie. Elle était assise, les yeux vides ; alors je me suis approchée d'elle et je crois que je l'ai touchée. (Bonnie fixa ses doigts ensanglantés.) Je l'ai forcément touchée, corrigea-t-elle. (Sa gorge se serra.) C'est là que j'ai réalisé qu'elle était morte. Et puis il y a eu ces hurlements – les miens et les siens. (Elle regarda Margaret Palmay.) J'ai appelé la police.

– Comment saviez-vous que la victime avait été tuée par balle ?

– Je le savais ?

– Votre appel a été enregistré, Mrs. Wheeler.

– J'ignore comment je le savais, répliqua honnêtement Bonnie. Il y avait un trou au beau milieu de son chemisier. J'ai probablement fait le rapprochement.
– Quelqu'un vous a-t-il vue arriver, Mrs. Wheeler ?
– Pas que je sache.
Mais pourquoi posait-il cette question ?
– Que faites-vous, Mrs. Wheeler ?
– Ce que je fais ?
– Votre profession.
– Je suis enseignante, répondit-elle, se demandant en quoi sa façon de gagner sa vie avait un rapport avec l'affaire.
– À Newton ?
– À Weston.
– De quelle école s'agit-il ?
– Du lycée Weston Heights. J'enseigne l'anglais.
– Et vous avez quitté le lycée à quelle heure ?
– Eh bien ! Je n'avais pas cours aujourd'hui. C'était une journée de formation continue, expliqua Bonnie. J'assistais à un séminaire à Boston. Je suis partie peu après midi.
– Et il vous a fallu plus de quarante minutes pour faire le trajet de Boston à Newton ? demanda-t-il, sceptique.
– Il y avait un accident sur l'autoroute et j'ai été bloquée.
– Quelqu'un vous a-t-il vue partir ?
– M'a vue partir ? Je ne sais pas. J'ai tout fait pour être discrète. Pourquoi ? demanda-t-elle tout à coup, pourquoi me posez-vous toutes ces questions ?
– Vous nous dites que l'ex-épouse de votre mari était morte quand vous êtes arrivée, déclara-t-il.
– Oui, absolument ! Que pourrais-je dire d'autre ? (Bonnie se leva d'un bond.) Qu'est-ce qui se passe ici ? Suis-je suspecte ?
Bien sûr qu'elle l'était. Que serait-elle d'autre ? On l'avait trouvée penchée sur le cadavre de l'ex-femme de son mari, les mains ensanglantées ! Évidemment qu'elle était suspecte.
– Vous ne m'avez pas répondu, s'obstina-t-elle. Suis-je suspecte ?
– Nous essayons seulement de découvrir ce qui s'est passé ici, dit posément l'inspecteur Kritzic.
– Je voudrais appeler mon mari maintenant, fit Bonnie.
– Pourquoi ne pas l'appeler du commissariat ?
Le capitaine Mahoney ferma son calepin et attendit, les bras ballants.
– Vous m'arrêtez ? s'entendit demander Bonnie, d'une voix qui lui parut appartenir à quelqu'un d'autre – c'était peut-être la radio cette fois encore.

— Je crois seulement que nous serions mieux au poste pour en parler, lui répondit-il évasivement.

— En ce cas, fit-elle avec le sentiment que son frère lui soufflait ses paroles, je crois que je ferais mieux d'appeler mon avocat.

3

– Où étais-tu donc ? demanda Bonnie, sans chercher à dissimuler son irritation. Ça fait des heures que j'essaie de te joindre.

Diana Perrin regarda son amie avec étonnement.

– J'étais en rendez-vous, répondit-elle avec calme. Comment aurais-je pu savoir que ma meilleure amie allait se faire embarquer au poste de police pour être interrogée dans une affaire de meurtre ?

– Ils croient que j'ai tué l'ex-femme de Rod !

– Oui, on dirait, acquiesça Diana. Mais que diable es-tu allée leur raconter ?

– Je n'ai fait que répondre à leurs questions.

– Tu as répondu à leurs questions ! ironisa Diana en hochant la tête.

Bonnie remarqua que ses longs cheveux bruns étaient soigneusement relevés sur la nuque en un chignon très « juridique ».

– Combien de fois m'as-tu entendue dire qu'on ne doit jamais rien déclarer à la police en l'absence d'un avocat ?

– Mais, bon sang ! comment aurais-je pu garder le silence ? C'est moi qui ai trouvé le corps de Joan !

– Raison de plus.

Diana se laissa tomber en soupirant sur la chaise en face de Bonnie.

Elles étaient assises de chaque côté d'une longue table en bois, au centre d'une petite pièce violemment éclairée mais chichement meublée. Le lino était usé et le vert administratif des murs aurait eu besoin d'une bonne couche de peinture fraîche. Une lumière crue tombait des plafonniers ; les chaises en bois, au dossier droit, inconfortables, semblaient avoir été conçues pour qu'on n'ait qu'une envie : en déguerpir au plus vite. Une paroi de verre coupait la cloison, offrant une vue générale sur ce petit commissariat de police de banlieue. Il ne s'y passait pas grand-chose. Une poignée d'hommes et de femmes, occupés à leur bureau, jetait de temps à autre un coup d'œil sur Bonnie. Elle n'avait vu ni le capitaine Mahoney ni l'inspecteur Kritzic depuis une bonne demi-heure.

– Alors, que leur as-tu dit exactement ?

Bonnie passa en revue les événements de la mi-journée, guettant le moindre signe d'émotion sur le visage habituellement expressif de son amie. Mais ce visage restait de marbre et les yeux bleus se contentaient de fixer froidement ses lèvres tandis qu'elle parlait. Elle est belle, se dit Bonnie, qui savait avec quelle application Diana soignait son apparence, du moins au travail, s'en tenant à un maquillage léger, à des tailleurs sobres comme celui, moutarde, qu'elle portait aujourd'hui, à des chaussures confortables à talons plats. Il n'en demeurait pas moins que Diana Perrin, trente-deux ans, deux divorces, était d'une beauté remarquable.

– Qu'est-ce que tu regardes comme ça ? demanda Diana, soudain consciente du regard insistant de Bonnie.

– Tu es superbe.

– Et merde... ! maugréa Diana. C'est probablement à ce genre de chose que les flics faisaient allusion en disant que certaines de tes réactions étaient loin d'être de circonstance.

– Vont-ils m'arrêter ?

– Je ne crois pas. Ils n'ont pas assez de preuves pour t'inculper et, tant qu'ils ne t'ont pas énoncé tes droits, ils ne peuvent pas utiliser tes déclarations contre toi.

– Ai-je vraiment dit des choses qui pourraient se retourner contre moi ?

– Bon, sans oublier que j'exerce surtout en droit civil et commercial, et que je n'ai jamais eu affaire au droit pénal depuis que j'ai quitté la fac, voyons ce que je peux tirer de tout ça. La victime est l'ex-femme de ton mari ; vous étiez loin d'être des amies notoires et, malgré tout, tu as accepté de la rencontrer, sans que Rod le sache ; tu t'es éclipsée d'une réunion sans rien dire à personne ; tu affirmes que tu étais coincée en voiture au moment du meurtre...

– Il y avait un accident sur l'autoroute. Ils n'ont qu'à vérifier...

– Ils le font, sois-en sûre... De même qu'ils vérifieront tout le reste : tes appels téléphoniques, ton lycée, le séminaire auquel tu dis avoir participé ce matin...

– Mais, nom d'un chien, j'y étais !

– ... le kilométrage de ta voiture, les voisins de Margaret Palmay, ton appel à la police.

– Pour quelle raison aurais-je tué Joan ?

Diana énuméra les raisons, en les ponctuant une à une sur ses longs doigts.

— Premièrement, elle était l'ex-femme de ton mari, ce que d'aucuns peuvent considérer comme un motif suffisant. Deuxièmement, elle vous cassait les pieds. Troisièmement, elle vous pompait du fric.

— Ils pensent que je l'aurais tuée pour récupérer la pension alimentaire ?

— On a tué pour moins que ça.

— Mon Dieu, Diana, mais je ne l'ai pas tuée ! Il faut que tu me croies.

— Bien sûr que je te crois.

Diana se tortilla sur sa chaise, comme si elle venait brusquement de s'apercevoir qu'elle avait égaré quelque chose d'important.

— Où est Rod ? Est-il au courant de tout ça ?

— Pas encore. Ça fait seulement vingt minutes que j'ai réussi à le contacter. Il va arriver. Inutile de te dire dans quel état j'étais. Impossible de joindre qui que ce soit. Tu étais en rendez-vous ; Rod déjeunait ; la seule que j'ai pu contacter, c'est Pam Goldenberg.

— Qui ça ?

— Sa fille va au jardin d'enfants avec la mienne. On se partage les trajets pour les déposer et les chercher. Je lui ai demandé si elle pouvait garder Amanda jusqu'à ce que je sorte d'ici.

— Excellente initiative.

— Ah ! Tout de même !

Diana saisit la main de son amie par-dessus la table.

— Ne te blâme pas trop, Bonnie. Ce n'est pas tous les jours qu'on trébuche sur le cadavre de l'ex-femme de son mari... (Elle regarda le plafond.) À ton avis, comment Rod va-t-il le prendre ?

Bonnie haussa les épaules en repoussant sa chaise.

— Je suppose que ça ira, une fois passé le premier choc. Ce sont Sam et Lauren qui me préoccupent. Comment vont-ils réagir à l'assassinat de leur mère ? Qu'est-ce que ça va provoquer chez eux ?

— Est-ce que tu veux dire qu'ils vont venir vivre avec vous ? hasarda prudemment Diana.

Bonnie resta un instant silencieuse.

— Que pourraient-ils faire d'autre ?

Elle ferma les yeux pour se représenter les deux enfants de Rod, des adolescents : Sam, seize ans, élève au lycée de Weston, très grand, mince, les cheveux mi-longs récemment teints en noir corbeau, et un minuscule anneau d'or à la narine gauche ; Lauren, quatorze ans, élève médiocre de l'école privée pour jeunes filles chics de Newton, taille mannequin, des yeux de biche, la luxuriante chevelure fauve et la bouche sensuelle de sa mère.

– Ils me détestent, murmura Bonnie.

– Ce n'est pas vrai.

– Si, c'est vrai. Et, en plus, c'est tout juste s'ils savent qu'ils ont une demi-sœur.

Diana jeta un coup d'œil vers la cloison vitrée.

– Voilà Rod.

– Enfin !

Bonnie se leva pour regarder son grand et séduisant mari s'approcher du box, guidé par une jeune femme en uniforme bleu. Elle s'avança vers la porte fermée mais s'arrêta net, la main en suspens sur la poignée.

– Dis-moi que je rêve, fit Diana, énonçant à haute voix ce que Bonnie pensait tout bas.

– C'est pas croyable.

– Qu'est-ce qu'elle fiche ici ?

La porte s'ouvrit. Rod entra, tandis que la femme qui l'accompagnait était retenue par un jeune homme qui lui fourrait sous le nez un papier à signer, et que les gens se précipitaient autour d'elle. Un murmure d'excitation parcourut l'atmosphère. « N'est-ce pas Marla Brenzelle ? demanda une voix. C'est bien Marla Brenzelle ? »

Marla Brenzelle, mon cul ! se dit Bonnie. Elle l'avait connue au lycée, quand elle n'était encore que Marlene Brenzel, une fille banale et mal foutue qu'aucun garçon ne regardait. Depuis, la chirurgie esthétique lui avait offert un nez tout neuf, une nouvelle paire de seins, un ventre plat et des cuisses de mannequin. Elle s'était teint les cheveux en blond platine. Son père, lui, avait acheté une chaîne de télé pour faire d'elle la star de son propre magazine. La seule chose qui n'avait absolument pas évolué chez Marlene, durant toutes ces années, c'était son cerveau. Il répondait toujours aux abonnés absents.

– Oh ! Rod, je suis soulagée que tu sois là.

– Je suis venu aussi vite que j'ai pu. Marla a insisté pour me conduire ici.

Rod prit Bonnie dans ses bras.

– Qu'est-ce qui se passe ?

– Ils ne t'ont rien dit ? demanda Diana.

– Personne ne m'a rien dit, fit Rod en se retournant vers Diana, l'air surpris de sa présence. Qu'est-ce que tu fais là, *toi ?*

– Je l'ai appelée parce que je n'arrivais pas à te joindre, expliqua Bonnie.

– Je ne comprends pas.

– Tu devrais t'asseoir, conseilla Diana.
– Alors ?
– Joan est morte, annonça doucement Bonnie.
– Quoi ?

Rod s'agrippa au dossier d'une chaise.

– Elle a été assassinée.

Rod, naturellement pâle, blêmit.

– Assassinée ? Mais c'est impossible ! Comment... qui... ?
– Il m'a semblé que c'était par balle. Ils ne savent pas qui l'a tuée.

Il fallut quelques instants à Rod pour digérer ces paroles.

– Qu'entends-tu par « il m'a semblé que c'était par balle » ? Comment pourrais-tu savoir à quoi ça ressemblait ?
– J'étais sur place, répondit Bonnie. C'est moi qui l'ai trouvée.
– Qu'est-ce que tu veux dire exactement ?

La voix troublée de Rod parvint jusqu'à Marlene Brenzel qui signait des autographes au milieu du hall. Elle se retourna vers eux.

– Je ne veux pas d'elle ici ! s'écria Bonnie.

Fébrilement, Rod alla vers Marla, posa ses mains sur ses épaules et se pencha pour lui murmurer quelque chose à l'oreille. Bonnie put lire la surprise dans ses yeux, bien que pas un muscle de son visage n'eût frémi. Ils ne doivent plus pouvoir, songea Bonnie.

– Elle a subi tellement de liftings qu'elle ressemble à un patchwork, marmonna Diana en écho aux pensées de son amie. Son menton est si effilé qu'elle pourrait poignarder quelqu'un d'un coup de tête.

Bonnie dut se mordre la lèvre inférieure pour se retenir de rire, envie qui s'évanouit aussitôt, avec le retour de Rod. À l'approche de la trentaine, Rod avait commencé à grisonner. À quarante et un ans, cela mettait en valeur le brun foncé de ses yeux et adoucissait les aspects les plus durs de son visage – son nez anguleux et ses mâchoires carrées ; cela le rajeunissait, en fin de compte.

– Les enfants savent ? demanda-t-il.
– Pas encore.

Bonnie s'approcha de lui et mit son bras sous le sien.

– Qu'est-ce que je vais leur raconter ?
– Je peux peut-être vous aider, offrit le capitaine Mahoney, qui entra dans le box et referma la porte derrière lui. Je suis le capitaine Randall Mahoney, police judiciaire. C'est moi qui ai escorté votre femme jusqu'ici, avec l'inspecteur Kritzic.
– Auriez-vous l'obligeance de m'expliquer exactement ce qui s'est passé ?

Bonnie observa les réactions de son mari au fur et à mesure

qu'il assimilait les nouvelles : ses larges épaules s'affaissèrent lorsqu'il reçut la confirmation que son ex-épouse avait bel et bien été tuée par balle ; ses mains glissèrent, inertes, le long de son corps quand on lui révéla que Bonnie avait accepté un rendez-vous avec Joan, ce matin-là, sans lui en parler ; il secoua la tête en signe d'incrédulité lorsqu'il apprit que c'était elle, Bonnie, qui avait appelé la police, puis peu à peu refusé de coopérer, exigeant de parler avec son avocat.

— Mais, bon Dieu, ce n'est qu'une foutue avocate d'affaires, souffla Rod, sans chercher à dissimuler son aversion de longue date pour Diana. Pourquoi l'as-tu appelée ?

— Parce que je n'arrivais pas à te joindre et que je ne voyais pas qui appeler d'autre.

Rod se tourna vers le capitaine Mahoney.

— Vous ne suspectez naturellement pas ma femme, fit-il, plus affirmatif qu'interrogatif.

— Pour l'instant, nous cherchons uniquement à accumuler le plus d'informations possible.

Bonnie surprit une nuance nouvelle dans la voix du policier, un soupçon de complicité, comme si ce qu'il venait de dire à Rod signifiait plus précisément : « Vous et moi sommes des hommes ; nous savons comment tout cela fonctionne ; nous ne laissons pas nos émotions prendre le dessus ; maintenant que vous êtes là, nous allons peut-être enfin progresser. »

— Vous permettez qu'on vous pose quelques questions ? demanda le capitaine Mahoney, tandis que l'inspecteur Kritzic faisait son apparition dans le box.

— Quelle foule, bougonna-t-elle, tout excitée par sa brève rencontre avec une célébrité.

— Mr. Wheeler, voici l'inspecteur Natalie Kritzic.

L'inspecteur salua d'un signe de tête en glissant derrière son dos, l'air embarrassé, une photo dédicacée de Marla Brenzelle.

— Si je comprends bien, vous êtes son réalisateur, dit-elle. Je l'adore.

Il ne manquait plus que ça, songea Bonnie. Le monde entier va de travers.

Rod accepta le compliment avec complaisance.

— Si je peux coopérer en quoi que ce soit, j'en serai heureux...

— Vous êtes l'ex-mari de Joan Wheeler ? commença le capitaine Mahoney.

— Oui.

— Puis-je savoir combien de temps vous avez été mariés ?

— Neuf ans.

— Quand avez-vous divorcé ?

– Il y a sept ans.
– Des enfants ?
– Un garçon et une fille.
Rod appela du regard Bonnie à la rescousse.
– Sam a seize ans et Lauren quatorze, précisa-t-elle.
Rod hocha la tête. Tous les regards étaient tournés vers le capitaine Mahoney tandis qu'il notait cette dernière information.
– Votre ex-femme avait-elle des ennemis, Mr. Wheeler ? Seriez-vous au courant de quelque chose ?
Rod haussa les épaules.
– Mon ex-femme n'était pas précisément Miss Harmonie, capitaine. Elle n'avait pas beaucoup d'amis. Mais des ennemis... Je ne saurais vous dire...
– Quand avez-vous vu votre ex-femme pour la dernière fois, Mr. Wheeler ?
Rod prit le temps de réfléchir.
– À Noël, je crois, quand j'ai apporté des cadeaux pour les enfants.
– Et la dernière fois que vous l'avez eue au téléphone ?
– Ça, je ne sais pas, impossible de m'en souvenir.
– Pourtant, selon votre femme, elle appelait souvent chez vous.
– Mon ex-femme était alcoolique, capitaine Mahoney, fit Rod, comme si, d'une certaine manière, cela expliquait tout.
– Étiez-vous en bons termes avec elle, Mr. Wheeler ?
– Ne réponds pas à cette question, conseilla Diana du fond de la pièce, d'une voix calme mais ferme. Ils n'ont pas à te la poser pour l'instant.
– Je ne vois aucun inconvénient à y répondre, lui rétorqua Rod sèchement. Non, nous n'étions évidemment pas en bons termes. Elle était plus givrée qu'une orange.
– Oh ! bravo ! lâcha Diana suffisamment fort pour qu'on l'entende.
Elle leva les yeux au ciel en baissant les bras d'impuissance.
Le capitaine Mahoney laissa échapper un vague sourire avant de poursuivre :
– D'après votre femme, votre ex-épouse lui a téléphoné ce matin pour l'avertir d'un danger. Avez-vous une idée de quoi il s'agissait ?
– Joan t'a dit que tu étais en danger ?... demanda Rod à Bonnie, d'une voix aussi perplexe que l'expression de son visage. (Il porta une main à son front et le frotta vigoureusement.) Je n'ai pas la moindre idée de ce qu'elle voulait dire.
– Qui pourrait profiter de la mort de votre ex-femme, Mr. Wheeler ?

Le regard de Rod alla lentement du capitaine Mahoney à sa femme, puis revint sur le capitaine.

— Je ne comprends pas votre question.

— Je te déconseille de répondre, coupa de nouveau Diana.

— Que voulez-vous savoir ? demanda Rod avec une pointe d'agacement dont il était difficile de dire si elle s'adressait au policier ou à Diana.

— Votre ex-femme avait-elle contracté une assurance-vie ? Avait-elle fait un testament ?

— J'ignore si oui ou non elle a fait un testament, répondit Rod en pesant ses mots. En revanche, je sais qu'elle a une police d'assurance-vie, puisque je payais les primes moi-même. C'était une des clauses de notre divorce.

— Et qui est le bénéficiaire de cette police ?

— Ses enfants et moi-même.

— À combien s'élève-t-elle ?

— Deux cent cinquante mille dollars.

— Et la maison du 13 Exeter Street ? À quel nom est-elle ?

— Elle est à nos deux noms.

Rod fit une pause, puis s'éclaircit la gorge.

— Notre acte de divorce stipule qu'elle aurait la jouissance des lieux tant que les enfants seraient en âge scolaire, qu'elle devrait ensuite vendre la maison et que nous en partagerions les bénéfices.

— À combien environ estimez-vous cette maison sur le marché actuel, Mr. Wheeler ?

— Je n'en ai pas la moindre idée. C'était Joan, l'agent immobilier, pas moi.

Rod avait l'air de plus en plus accablé.

— Je pense qu'il est temps à présent que je ramène ma femme à la maison.

— Où étiez-vous aujourd'hui, Mr. Wheeler ?

— Pardon ?

Rod s'empourpra tellement qu'il se mit à ressembler à une poupée de porcelaine avec deux ronds rouges sur les joues.

— Je suis obligé de vous poser cette question, fit le capitaine Mahoney en s'excusant presque.

— Il n'est pas obligé de répondre, lui rappela Diana.

— J'étais au boulot, dit vivement Rod.

Diana leva de nouveau les yeux au ciel.

— Toute la journée ?

— Bien entendu.

Cette réponse secoua Bonnie. S'il avait passé toute la journée à son travail, où était-il donc lorsqu'elle lui avait téléphoné ?

— Votre femme a essayé de vous joindre pendant plus d'une

heure, Mr. Wheeler, déclara le capitaine Mahoney comme s'il lisait dans les pensées de Bonnie.

– J'ai pris un peu de temps pour déjeuner, expliqua Rod.

– Vous avez, bien entendu, des témoins.

La profonde inspiration que prit alors Rod émit un son étrange qui tenait à la fois du rire et du soupir.

– Eh bien, non, à la vérité, il n'y a pas de témoin. Il se trouve que je n'ai pas déjeuné. J'ai dit à la standardiste que je sortais pour déjeuner et que j'étais injoignable, mais, en fait, je me suis accordé une bonne sieste dans mon bureau. Nous n'avions pas beaucoup dormi la nuit dernière. Notre fille a fait des cauchemars.

Bonnie confirma d'un signe de tête.

– Personne ne vous a vu ?

– Pas jusqu'à un peu plus de deux heures, heure à laquelle j'avais une réunion. Écoutez, poursuivit-il sur sa lancée, je n'avais peut-être pas une passion pour mon ex, mais je ne lui ai jamais souhaité de mal. C'est atroce, ce qui lui est arrivé... (Il pressa Bonnie contre lui.) Je suis sûr que nous éprouvons la même chose.

Il y eut un long silence. Le rire de crécelle de Marla Brenzelle résonna jusque dans la petite pièce. Elle chauffe son public, songea Bonnie en suivant avec intérêt le numéro que faisait la starlette en tailleur jaune vif dans le commissariat : elle trimbalait un micro imaginaire, qu'elle fourrait sous le nez de ses fans, pâmés d'admiration.

– Ce sera tout pour l'instant, annonça le capitaine Mahoney. Naturellement, nous aurons certainement besoin de vous revoir.

– Nous ferons tout pour vous aider, répondit Rod, mais sa voix ne sonnait plus si sincèrement maintenant.

– Il nous faudra interroger Sam et Lauren, fit l'inspecteur Kritzic.

Rod tressaillit.

– Sam et Lauren ? Pourquoi ?

– Ils vivaient avec leur mère, lui rappela l'inspecteur Kritzic. Ils peuvent être en mesure de nous éclairer sur l'assassin.

Rod hocha la tête.

– Puis-je leur parler d'abord ? Enfin... il me semble que ce serait quand même mieux si je leur apprenais moi-même la nouvelle.

– Bien entendu, acquiesça le capitaine Mahoney. Nous aimerions avoir votre accord pour fouiller plus tard la maison. On y trouvera peut-être des indices...

– Quand vous voudrez.

– Nous passerons dans une heure ou deux. D'ici là, je vous serais reconnaissant de ne toucher à rien. Si les enfants disaient quelque chose, ou si vous repensiez à un détail qui pourrait être intéressant, j'espère que vous nous appellerez aussitôt.

— Naturellement.

Rod serra Bonnie contre lui et l'entraîna vers la porte.

— Oh ! une dernière chose..., lança le capitaine Mahoney alors qu'ils allaient sortir. Êtes-vous, votre femme ou vous-même, en possession d'un revolver ?

— Un revolver ?... (Rod secoua la tête.) Non ! dit-il, réussissant à mettre dans cette seule syllabe autant d'indignation outragée que dans une longue phrase.

— Je vous remercie, fit le capitaine Mahoney, tandis que Marla Brenzelle se dégageait de ses admirateurs pour venir vers eux, les bras grands ouverts, dans une théâtrale démonstration de sympathie.

— Je passerai vous voir dans un moment, lança-t-elle.

Voilà de quoi se réjouir, songea Bonnie, étouffée sous l'étreinte frénétique de cette bonne vieille Marlene Brenzel.

4

Le district de Newton n'est qu'à quelques minutes du centre de Boston – avec ses quatre-vingt-trois mille habitants répartis sur quarante-sept kilomètres carrés. Il regroupe quatorze petites municipalités, y compris Oak Hill au sud-est et Auburndale au nord-ouest. Joan Wheeler et ses enfants résidaient dans l'ouest de Newton Hill, le quartier le plus chic de la banlieue de Newton.

Le 13 Exeter Street était une maison de belle dimension d'inspiration élisabéthaine. Plusieurs années auparavant, Joan avait repeint la façade, y compris les châssis des portes et fenêtres, d'un beige tirant sur le vert, et avait remplacé toutes les vitres de l'étage par des vitraux. Cela conférait à l'ensemble un aspect un peu bâtard – entre maison et cathédrale.

Rod se cacha la tête dans les mains tandis que Bonnie se garait dans la contre-allée.

– Est-ce que ça va ? demanda-t-elle.

Il se renversa contre l'appui-tête en cuir.

– C'est que je ne peux pas croire qu'elle soit morte. Elle était tellement pleine d'énergie... (Il regarda la porte d'entrée.) J'ai vraiment la trouille d'y aller, fit-il. Je ne sais pas comment leur annoncer ça ; ce que je peux dire pour que ce ne soit pas trop dur...

– Tu trouveras les mots qu'il faut, l'assura Bonnie. Et sache que je ferai tout ce que je peux pour les aider.

Rod acquiesça en silence, ouvrit la portière et descendit de voiture. Des nuages menaçants s'amoncelaient.

Avril est le mois le plus cruel. Ce vers d'un poème de T. S. Eliot revint à la mémoire de Bonnie alors qu'elle glissait la main avec gravité dans celle de son mari et l'accompagnait jusqu'à l'entrée.

Rod s'arrêta devant la large porte à deux battants et fouilla dans sa poche.

– Tu as les clefs ? s'étonna Bonnie.

Rod poussa sur le battant.

– Ohé ! appela-t-il en pénétrant dans le hall tout en marbre. Il y a quelqu'un ?

Bonnie regarda sa montre ; il était presque quatre heures et demie.

– Ohé ! lança-t-il à nouveau, tandis que Bonnie faisait quelques pas hésitants sur sa droite en direction du salon.

La pièce était tapissée d'un somptueux satin bleu pastel. Un divan ancien recouvert de soie rose pâle et deux fauteuils bleu et or entouraient une large cheminée de brique ; des tapis indiens, qui affichaient leur prix, étaient disposés avec une apparente négligence sur le plancher de bois sombre. Au mur, des dessins au fusain étaient sobrement encadrés : une jeune femme étreignant une petite fille ; deux femmes mûres aux jambes nues, s'abandonnant au soleil ; deux vieilles femmes cousant.

– Elles sont vraiment jolies, fit Bonnie en s'attardant sur les esquisses.

Elle traversa le salon, puis la salle à manger où elle laissa courir ses doigts sur l'étroite et longue table de chêne au centre de la pièce, entourée de chaises à haut dossier garnies de cuir couleur miel.

Sur l'arrière, une vaste cuisine occupait toute la largeur de la maison. Le plancher était de chêne clair, et les meubles bordeaux foncé tranchaient sur le blanc hivernal des murs. Au fond, une paroi de verre donnait sur un jardin arrangé avec goût. Cette pièce, comme les précédentes, était immaculée. C'était le jour et la nuit comparé à sa propre cuisine, songea Bonnie en constatant l'absence de traces gluantes au sol, de taches rebelles de sauce séchée sur les murs, et de marques de doigts sur le plateau de verre de l'immense table de cuisine. Se pouvait-il que cette maison soit habitée ? Et, qui plus est, par une femme et deux adolescents ? Bonnie poussa une porte à l'autre extrémité de la cuisine et se retrouva dans le vestibule.

– Rod ! appela-t-elle en se demandant où son mari avait pu disparaître.

– Ici !

La voix venait d'une petite pièce à gauche de la porte d'entrée. Rod était là, assis derrière un bureau d'époque en bois doré, caressant un presse-papier de cristal massif. Des rayonnages de bibliothèque, fabriqués sur mesure, revêtaient trois des murs. Un sofa de cuir bordeaux occupait le quatrième avec, à ses pieds, un tapis indien en coton, de forme ovale.

– C'était ma pièce préférée, fit Rod, le regard tourné vers le passé.

– Tout est tellement en ordre, s'émerveilla Bonnie, on dirait une maison hantée.
– Depuis quand « en ordre » signifie-t-il « hanté » ?
– Depuis la naissance d'Amanda, lâcha Bonnie, qui perçut soudain un mouvement au-dessus de leur tête.
Elle retourna vivement dans le hall, Rod sur ses talons.
– Qui est là ?... (La voix était faible, hésitante.) C'est toi, m'man ? Tu es avec quelqu'un ?
– Lauren, appela Rod en s'approchant de l'escalier, Lauren, c'est ton père.
Le silence régna. Bonnie attendit, à côté de Rod, en bas de l'escalier. Qu'allait-il dire ? Comment allait-il annoncer à sa fille de quatorze ans que sa mère avait été tuée ?
– Lauren, veux-tu descendre un instant ? dit-il. Il faut que je te parle.
Un visage pâle et méfiant apparut au-dessus de la rampe de l'escalier : de grands yeux, des lèvres légèrement entrouvertes, des mains crispées sur la rampe. Lauren disparut quelques secondes avant de se décider à descendre avec une lenteur et une prudence infinies, concentrée sur ses pieds, refusant de lever le nez sur son père ou sa belle-mère, comme un petit animal sauvage à qui un être humain présenterait de la nourriture.
Elle portait l'uniforme des élèves de l'école privée de jeunes filles de l'Évêché : un kilt vert et des chaussettes assorties, un chemisier à manches longues ivoire, une cravate rayée vert et or et des mocassins noirs. Ses longs cheveux auburn, coiffés en queue de cheval, étaient attachés par une barrette vert foncé. Malgré son prix, c'était l'uniforme le plus laid qu'on puisse imaginer, songea Bonnie, au souvenir des énormes frais de scolarité que Rod payait chaque année. Une des autres clauses de son contrat de divorce.
– Bonjour, Lauren, dit-elle en remarquant pour la première fois à quel point Amanda lui ressemblait, à quel point on retrouvait leur père sur leurs deux visages.
– Bonjour, ma chérie, fit Rod à son tour.
– Salut, papa, fit Lauren, comme si Bonnie n'avait rien dit, comme si elle n'était pas là. Qu'est-ce que tu fais ici ?
– Je viens te voir, répliqua Rod.
– Pas possible !
– Où est ton frère ?
Lauren haussa les épaules.
– Il est sorti. Il n'avait pas cours, c'était un jour de FC... (Elle regarda vers la porte d'entrée.) M'man est en retard, dit-elle. D'habitude, elle est déjà là quand je reviens de l'école.
– Sais-tu vers quelle heure Sam va rentrer ? s'enquit Rod.

— Il y a un problème ?

— Nous pourrions aller nous asseoir..., suggéra Bonnie, pour se taire aussitôt, constatant qu'elle parlait dans le vide.

— Qu'est-ce qui se passe ? demanda Lauren, avec un soupçon de crainte dans ses grands yeux noisette.

— Il y a eu un accident, déclara Rod.

— Quel genre d'accident ?

Lauren secouait déjà la tête de gauche à droite, comme pour nier la réalité de ce qu'elle allait entendre.

— C'est ta mère, dit Rod doucement.

— Qu'est-ce qu'elle a eu ? Un accident de voiture ? Elle est à l'hôpital ? Dans quel hôpital ?

Les questions fusaient.

— Lauren, ma chérie..., commença Rod.

Mais il flancha, implorant des yeux l'aide de Bonnie, qui prit d'abord le temps de respirer.

— Lauren chérie, il nous en coûte tellement d'avoir à te dire ça...

— C'est à mon père que je parle, siffla l'adolescente, avec une telle animosité que Bonnie se sentit perdre l'équilibre, comme si on l'avait littéralement poussée.

Elle se cramponna à la rampe pour se laisser glisser jusqu'à la marche.

— Qu'est-il arrivé à ma mère ? insista Lauren en regardant son père droit dans les yeux.

— Elle est morte, dit-il simplement.

Durant quelques secondes, Lauren ne réagit pas. Bonnie aurait désespérément voulu s'élancer vers elle, la prendre dans ses bras, lui dire de ne pas s'inquiéter, qu'ils s'occuperaient d'elle, qu'elle l'aimerait comme sa propre fille, que tout irait bien ; mais c'était comme si le refus de Lauren pesait de tout son poids sur ses épaules, l'empêchant de se lever.

— Elle conduisait comme un pied, marmonnait Lauren. Je lui disais tout le temps de ralentir, mais elle ne m'écoutait jamais et elle n'arrêtait pas de hurler et d'insulter tout le monde. Si tu l'avais entendue ! Je continuais quand même à lui dire de se calmer, que personne ne pouvait rien faire contre la circulation, mais...

— Il ne s'agit pas d'un accident de voiture, coupa Rod.

— Quoi ?

Le mot s'était figé sur ses lèvres. Il lui était visiblement impossible d'envisager autre chose.

— Alors comment ? finit-elle par demander.

— On lui a tiré dessus, répondit Rod.

— Tiré dessus ?

Lauren, hagarde, balaya la pièce des yeux et, croisant par inadvertance ceux de Bonnie, s'en détourna brutalement.
– Tu veux dire qu'elle a été assassinée ?
– La police n'est encore sûre de rien, éluda Rod.
– La police ?
– Ils vont bientôt arriver.
– Ma mère a été assassinée ? demanda-t-elle à nouveau.
– Il semblerait.

Lauren gagna la porte d'entrée d'un pas décidé. Bonnie se redressa. Où allait-elle ainsi ? Mais, parvenue à la porte, l'adolescente se retourna et revint, du même pas décidé, dans le hall d'entrée, apparemment sans autre dessein que le simple besoin de bouger. C'est un but comme un autre, se dit Bonnie.
– Qui ? lança Lauren. Est-ce qu'on sait qui a fait ça ?

Rod secoua la tête.
– Où ? Où cela s'est-il passé ?
– Dans une maison de Lombard Street que ta mère faisait visiter.

Les yeux de Lauren se remplirent de larmes. Elle retourna d'un pas vif vers la porte, pivota brusquement sur ses talons et revint au centre de la pièce.
– Comment es-tu au courant de tout ça ? demanda-t-elle subitement. Je veux dire, pourquoi la police t'a-t-elle contacté, toi, et non Sam et moi ?
– Parce que c'est moi qui l'ai découverte, répondit Bonnie au bout d'un moment.

C'est à ce moment-là que le temps parut s'arrêter, se souvint Bonnie après coup. C'était comme si rien de ce qui se passait ne se déroulait réellement dans l'instant, comme si cette scène horrible avait déjà eu lieu dans un lointain passé, ailleurs, et qu'ils la revoyaient simplement sur un des écrans de contrôle de Rod, au ralenti et avec une synchro laissant un peu à désirer : la tête de Lauren se tourna vers Bonnie, image par image, sa queue de cheval s'éleva lentement dans l'air, avant d'aller frapper en de légères envolées son épaule droite, des larmes perlèrent sur ses pupilles dilatées, ses mains battirent l'air, l'éraflant de leurs ongles, sa bouche s'ouvrit sur un hurlement muet.

Et puis ce fut le chaos. La scène bascula de nouveau dans le présent et tout se déroula à une vitesse fulgurante. Bonnie vit avec horreur Lauren s'élancer pour se jeter sur elle, lui marteler le visage des poings, lui lancer des coups de pied dans les chevilles. L'attaque avait été si foudroyante, si terrifiante et inattendue, que Bonnie n'eut guère le temps de se protéger. Tout d'un coup, ils se mirent tous à crier.

— Lauren, bon Dieu, hurla Rod en essayant de ceinturer sa fille, de l'arracher à sa proie.

— Comment ça, tu l'as trouvée ? vociférait Lauren. Comment ça, tu l'as trouvée ?

— Lauren, je t'en prie ! cria Bonnie, à la seconde même où le poing gauche de Lauren rencontra sa bouche.

Bonnie tomba à la renverse contre les marches, goûtant l'odeur du sang pour la deuxième fois de la journée. Maintenant, il s'agissait du sien.

— Bon Dieu, Lauren, arrête !

Rod réussit enfin à l'immobiliser et à la traîner, folle de rage, loin de Bonnie.

— Qu'est-ce qui te prend ? s'écria-t-il, furieux et hors d'haleine. Qu'est-ce que tu fais ?

— Elle l'a tuée ! hurlait Lauren.

Ses cheveux, qui s'étaient libérés de leur barrette, lui fouettaient le visage, et des mèches s'agglutinaient sur ses joues ruisselantes de larmes.

— Elle a tué ma mère !

Lauren se précipita à nouveau sur Bonnie.

— Elle ne l'a pas tuée, bon Dieu ! gronda Rod en la retenant.

— Elle l'a juste découverte ? fit Lauren. Tu veux me faire croire qu'elle n'a rien fait d'autre que la trouver ?

Bonnie sentit la tête lui tourner. Elle gardait les yeux fermés de peur de voir survenir une nouvelle attaque ; ses oreilles bourdonnaient en entendant les monstruosités proférées par sa belle-fille. Ses mâchoires étaient endolories. La coupure, sur sa lèvre supérieure, la brûlait. Ses bras et ses jambes étaient certainement couverts de bosses, ou le seraient d'ici l'arrivée de la police. De toute façon, cette scène ne ferait qu'apporter de l'eau au moulin de leurs précédentes observations.

— Lauren, dit Bonnie avec douceur, bien que chaque mot lui pesât, je veux que tu saches que je n'ai rien à voir avec la mort de ta mère.

— Alors, que faisais-tu dans cette maison ? Tu veux me faire croire que tu passais par là au pif et que, par le plus grand des hasards, c'est justement toi qui l'as trouvée ?

— Ta mère m'a téléphoné, commença Bonnie, qui se cacha aussitôt la tête dans les mains pour fondre en larmes.

Il lui était impossible de répéter une fois de plus son histoire, insupportable de revenir sur les affreux événements de la matinée.

— Allons dans le salon, glissa gentiment Rod. Peut-être qu'en nous asseyant et en parlant de tout cela raisonnablement il en sortira quelque chose.

– Je vais dans ma chambre, lui opposa Lauren en se dégageant de ses bras.

Bonnie eut un mouvement de recul involontaire quand Lauren s'approcha, et elle leva les bras pour se protéger le visage. La minute d'après, elle ressentit douloureusement les vibrations des lourdes chaussures de Lauren qui martelaient l'escalier moquetté de gris. Puis une porte claqua à l'étage.

Rod était déjà à côté d'elle. Écartant délicatement les cheveux de ses yeux, il embrassa la blessure sur sa lèvre.

– Ma pauvre puce, je suis vraiment désolé. Ça va ?

– Mon Dieu, murmura Bonnie, c'est fou comme elle me hait !

Des bruits leur parvinrent depuis la porte d'entrée, des pas traînants, des éclats de rire, puis une clef qu'on tournait dans la serrure. Bonnie se raidit instinctivement à la pensée qu'il s'agissait de Sam. Son corps semblait lui suggérer de rassembler ses forces pour entamer le deuxième round.

5

La porte s'ouvrit, et Sam Wheeler déboula dans le hall. Il était attifé de plusieurs couches superposées : une chemise kaki s'ouvrait sur une autre chemise militaire de camouflage, elle-même portée sur un T-shirt vert olive ; l'ensemble flottait sur un pantalon marron informe et fatigué. Il portait aux pieds des baskets de marque, très chères, dont les lacets défaits s'entortillaient autour de ses pieds. Le noir corbeau de ses cheveux, qu'il se gardait bien de coiffer, éteignait la couleur naturelle de ses yeux, si bien qu'on voyait deux orbites vides qui, blotties sous des cils d'une longueur extraordinaire, paraissaient incongrues.

Sam était suivi d'un autre garçon, moins grand que lui, un peu plus musclé, aux bras nus recouverts de tatouages. De longs cheveux bruns encadraient un visage franchement beau. Il y avait cependant quelque chose de gênant sous cette belle apparence : une lueur méprisante dans les yeux gris, et dans son attitude aussi. Il était tout de noir vêtu, d'un T-shirt, d'un jean et de santiags. La douceâtre odeur épicée de la marijuana l'imprégnait, à la manière d'un parfum entêtant – son signe de reconnaissance, songea Bonnie. N'était-ce pas la raison pour laquelle tout le monde le surnommait Hasch – parce qu'il était toujours entre deux pétards ? Bonnie ne pouvait s'empêcher de les examiner à tour de rôle.

– Qu'est-ce qui se passe ? fit Sam en guise de bonjour, sans que son visage ni sa voix n'aient pourtant exprimé la moindre surprise de leur présence.

– Salut ! Mrs. Wheeler, fit Hasch, fasciné par la lèvre coupée de Bonnie. Que vous est-il arrivé ?

– Ma femme a eu un petit accident, expliqua vivement Rod.

N'avait-il pas utilisé le même mot à propos de la mort de Joan, « accident » ? Bonnie apprécia le choix de ce terme qui indiquait clairement que personne n'était incriminé.

– C'est ta caisse dans l'allée ? demanda Sam à Bonnie, sans s'occuper des paroles de son père.

Bonnie hocha la tête.

– Nous avons à te parler, Sam, lui annonça-t-elle.

Il eut l'air de dire, dans un haussement d'épaules : « Eh bien, parle ! »

– Il vaudrait peut-être mieux que nous soyons seuls, fit Rod avec un regard pour Hasch.

– Peut-être, ouais ! lui rétorqua Sam.

Hasch ricana derrière lui.

– C'est Harold Gleason, fit Bonnie en présentant à Rod l'ami de son fils. Il est dans ma classe en troisième.

Il sème la pagaille, ne fait jamais ses devoirs, est en échec scolaire, aurait-elle pu ajouter. Elle se contenta de dire :

– On l'appelle Hasch.

– On dirait qu'on vous a battue, Mrs. Wheeler, fit Hasch en passant outre.

Il s'avança un peu plus près et Bonnie reçut en pleine figure les effluves de marijuana exhalant de ses cheveux et de ses vêtements.

– Ouais, observa-t-il, on dirait que quelqu'un vous a griffée, Mrs. Wheeler, y'en a même une belle, là.

– Sam, c'est vraiment important, fit Rod avec une pointe d'impatience.

– J'écoute.

– Il est arrivé quelque chose à ta mère, commença Rod, qui s'arrêta en jetant un coup d'œil vers l'escalier.

Sam suivit son regard.

– Qu'est-ce qui lui est arrivé ? Elle est tombée de son lit complètement pétée et elle t'a appelé pour que tu viennes voir ? C'est pour ça que vous êtes là ?

– Ta mère est morte, Sam, annonça Rod avec calme.

Il y eut un long silence. Bonnie guetta le moindre signe d'émotion sur le visage de Sam, mais il resta de marbre, ne laissant rien deviner de ce qui pouvait se passer derrière ses yeux noirs inexpressifs.

– Comment c'est arrivé ? demanda Hasch.

– Elle a été tuée par balle, répondit Bonnie, toujours à l'affût d'une réaction sur le visage de Sam, mais il n'y avait rien – pas une larme, pas une contraction, pas le moindre battement de paupières. C'est moi qui l'ai trouvée, poursuivit-elle en faisant machinalement un pas un arrière et en protégeant sa bouche du revers de la main.

Toujours pas de réaction.

– Elle m'a téléphoné ce matin pour me dire qu'elle avait quelque chose à me raconter, m'a donné rendez-vous dans une maison de Lombard Street qu'elle faisait visiter. Quand je suis arrivée, elle était morte.

Les yeux de Sam se plissèrent légèrement.

— As-tu une idée, Sam, de la raison pour laquelle elle voulait me voir ?

Sam secoua la tête.

— Je crois qu'elle voulait m'avertir de quelque chose, avança Bonnie. Peut-être que si nous savions de quoi...

— Qui l'a tuée, vieux ? demanda Hasch en se frottant nerveusement l'aile du nez.

Bonnie vit ses biceps se gonfler sous la manche du T-shirt et un cœur rouge tatoué qui se soulevait dans le mouvement. On pouvait lire TA MÈRE, au-dessus du cœur, et JE BAISE, juste en dessous.

— Nous ne le savons pas encore, lui répondit Bonnie, reconnaissante que quelqu'un pose la bonne question.

— Qu'est-il arrivé à sa voiture ? fit Sam.

— Pardon ?

Bonnie était certaine d'avoir mal entendu. Sam pouvait-il vraiment s'inquiéter de la voiture de sa mère ?

— Où est sa voiture ? répéta Sam.

— Je suppose qu'elle est toujours dans Lombard Street, murmura Bonnie avec peine.

— Elle vaut du pèze, cette bagnole, dit Sam. La police ne peut pas la saisir, n'est-ce pas ?

Bonnie ne savait que répondre. Pas une seconde elle n'avait pensé à la voiture de Joan.

— Je ne connais pas la procédure, fit-elle en fixant Rod qui semblait aussi troublé qu'elle.

— Est-ce que Lauren est là ? demanda Sam, les yeux dans le vague.

Il tournait en rond en traînant les pieds, incapable de fixer son attention sur quoi que ce soit.

— Elle est en haut.

— Vous lui avez dit ?

Bonnie hocha la tête.

— Bon ! Et maintenant ? demanda-t-il.

— Je ne sais pas trop, avoua Bonnie. La police sera bientôt là...

— Je ferais mieux de me tirer, déclara d'emblée Hasch, la main sur la poignée, comme si la police attendait derrière la porte, revolver au poing. Je suis vraiment désolé pour ta mère, Sammy. À plus, vieux.

La porte s'ouvrit et se referma, laissant un frais courant d'air de printemps évacuer les relents de marijuana.

— J'ai rien à dire à la police, fit Sam.

— Je ne crois pas que tu aies le choix en l'occurrence, riposta Rod.

— Bon ! Qu'est-ce que vous foutez ici, de toute façon ?... (Le regard de Sam oscillait de Bonnie à son père.) Je veux dire : tu es venu, tu as vu, tu as livré la sale nouvelle – ding dong, la sorcière est morte –, alors tu n'as plus besoin de traîner ici, non ? Tu n'as plus qu'à rentrer tranquillement dans ta nouvelle maison, avec ta nouvelle famille, et recommencer à nous oublier, comme tu le fais depuis sept ans.

Pour Bonnie, la scène qui se déroulait autour d'elle parvenait à son dénouement. *Ding dong, la sorcière est morte ?*

— Sam ! implora une petite voix du haut de l'escalier.

Tous les regards se tournèrent vers la jeune fille qui tremblait, toute pâle, sur le palier.

— Es-tu au courant de ce qui est arrivé ? gémit Lauren en descendant lentement l'escalier, avec un regard vide de somnambule. Sais-tu ce qui est arrivé à maman ?

— Il faudra attendre quelques jours avant d'avoir les conclusions du médecin légiste, expliquait le capitaine Mahoney, dont le corps imposant était à deux doigts de faire s'écrouler le délicat fauteuil bleu et or sur lequel il était assis.

En face de lui, sur le divan de soie rose, un Sam agité et blasé côtoyait une Lauren amorphe, presque en catalepsie. Bonnie, quant à elle, était juchée sur le bord d'une chaise que Rod était allé chercher dans la salle à manger. Rod et l'inspecteur Kritzic étaient tous deux restés debout, l'un près de la cheminée, l'autre devant l'un des vitraux.

— Qu'est-ce que vous voulez savoir ? fit Sam.

— Quand avez-vous vu votre mère pour la dernière fois ? demanda le capitaine Mahoney.

— Cette nuit... (Sam glissa une mèche rebelle derrière son oreille.) Je suis allé lui dire bonsoir vers deux heures du matin.

— Et comment l'avez-vous trouvée ?

— Vous voulez dire, si elle était beurrée ?

— L'était-elle ?

Sam haussa les épaules.

— Comme d'habitude.

— Et vous, Lauren ? demanda avec douceur l'inspecteur Kritzic.

— Je suis allée dans sa chambre pour l'embrasser ce matin, avant de partir à l'école.

— Je croyais que c'était un jour de FC, remarqua le capitaine Mahoney en regardant Bonnie.

— Je vais dans une école privée, précisa Lauren.

— Votre mère vous a-t-elle parlé de son emploi du temps pour la journée ?

— Elle m'a dit qu'elle faisait visiter une maison ce matin et qu'elle ne rentrerait pas tard.

— Vous a-t-elle parue anxieuse, ou inquiète ?

— Non.

— A-t-elle parlé d'un rendez-vous avec Bonnie Wheeler dans la matinée ?

— Non.

— Vous a-t-elle dit qu'elle voulait prévenir Bonnie Wheeler d'un danger qui la menaçait ?

Lauren secoua la tête.

— Quel genre de danger ?

— Voyez-vous quelqu'un qui aurait pu vouloir nuire à votre mère ?

Le capitaine Mahoney fixa les deux adolescents tour à tour.

— Non, fit Sam.

Lauren regarda Bonnie. Bien qu'elle se tût, l'insinuation était claire.

Ma nouvelle famille, constata silencieusement Bonnie. Un garçon qui a l'air de se moquer du meurtre de sa mère comme de sa première chemise, et une fille qui pense que c'est moi la meurtrière. Génial ! Allons, songea-t-elle, ils existent au moins l'un pour l'autre. Pourtant, à les voir assis là, comme des poupées de porcelaine, sans se toucher, les traits figés, le regard vide, Bonnie se dit qu'il était fort peu probable qu'ils soient d'un grand réconfort l'un pour l'autre, dans les dures semaines qui s'annonçaient. *Et ils ne sont certainement pas prêts à me laisser les consoler*, pensa-t-elle, sachant qu'une telle attitude de sa part ne serait pas tolérée, et encore moins appréciée. *S'ils savent à peine qui je suis, ils savent du moins qu'ils me haïssent.*

Pouvait-elle les en blâmer ? N'avait-elle pas eu le même ressentiment, après le divorce de ses parents, à l'égard de la femme que son père avait épousée ? Ne s'était-elle pas ouvertement réjouie lorsque ce mariage avait capoté ? Aujourd'hui encore, n'éprouvait-elle pas des sentiments à peine plus cordiaux pour l'épouse numéro trois ? Et que dire de ce frère qu'elle n'avait jamais revu depuis le décès prématuré de leur mère ? Quel réconfort lui avait-il procuré ?

Bonnie ferma les yeux pour ravaler son amertume. Ce n'était guère le moment de rouvrir de douloureuses blessures ni d'exhumer les sombres secrets de famille. Elle avait des soucis beaucoup plus immédiats.

« Nous avons bien des choses en commun, voulait-elle dire à Lauren. Je t'aiderai si tu me laisses faire. On pourrait peut-être même s'entraider toutes les deux. »

Elle sentit qu'on bougeait autour d'elle et ouvrit les yeux. Le capitaine Mahoney s'était levé et se dirigeait vers l'entrée.

– Je voudrais fouiller la maison, à présent, dit-il.

6

— Mon Dieu ! Que s'est-il passé ici ? laissa échapper Bonnie.
— Elle a pas dû avoir le temps de faire le ménage, répliqua Lauren sur la défensive.
— Faites attention où vous mettez les pieds, avertit le capitaine Mahoney. Tâchez de ne toucher à rien.

Ils pénétrèrent à la queue leu leu dans la chambre de Joan, à l'étage : Bonnie, son mari, les enfants, le capitaine Mahoney et l'inspecteur Kritzic. Ils y évoluèrent avec les précautions que l'on prend pour marcher sur du verre brisé : longues enjambées, genoux fléchis très haut, et pieds ne sachant où se poser. Personne ne prononça un seul mot ; silence d'ailleurs plus choqué que respectueux même si, pour leur part, les enfants de Joan ne semblaient pas émus outre mesure.

— C'est simplement qu'elle a pas eu le temps de ranger, répéta Lauren en découvrant un coin de tapis épargné, à côté d'une porte de penderie ouverte.
— C'est tout le temps comme ça, fit Sam en s'adossant contre un pan de mur rose pastel.
— C'était pas comme ça quand elle attendait du monde.

Du monde ? Bonnie tournait en rond au milieu de la pièce en essayant de dépasser son sentiment instinctif de répulsion, voulant se garder de juger. C'était une vraie catastrophe, cette chambre, on aurait dit un champ de bataille, une décharge publique, à peine concevable pour un être humain ; quant à recevoir du monde là-dedans !

Bonnie parcourut la pièce du regard comme si, armée d'un balai imaginaire, elle pouvait mentalement réunir en un seul tas tous les objets d'une même catégorie : entasser les vieux journaux qui poussaient le long des murs comme de mauvaises herbes ; empiler les revues et les livres qui gisaient ouverts et esquintés sur l'immense tapis, rose lui aussi ; engouffrer sur les rayonnages vides les vêtements qui débordaient de la penderie et jonchaient le sol comme les feuilles à l'automne ; ramasser les multiples assiettes sales et les tasses à moitié pleines de café ; vider les innombrables cendriers débordant de mégots dont la cendre s'était répandue partout sur le tapis et jusque sur les draps d'un blanc plus que douteux, le lit n'ayant pas l'air d'avoir été refait depuis des semaines, voire des mois. Des bouteilles d'alcool vides reposaient sur l'oreiller ; un téléphone blanc, au fil définitivement tire-bouchonné qui s'enroulait autour d'un carnet d'adresses ouvert, trônait au milieu du lit à côté d'un hamburger à demi mangé, tout poisseux de moutarde et de ketchup. Sous le lit, Bonnie aperçut encore quelques cadavres de bouteilles, de vin cette fois.

– C'est si impeccable en bas, murmura-t-elle dans une tentative désespérée de réconcilier les deux espaces.

– On va jamais en bas, fit Sam.

– Et le dîner ? demanda Bonnie en évitant de regarder le hamburger qui lui soulevait le cœur. Qui préparait le dîner ? Où mangiez-vous ?

– On mangeait dehors, répondit Sam. Ou bien on commandait un truc qu'on mangeait dans nos chambres.

Il expliqua cela le plus naturellement du monde, comme si c'était le mode de fonctionnement normal d'une vie de famille.

– Agent immobilier, c'est pas vraiment un boulot de fonctionnaire, poursuivit Lauren. C'est difficile d'accorder les horaires de chacun. Ma mère faisait de son mieux.

– Oui, naturellement, approuva Bonnie.

– Un peu de bazar, c'est pas la fin du monde.

– Non, bien sûr que non.

– On t'a pas sonnée ! répliqua l'adolescente.

Bonnie devina que le capitaine Mahoney, debout près du lit, était attentif à cet échange tout en démêlant patiemment, de ses gros doigts, le carnet d'adresses du fil du téléphone. Elle pâlit. L'odeur de nourriture défraîchie et celle du tabac froid lui donnaient la nausée, évoquant aussitôt d'autres odeurs encore plus pénibles, celle du sang, celles de la putréfaction et de la dégradation humaine. Une odeur de mort violente et brutale.

Elle sentit Rod l'entourer de ses bras protecteurs, comme s'il lisait dans ses pensées, et, au bord du vertige, elle s'abandonna contre son épaule.

Le capitaine Mahoney arracha enfin le carnet du fil de téléphone qui rebondit sur le drap comme un élastique.

– Quelqu'un connaît-il Sally Gardiner, Lyle et Caroline Gossett, Linda Giradelli ? demanda-t-il en lisant le carnet apparemment ouvert à la lettre G.

— Nous étions amis avec les Gossett, fit Rod. Ils habitent la maison d'en face.

— Ma mère avait un tas d'amis, ajouta Lauren.

— Des copains pour picoler, marmonna Rod dans sa barbe.

— Et le docteur Walter Greenspoon ?

— Le psychiatre ? demanda Bonnie.

— Vous le connaissez ?

— J'en ai entendu parler. Il a un éditorial dans le *Globe*.

— Et nous avons utilisé ses services un bon nombre de fois pour notre émission, ajouta Rod.

— Se peut-il que votre ex-femme ait été l'une de ses patientes ?

— Je n'en ai pas la moindre idée.

Le capitaine Mahoney regarda Sam et Lauren. Ils haussèrent les épaules dans un bel ensemble. Le policier tourna la page.

— Qui sont Donna Fisher et Wendy Findlayson ?

Rod et Bonnie hochèrent la tête en signe d'ignorance et Sam et Lauren haussèrent à nouveau les épaules.

— Josh Freeman ?

— Il y a un Josh Freeman qui enseigne à Weston en terminale, dit Bonnie, surprise par ce nom familier.

— C'est mon prof de dessin, confirma Sam.

— S'agit-il du numéro du lycée ? demanda le capitaine Mahoney en montrant le carnet à Bonnie.

— Non, dit-elle tout en pensant au grand veuf à l'apparence un tantinet négligée qui était arrivé à l'école cette année, se demandant pourquoi Joan avait son numéro de téléphone personnel.

Le capitaine Mahoney tendit le carnet d'adresses en cuir rouge à l'inspecteur Kritzic, puis reporta son attention sur le lit, repoussa le téléphone et le reste de hamburger pour écarter le drap.

— Qu'est-ce que c'est que ça ? demanda-t-il, quoique la question fût de pure forme.

Bonnie le vit extraire un grand classeur et l'ouvrir en le feuilletant rapidement.

— Connaîtriez-vous un certain Scott Dunphy ? demanda-t-il au bout d'un moment.

Une vague réminiscence effleura Bonnie désagréablement, bien qu'elle ne sût pas vraiment pourquoi. Elle ne connaissait personne du nom de Scott Dunphy.

— Et Nicholas Lonergan ?

Cette fois, Bonnie sursauta, le cœur battant.

— J'ai l'impression que ce nom est familier à quelqu'un, déclara le capitaine en plissant les yeux sur Bonnie.

– Nicholas Lonergan est mon frère, murmura Bonnie, le dos raide et les jambes en coton.

– Intéressant, remarqua le capitaine Mahoney d'un air détaché. Je vois qu'il s'est mis dans un sacré pétrin il y a quelques années.

Il tourna la page.

– Je ne comprends pas...

– Qui donc est Steve Lonergan ?

Bonnie eut l'impression d'être entraînée plusieurs années en arrière dans une spirale infernale, comme si les mots qu'elle entendait ou qu'elle prononçait venaient d'ailleurs et de quelqu'un d'autre.

– C'est mon père, reconnut-elle enfin.

Que se passait-il ? Qu'avaient donc à voir son frère et son père, deux hommes qu'elle n'avait pas vus depuis plus de trois ans, qu'avaient-ils à voir avec elle dans cette pièce maintenant ? Par quel tour du destin la mort de Joan pouvait-elle les réunir ?

– Vous aimeriez peut-être jeter un coup d'œil là-dessus, dit le capitaine Mahoney en lui tendant le classeur.

Celui-ci, qui valait pourtant son pesant de passé, lui parut étonnamment léger.

Elle baissa les yeux sur la première page, assez effrayée de ce qui pouvait s'y trouver. Une petite coupure de presse occupait le centre de la page blanche. *Le mariage de Bonnie Lonergan et de Rod Wheeler aura lieu le 27 juin 1989. Miss Lonergan est professeur d'anglais ; Mr. Wheeler est directeur de l'information à la station de télévision WHDH de Boston. Le couple passera sa lune de miel aux Bahamas.*

Pourquoi Joan avait-elle conservé l'annonce de leur mariage ? Bonnie tourna la page. Elle sentait la respiration de Rod dans sa nuque et savait qu'il lisait par-dessus son épaule. Une goutte de sueur glissa le long de sa lèvre supérieure alors qu'elle lisait la seconde coupure, datée du 5 novembre de la même année. MANDATS D'ARRÊT DANS UNE AFFAIRE DE FRAUDE IMMOBILIÈRE, annonçait le titre. *Des mandats d'arrêt ont été lancés contre deux hommes suspectés d'être impliqués dans une manœuvre frauduleuse de centaines de milliers de dollars. Scott Dunphy et Nicholas Lonergan, tous deux de Boston, seraient les instigateurs d'une tentative d'escroquerie à l'encontre de centaines d'investisseurs potentiels...*

– Mon Dieu, murmura Bonnie, sautant le reste de l'article qu'elle connaissait déjà par cœur pour passer rapidement à la page suivante.

Elle y découvrit une grande photographie noir et blanc de son frère, les menottes aux poignets, son beau visage caché par de longs cheveux blonds en broussaille. Puis, sur la page d'en face : ACQUITTEMENT DANS L'AFFAIRE DU PROJET DE DÉVELOPPEMENT FONCIER. *Le juge évoque le manque de preuves.*

Un autre faire-part occupait le centre d'une page blanche : *Le mariage de Steve Lonergan et d'Adeline Sewell aura lieu le 15 mars 1990. Mr. Lonergan est consultant d'entreprise ; Miss Sewell dirige une agence de voyages. La lune de miel aura lieu à Las Vegas.* L'annonce se gardait de mentionner qu'il s'agissait pour tous deux d'un troisième mariage.

La page suivante contenait plusieurs entrefilets concernant Rod : un portrait flatteur avec des photographies du dynamique directeur de l'information à WHDH. Il y avait aussi l'annonce de la création de *Marla !* sous la direction de Rod, avec une photo du duo de choc bras dessus bras dessous et un diagramme montrant le succès grandissant de l'émission.

On revenait ensuite à des clichés moins flatteurs de son frère, toujours menottes aux poignets, un peu vieilli, nettement plus hagard, aux côtés d'un Scott Dunphy au sourire torve, cette fois sous un titre sinistre : LE COUPLE A ÉTÉ JUGÉ COUPABLE DE TENTATIVE D'ASSASSINAT.

Bonnie s'empressa de tourner la page. Elle n'avait aucune envie de revivre les horribles mois écoulés entre la mort de sa mère et la naissance de son enfant, deux événements dont les faire-part s'étalaient justement en bonne place, comme Bonnie put le vérifier, de plus en plus mal à l'aise.

La dernière page du classeur était entièrement occupée par une photographie de presse de sa fille, Amanda, prise l'hiver dernier alors qu'ils étaient allés voir les vitrines de Noël. Un photographe avait saisi l'enfant alors qu'elle regardait avec envie un gigantesque kangourou en peluche, en suçant son pouce d'une main et en caressant la patte du marsupial géant de l'autre. La photographie avait fait la une de la rubrique mondaine du *Globe*. Bonnie en avait un tirage encadré sur son bureau à la maison.

– Je ne comprends pas..., répéta-t-elle, d'une voix qui reflétait son hébétude. (Elle regarda Sam et Lauren.) Pourquoi votre mère a-t-elle accumulé ces coupures de presse ?

Ils gardèrent tous deux le silence. Un silence qui soulignait leur ignorance, leur désintérêt, ou peut-être les deux.

– Il y a un Nick Lonergan inscrit là-dedans, déclara l'inspecteur Kritzic en montrant le carnet d'adresses comme si c'était la Bible.

Bonnie se sentit défaillir.

– Ça n'est pas possible, protesta-t-elle.

Elle avait l'impression de s'enfoncer doucement dans des sables mouvants et chercha le bras de Rod pour s'y raccrocher.

– Joan ne connaît même pas mon frère, fit-elle.

L'inspecteur Kritzic lut le numéro de téléphone à haute voix. Bonnie hocha la tête.

– C'est en effet le numéro de mon père, dit-elle avant de sombrer dans le silence, se demandant combien de fois elle pouvait s'autoriser à dire « Je ne comprends pas ».

– Votre mère possédait-elle une arme à feu ? s'enquit le capitaine Mahoney auprès de Sam et de Lauren.

S'il avait d'autres questions à propos de ce que pouvait faire le nom de son frère dans le carnet de Joan, il les garda pour lui.

– Oui, fit Lauren.

– Elle le rangeait dans le tiroir du haut de sa commode, ajouta Sam en indiquant le grand meuble à côté de la fenêtre, ses tiroirs inférieurs grands ouverts débordant de chemisiers aux couleurs vives en vrac.

En deux enjambées, le capitaine Mahoney atteignit l'armoire. Il tira le tiroir supérieur et plongea les mains dans les effets les plus intimes de Joan : des paires de collants glissèrent entre ses doigts pour voleter en douceur jusque sur le bout de ses chaussures noires.

– Quelle sorte de revolver était-ce, le savez-vous ?

– Je n'y connais rien en revolvers, répondit Sam.

– Demandez à mon père, lui glissa Lauren. C'était son revolver.

Ils se retournèrent tous vers Rod, qui semblait aussi atteint par le coup que Bonnie quelques minutes auparavant.

– Il me semble que vous avez déclaré ne pas avoir de revolver en votre possession, Mr. Wheeler, lui rappela le capitaine Mahoney.

– J'ai eu un calibre 38, balbutia finalement Rod. Sincèrement, je l'avais totalement oublié. Joan l'a gardé après notre séparation, sous prétexte qu'elle avait peur toute seule.

– Il n'y a rien là-dedans, annonça le capitaine Mahoney après avoir fouillé tous les tiroirs. Mais nous approfondirons les recherches après votre départ.

– Où allons-nous ? demanda Sam.

– Vous allez venir à la maison avec nous, lui dit Bonnie en guettant l'approbation de Rod.

Pour toute réponse, il lui renvoya un regard vide.

– Préparez donc une petite valise. Nous reviendrons dans la semaine prendre le reste.

– Et si on veut pas venir avec vous ? demanda Lauren d'un ton complètement paniqué.

– Vous pouvez aller chez votre père, mais je peux aussi vous emmener dans un foyer pour jeunes, intervint le capitaine Mahoney. Je pense que ça pourrait être mieux chez votre père.

Bonnie approuva, reconnaissante. Le fait qu'il encourage les enfants à aller chez eux signifiait sûrement qu'il ne les considérait ni l'un ni l'autre comme des suspects sérieux.

Sam et Lauren soupesèrent un instant le pour et le contre, puis sortirent silencieusement de la chambre. Rod et Bonnie les suivirent comme des automates.

La chambre de Sam faisait face à celle de sa mère. Le lit n'était pas fait, le plateau de sa commode était encombré de livres, de feuilles de papier et de centaines de pièces de monnaie. Un poster de Guns N'Roses's, avec Axel Rose en collant moulant, côtoyait une photo de Cindy Crawford les seins nus. Une chemise de flanelle, un paquet de Camel ouvert dans la poche, était abandonnée sur le tapis brun près d'une guitare éraflée dont une corde était cassée. Un immense aquarium était posé sur le rebord de la fenêtre. À l'intérieur se prélassait un énorme serpent.

— Mon Dieu ! murmura Bonnie, qu'est-ce que c'est que ça ?

— C'est L'il Abner, répondit Sam avec une pointe de fierté qui anima sensiblement son visage pour la première fois depuis son retour à la maison. Il n'a que dix-huit mois et il mesure déjà plus d'un mètre trente de long. Le boa constrictor peut atteindre jusqu'à quinze ou même vingt mètres, et encore plus dans la nature.

Le capitaine Mahoney s'approcha de l'aquarium.

— Il est magnifique, dit-il. Qu'est-ce que vous lui donnez à manger ?

— Des rats vivants, répondit Sam.

Bonnie, qui était restée en arrière une main crispée sur sa poitrine, ressentit une terrible envie de vomir. Elle devait cauchemarder. Ce n'était pas possible qu'ils se trouvent dans la chambre d'un adolescent qui venait d'apprendre l'assassinat de sa mère, à l'écouter raconter comment il donnait des rats vivants à son bébé boa constrictor.

— Votre mère ne voyait pas d'inconvénient à ce que vous ayez un animal pareil comme compagnon ? demanda le capitaine Mahoney.

— Le seul truc qu'elle ne supportait pas, c'est quand les rats s'échappaient, fit Sam.

Les yeux de Bonnie passèrent de Rod à son fils dans un effort désespéré pour trouver une ressemblance entre les deux. Elle existait certes, mais à peine perceptible, abstraite, indéfinie, se manifestant davantage dans un geste ou une attitude que dans leurs traits : le pli de la lèvre lorsqu'ils souriaient, le geste machinal de se frotter l'aile du nez lorsqu'ils étaient préoccupés.

Pour Bonnie, il y avait forcément une erreur quelque part. Il s'agissait peut-être d'une de ces terribles méprises dont on entend parler dans les hôpitaux, une confusion entre deux bébés à la naissance, si bien que Sam n'était absolument pas le fils de Rod. Ce dernier devait être un garçon normal, aux cheveux bruns naturels, sans anneau dans le nez, un garçon qui pleurait en apprenant la mort de sa mère et qui aimait les chiens ou les chats.

– Je suis prête, annonça Lauren sur le seuil de la chambre, un gros sac de marin sur l'épaule et un petit sac de voyage à la main.

– Que va devenir la maison ? demanda Sam.

– Il est encore trop tôt pour s'occuper de ça, répondit Rod.

– Je ne veux pas qu'on la vende, lui déclara Lauren.

– Il est encore trop tôt pour s'occuper de ça, répéta Rod.

– Comment vais-je faire pour aller à l'école ?

La panique perçait de nouveau dans le regard de Lauren.

– Nous allons oublier l'école pendant quelques jours, lui dit Bonnie.

– Je t'y emmènerai avec la voiture de maman, lui assura Sam en se tournant vers le capitaine Mahoney. Quand puis-je récupérer la voiture de ma mère ?

Si le capitaine Mahoney fut surpris par la question, il n'en laissa rien voir.

– Je pense que nous pourrons vous la rendre d'ici la fin de la semaine.

L'inspecteur Kritzic entra dans la chambre à son tour. Elle tenait entre les mains un dossier qu'elle ouvrit et qu'elle fourra sous le nez du capitaine Mahoney. Celui-ci prit tout son temps pour le lire, jetant de temps à autre un coup d'œil à Rod et à Bonnie.

– Retournons dans le hall, lança-t-il négligemment quand il eut terminé.

Trop négligemment, estima Bonnie en sortant derrière les policiers.

– Avez-vous trouvé quelque chose ? demanda Rod.

– Vous avez omis de nous dire que la police d'assurance de votre femme comportait une clause d'indemnité cumulative, déclara le capitaine Mahoney.

– Indemnité cumulative ? répéta Bonnie, trouvant que ces mots laissaient une saveur désagréable dans la bouche.

– Le montant en est doublé en cas de mort accidentelle ou de meurtre, expliqua le capitaine. Ce qui donnerait à la mort de votre ex-femme une valeur d'un demi-million de dollars.

– Oui, et alors ? fit Rod d'un ton neutre.

– Existe-t-il d'autres polices dont je devrais être informé, Mr. Wheeler ? rétorqua le policier.

– J'ai assuré chaque membre de ma famille.
– Y compris votre femme actuelle et votre fille ?
Le capitaine Mahoney extirpa son calepin de sa poche arrière.
– Tous.
– Avec indemnité cumulative ?
Rod hocha la tête.
– Il me semble, oui.
Sam fit son apparition dans l'entrée, la guitare en bandoulière et, enroulé autour du cou comme s'il était en plumes, le boa qui fouettait l'air de sa langue fourchue.
– Quelqu'un pourrait m'aider pour l'aquarium ? lança-t-il.

7

Assise sur son lit, Bonnie fixait le téléphone depuis un petit moment. Elle se décida enfin à prendre le combiné, puis hésita encore avant de composer le numéro.

« Décroche, je t'en prie ! murmura-t-elle. Il est plus de minuit. Je n'en peux plus. Où passes-tu donc la nuit ? »

Au bout de la sixième sonnerie on décrocha enfin.

– Oui ? claironna une voix de femme – pas « allô » mais « oui », un peu comme si elle avait attendu précisément cet appel.

– Adeline..., commença Bonnie.

– C'est toi, Bonnie ?

Surprise d'avoir été aussi vite reconnue, Bonnie paniqua ; il n'était plus question de reculer à présent.

– Je voudrais parler à mon père, lança-t-elle.

– Quelque chose ne va pas ?

– Je veux juste parler à mon père.

– Il ne peut malheureusement pas venir au téléphone pour l'instant. Son ulcère le fait souffrir. Veux-tu m'expliquer de quoi il s'agit ?

– En fait, c'est à Nick que je voudrais parler. Il est là ?

Il y eut un silence.

– Adeline, répondez-moi ! Mon frère est-il là ?

– Non, il n'est pas là.

Bonnie soupira.

– Vous savez, je n'appellerais pas s'il ne s'agissait pas de quelque chose de vraiment important.

– Je m'en doute ! D'autant plus que c'est la première fois que tu nous fais signe depuis trois ans.

Bonnie ferma les yeux. Elle était trop fatiguée pour discuter de tout cela maintenant.

– Écoutez, tout ce que je veux, c'est savoir où est Nick.

— Tout ce que je peux faire, c'est lui dire que tu as appelé, fit Adeline.

Bonnie s'imagina la femme à l'autre bout du fil. Elle mesurait à peine un mètre cinquante-deux, avait de doux yeux bleus, des cheveux gris coupés court et une volonté de fer. À soixante-dix ans, Adeline montrait encore une autorité à toute épreuve, même au téléphone. Bonnie ne faisait pas le poids, ce qui d'ailleurs ne datait pas d'hier. Sur ce constat, elle adressa un triste sourire à Rod qui entrait dans la chambre en déboutonnant sa chemise.

— Très bien ! conclut-elle. Dites à mon père que j'ai appelé. Dites-lui qu'il faut absolument que je parle à Nick le plus vite possible.

— Je lui passerai le message.

— Merci, dit encore Bonnie bien que sa belle-mère eût déjà raccroché. Dis-moi que tout ceci n'est qu'un mauvais rêve, implora-t-elle tandis que Rod la rejoignait.

— C'est un mauvais rêve, fit-il, compatissant.

Il l'embrassa sur le front et lui prit des mains le combiné du téléphone qu'il raccrocha.

— Les enfants sont installés ?

— Plus ou moins.

Il lui effleura la joue d'un baiser.

— Je vais aller leur dire bonsoir.

— À ta place, je les laisserais tranquilles, conseilla Rod gentiment.

Sa voix chaude enveloppa Bonnie, la rassurant un peu.

— Je voudrais simplement qu'ils sachent qu'ils peuvent compter sur moi.

— Ils le savent, fit Rod. Et ils changeront d'attitude. Accorde-leur seulement un peu de temps pour se faire leur place.

Elle hocha la tête, souhaitant qu'il ait raison.

— Viens te coucher.

— Mon père pourrait rappeler...

— Je n'ai pas dit que nous allions dormir, rétorqua Rod avec une moue provocante.

— Tu as envie de faire l'amour, là, maintenant ? demanda Bonnie d'une voix incrédule.

Elle venait de vivre une des pires journées de sa vie. Elle avait découvert le cadavre assassiné de l'ex-femme de son mari, avait été conduite au poste de police pour interrogatoire, avait hérité de deux beaux-enfants hostiles et même d'un boa constrictor au berceau. Elle avait été passée à tabac par sa belle-fille. Elle était à bout de nerfs, bouleversée, épuisée, et son mari était... était quoi, au fait ? Amoureux !

– Fais attention à ma lèvre, lui dit-elle alors qu'il l'embrassait à nouveau, avec plus de fougue cette fois, caressant ses seins sous la robe.

Après tout, pourquoi pas ? songea-t-elle. Qu'avait-elle de mieux à proposer ? Oubliant sa fatigue, elle répondit à ses caresses.

– Maman !... (La voix d'Amanda résonna à travers le mur, jusque dans leur chambre.) Maman !

Bonnie se dégagea doucement de l'étreinte de son mari.

– Cela fait un peu trop de remue-ménage pour elle en un seul soir.

– Maman !

– J'arrive, ma puce.

Bonnie se précipita dans le couloir, passant devant la chambre d'ami que Lauren occupait désormais, puis devant le petit bureau où ils avaient réussi à caser Sam et son serpent.

– Que se passe-t-il, mon ange ? demanda-t-elle en pénétrant dans la chambre d'Amanda.

L'enfant était assise dans son lit à colonnes, entourée d'un véritable zoo d'animaux en peluche : un panda géant, un chaton blanc, un chien, deux ours miniatures et Kermit la grenouille. Au pied du lit, l'énorme kangourou dont elle était tombée amoureuse devant la vitrine de Noël la regardait de toute sa hauteur, bras ouverts comme un grand totem protecteur.

– J'arrive pas à dormir.

– Je sais, c'est difficile tout ça.

En s'approchant du lit, Bonnie distinguait de plus en plus nettement le petit visage rond dans l'obscurité, comme s'il brillait de l'intérieur. C'était bien possible après tout, songea Bonnie, toujours étonnée d'être pour quelque chose dans la création d'un être aussi merveilleux. Amanda Lindsay Wheeler, petite blonde bouclée aux bonnes joues potelées, aux grands yeux bleu marine et au petit nez retroussé. *Sucre candi et pain d'épice. Voilà de quoi sont faites les fillettes.* Bonnie porta une main à ses lèvres, ce qui réveilla la douleur.

– Est-ce que tu trouves Lauren jolie ? demanda Amanda à brûle-pourpoint.

– Oui, je la trouve jolie. Et toi ?

Amanda hocha vigoureusement la tête.

– Est-ce qu'elle est ma grande sœur maintenant ?

– Ça te plairait ?

– Oh oui, tellement !

– Il faut dormir à présent, ma puce.

Bonnie l'embrassa sur le front, la borda et s'éloigna.

– Je t'aime ! lui cria Amanda.

– Je t'aime aussi, mon ange.
– Je t'aime encore plus fort.

Bonnie s'arrêta, souriant au nouveau rituel nocturne qui s'instaurait.

– Impossible ! Tu ne peux pas m'aimer plus fort que je ne t'aime.

– Bon d'accord !... (Le rire d'enfant fusa.) On s'aime pareil.

– C'est ça, fit Bonnie en gagnant la porte. Nous nous aimons autant l'une que l'autre.

– Sauf que moi, je t'aime plus fort.

Bonnie envoya un dernier baiser à sa fille, qui fit mine de l'attraper au vol et de le coller sur sa joue, puis sortit dans le couloir.

Un rai de lumière sous la porte du bureau-tanière semblait lui faire signe. Elle hésita, puis frappa discrètement à la porte et, comme Sam ne répondait pas, la poussa avec précaution.

Il était allongé sur le canapé-lit ouvert, seulement vêtu de son vieux pantalon marron, une cigarette aux lèvres, des cendres répandues sur son torse nu. Dès qu'il la vit, il bondit du canapé et les cendres roulèrent sur la moquette grise.

– Ouais, je sais, faut pas fumer dans la maison, lança-t-il vivement, à la recherche d'un endroit où éteindre sa cigarette, l'écrasant finalement entre ses doigts.

Bonnie contempla, impuissante, le petit bureau qui avait jadis eu la prétention d'être son refuge, un endroit où elle pouvait se retirer pour corriger des copies, préparer ses cours, lire, se détendre. Désormais, des vêtements pendouillaient sur la télévision, des cendres grises saupoudraient les fleurs jaunes et vertes du canapé-lit et un énorme aquarium avait envahi sans vergogne la presque totalité de son imposant bureau de chêne, reléguant du même coup la photographie d'Amanda dans un coin et expulsant son ordinateur, assigné à résidence au sol. Bonnie frissonna.

– Où est le serpent ? demanda-t-elle en s'apercevant soudain que l'aquarium était vide.

Un long bras maigre se leva en direction de la fenêtre.

– Là-bas, sur le rebord de la fenêtre. Il se prend pour un chat.

Bonnie se tourna avec répugnance vers le fond de la pièce. Les rideaux vert menthe, entrouverts, laissaient deviner le corps de l'animal lové.

– Tu ne voudrais pas le laisser dans son aquarium quand nous sommes à la maison ? demanda Bonnie d'une petite voix, luttant contre un puissant désir de s'enfuir en hurlant.

– Bien sûr, fit Sam sans pour autant faire un geste.

Elle se retourna sur le pas de la porte.

– Est-ce que ça va ? Y a-t-il quelque chose dont tu aimerais parler ?

– Du genre ? répliqua-t-il.

Du genre : il fait beau, hein ? Et le dernier match de base-ball des Red Sox ? Et, au fait, l'assassinat de ta mère ce matin ? songea Bonnie, trop perplexe pour répondre. Elle resta plantée là, à essayer de pénétrer les traits fermés de l'adolescent, trouvant une certaine ironie dans le fait que les garçons ressemblent si souvent à leur mère, tandis que les filles tiennent plutôt de leur père. C'était du moins le cas de Sam et de Lauren. Et cela avait aussi été son cas et celui de son frère.

– Bonne nuit, Sam, dit-elle pour finir en se demandant si Nick allait la rappeler. À demain matin.

Elle sortit de la chambre et ferma la porte derrière elle juste au moment où celle de la chambre d'ami s'ouvrait. À la vue de Lauren, Bonnie recula instinctivement.

– Je vais juste à la salle de bains, dit Lauren en se dirigeant vers la petite pièce à l'extrémité du couloir.

– J'ai mis des serviettes de toilette propres et une savonnette neuve, commença Bonnie tandis que Lauren la frôlait. Si tu as besoin d'autre chose...

L'adolescente entra dans la salle de bains et ferma la porte.

– ... tu n'as qu'à le demander, conclut Bonnie malgré tout.

« Accorde-leur un peu de temps pour se faire leur place », avait dit Rod. Quand elle entra dans sa chambre, celui-ci était déjà sous les draps.

– J'en ai pour une seconde, dit-elle en se déshabillant, impatiente de retrouver son lit et la douceur des bras de son mari.

C'est lui qui avait raison. Il avait toujours su où et comment la caresser. Elle se serra contre son torse nu et sentit le mouvement régulier de sa respiration.

Il dormait. Elle sourit, laissa courir ses mains sur le corps chaud et déposa un léger baiser sur les lèvres entrouvertes. Le sommeil, qui gommait les rides au coin des yeux et de la bouche, semblait le rajeunir.

À le voir ainsi, elle se dit qu'elle n'arriverait jamais à dormir. Elle retourna dans la salle de bains se rafraîchir le visage en prenant garde à sa coupure. Elle avait l'esprit trop encombré d'images et de bruits pénibles : la voix de Joan au téléphone ; son corps assis à la table de cuisine de Lombard Street ; le trou béant au milieu de sa poitrine ; la chambre de Joan ; son classeur ; son carnet d'adresses avec celle de Nick ; la police d'assurance avec cette sale clause d'indemnité cumulative ; une vie brutalement éteinte ; deux enfants privés de mère. Pourquoi ? Que signifiait tout cela ?

– Je sens que je vais passer une nuit blanche, gémit Bonnie en se recouchant.

À peine eut-elle fermé les yeux qu'elle dormait déjà.

Elle rêva qu'elle était devant les élèves de sa classe de première et s'apprêtait à leur faire passer l'examen de fin d'année.

« C'est un sujet difficile, leur disait-elle en scrutant les visages inquiets. Alors, j'espère que vous avez révisé. »

Parcourant rapidement les rangées, elle distribua à chacun une copie du sujet sous les gloussements et les rires nerveux. En relevant la tête, elle s'aperçut qu'on avait décoré la salle de classe pour Halloween, comme cela se faisait à la maternelle, avec de grandes sorcières en carton qui se balançaient sur leur balai ; des silhouettes de chats noirs faisant le gros dos ; des citrouilles sculptées en d'horribles visages, d'énormes trous noirs à la place des yeux.

« Vous pourrez commencer dès que j'aurai fini de distribuer », dit-elle à ses élèves, tâchant de se concentrer sur ce qu'elle faisait.

Un énorme rire fusa alors.

« Pourrais-je savoir ce qu'il y a de si hilarant ? » demanda-t-elle.

Hasch s'extirpa de son bureau et s'approcha d'elle avec nonchalance.

« J'ai un message pour vous, de la part de votre père, dit-il en laissant échapper de sa poche le joint qu'il venait de se rouler.

– On ne fume pas dans cette classe, lui rappela Bonnie.

– Il a dit que vous étiez une sale gamine », fit Hasch en regardant par la fenêtre.

Bonnie suivit son regard et découvrit, entortillé dans le solide store vénitien des années cinquante, un grand boa constrictor en carton.

« Ce n'est pas vrai ! protesta Bonnie, je ne suis pas une sale gamine ! »

La sirène d'alarme retentit soudain et les élèves se précipitèrent vers la porte, la bousculant au passage et lui écrasant les pieds avec leurs godillots aux grosses semelles. Au secours ! Aidez-moi ! implora-t-elle, meurtrie et ensanglantée, tandis que le boa en carton se détachait et revenait à la vie en touchant le sol. Il rampa aussitôt dans sa direction, sa langue fourchue zébrant l'air, menaçante, dans les hurlements de la sirène.

Bonnie se raidit sous les draps, se protégea de ses bras, l'alarme carillonnant toujours à ses oreilles.

C'était le téléphone.

— Bon sang ! lâcha-t-elle en respirant lentement plusieurs fois de suite pour calmer les battements de son cœur.

Elle vérifia l'heure sur le radio-réveil en attrapant l'appareil : pas tout à fait deux heures.

— Allô ! fit-elle sur un ton à la fois angoissé et agacé.

— Il paraît que tu me cherches.

— Nick ?

Bonnie s'assit et se cala contre la tête de lit, vaguement écœurée, laissant traîner par inadvertance le fil du téléphone sur le visage de Rod, qui bougea et ouvrit les yeux.

— Que puis-je faire pour toi, Bonnie ?

Lui non plus ne se rendait pas compte qu'on était au beau milieu de la nuit, ou il s'en moquait, songea Bonnie en imaginant son jeune frère tandis qu'il parlait : des cheveux blonds crasseux tombant sur des yeux verts trop rapprochés et un mignon petit nez, un nez qui détonnait dans ce visage de gros dur. Sa voix n'avait pas changé d'un poil – un mélange de charme et d'insolence. Elle se souvint qu'il avait su la faire rire, mais pas du moment où il avait cessé de l'amuser.

— Je ne savais pas que tu étais sorti de prison.

— Tu devrais appeler plus souvent.

— Tu vis chez papa ?

— Libéré sur parole. Qu'avais-tu à me dire ?

— Joan Wheeler a été assassinée aujourd'hui, déclara Bonnie, anxieuse de sa réponse.

— Et c'est censé signifier quelque chose pour moi ? répliqua son frère après un long silence.

— J'ai besoin de savoir, Nick. La police a trouvé ton nom dans le carnet d'adresses de Joan.

La ligne fut coupée.

— Nick ? Nick ?

Elle secoua la tête et tendit l'appareil à Rod.

— Il a raccroché.

Rod s'assit, passa la main dans ses cheveux ébouriffés et reposa l'appareil.

— Tu crois qu'il a quelque chose à voir avec la mort de Joan ?

— Le premier geste de Joan ce matin a été de m'appeler pour me prévenir d'un danger, dit Bonnie, réfléchissant à haute voix. Quelques heures plus tard, elle est retrouvée morte et on découvre le nom de mon frère dans son carnet. Je me pose des questions.

— Je pense qu'il vaut mieux laisser la police s'en occuper.

— La police pense que *je* suis la criminelle, lui rappela-t-elle.

Rod passa un bras autour d'elle et l'attira contre lui.

— Pas du tout ! Ils pensent que c'est *moi*. C'est moi, le type

avec une assurance-vie sur chacune de vos têtes. Avec indemnité cumulative, tu sais ?
— Merci bien !
— À ta disposition.
Ils se recouchèrent, pelotonnés l'un contre l'autre.
— Évidemment, il y a aussi ce Josh Freeman, fit-elle après quelques secondes.
— Qui ça ?
— Josh Freeman, le professeur de dessin de Sam. Lui aussi est dans le carnet de Joan, ce qui ajoute un lien entre elle et moi.
— Dors un peu, Miss Marple.
— Je t'aime, chuchota Bonnie.
— Moi aussi, je t'aime.
— Je t'aime plus, dit Bonnie, qui attendait la suite.
Mais Rod se contenta de lui serrer le bras.

8

L'enterrement de Joan eut lieu à la fin de la semaine.

Bonnie était assise au premier rang dans la petite chapelle, à côté de Rod et de ses enfants. Stupéfaite par le nombre de personnes présentes, elle essayait de repérer qui étaient ces gens, pour tenter de définir la nature de leur éventuelle relation avec la défunte.

Rod avait dit que Joan n'avait pas d'amis, juste des « copains pour picoler ». Et voilà que la chapelle était pleine à craquer. Au bas mot, plus d'une centaine de personnes se pressaient sur les bancs étroits ou étaient adossées aux murs, et il était impossible que tous ces gens ne soient que des relations occasionnelles de Joan. Ils ne pouvaient pas non plus être tous des collègues de travail, sauf le dernier rang, investi par un groupe de femmes tirées à quatre épingles. Impossible de se tromper : il ne pouvait s'agir là que de l'escouade de l'agence Ellen Marx. Bien sûr, il y avait aussi quelques simples badauds qui, poussés par une curiosité morbide, avaient été attirés par la couverture médiatique de l'événement, intrigués par la violence de cette mort au sein de leur petite communauté habituellement si paisible.

Bonnie examina lentement chaque personne qui entrait dans son champ visuel. Le capitaine Mahoney et l'inspecteur Kritzic se tenaient devant les portes au fond de l'église ; le capitaine en bleu foncé et l'inspecteur en gris clair, tous deux à l'affût du moindre geste suspect, aussi insignifiant fût-il. Il y avait d'autres policiers. Ils avaient beau être en civil, ils étaient aussi faciles à repérer que les agents immobiliers de l'agence Ellen Marx : le jeune homme aux cheveux châtain clair et à la cravate rayée qui était assis au fond et détaillait tout le monde derrière ses yeux bleus ; les deux messieurs en costume, à moitié chauves, debout près du portail, qui se parlaient la main devant la bouche. Que pouvaient-ils être sinon des flics ?

Mais il restait tous les autres, toutes ces femmes et tous ces hommes au regard embué et à la gorge nouée. Qui était, par exemple, ce couple entre deux âges qui semblait affecté et se réconfortait, au troisième rang de l'autre côté de l'allée centrale ? Qui étaient ces gens, juste derrière Bonnie, qui échangeaient discrètement des souvenirs sur l'excellente amie qu'ils venaient de perdre ? Parlaient-ils vraiment de Joan ? Bonnie se cala au fond de son siège dans l'espoir de saisir des bribes de leur conversation, mais les voix se turent aussitôt comme si elles se sentaient écoutées.

Joan n'avait pas de parents vivants en dehors de ses enfants ; ni frère ni sœur pour la pleurer. Elle était fille unique. Quelle veine ! songea Bonnie en jetant un regard circonspect par-dessus son épaule, s'attendant presque à voir son frère surgir dans l'église comme un boxeur sur le ring – ce qu'il aurait bien été capable de faire pour le seul plaisir pervers de la choquer. Elle se demanda distraitement si la police l'avait contacté, puis le chassa brutalement de son esprit pour se concentrer sur les personnes présentes. Elle sourit à son amie Diana venue lui soutenir le moral, fit un signe à Marla Brenzelle, assise derrière elle dans une tenue rose vif qui la faisait ressembler davantage à une mère de marié qu'à une personne en deuil. Mais Marla était là pour autre chose : elle affectait un air dramatique et solennel à l'intention des nombreux journalistes qui rôdaient dans les parages. Cette femme attendait-elle donc constamment l'occasion d'être photographiée ? se demanda Bonnie, qui retint sa respiration en apercevant soudain Josh Freeman. Comment avait-elle fait pour ne pas le voir plus tôt ?

Il était exactement comme à l'école, songea-t-elle, un bel homme un peu négligé, comme si sa séduction naturelle était quelque chose de gênant, une réalité à laquelle il avait dû se faire sans pour autant s'y sentir jamais tout à fait à l'aise. Sa première apparition dans la salle des professeurs du lycée de Weston avait immédiatement déclenché des bavardages parmi les femmes, chacune désirant en savoir plus sur ce veuf new-yorkais au doux accent. Josh Freeman s'était cependant montré aussi distant qu'attirant, le plus souvent solitaire, ce qui ne l'avait jamais empêché, chaque fois que Bonnie l'avait approché, d'être agréable et poli. Que faisait-il donc ici ? Avait-il bien connu Joan ?

– Mr. Freeman est là, chuchota-t-elle à Sam, qui se retourna pour adresser un grand signe à son professeur, avec la même désinvolture dont il aurait fait preuve à l'égard d'un copain sur un stade de base-ball.

Une femme s'approcha d'un pas hésitant, les yeux gonflés par le chagrin.

– Lauren..., commença-t-elle en prenant les mains de l'adolescente dans les siennes. (Il était difficile de savoir laquelle des deux tremblait le plus.) Sam, fit-elle en le reconnaissant.

Elle voulut sourire, mais ses lèvres furent agitées d'un tremblement incontrôlable qu'elle ne réussit à calmer qu'en plaquant sa main sur sa bouche.

— Lyle et moi sommes vraiment désolés pour votre mère, parvint-elle à murmurer. Tout cela est tellement incroyable.

Bonnie s'avisa de la présence d'un petit homme costaud qui se tenait derrière la grande femme blonde, une main protectrice sur son épaule.

— C'était quelqu'un de si merveilleux, poursuivit la femme. Soyez sûrs que je ne serais pas ici aujourd'hui, si ce n'était pour votre mère, au nom de tout ce qu'elle a fait pour moi. Je ne peux pas croire à sa disparition. Je ne peux pas croire que quelqu'un ait pu lui faire du mal. C'était une grande dame, vraiment une grande dame.

La femme laissa échapper un sanglot. Son mari resserra son étreinte, froissant la soie délicate de sa robe bleu marine.

Une grande dame ? Quelqu'un de merveilleux ? Mais de qui diable cette femme parlait-elle ? Bonnie regarda Rod qui dévisageait la femme avec un détachement feint.

Lauren se leva et serra la femme dans ses bras.

— C'est moi qui devrais te consoler, lui dit la femme en se dégageant et en essuyant ses larmes qui s'obstinaient à couler.

— Ça va aller, lui assura Lauren.

La femme caressa la joue de Lauren d'un geste tendre.

— Je sais que ça ira... (Elle tenta un nouveau sourire.) Ta mère t'aimait tant, tu sais. Elle parlait de toi à tout bout de champ. Lauren par-ci, Lauren par-là. « Ma Lauren, disait-elle, ma jolie Lauren. » Elle était si fière de toi... de vous deux, ajouta la femme à l'intention de Sam, cherchant, mais un peu tard, à l'associer.

Sam hocha la tête et regarda vivement ailleurs.

— Bien ! fit la femme pour couper court tandis que Lauren retournait s'asseoir. Si nous pouvons faire quoi que ce soit pour vous, vous savez où nous trouver.

Son regard glissa sur Bonnie pour s'arrêter sur Rod.

Il se leva aussitôt.

— Caroline, dit-il en tendant la main. Je regrette de vous revoir dans de telles circonstances. Bonjour, Lyle !

— Bonjour, Rod, lâcha froidement l'homme.

— Rod, enchaîna la femme sans lui serrer la main, tu as l'air en forme.

— On dirait que ça te chagrine.

– C'est peut-être que je continue d'espérer que justice soit faite.

Bonnie retenait sa respiration, passant de l'un à l'autre, consciente de l'animosité qui régnait entre eux. Qui étaient ces gens ? Pourquoi une telle hostilité à l'égard de son mari ?

– Merci d'être venus, fit Rod d'une voix grave, quasi inaudible.

La femme reporta son attention sur Bonnie.

– Vous devez être Bonnie. Joan vous tenait en grande estime.

– Vraiment ?

– Prenez soin de ses enfants, l'exhorta la femme avant de pivoter sur ses escarpins vernis bleu marine pour redescendre l'allée centrale, son mari sur ses talons.

Bonnie se tourna aussitôt vers Rod.

– C'est quoi, tout ça ? Qui sont ces gens ?

– Ce sont les Gossett, expliqua-t-il en se rasseyant, les bras croisés sur sa poitrine.

Bonnie fit immédiatement le rapprochement avec les noms du carnet d'adresses de Joan. Lyle et Caroline Gossett, les voisins d'en face. « D'anciens amis », c'est la formule que Rod avait utilisée.

– Je suppose que vous n'étiez pas de grands amis, lança-t-elle.

– On ne peut pas plaire à tout le monde, répondit Rod sans s'émouvoir.

Bonnie faillit lui demander ce qui s'était passé, mais s'en abstint. Ce n'était guère le moment ni l'endroit pour étaler et analyser les vieux griefs. Elle décida d'en reparler plus tard.

Elle entendit renifler, jeta un œil vers Lauren qui paraissait perdue dans une longue et ample robe bleue.

– Est-ce que ça va ? demanda-t-elle.

Lauren, dont les mains se tordaient sur ses genoux, resta muette.

– Veux-tu un mouchoir ?

Bonnie lui en tendit un que Lauren dédaigna.

Bonnie glissa la main dans celle de Rod. Aide-moi, implorait-elle en silence. Aide-moi à comprendre tes enfants. Dis-moi comment établir le contact avec eux. Comment y parviendrait-elle quand lui-même les connaissait si mal ?

Jusqu'à ce drame, ils avaient toujours refusé de mettre les pieds dans la nouvelle maison de leur père, de faire partie de sa nouvelle vie. Au fil des années, des emplois du temps divergents et des relations de plus en plus distendues avaient réduit la visite hebdomadaire de ses enfants à des rencontres de hasard. Ce n'était pas sa faute. Ce n'était pas non plus la leur. Ce n'était la faute de personne. C'était simplement les choses de la vie.

La semaine avait été difficile. Bonnie était de toute évidence toujours suspecte. La police était revenue plusieurs fois pour l'interroger et parler avec Sam et Lauren. On n'informait pas Bonnie de la teneur de ces conversations, et ni Sam ni Lauren ne s'étaient montrés très empressés d'en parler avec elle ou leur père. En fait, ils parlaient fort peu et jamais spontanément, s'éloignaient dès que Bonnie s'approchait. Ils ne quittaient leur chambre que pour manger et encore à regret. Après quelques jours de ce régime, Rod avait repris le travail. Bonnie avait été tentée d'en faire autant, surtout en constatant que sa présence à la maison était tout sauf appréciée. Mais elle avait estimé qu'elle ne pouvait se permettre de laisser Sam et Lauren seuls dans une maison inconnue ; en tout cas, pas si vite. Elle se devait d'être là au cas où ils auraient besoin d'elle, du moins jusqu'à l'enterrement.

« Tu es une brave petite. » Ces mots, leitmotiv de sa mère, la firent pleurer au souvenir de cette autre femme morte bien trop tôt elle aussi. Quelle ironie, songea-t-elle, il ne s'agissait pas là des vacances romantiques dont elle avait rêvé, mais la vie se chargeait tout de même de lui faire manquer une semaine de cours. « Tu es ma petite fille chérie », lui murmurait encore le souvenir de sa mère, tandis qu'elle se tortillait sur sa chaise en se demandant si son frère était présent dans l'église.

– Qu'y a-t-il ? demanda Rod en passant son bras autour de ses épaules et en la serrant contre lui.

Bonnie secoua la tête et porta son attention sur le cercueil chargé de fleurs dans le chœur. Elle rajusta machinalement le col de son chemisier de soie grise et lissa les plis de sa jupe noire qui n'en avaient nul besoin. Un reniflement attira son regard vers le bas-côté. C'était Hasch, l'ami de Sam, qui se faufilait au milieu d'un groupe de femmes de l'autre côté de l'allée centrale.

– Salut, Mrs. Wheeler, fit-il. Ça va comme vous voulez ?

Dans le chœur, un homme grand, aux tempes grisonnantes, fit son entrée.

– C'est avec un immense regret et une profonde tristesse, commença-t-il d'une voix grave, que nous sommes tous rassemblés ici, aujourd'hui, pour pleurer Joan Wheeler. Votre présence à tous montre à quel point elle était hautement appréciée. Sa gentillesse, son courage, son dévouement, son sens de l'humour, poursuivait-il, tandis que Bonnie se demandait à nouveau qui était précisément le sujet de ces éloges, sont des qualités qu'elle conserva en dépit de pertes tragiques.

L'homme continua sur le même ton : il énuméra tout ce qu'avait fait Joan au cours de sa vie ; s'extasia sur l'amour qu'elle portait à ses enfants, restant évasif sur les circonstances du décès du plus jeune ; utilisa, avec un sens certain de l'euphémisme, des mots décents pour parler de sa plongée dans l'alcoolisme ; rapporta que, dans les jours précédant sa mort, Joan avait pris de bonnes résolutions, lui avait dit qu'elle était déterminée à s'en sortir, à remettre de l'ordre dans sa vie et dans sa maison.

Ce n'aurait pas été une mince affaire, songea Bonnie, en revoyant l'état de la chambre de Joan. Elle ne suivit que d'une oreille la fin de l'oraison funèbre, incapable d'établir un rapport entre ce que Rod lui avait raconté et ce qui se disait ici. Elle entendait des sanglots étouffés dans l'église bondée. Qui était cette femme que tant de gens pleuraient ? Elle jeta un coup d'œil à Sam. Et pourquoi son fils gardait-il les yeux si secs ?

Le service religieux parvint à sa fin et les porteurs s'approchèrent du cercueil pour le hisser sur leurs épaules. Rod et ses enfants suivirent. Bonnie resta discrètement en arrière, les yeux fixés droit devant elle, fuyant les regards, presque effrayée de ceux qu'elle pourrait croiser. Au fond de la petite chapelle, les portes s'ouvrirent sur un soleil d'une lumière aveuglante malgré la fraîcheur. J'aurais dû prendre une veste, songea Bonnie qui frissonnait tandis que l'on chargeait le cercueil dans le corbillard.

Les bruits de circulation de Commonwealth Avenue lui parvinrent et, alors que la foule se pressait autour d'elle, une question lui traversa l'esprit : parmi tous ces gens, combien allaient suivre jusqu'au cimetière ? Avant la cérémonie, elle aurait dit personne, mais à présent elle dirait presque tous.

Elle aperçut Josh Freeman.

– Mr. Freeman, héla-t-elle en jouant des coudes jusqu'à lui, étonnée d'ailleurs de s'entendre l'appeler par son nom de famille. S'il vous plaît, Mr. Freeman, Josh...

Il stoppa net et se retourna.

– Mrs. Wheeler ! fit-il d'un air plutôt étonné.

Était-il surpris de la rencontrer ici ? Savait-il qu'elle était la belle-mère de Sam ?

– Je n'avais pas du tout idée que vous connaissiez Joan, commença-t-elle, sans trop savoir où elle mettait les pieds.

– Sam est un de mes élèves.

– Oui, je sais.

Bonnie attendait qu'il poursuive, mais il n'en fit rien. Elle sentit alors qu'on empoignait son bras et se retourna. C'était Diana.

– Je t'appelle plus tard, lui dit son amie en effleurant sa joue tout en poursuivant son chemin jusqu'au parking.

Bonnie reporta son attention sur Josh Freeman. Il avait des yeux bruns plus clairs et plus brillants que ceux de Rod ; ses cheveux ondulaient en un subtil désordre, comme s'il avait essayé de se coiffer sans y parvenir, ce qui seyait d'ailleurs à l'expression espiègle de sa bouche et à son nez légèrement busqué.

– Étiez-vous amis, Joan et vous ? demanda-t-elle en évitant de trop le dévisager.

– Oui, se contenta-t-il de répondre.

– Accepteriez-vous de me parler d'elle un de ces jours ?

Pourquoi avait-elle posé cette question ? Qu'y avait-il à en dire ?

– Je ne vois pas trop ce que nous pourrions en dire, déclara-t-il en écho à ses pensées.

– Je vous en prie.

Il hocha la tête.

– Vous reprenez bientôt le travail ?

– Lundi.

– On se verra lundi.

– N'était-ce pas un merveilleux discours ? s'exclamait Marla Brenzelle.

Bonnie se retourna au moment où Marla, qui ressemblait à une barbe à papa géante, tendait les bras vers les enfants de Rod.

– Vous êtes sûrement Lorne et Samantha.

– Sam et Lauren, corrigea Bonnie en abandonnant Josh Freeman, qui d'ailleurs s'éloignait déjà.

– Je suis tellement désolée pour vous, poursuivit Marla, nullement désarçonnée.

– Merci, fit Lauren.

– J'ai enfin eu l'occasion de rencontrer ton frère il y a quelques semaines, déclara Marla.

Il fallut quelques secondes à Bonnie pour comprendre que Marla ne s'adressait pas à Lauren, mais à elle-même.

– Pardon ! Tu disais... ?

– Vous donnerez bien un autographe à mon copain ? demanda Sam tout à coup.

Le visage de Marla s'illumina comme si on avait brusquement dirigé un projecteur sur elle.

– Mais bien entendu ! dit-elle.

Bonnie regarda Hasch qui souriait de toutes ses dents, un gros marqueur à la main.

– Vous n'avez qu'à signer ici, dit-il en tendant le marqueur et un de ses bras tatoués.

– Hasch, répéta Marla après lui avoir demandé d'épeler son nom. Comme c'est original !

Qu'est-ce que c'est que ce cirque ? Bonnie attendait avec impatience que Marla finisse ses enluminures sur le dernier *le* de Brenzelle.

– Qu'est-ce que tu as dit ? Tu as vraiment rencontré mon frère ? lança-t-elle.

Marla lui décocha un sourire on ne peut plus radieux.

– Il se trouve que nous ne nous étions jamais croisés au lycée, puisque j'avais déjà mon diplôme quand il y est entré. Mais je me souviens d'histoires qui couraient sur lui, un violent, un *chaud,* comme diraient les jeunes. Ça fait donc une éternité qu'il m'intrigue, d'autant plus que, toi, tu étais plutôt du genre sainte-nitouche.

Bonnie ignora le trait, blessant, volontairement ou non.

– Comment se fait-il que tu aies rencontré mon frère ?

– Il est passé au studio pour parler à Rod. Rod ne te l'a pas dit ?

Bonnie chercha son mari des yeux, mais il parlait avec l'employé des pompes funèbres, près du portail. Rod avait rencontré son frère sans même lui en parler ? Mais pourquoi ?

– Il paraît qu'il avait une idée géniale pour une série, déclara Marla, comme si elle avait entendu la question de Bonnie. Rod lui a dit que ce serait un bide. Moi, j'avais bien envie de le persuader de participer à une de nos émissions. Ça ferait un invité fabuleux, tu ne trouves pas ? Il est très beau garçon et tellement charmant.

– Mon frère est un salaud et un escroc, rétorqua sèchement Bonnie qui ne désirait plus qu'une chose, fuir cette femme aussi vite que possible.

– Justement !

– Il faut que j'y aille, lui dit Bonnie en s'écartant vivement. Merci d'être venue, ajouta-t-elle par-dessus son épaule, comme si elle lui jetait un papier froissé en pleine figure.

– J'espère que notre prochaine rencontre se fera en de plus agréables circonstances ! cria Marla.

« Compte là-dessus », songea Bonnie.

– Pourquoi ne m'as-tu pas dit que tu avais vu Nick ? demandait Bonnie à Rod, occupé à disposer une quantité impressionnante de plats de cuisine chinoise autour de la table blanche.

Plus longue que large, la cuisine se terminait par un coin salle à manger qui donnait sur la rue. Sur l'un des murs était accrochée une lithographie de Chagall, représentant une vache les pattes en l'air au-dessus d'un toit ; une peinture d'Amanda – des gens à la tête carrée – décorait un autre mur.

– Toi, tu as parlé avec Marla, fit Rod sans se troubler.

– Je voudrais comprendre, Rod !

Il déposa le dernier plat sur la table et se lécha machinalement les doigts.

— C'est très simple, ma chérie. Il y a quelques semaines, ton frère s'est payé une petite visite au studio, sans rendez-vous naturellement. Il avait, paraît-il, une idée de génie pour une série. J'ai dû lui dire que ça ne prendrait pas.

— Que ce serait un bide, corrigea Bonnie.

— Pardon ?

— Marla m'a raconté que tu avais dit que ce serait un bide, fit-elle avec humeur, des larmes de rage dans les yeux.

Elle s'appuya contre la porte encore chaude du four. Rod l'y rejoignit.

— Allez, ma chérie ! Ça n'a aucune importance. Je ne t'en ai rien dit parce que j'étais sûr que ça te mettrait sens dessus dessous.

— Oui, parce que maintenant je me sens bien, sans doute ?

Il baissa la tête.

— J'ai été stupide, excuse-moi.

— Alors, tu l'avais déjà vu quand la police a découvert son nom dans le carnet de Joan.

C'était plus une affirmation qu'une question. Elle essayait d'y voir clair.

— Pourquoi n'as-tu rien dit à ce moment-là ?

— Qu'est-ce que tu voulais que je dise ? Oh ! à propos, ton frère est passé me voir la semaine dernière ? Ça n'avait aucun rapport.

— Et plus tard, quand j'ai cherché à le joindre ?

— J'ai pensé à t'en parler.

— Mais tu ne l'as pas fait. Même pas après ma conversation avec lui.

— Je ne voyais pas ce que ça pouvait apporter. Toute cette histoire commençait à s'embrouiller sérieusement. Je continue à penser que, s'il est impliqué en quoi que ce soit dans la mort de Joan, nous ferions mieux de laisser la police s'en charger.

— Ce n'est pas ça le problème ! s'écria Bonnie.

— Qu'est-ce que c'est, alors ?

Rod jeta un coup d'œil sur le couloir, visiblement inquiet que les enfants puissent les entendre.

Bonnie baissa instantanément la voix.

— Le problème, c'est que tu aurais dû m'en parler.

— D'accord, j'aurais dû, mais je ne l'ai pas fait. Je ne sais pas pourquoi. Probablement pour éviter ce genre de scène.

Il y eut un silence.

— Les plats refroidissent, hasarda-t-il.

— Savais-tu qu'il habitait chez mon père ? demanda Bonnie, sans l'écouter.

— Non. Je ne le lui ai pas demandé et il n'en a pas parlé.

— Avez-vous parlé de Joan ?

— Mais, nom de Dieu, pourquoi aurions-nous parlé d'elle ?

— Que fait son nom dans son carnet d'adresses ?

— Je répète, fit Rod en serrant les mâchoires et en détachant bien chaque mot, laissons faire la police.

— Étais-tu au courant que cette imbécile lui a demandé de participer à votre émission ? embraya Bonnie.

— Marla ?

Rod éclata de rire.

— Tu trouves ça drôle ?

— De toute façon, il ne le fera pas.

— Bien sûr qu'il le fera ! Ne serait-ce que pour me blesser.

— Alors, ne le laisse pas faire.

Rod l'embrassa sur le bout du nez.

— Allez, ma chérie, ne les laisse pas t'atteindre. Je suis désolé de n'avoir rien dit. Vraiment désolé.

Sam pénétra alors fort opportunément dans la cuisine, de son pas nonchalant, ses lacets traînant sur le carrelage, sa sœur sur les talons.

— Tu penses que Marla Brenzelle est une imbécile ? fit-il.

— Disons simplement que la dame a un sens de l'ironie fort limité, répondit Bonnie, qui se demandait ce qu'ils avaient pu saisir de la conversation.

— Qu'est-ce que c'est que ça ?

Sam se glissa sur une des hautes chaises d'osier.

— Quoi ? L'ironie ?

— Ça ! fit-il en montrant du doigt un des plats.

— Du poulet au citron, lui répondit Rod. Sers-toi.

— Je la trouve cool, dit Lauren en s'asseyant à son tour.

Elle se servit une bonne cuillerée de riz.

— Ah oui ? fit Bonnie sans cacher sa surprise. Et qu'est-ce que tu trouves *cool* en elle ?

Lauren haussa les épaules.

— Je trouve qu'elle aide des gens.

— Elle aide des gens ! Comment ? En les exploitant devant des millions d'autres gens ?

— Comment ça, elle les exploite ? demanda Lauren.

— Passe-moi le bœuf aux oignons, fit Sam.

— Elle les exploite parce qu'elle leur fait croire qu'en confessant leurs problèmes devant des millions de téléspectateurs ils seront à même de les résoudre. Tout ce qu'elle leur offre comme solution, c'est trente secondes de réplique. Elle procure une tribune à tous les tordus et autres exhibitionnistes du pays. Elle légitime des comportements hautement discutables en les faisant passer pour la norme, ce qu'ils ne sont décidément pas.

Bonnie s'arrêta, la tête encore toute chancelante de sa dispute avec Rod. Mais la colère alimentait son discours.

– Combien de lesbiennes sont-elles venues là pour avoir séduit le petit ami de leur mère ? Combien de voyeurs qui ont épousé leur cousine germaine après l'avoir espionnée en train de faire l'amour avec leur père ? Tu trouves ça normal ? Tu crois réellement que cette Marla Brenzelle, que d'ailleurs j'ai connue quand elle n'était encore que Marlene Brenzel, fait venir ces gens parce qu'elle est vraiment intéressée à aider qui que ce soit en dehors d'elle-même et de son sacro-saint audimat ? Je veux dire, n'avons-nous pas perdu tout discernement ? Tout bon sens ?

Cette explosion inattendue fit régner le silence dans la cuisine.

– Ça, c'est parler ! fit Rod d'un ton calme.

– Je suis désolée, s'excusa Bonnie très vite. Je ne sais pas très bien pourquoi j'ai sorti ça. Je ne voulais pas être si... si...

– Méprisante ? termina Rod, sarcastique.

– Désolée. Je ne voulais vraiment pas...

– Je ne m'étais pas rendu compte que tu avais tant d'états d'âme sur mes occupations quotidiennes, fit Rod.

– Depuis quand connais-tu Marla Brenzelle ? demanda Sam.

– Nous étions à l'école ensemble, répondit Bonnie sans quitter Rod des yeux.

– Ouais, cool ! fit Sam.

– Écoute, dit Bonnie à son mari, je ne voulais pas dénigrer ton travail...

– Heureusement que tu ne *voulais* pas !

– Elle m'a demandé si ça me plairait d'aller à l'émission un jour, déclara Lauren en enfournant une bouchée de riz. Elle a dit que ça pourrait m'aider à m'en sortir d'aller parler de ce qui est arrivé.

– Il est certain que cela t'aiderait d'en parler à quelqu'un, approuva vivement Bonnie. Mais parle plutôt à ton père ; parle à un thérapeute, ou même à moi.

– Et en quel honneur je te parlerais à toi ? lança Lauren.

– Lauren, du calme, lui dit son père.

– Eh bien, prononça avec peine Bonnie qui avait la gorge nouée, parce que je sais ce que c'est de perdre une mère qu'on aime.

– Je n'ai pas *perdu* ma mère. Elle a été assassinée. La tienne aussi ? lança Lauren d'un air provocant.

– Non, répondit Bonnie qui pensa à part elle, pas exactement.

– Alors, tu ne sais rien du tout.

Lauren repoussa sa chaise.

— Je n'ai pas très faim. Vous voulez bien m'excuser ?

Elle quitta la pièce.

La main de Rod chercha celle de Bonnie par-dessus la table.

— Désolé, ma chérie, dit-il en la caressant, tu n'as pas mérité cela.

Il posa sa fourchette et regarda par la fenêtre, soudain pensif.

— Ça a été une rude journée pour tout le monde, dit-il en se passant la main dans les cheveux... (Il repoussa son assiette.) Je n'ai pas vraiment faim moi non plus... (Il se leva, puis s'étira.) En fait, je me sens un peu nerveux. Ça t'ennuierait que je sorte un moment ?

— Maintenant ? Il est plus de neuf heures.

— Je voudrais juste conduire un peu. Je ne serai pas long.

Il atteignait déjà la porte de la cuisine. Bonnie courut derrière lui.

— J'ai besoin de quelques minutes pour me vider la tête, ajouta-t-il, parvenu à la porte d'entrée.

— Rod, je regrette, commença Bonnie. Tu sais que ce n'est pas toi que je voulais critiquer.

— Tu n'as rien à te reprocher.

Il l'embrassa tendrement sur la bouche tandis que sa main cherchait la poignée de la porte.

— Tu veux venir ? proposa-t-il dans un élan subit.

— Je ne peux pas laisser Amanda.

Bonnie imita sa fille en train de dormir.

— Sam et Lauren sont là, lui rappela-t-il.

Lançant un regard vers l'escalier, Bonnie se figura Sam dans la cuisine et Lauren dans sa chambre. « Ne crois surtout pas que tu pourras utiliser mes enfants comme baby-sitters. Ils ne sont pas à ta disposition », l'avait sermonnée Joan au cours d'une soirée mémorable, peu après la naissance d'Amanda.

— Je préfère pas, rétorqua Bonnie, songeuse.

Joan n'avait su quoi inventer pour empêcher Sam et Lauren de faire connaissance avec leur demi-sœur. Elle avait été incroyablement malveillante, mesquine et cruelle. Rien, en tout cas, qui ressemblât au modèle de vertu qu'on avait fait d'elle au cours de l'après-midi.

— Je reviens tout de suite, fit Rod en claquant la porte derrière lui.

Quand Bonnie revint à la cuisine, Sam était toujours à table, le nez dans son assiette. La lumière du plafonnier faisait miroiter le reflet bleu nuit de ses cheveux noirs.

— Je suis contente que quelqu'un montre de l'appétit, fit-elle.

Sam se tourna vers elle, les lèvres barbouillées de sauce orange comme d'un rouge à lèvres trop gras, le même ton que sa mère aimait à porter, celui-là même qu'elle avait en mourant.

Ébranlée à la vue de cette espèce de fantôme, Bonnie recula instinctivement d'un pas. Sam sourit. Un truc pendillait de sa main droite, comme une chaîne de montre, sauf que... ce n'était pas une chaîne de montre. Bonnie empoigna son ventre à deux mains. C'était une queue.

– Mon Dieu, fit-elle, dis-moi que ce n'est pas ce à quoi je pense !

– Ce n'est qu'un petit rat blanc, répondit Sam en riant. Je lui permets de grignoter un peu de porc aigre-doux. Un dernier repas en somme, genre dernière volonté, avant de le livrer à L'il Abner.

Quand Sam se leva, Bonnie fit son possible pour éviter des yeux le mince halo orange autour de la bouche et du nez frétillants du condamné.

– Tu veux voir ?

– Non, merci ! murmura Bonnie.

Après le départ de Sam, elle s'affala sur une chaise en face du fantôme de Joan et attendit le retour de Rod.

9

Bonnie gara sa voiture dans le parking du lycée de Weston Heights à sept heures vingt-neuf le lendemain matin. Elle se souvint d'avoir dit aux policiers : « J'ai une pendule digitale dans ma voiture. » Ensuite, elle avait ri, pas longtemps, pas très fort. Assez longtemps cependant pour les intriguer davantage, et suffisamment fort pour éveiller leurs soupçons. Ils reviendraient d'ailleurs à la charge dans le courant de la semaine, arpenteraient les mêmes sentiers battus dans l'espoir qu'elle se coupe, qu'elle lâche quelque chose l'incriminant, quelque chose d'assez probant pour que le capitaine Mahoney lui passe les menottes qui pendaient constamment à sa ceinture. Puis ils l'emmèneraient. Ils semblaient parfaitement indifférents quant à l'éventuel danger qu'elle courait avec sa fille, ce danger contre lequel Joan l'avait mise en garde. Ils doivent penser que j'ai inventé toute cette histoire, songea Bonnie, déçue du peu de chose que la police avait révélé de son enquête. Seules les conclusions du coroner leur avaient appris que Joan avait été tuée par une balle provenant d'un revolver de calibre 38, et il était fort possible qu'il s'agisse de celui que Rod avait déclaré.

— Hé, Mrs. Wheeler ! entendit Bonnie alors qu'elle atteignait l'entrée du bâtiment rouge brique des classes de troisième. Laissez-moi vous aider.

Elle tourna la tête et vit Hasch qui arrivait en courant.

— Vous êtes vraiment pas mal aujourd'hui, Mrs. Wheeler, dit-il en ouvrant la lourde porte et en s'effaçant pour la laisser passer. Sympa de vous retrouver, ajouta-t-il alors qu'ils entraient dans la cafétéria.

Bonnie sourit.

— Que puis-je faire pour toi, Hasch ?

Il baissa la tête et fit en sorte de parler si doucement qu'elle dut se pencher à son tour pour entendre sa question.

– Dites, vous ne comptez pas sur la dissert qu'on devait vous rendre aujourd'hui, si ?

Bonnie faillit éclater de rire. Elle l'aurait fait s'il n'y avait eu cette brusque tension sur le visage du garçon, un imperceptible raidissement dans son sourire.

– J'ai bien peur que si, lui dit-elle. Vous avez eu plus d'un mois pour la rédiger.

Hasch resta muet, un sourire figé sur les lèvres, qui fit bientôt place à un sourire frimeur subtilement étudié, alors qu'il rejoignait à reculons un groupe d'élèves qui traînaient dans les parages. Bonnie le regarda se fondre au milieu d'eux ; cela lui fit l'effet d'un rat avalé par un serpent géant. Sans trop savoir pourquoi, elle se sentait quelque peu troublée par cette rencontre. Elle sortit de la cafétéria en saluant de la tête un groupe de jeunes gens qui chahutaient dans un coin et emprunta rapidement un couloir. Un tube de néon courait au centre du haut plafond, telle une ligne blanche d'autoroute, projetant des ombres sur le mur de briques jaune et auréolant d'une mystérieuse lueur une grande photo suspendue à la porte de la salle des professeurs ; c'étaient les nouveaux bacheliers, dont les têtes réjouies avaient été découpées et montées en une ribambelle de petits ovales. Bonnie poussa la porte et se dirigea droit sur la cafetière électrique, au fond de la pièce. Elle se servit rapidement une tasse.

– Bonjour, tout le monde ! lança-t-elle à la cantonade en s'acheminant vers une chaise près des fenêtres.

La vue – une petite cour intérieure avec un arbre unique – n'avait rien d'extraordinaire.

Il y avait une demi-douzaine d'enseignants dans la salle aux murs bleu et beige. Certains conversaient autour du distributeur de boissons fraîches, les autres semblaient plongés dans leur journal, tous affectaient un air de parfaite désinvolture. Un vague « salut ! » collectif parvint à Bonnie. Puis on lui demanda comment elle allait, ce à quoi elle répondit :

– Très bien. C'est bon de me retrouver là, poursuivit-elle sur sa lancée en constatant l'absence de Josh Freeman.

– Ça a dû être terrible, glissa Maureen Templeton, un professeur de sciences qui avait un cheveu sur la langue.

Tout le monde acquiesça d'un hochement de tête, jugeant inutile d'en rajouter.

– Oui, en effet, fit Bonnie.

– Est-ce que la police... ?

– Rien encore.

– Rude semaine ? demanda Tom O'Brian, le professeur d'art dramatique, un modèle de pédagogie.

— Le trou noir.

— Eh bien ! Si nous pouvons faire quelque chose..., offrit Maureen Templeton tandis que les autres hochaient la tête.

— Merci.

— Sam est dans mon groupe de troisième année, déclara Tom O'Brian. Il a du talent, c'est un acteur-né. Comment va-t-il ?

— Mieux qu'on aurait pu s'y attendre, répondit Bonnie, ne sachant toujours pas très bien que penser de l'attitude de Sam.

La police avait rendu la voiture de Joan, et Sam s'était joyeusement porté volontaire pour conduire sa sœur à son école de Newton, jusqu'à la fin de l'année scolaire.

— Connaissiez-vous sa mère ?

— Je l'ai rencontrée lors d'une réunion de parents d'élèves en novembre dernier. Elle m'a semblé assez sympathique... (Tom secoua la tête.) C'est absolument atroce, inconcevable.

Il n'y avait apparemment plus rien à dire, et le silence retomba dans la pièce. Peu à peu, chacun retourna à ce qu'il faisait avant l'arrivée de Bonnie. Elle ramassa donc des pages du *Boston Globe* qui traînaient sur la petite table en Formica devant sa chaise. Elle les feuilleta, soulagée de constater que son nom n'y apparaissait plus en long, en large et en travers. De nouveaux meurtres plus sanglants et plus sensationnels l'avaient reléguée aux oubliettes : un meurtre-suicide à Waltham ; un chauffeur à la carabine dans Newbury Street ; un couple poignardé alors qu'il prenait son dessert dans une boîte de nuit branchée.

Bonnie abandonna les faits divers pour la rubrique « Vie quotidienne ». Elle parcourut rapidement des recettes de *brownies* pauvres en matières grasses et de charlotte aux pommes riches en fibres végétales, sauta un article sur la sexualité des personnes âgées et se concentra sur « Communications privées », une rubrique courrier dans laquelle les docteurs Rita Wertman, généraliste, et Walter Greenspoon, thérapeute familial, associaient leurs conseils.

Au fait, que faisait le nom du docteur Greenspoon dans le carnet d'adresses de Joan Wheeler ?

Cher Docteur Greenspoon, commençait la première lettre. *Je suis la mère d'une fillette hyperactive de sept ans, qui nous fait tourner en bourriques, mon mari et moi. Elle refuse de se lever le matin, hurle quand je l'emmène à l'école, ne veut ni dîner ni aller se coucher. Mon mari et moi sommes épuisés et on s'étripe à tout bout de champ. Je crains que notre mariage ne survive pas à cette enfant et je ne sais que faire.*

Chère maman malheureuse, répondait le docteur Greenspoon. *Votre mari et vous-même devez apprendre à vous conduire comme une entité...*

– Excusez-moi, Mrs. Wheeler, fit soudain une voix.

Bonnie leva le nez, laissant le journal glisser sur ses genoux. Josh Freeman, le grand dégingandé, se tenait devant elle, avec son sourire timide et son air craquant d'adolescent ; quelque chose, pourtant, dans son attitude avertissait Bonnie de garder ses distances.

– Mr. Freeman, répondit-elle d'un air embarrassé.
– Vous souhaitiez me parler.
– Oui, si vous n'y voyez pas d'inconvénient.

Elle désigna d'un geste la chaise libre à côté d'elle. Josh Freeman hésita, puis finit par s'asseoir.

– Vous plaisez-vous à Weston Heights ? demanda Bonnie, faute de savoir par où commencer.

Elle se sentait aussi maladroite que pour un premier rendez-vous galant. Que faisait-elle là ? Pourquoi avait-elle demandé à lui parler ? Et de quoi exactement ?

– Je me plais beaucoup ici, lui dit-il. Il y a une flopée de gosses créatifs et doués. Il suffit de peu de chose pour les motiver. Mais je ne pense pas que ce soit ce dont vous vouliez parler, n'est-ce pas ?

Ce n'est donc pas le genre de type à échanger des banalités, se dit Bonnie qui, d'ordinaire, avait plutôt tendance à louer ce trait de caractère.

– J'ai été surprise de vous rencontrer à l'enterrement de Joan Wheeler, risqua-t-elle.

Josh Freeman se contenta de l'écouter.

– J'ignorais que vous étiez amis.

Il n'y eut toujours aucun commentaire.

– Vous ne dites rien, fit Bonnie en fixant ses lèvres, pour éviter de le regarder dans les yeux.

– Vous ne m'avez encore rien demandé, rétorqua-t-il.

Elle sourit, comprenant qu'il lui fallait être plus explicite si elle voulait apprendre quelque chose, même si elle ignorait précisément quoi.

– Connaissiez-vous bien Joan ? commença-t-elle.
– Nous nous sommes rencontrés en novembre, à la réunion des parents d'élèves, et nous avons eu de nombreux entretiens par la suite.
– Elle avait votre numéro de téléphone personnel.
– Oui, en effet.

Bonnie prit une profonde inspiration pour s'obliger à le regarder dans les yeux. Elle resta un instant saisie par leur clarté, par l'intensité avec laquelle il lui retournait son regard.

– Vous ne me rendez pas les choses très faciles, fit-elle.

– Je n'essaie aucunement de vous mettre mal à l'aise. Simplement, je ne vois pas très bien où vous voulez en venir.
– Avez-vous été contacté par la police ?
– J'ai parlé à la police, oui.
– Puis-je vous demander de quoi vous avez parlé ?
– Certainement pas, dit-il du même ton égal.
Bonnie se sentit rougir.
– Connaissiez-vous mon lien avec Joan ?
– Je sais que vous avez épousé son ex-mari.
– Est-ce Joan qui vous l'a dit, ou bien la police ?
– C'est Joan.
– Quel genre de relation entreteniez-vous avec elle ?
– Je ne crois pas que cela vous regarde en quoi que ce soit, fit Josh Freeman en jetant un coup d'œil à l'horloge murale. Et ça va bientôt sonner. Il faut que j'y aille.
– Nous avons encore cinq minutes.
– Que voulez-vous savoir au juste de ma relation avec Joan ?
– Il y *avait* donc bien une relation, souligna Bonnie.
Il garda le silence.
– Vous a-t-elle parlé de moi ? Ou de ma fille ? N'a-t-elle jamais fait allusion devant vous à un danger qui nous menacerait ?
Une lueur d'inquiétude vacilla une seconde dans les yeux de Josh Freeman, puis s'évanouit aussi vite.
– Je ne vois pas où vous voulez en venir, dit-il en se levant, et je trouve que cette conversation prend un tour déplaisant. Il faut vraiment que je rejoigne ma classe.
Bonnie se leva d'un bond.
– Pouvons-nous nous voir après les cours ?
– Je ne pense pas.
– Je vous en prie.
– Nous verrons, lança-t-il.
On le sentait sur des charbons ardents et, avant qu'elle ait pu protester, il était déjà loin.

Bonnie respira un grand coup avant de pousser la porte de sa classe. Instantanément, les élèves qui bavardaient en groupe devant les larges fenêtres se précipitèrent à leur place. Avec leurs cheveux, leurs treillis et leurs anneaux dans le nez, les oreilles ou ailleurs, ils formaient un ensemble fantaisiste. Ils étaient à peu près autant de garçons que de filles qui, tous issus de familles relativement riches, n'avaient de cesse de paraître le plus pauvre possible. Leurs regards sans expression reflétaient un cynisme collectif étonnant pour leur âge. Qu'était-il donc arrivé à la jeunesse ? se demanda Bonnie.

Pendant qu'elle examinait les vingt-quatre élèves de sa classe de troisième, il y eut des petits rires nerveux et des coups d'œil furtifs. Au fond de la classe, Hasch clignait des yeux et hochait la tête avec force, comme une marionnette de ventriloque. Bonnie gagna son bureau qui faisait face aux élèves et se glissa sur son siège. Elle vérifia rapidement que tout était à sa place. Le tableau noir avait été soigneusement effacé ; le tableau d'affichage sur le mur à sa gauche offrait toujours son assortiment familier de cartes, d'affichettes de spectacles et d'annonces du genre : *La Littérature à travers les âges, 1400-1850*. À côté, sur le même mur, étaient suspendus des dessins d'élèves, sortes de posters illustrant des ouvrages qu'ils étudiaient avec Bonnie : *Catcher in the Rye, I Know why the Caged Bird Sings, Cyrano de Bergerac, Macbeth*.

– Qu'avez-vous étudié avec mon remplaçant la semaine dernière ? demanda-t-elle en prenant son *Macbeth* sur le bureau.

– Pas grand-chose, fit quelqu'un en riant.

– Pire que ça, bien pire ! Carrément rien ! beugla Hasch, riant encore plus fort.

– Il n'était pas très compétent, dit une des filles du premier rang. La plupart du temps, il s'est contenté de nous laisser travailler à notre guise.

– Parfait ! En ce cas, vous n'avez guère d'excuses pour ne pas avoir la dissertation qui était à remettre aujourd'hui, leur rappela Bonnie au milieu des grognements. En attendant, ouvrez vos livres à la page 72.

Une main se leva et se balança dans les airs.

– Oui, Katie ?

– Qu'est-ce que ça fait de trouver un cadavre ? demanda timidement la jeune fille.

Le silence s'abattit sur la classe et, l'instant de stupeur passé, Bonnie comprit qu'elle aurait dû s'attendre à leur curiosité : eux aussi lisaient le journal, savaient tout du meurtre de Joan et n'ignoraient pas que c'était elle qui avait trouvé le corps.

– Épouvantable, dit-elle à la jeune fille, c'était vraiment atroce.

– Est-ce que le corps était froid ? demanda une autre élève.

– Il était déjà raide, lui répondit Bonnie.

– Ouais, raide ! reprirent-ils tous en chœur.

Raide, songea Bonnie, avaient-ils compris de travers ?

– C'est vous qui l'avez fait ?

Cela venait d'une voix masculine délibérément provocante. Bonnie n'avait pas besoin de vérifier pour savoir que c'était celle de Hasch.

– Désolée de vous décevoir, mais la réponse est non, fit-elle en s'efforçant de garder un ton indifférent. À présent, je pense qu'il serait bon d'aller à la page 72... (Elle tourna les pages d'une main tremblante.) La tirade de Macbeth, en haut de la page.

Bonnie glissa un œil par la fenêtre, heureuse de l'annonce du printemps. Malgré une température en dessous des normales saisonnières, les arbres étaient en bourgeons, certains même en fleurs. L'extrémité des branches semblait avoir été sertie dans une douceur ouatée, songea Bonnie en s'avouant que c'était sa saison préférée. Elle vit des lycéennes traverser le vaste parc en courant, des retardataires bien entendu. L'une d'elles perdit un cahier en route et dut revenir sur ses pas pour le récupérer. Bonnie la suivit des yeux. Quand la fille se pencha, sa minijupe noire remonta assez haut pour laisser découvrir une culotte écossaise. Bonnie sourit et s'apprêtait à revenir au texte, quand son œil fut attiré ailleurs : tout au fond du parc, elle aperçut un homme à moitié caché derrière les arbres. Épiait-il les jeunes filles, se demanda-t-elle, ou bien autre chose ?

Elle alla jusqu'à la fenêtre et écrasa son nez contre la vitre. Comme s'il se savait observé, l'homme s'éloigna des arbres et se posta en pleine lumière, s'offrant à tous les regards. Il portait un blouson de cuir bistre sur un jean et abritait ses yeux derrière de larges lunettes de soleil. Bonnie sursauta, certaine qu'il s'agissait de lunettes miroir, et recula si brusquement qu'elle alla heurter le bureau d'un élève.

– Ça va pas, Mrs. Wheeler ? demanda une voix.

– Tracey, surveille jusqu'à mon retour, fit Bonnie en se dirigeant vers la porte. Travaillez à votre dissertation, recommanda-t-elle.

– Qu'est-ce qui se passe ? chuchota quelqu'un.

– C'est qui, ce mec ? demanda un autre.

Bonnie gagna la porte d'entrée en accélérant le pas le long du couloir, respectueuse de la pancarte qui enjoignait de ne pas courir. Elle poussa vivement la porte et s'élança dans le parc, en direction des arbres où elle avait vu l'homme.

Hélas, il n'y était plus.

Elle stoppa et fouilla les alentours. Bon Dieu, songea-t-elle, lui ! Des larmes de colère lui montèrent aux yeux. Elle n'allait pas le laisser agir ainsi. Il n'était pas question qu'elle lui permette de jouer à ce petit jeu.

– Nick ! cria-t-elle.

Le vent transporta sa voix jusqu'à l'autre bout du parc.

– Nick, où es-tu ? Je sais que tu es là. Je t'ai vu.

Un reniflement attira son attention. Elle se retourna et, plissant les yeux dans le soleil, elle entrevit un individu qui s'approchait d'un pas nonchalant. Elle mit alors ses mains en visière pour distinguer le visage de l'homme.

— Vous avez un problème ? demanda-t-il.

Avant même de voir ses traits, Bonnie sut que ce n'était pas Nick. Ce n'était pas du tout sa voix. Elle était courtoise et attentionnée, deux adjectifs qui ne s'appliquaient résolument pas à son frère.

Bonnie alla au-devant de l'homme brun entre deux âges qui portait l'uniforme gris des gardiens de l'école.

— Avez-vous aperçu un homme embusqué dans le coin ?... (Elle fit un geste vers les arbres.) Grand, blond, des lunettes miroir, poursuivit-elle, étonnée d'être aussi formelle au sujet des lunettes, alors que c'était pure conjecture.

Nick avait toujours affectionné les lunettes miroir. Grâce à elles, on ne pouvait pas voir ses yeux... le miroir de l'âme, se dit Bonnie. Du moins, pour ceux qui en ont une.

Le gardien secoua la tête.

— Non, désolé. J'ai vu personne. Mais j' peux pas dire que ça me plaise beaucoup, l'idée d'un homme embusqué. J' m'en vais ouvrir l'œil, pour sûr.

Bonnie jeta un dernier regard dans le parc et repartit à contrecœur vers l'école, parfaitement consciente que ses élèves l'observaient depuis les fenêtres. Elle s'était peut-être trompée. Si ça se trouve, ce n'était pas Nick. Du reste, que fabriquerait-il par ici ? C'était sûrement son imagination, une ombre dans laquelle elle avait voulu voir un homme. Mais, en réalité, il n'y avait personne. Pourtant, d'autres qu'elle, dans sa classe, l'avaient vu aussi. Elle se souvenait parfaitement d'avoir entendu quelqu'un demander : « C'est qui, ce mec ? »

À peine avait-elle mis le pied dans la classe que Hasch lui lançait :

— Il a foutu le camp dès que vous êtes sortie d'ici.

— Savez-vous dans quelle direction il est parti ?

— Direction parking, lança quelqu'un.

— Qui est-ce ? demandèrent plusieurs voix à l'unisson.

Bonnie leva les bras au ciel.

— Quelqu'un que j'avais cru reconnaître. Mais bon, laissons cela ! Page 72, s'il vous plaît, attaquons cette tirade.

À la fin du cours, Hasch s'approcha d'elle de son pas tranquille, une main dans la poche de son jean noir, l'autre encombrée d'une chemise à sangle dont s'échappaient des feuilles vierges. Il s'arrêta à quelques centimètres d'elle, exhalant toujours la marijuana qu'il portait comme une seconde peau.

— Euh, Mrs. Wheeler, commença-t-il, je n'ai pas encore eu le temps de faire ma dissert et j'ai besoin d'un délai.

— Tu as eu tout le temps qu'il fallait, lui rétorqua Bonnie.

— C'est-à-dire que la semaine dernière a été super-mouvementée, quoi ! Avec le meurtre et tout ça.

Bonnie ouvrit la bouche pour répondre mais la referma aussitôt. Se pouvait-il qu'il prenne le meurtre de la mère de son copain comme excuse pour ne pas avoir rédigé son devoir à temps ? Et, après tout, était-ce si surprenant ?

— Je ne suis pas sûre de bien saisir, fit-elle.

— J'ai besoin d'un délai.

— Tu connais la règle, Hasch : un point en moins par jour de retard.

— Écoutez, il faut absolument que je passe en seconde.

— Alors, il faut absolument que tu te mettes à travailler.

— Ne soyez pas si coincée du cul, marmonna Hasch entre ses dents.

— Pardon ?

— La mère de Sam était une coincée du cul, poursuivit-il en la fixant droit dans les yeux, et vous avez vu ce qui lui est arrivé.

Durant quelques secondes, Bonnie fut trop suffoquée pour parler.

— Qu'essaies-tu de me dire exactement ? lâcha-t-elle enfin.

— Il faut absolument que je passe en seconde, répéta-t-il avant de quitter la classe.

C'était la fin de la journée. Assise dans la salle des professeurs, Bonnie buvait sa troisième tasse de café en essayant de se détendre. Elle n'était pas taillée pour ce genre d'embrouille. Elle aimait ce qui était simple et sans détour, pas les devinettes. Elle détestait qu'on tourne autour du pot. C'était une des raisons pour lesquelles elle avait toujours eu des problèmes avec la poésie. Elle s'était souvent demandé pourquoi les poètes ne disaient pas carrément les choses. La même question lui venait maintenant à propos de Josh Freeman et de son refus de se confier à elle, de son frère embusqué dans les buissons comme un vulgaire voyeur, de Hasch avec sa menace.

En toute logique, elle devrait appeler la police pour lui signaler les curieuses réflexions de Hasch, mais elle doutait que cela en vaille la peine. Il était évident que la police voyait en elle le principal suspect. « Et ce danger dont Joan m'a parlé ? leur rappelait-elle en permanence. Le danger qui nous menace, mon enfant et moi ? » À cela, ils ne rétorquaient jamais rien. Ne se trouvait-il donc personne qui puisse lui fournir une réponse satisfaisante ?

Elle consulta sa montre. Il était trois heures passées. Où était Josh Freeman ? N'avait-il pas consenti à la revoir après les cours ?

En fait, il lui fallait avouer que non. Il n'avait rien convenu de tel. À vrai dire, il s'était même montré plutôt réticent, se contentant de répondre à sa supplique par un vague « nous verrons ».

Bonnie parcourut la pièce du regard. Le soleil dardait ses rayons sur les rideaux qui pendaient de chaque côté de la large fenêtre. Anthony Higuera, professeur d'espagnol, corrigeait des copies dans un coin ; Robert Chaplin, professeur de chimie, lisait le journal du matin en hochant la tête. Il n'y avait pas trace de Josh Freeman.

C'est un homme intéressant, songea-t-elle, une énigme, séduisant mais distant, même si quelque chose dans ses yeux indiquait qu'il n'en avait pas toujours été ainsi. Depuis son arrivée au lycée de Weston, il s'était montré la plupart du temps replié sur lui-même, comme s'il craignait de se rapprocher trop des autres. Elle se souvenait d'avoir entendu dire que sa femme était morte à la suite d'un horrible accident, mais, pour autant qu'elle sache, il n'en avait jamais parlé directement avec qui que ce fût, pas plus d'ailleurs que d'un quelconque aspect de sa vie privée. Bonnie aurait voulu savoir jusqu'où était allée sa relation avec Joan.

Peut-être l'attendait-il dans sa classe de dessin. À cette pensée, elle se leva si brusquement qu'elle faillit en renverser sa chaise. Cela valait le coup d'aller voir. Elle quitta la salle des professeurs et emprunta le couloir pour gagner l'escalier de derrière. Même s'il n'était pas là à l'attendre, elle le croiserait peut-être en chemin...

– Ohé, Mrs. Wheeler ! fit une voix.

Bonnie se retourna. Une des secrétaires lui courait après, une femme très ronde vêtue de rouge de la tête aux pieds. Une tomate sur des jambes, songea Bonnie en la regardant s'approcher.

– Je suis bien contente de vous tomber dessus, dit la femme, tout essoufflée, une main sur le cœur.

– Quelque chose ne va pas ?

– La crèche de votre fille a téléphoné. Ils souhaitent que vous rappeliez le plus vite possible. Ils...

Sans attendre que la jeune femme dans tous ses états ne termine sa phrase, Bonnie se rua dans le bureau de l'administration vers le premier téléphone venu.

– Un problème ? demanda Ron Mosher en sortant de son bureau pour la rejoindre dans la salle d'attente.

– Claire Appleby, s'il vous plaît, de la part de Bonnie Wheeler,

aboya-t-elle dans l'appareil en constatant, à la crispation de ses épaules, qu'il était question de ce qui la touchait le plus au monde.
– Mrs. Wheeler, fit une seconde plus tard la voix de Claire Appleby. Merci de rappeler aussi vite.
– Qu'est-ce qui se passe ? Amanda va-t-elle bien ?
– Elle va bien à présent. Je ne voudrais pas vous inquiéter.
– Que voulez-vous dire par « elle va bien *à présent* » ?
– Il y a eu un incident.
– Un incident ?
– Je veux préciser par là que votre fille est saine et sauve...
Bonnie ne sut jamais si la femme avait ajouté quelque chose ou non. Elle avait déjà reposé le combiné et courait à toute allure vers sa voiture.

10

L'école qui abritait le jardin d'enfants d'Amanda était un bâtiment de brique rouge à deux étages ; son enfilade de fenêtres donnait sur School Street qui se trouvait à deux bonnes minutes en voiture de Weston Heights.

Bonnie débarqua devant l'école en moins d'une minute, parcourut la contre-allée sur toute sa longueur, catapulta sa voiture sur une place de parking pour s'élancer sur le chemin, dit allée de l'Alphabet, qui longeait un des côtés de l'école ; il menait au jardin d'enfants situé sur l'arrière, contigu à l'aire de jeux.

En passant devant les fenêtres, un coup d'œil lui suffit pour repérer sa fille ; elle poussa la porte de verre avec une telle force qu'elle faillit perdre l'équilibre en pénétrant dans la vaste salle. Amanda était assise à une table miniature, occupée avec un jeu de construction. Elle redressa la tête.

– Maman ! s'écria-t-elle, toute joyeuse.

L'enfant portait une salopette bleue inconnue, sur un pull rouge, et ses longs cheveux étaient coiffés en couettes avec deux barrettes rouges. Ne l'avait-elle pas habillée d'une robe chasuble verte, ce matin ? À qui appartenaient les vêtements que sa fille avait sur le dos ?

Une des éducatrices, une jeune femme aux cheveux bruns bouclés, vêtue de jaune canari, était assise sur une chaise à côté d'Amanda. Bonnie dut faire un effort désespéré pour se rappeler son nom, qui lui revint au moment même où sa fille bondissait vers elle.

– Que s'est-il passé, Sue ? demanda Bonnie en rattrapant Amanda au vol.

Elle examina rapidement le visage et le corps de la fillette en la palpant à travers ses vêtements insolites, à la recherche de marques ou de contusions.

– Une vilaine personne a lancé quelque chose sur moi, dit Amanda.
– Que veux-tu dire ? Qui a lancé quelque chose sur toi ? Qu'ont-ils lancé ?
– Permettez-moi d'aller chercher Mrs. Appleby, glissa la jeune femme. Elle nous a demandé de la prévenir dès que vous seriez là.
– Est-ce que tu te sens bien ? demanda Bonnie, le cœur battant.

Elle caressa d'une main tremblante le visage de l'enfant. Il fallait qu'elle se calme. Surtout ne pas s'énerver, du moins pas avant de savoir ce qui s'était vraiment passé.

Quelqu'un avait lancé quelque chose sur sa fille. Quelqu'un avait tenté de faire du mal à son bébé. Non, impossible. Il ne pouvait s'agir que d'un vulgaire accident. Pour quelle raison voudrait-on blesser une enfant de trois ans ?

Vous êtes en danger, Amanda et toi, l'avait prévenue Joan.
– Non ! murmura-t-elle en se contractant.

C'était inimaginable.
– Qu'est-ce qu'il y a, maman ?
– Mrs. Wheeler, dit alors Claire Appleby, faisant sursauter Bonnie qui ne l'avait pas vue ni entendue entrer, je suis désolée de ce qui est arrivé.

Claire Appleby était une grande femme d'une quarantaine d'années, à la poitrine plate et aux hanches rebondies. Elle portait une robe-chemisier bleu clair, très simple qui, hélas pour elle, mettait ces deux défauts en valeur.
– Mais qu'est-il arrivé au juste ? rétorqua Bonnie en apercevant soudain une poignée de cheveux collés derrière l'oreille gauche de sa fille.
– Sue pourrait peut-être emmener Amanda dehors ? suggéra Claire Appleby avec douceur.

Amanda resserra ses bras autour du cou de sa mère, presque à l'en étouffer. Comme un boa constrictor, songea Bonnie, mal à l'aise, en desserrant tendrement l'étreinte d'Amanda.
– C'est bon, ma puce, lui dit-elle en la déposant sur le sol. Cela ne prendra qu'un instant et ensuite nous irons manger une glace.
– À la fraise ?
– Si tu veux.
– Une vilaine personne a lancé du sang partout sur moi.
– Quoi ?
– Sue, fit Mrs. Appleby en redressant ses cheveux blonds d'un geste nerveux, emmenez Amanda jouer dehors, s'il vous plaît.
– Je veux aller aux balançoires, décréta la fillette.
– Je te pousserai, répondit Sue.

L'aire de jeux était équipée d'une grande cage à poule, de trois toboggans de différentes formes et hauteurs, d'un gigantesque bac à sable et de plusieurs portiques à balançoires. Alors qu'elle regardait Sue harnacher Amanda dans une des petites balançoires, Bonnie sentit qu'elle respirait avec difficulté, du fait de sa poitrine douloureuse et oppressée. Elle désirait ardemment obtenir des réponses aux dizaines de questions qui l'assaillaient, mais elle restait sans voix. Des larmes coulaient déjà le long de ses joues, dans son cou, jusque sous le col de son chemisier blanc. Ce n'est pas le moment de pleurer, se sermonna-t-elle intérieurement. L'heure n'est pas aux larmes.

– Ce n'est pas aussi terrible qu'il y paraît, lui assura promptement Claire Appleby.

– Que s'est-il passé exactement ? parvint à bredouiller Bonnie, la gorge serrée.

– Vous savez avec quelle attention nous surveillons les enfants...

– Oui, je sais. C'est bien pour cela que je ne comprends pas...

– Je regrette infiniment, Mrs. Wheeler. Je vois bien à quel point vous êtes bouleversée. Je sais que vous venez de traverser une terrible épreuve, j'ai lu les journaux...

– Je vous en prie, dites-moi ce qui est arrivé ici, supplia Bonnie.

– Les enfants étaient dehors, sur l'aire de jeux, avec Sue et Darlene, commença aussitôt Claire Appleby. À ce qu'il semble, Amanda s'était approchée de l'allée. Elle a expliqué ensuite à Sue que quelqu'un l'avait appelée par son prénom.

– On l'a appelée ?

– C'est ce qu'elle a dit.

– A-t-elle dit qui c'était ?

– Elle l'ignorait. Toujours est-il que cette personne, qui portait une espèce de capuche, a vidé un seau sur sa tête dès qu'Amanda s'est trouvée à sa portée.

– Un seau plein de... de sang ? demanda Bonnie, incrédule.

– C'est ce que nous *pensons,* répondit Claire Appleby avec calme. Nous n'en sommes pas sûrs. C'était sombre, et rouge, et tout d'abord nous avons cru qu'il s'agissait de peinture, mais...

Sa voix s'enraya.

– Mais ?

– Mais ce n'était pas de la peinture. Sue a raconté qu'elle avait failli s'évanouir en voyant Amanda, croyant que la petite était tombée et s'était fendu le crâne. Nous n'avons été sûrs qu'elle n'avait absolument aucune blessure qu'une fois que nous l'avons presque entièrement lavée. Elle en avait partout, de la tête aux pieds. Nous avons mis ses vêtements dans un sac en plastique pour vous.

– Attendez une minute ! intima Bonnie, qui avait besoin de mettre de l'ordre dans ses idées. Vous êtes en train de me dire qu'il y avait un individu bizarre dans l'allée, portant une capuche et un seau de sang, et que personne ne l'a remarqué ?

– C'est bien cela, hélas ! admit Claire Appleby.

Bonnie sentit ses jambes la trahir, comme si elles se détachaient de son corps, et essaya vainement de se raccrocher à quelque chose, ne réussissant qu'à trébucher sur une des petites tables.

– Asseyez-vous donc, Mrs. Wheeler.

Claire Appleby l'aida à s'asseoir sur un des minuscules fauteuils et voulut en faire autant, mais son volumineux derrière refusa de se laisser comprimer à ce point-là.

– Amanda va très bien, reprit la femme, comme elle l'avait déjà affirmé au téléphone. Il y a eu plus de peur que de mal.

Désemparée, Bonnie regarda autour d'elle, enregistrant au passage les nombreux mobiles amusants qui pendaient du plafond, les grosses lettres en papier qui égrenaient l'alphabet sur les murs, les riants posters d'animaux, les coffres à jouets et, sur le mur du fond, la série de joyeux tableaux peints avec les doigts.

– Quand cela est-il arrivé ? demanda-t-elle.

Claire Appleby consulta sa montre.

– Il n'y a pas longtemps ; vingt minutes, une demi-heure tout au plus. Le temps de la laver et nous vous avons appelée aussitôt.

– Avez-vous prévenu la police ?

Claire Appleby hésita.

– Nous avons décidé de vous contacter, vous, d'abord. Mais, bien entendu, nous ferons un rapport.

– Je crois que nous devrions appeler la police, déclara Bonnie en regardant par la fenêtre.

Sa fille riait aux éclats et poussait des cris de joie à chaque envolée de la balançoire ; elle semblait avoir abandonné sur la terre ferme le vilain incident, déjà oublié.

– D'après vous, qui a pu faire ça ? demandait le capitaine Mahoney.

Il était assisté d'un collègue, l'inspecteur Haver de la brigade de Weston. Il avait expliqué que, le dernier incident ayant eu lieu à Weston, et non à Newton, il échappait à sa juridiction.

Bonnie secoua la tête. Pourquoi lui posait-il cette question ? Comment pourrait-elle avoir la moindre idée de qui pouvait faire une chose aussi monstrueuse ?

– Ne devrions-nous pas l'emmener à l'hôpital ? demanda-t-elle. Il vaudrait peut-être mieux lui faire subir un test du sida ?

– Je pense qu'il est préférable d'attendre et de faire d'abord analyser ce sang, suggéra le capitaine Mahoney d'une voix bienveillante. Il y a des chances pour que ce ne soit pas du sang humain.

– Que voulez-vous dire ?

– Il y a une flopée de fermes dans la région, Mrs. Wheeler, lui rappela l'inspecteur Haver, un costaud de taille moyenne, à la peau couleur chocolat. Il y a même des fermes, vers Easton, dans lesquelles ils font leur propre abattage.

– Easton ? reprit Bonnie d'un air hébété.

– Votre père habite bien à Easton, n'est-ce pas, Mrs. Wheeler ? fit remarquer négligemment le capitaine Mahoney.

Trop négligemment, songea Bonnie, qui se mit à trembler au souvenir de la vision qu'elle avait eue de son frère, tapi dans les buissons quelques heures plus tôt.

– Lui avez-vous parlé ? demanda-t-elle.

– Brièvement.

– Et à mon frère ?

– La même chose.

– Et alors ? Avait-il des choses intéressantes à vous dire ?

– Vous devriez le lui demander.

Bonnie ravala sa salive et regarda sa fille qui était en train de se suspendre, la tête en bas, à la plus haute barre de la cage à poule, sous les yeux attentifs de l'éducatrice, bras tendus, prête à la rattraper.

– Mon frère et moi ne sommes pas tout à fait en bons termes, capitaine, expliqua Bonnie.

– Puis-je savoir pourquoi ?

– Vous avez vu comme moi le classeur de Joan. J'ose espérer que son contenu répond à votre question.

– Croyez-vous votre frère impliqué dans la mort de Joan Wheeler ?

– Et vous ?

– Il a un alibi pour l'heure où Mrs. Wheeler a été tuée, lui révéla le capitaine.

– Vraiment ?

– Vous paraissez surprise.

– Rien ne me surprend plus de la part de mon frère.

– Vous voilà découragée à présent.

– Je sens que j'ai plutôt intérêt à me taire, fit Bonnie devant le sourire du capitaine Mahoney.

Elle eut soudain l'impression qu'il souhaiterait avoir de

l'estime pour elle, qu'il voulait croire qu'elle n'avait rien à voir dans la mort de Joan.

– Avez-vous des raisons de penser qu'il puisse être impliqué dans ce qui s'est passé ici cet après-midi ?

– Pourquoi Nick voudrait-il faire du mal à ma fille ? Il ne la connaît même pas, déclara Bonnie, plus pour elle-même que pour les policiers.

Et pourtant, songea-t-elle, il n'était qu'à quelques pâtés de maisons d'ici, ce matin. Était-ce lui, le danger ? Ce contre quoi Joan avait tenté de la mettre en garde ?

Qu'est-ce qui l'empêchait de transmettre cette information à la police ? Se pouvait-il qu'elle soit encore en train de protéger son frère cadet ? *Tu es une brave petite,* lui murmura la voix de sa mère, voix intérieure qu'elle s'empressa d'envoyer promener.

– D'après vous, ce qui vient d'arriver à Amanda peut-il n'être qu'une stupide farce d'écolier ? demanda-t-elle avec espoir, en dépit même de toute logique.

Le capitaine Mahoney défit un peu le nœud de sa cravate rayée rouge et noir et ouvrit le col de sa chemise blanche qui enserrait sa proéminente pomme d'Adam.

– Il est possible en effet qu'après avoir lu des articles sur vous dans le journal quelqu'un ait décidé de se payer une sinistre farce, dit le capitaine Mahoney en réfléchissant à haute voix. Il y a un tas de cinglés qui traînent, même dans un havre de paix réputé sûr, tel que Weston.

Bonnie hocha la tête. C'était un fait indéniable.

On ne pouvait plus se sentir en sécurité nulle part, pas même dans un « havre de paix » comme Weston. Ils étaient venus s'y installer alors qu'elle était enceinte, se résignant à quitter Boston qui n'était certainement pas le meilleur endroit pour élever des enfants. Avec Rod, elle avait donc choisi Weston qui, malgré la ville toute proche, avait un air de campagne. Chaque demeure avait un terrain de plus d'un demi-hectare pour elle toute seule, et on y trouvait des arbres, des pièces d'eau et du bon air à profusion : un paradis pour les enfants, à un quart d'heure du centre-ville. Et, en prime, c'était à deux pas de chez leurs amis Diana et Greg, suffisamment éloigné de Newton et de Joan et bien plus encore d'Easton et de ce qui lui restait de famille.

C'était parfait ; à ceci près que Diana et Greg avaient divorcé peu après la naissance d'Amanda et que, depuis, Diana passait le plus clair de son temps en ville. D'autre part, ils avaient pu se rendre compte qu'il n'existait aucun endroit trop éloigné de son père ou de l'ex-femme de Rod. Le passé est toujours plus proche qu'on ne le croit.

– Excusez-moi ! Vous m'avez posé une question ? fit Bonnie, soudain consciente de son absence.
– Je demandais si vous étiez plutôt un professeur populaire, répéta le capitaine Mahoney.
– Populaire ?
– Vos élèves vous apprécient-ils, Mrs. Wheeler ?
– Il me semble, balbutia-t-elle. Du moins, j'*aime* à le croire, corrigea-t-elle très vite en pensant à Hasch, à la façon dont il s'était approché d'elle pour ne s'arrêter qu'à quelques centimètres de son visage.

Pourrait-il être le responsable de l'attaque contre sa fille ? Aurait-il quelque chose à voir avec la mort de Joan ? Serait-il possible qu'il soit ce fameux danger ?

– Il y a un garçon, commença-t-elle, Harold Gleason, qui a pour surnom Hasch. Il fait partie de ma classe de troisième. Il me donne beaucoup de fil à retordre et il connaissait Joan aussi ; c'est un ami de Sam... mon beau-fils, ajouta-t-elle, le mot lui paraissant déplacé.

Elle rapporta ensuite au capitaine ce que Hasch lui avait dit le matin même. Elle le regarda prendre note de cette dernière information, désappointée par son visage sans expression.

– Savez-vous où habite ce Harold Gleason ? demanda-t-il.

Bonnie ferma les yeux, essayant de se remémorer l'adresse inscrite sur la fiche de son élève.

– 18 Marsh Lane, à Easton, lâcha-t-elle enfin dans un souffle.

11

Depuis une bonne heure, Bonnie parcourait au volant de sa voiture les larges rues sinueuses d'Easton. Beaucoup d'entre elles portaient les mêmes noms que celles de Weston : Glenn Road, Country Lane ou Concord Street. Bonnie les connaissait toutes. Elles n'avaient pas changé depuis trois ans qu'elle était partie et très peu, en fait, depuis son enfance. Mais que faisait-elle là ? La nuit allait tomber. Elle ferait mieux de rentrer chez elle. Qu'espérait-elle régler en venant jusqu'ici ?

Les policiers lui avaient dit qu'ils s'occuperaient de Hasch ; quant à elle, elle pouvait aller retrouver sa fille pour lui offrir la glace promise. C'est ce qu'elle avait fait rapidement avant d'aller consulter son médecin. Après avoir examiné Amanda sous toutes les coutures, celui-ci l'avait déclarée en parfaite santé et avait conseillé à Bonnie d'attendre les résultats du laboratoire de la police avant de soumettre l'enfant à un test sanguin. Il estimait qu'elle avait vu assez de sang pour l'instant.

Bonnie avait donc ramené sa fille. En ouvrant la porte, assaillie par un flot de musique rap venant de l'étage, elle s'était sentie comme une intruse dans sa propre maison. Elle avait alors essayé d'appeler Rod, mais il était en plein tournage publicitaire, impossible à joindre. Elle s'était finalement rabattue sur la cuisine où elle avait occupé Amanda avec des coloriages, tout en réfléchissant à ce que Sam et Lauren aimeraient avoir pour le dîner. Elle ferait des macaronis au fromage. Tous les jeunes n'adoraient-ils pas les pâtes ? Elle se demanda si on pouvait gagner le cœur d'un enfant comme on gagnait celui d'un homme, avec franchise et simplicité.

Rod appela à l'instant même où ils se mettaient à table pour dire qu'il rentrerait tard ; il venait de grignoter un sandwich au studio et voulait savoir si elle se sentait d'attaque pour rester seule avec les enfants. Elle entendit alors fuser le rire d'Amanda et, jetant un œil, vit Sam qui faisait l'idiot avec ses macaronis et Lauren qui souriait avec indulgence. Une seconde plus tard, tous trois mangeaient salement, chose qui aurait horrifié la mère de Bonnie mais qui la remplit, elle, d'un certaine fierté – son dîner était un succès.

– Oui, répondit-elle à Rod, tout ira bien.

Après le repas, elle coucha Amanda puis téléphona à Mira Gerstein, une vieille femme qui habitait en bas de la rue, pour lui demander si elle pouvait venir garder sa fille. Elle lui dit qu'elle ne serait pas longue, ne sachant d'ailleurs pas exactement ni où elle irait ni ce qu'elle ferait. Elle entendit Rod la chapitrer, « reste en dehors de tout ça », alors qu'elle grimpait dans sa voiture et faisait marche arrière pour rejoindre Winter Street. Mais comment rester tranquillement chez elle quand sa fille courait un danger ? Comment envisager de reconstruire une famille tant que le fantôme de Joan errait et que son meurtrier courait toujours ? Ce n'est qu'ensuite que les choses progresseraient ; alors seulement ils seraient tous en sécurité.

« En ce cas, ma vieille, qu'est-ce que tu fabriques ici ? » se demanda Bonnie à haute voix, empruntant une fois de plus Marsh Lane.

Elle ralentit après avoir dépassé les quelques vieilles maisons de bois du quartier, écarquillant les yeux à la recherche du numéro 18.

C'était une maison de plain-pied, la plus ancienne de la petite rue ou, du moins, elle en avait l'air avec sa façade négligée. Hasch vivait là avec ses grands-parents maternels, sa mère l'ayant abandonné après avoir été elle-même délaissée par son père. Bonnie ralentit encore. On aurait dit qu'elle rampait pour épier ce qui se passait derrière les fenêtres sans rideaux. Mais l'intérieur de la maison était plongé dans l'obscurité et semblait désert malgré la présence d'une vieille Buick bleue dans la contre-allée. Quelle marque de voiture Hasch conduit-il ? se demanda-t-elle en s'arrêtant pour réfléchir à ce qu'elle allait faire : descendre de voiture, frapper à la porte et demander à parler aux grands-parents de Hasch, des gens qu'elle ne connaissait ni d'Ève ni d'Adam ?

Bon ! À quoi cela servirait-il ? Perplexe, elle remit le contact. Savait-elle au moins quelles questions elle avait l'intention de leur poser ? Où était leur petit-fils juste après l'école ? Plus tard, avaient-ils remarqué chez lui un comportement étrange ? Le croyaient-ils capable de commettre un meurtre ?

C'est cela, oui ! Génial ! Fabuleux travail de détective ! Rod lui avait dit de laisser la police s'en occuper ; il avait raison. Elle avait joué son rôle en disant tout ce qu'elle savait.

Tout ce qu'elle savait ? Pas tout à fait...

Elle tourna dans Spruce Street, puis à nouveau dans Elm Street et dans Cherry Street. Elle s'était bien gardée de leur dire qu'elle avait vu son frère. Après un dernier virage dans Meadow Road, elle s'arrêta au bout de la rue.

Encore deux pâtés de maisons à droite, puis un à gauche, et elle y serait – dans la grande maison de brique où elle avait grandi, cette maison que sa mère avait léguée à son frère. Nick s'en était immédiatement dessaisi pour la revendre à son père.

Plus que deux virages à droite, un dernier à gauche... Elle décida de ne pas y aller. Mais elle continuait à avancer, mue par une force qui la dépassait et l'attirait irrésistiblement vers cette demeure hantée par tant de fantômes familiers.

Les doigts effleurant à peine le volant, elle conduisait comme si sa voiture avançait en pilotage automatique. Elle n'était jamais revenue ici depuis la mort de sa mère, refusant même de l'envisager. Il lui arrivait cependant, lorsqu'elle fermait les yeux pour s'endormir, de voir réapparaître les murs sombres de son enfance qui se refermaient sur elle comme un tombeau. Elle revoyait alors le papier peint si chargé : un papier à fleurs qu'elle avait toujours tenu pour responsable de l'odeur légèrement nauséabonde qui s'insinuait dans toutes les pièces.

« Qu'est-ce que je fais là ? se demanda-t-elle en stoppant sa voiture devant le 422 Maple Road, craignant un instant de s'être trompée, d'avoir pris la mauvaise rue. Mais qu'ont-ils fait ? » fit-elle en posant un pied incertain sur la chaussée.

La façade rouge brique avait été repeinte en gris et des volets blancs encadraient chacune des fenêtres. Des pensées multicolores emplissaient de gros pots de fleurs de chaque côté de la porte d'entrée, blanche elle aussi, et un long bac était suspendu à la fenêtre de la cuisine. Une odeur de gazon fraîchement coupé flottait dans l'air tandis que Bonnie remontait à pas hésitants l'allée du jardinet. « Mais qu'est-ce que je fais là ? » se demanda-t-elle à nouveau en songeant qu'il était encore temps de rebrousser chemin ; personne ne l'avait remarquée, elle pouvait se glisser jusqu'à sa voiture ni vu ni connu.

À l'instant même, la porte s'ouvrit et une femme apparut sur le perron. Elle regarda Bonnie comme si elle la savait là depuis le début.

– Mon Dieu, fit-elle, c'est bien toi !

– Bonjour, Adeline, dit Bonnie en s'arrêtant net, surprise d'entendre sa propre voix si assurée.

– J'ai pensé que c'était toi en voyant cette voiture s'arrêter. Je l'ai dit à Steve : Je crois que nous avons de la visite. Je pense que c'est Bonnie.

– Et qu'a-t-il dit ?
– Tu connais ton père, c'est pas un causant, fit la femme en haussant les épaules.

Bonnie acquiesça d'un signe de tête, ne sachant trop si elle devait rester plantée là ou poursuivre son chemin. Ses pieds, qui semblaient enracinés dans le sol, ne lui obéissaient plus.

– Je me doutais, après ton coup de fil, que ça s' pourrait bien que tu débarques.
– Eh bien, me voici !
– C'est ce que j' vois.
– Ça n'est pas très facile pour moi, ajouta Bonnie.
– Y a pourtant pas de quoi s'en faire un monde.
– Est-ce que mon frère est là ?
– Pas pour l'instant.

Bonnie sentit ses épaules se relâcher, sans trop savoir si c'était de déception ou de soulagement.

– Entre donc ! Viens passer un moment avec ton père, reprit la femme. Maintenant que tu as fait tout ce chemin.

Était-ce du sarcasme ? se demanda Bonnie qui se retint de ne pas prendre ses jambes à son cou. À vrai dire, elle connaissait à peine la femme que son père avait épousée. Elle ne l'avait vue que rarement depuis leur mariage, ne lui adressant la parole qu'en cas d'absolue nécessité. C'était exactement la manière dont les enfants de Rod la traitaient, elle. On récolte ce qu'on sème, songea-t-elle.

– On va pas te manger, ajouta Adeline Lonergan en souriant de toutes ses dents.

Bonnie était sur le point de refuser quand ses pieds bougèrent enfin, mais, au lieu de reprendre l'allée en sens inverse, elle se sentit propulsée en avant.

– Je vois que vous avez fait des transformations, dit-elle en atteignant la porte.
– Il était temps, tu trouves pas ?

Les yeux bleus d'Adeline pétillaient presque sous la frange de cheveux gris.

Bonnie était trop absorbée à examiner l'intérieur de la petite maison pour répondre. Le lourd papier à fleurs qui, dans le passé, recouvrait les murs avait été entièrement remplacé par de la peinture blanche ; du blanc partout, dans les couloirs, la cuisine, mais aussi dans la salle à manger et le salon où un fin voilage vert pâle avait remplacé les sombres rideaux de velours et où le massif acajou avait fait place au clair bois d'érable. Le blanc, le jaune et le vert avaient soufflé la place au bordeaux et au noir.

– Ça te plaît ? demanda Adeline.

Elle invita Bonnie à passer au salon en lui faisant signe d'aller s'asseoir sur le divan jaune paille.

– C'est sûr que ça change, admit Bonnie.

C'était la seule concession qu'elle acceptait de faire. En réalité, son cœur battait, elle se sentait étourdie, la tête dans du coton.

– Ces couleurs sombres étaient si étouffantes, si déprimantes, déclara Adeline en prenant place sur une chaise vert menthe. Comment ça a été pour toi ? demanda-t-elle.

Bonnie s'octroya une seconde pour se remettre.

– Très bien, dit-elle, se demandant ensuite quelle avait été la question.

– Tout le monde va bien, j'espère.

– Oui, nous allons tous très bien, merci.

Bonnie s'agitait sur son siège. Elle remarqua une bible posée sur la table de salon à côté de la dernière édition de *Vanity Fair*.

– Mon père... ? commença-t-elle en glissant un œil vers le couloir.

Elle fut prise de vertige, comme si son cerveau n'arrivait pas à assimiler tous les changements que ses yeux enregistraient. Chancelante, elle se cramponna au bras du canapé.

– Il sait que tu es là. Il va descendre dans une minute, je pense. La prostate est une des joies de la vieillesse.

Bonnie hocha la tête, regrettant déjà d'être entrée.

Vous, vous avez l'air en pleine forme.

– Je surveille ce que je mange et j'essaie de garder la ligne. Je fais un peu de gymnastique ; et, avec ton père, on va faire de longues promenades tous les jours.

Bonnie se leva, alla jusqu'à la fenêtre et regarda dehors, essayant d'imaginer son père au bras de sa mère. Elle n'y parvint pas. Son père avait toujours été trop occupé pour aller se promener avec sa mère.

– Comment marche votre agence de voyages ? demanda-t-elle.

– Oh, mes filles ont repris l'affaire voilà des années. Ton frère y travaille, maintenant.

Bonnie pivota vers la troisième épouse de son père :

– Ah oui ? Et alors, comment ça se passe ?

– Très bien, d'après ce que me racontent mes filles. Nick a énormément changé au cours des dix-huit mois passés.

– J'espère que vous avez raison.

Bonnie consulta sa montre. Il était presque sept heures et demie.

– Vous savez, il faut que je parte. Dites à mon père...

– Que doit-elle me dire ? demanda une voix depuis le pas de la porte.

Bonnie fit volte-face.

– Bonjour, Bonnie.

– Papa, prononça-t-elle à grand-peine, la bouche soudain pâteuse.

Steve Lonergan joignit les mains sur sa poitrine et rejeta les épaules en arrière ; un geste qu'elle avait souvent vu étant enfant, un de ces gestes qui, dans son souvenir, la remplissaient d'angoisse. Cette fois encore son pouls s'accéléra, bien que le délicat vieillard qu'elle avait devant elle fût loin d'inspirer la peur. Il perdait ses cheveux blancs et sa peau était étrangement translucide. Il se rétrécit avec l'âge, nota Bonnie en songeant qu'il ne serait plus jamais aussi grand dans la vie qu'il ne l'était dans sa mémoire, surprise pourtant de découvrir que lui aussi était mortel. Son visage portait encore un léger masque de dureté, mais il y avait une douceur dans ses yeux noisette dont Bonnie n'avait absolument aucun souvenir.

– Alors, qu'est-ce qui t'amène par ici ?

Son père entra dans le salon, s'installa dans un rocking-chair en tissu rayé vert et jaune et lui fit signe de retourner sur le canapé.

– Un de mes étudiants habite dans le coin et j'avais quelque chose à déposer chez lui, s'entendit-elle répondre en s'effondrant à moitié sur le canapé.

Son père laissa échapper un petit rire.

– Tu as toujours été une fieffée menteuse.

Le visage de Bonnie s'empourpra. Mentait-elle si mal parce qu'elle n'aimait pas cela ou détestait-elle mentir parce qu'elle le faisait mal ?

– Un de mes étudiants habite par ici..., répéta-t-elle, et j'espérais pouvoir parler à Nick, avoua-t-elle après une pause.

– Nick n'est pas là, dit son père.

– Je sais.

– Adeline lui a transmis ton message. Il ne t'a pas téléphoné ?

– Si, si !

– Tu sembles un peu fatiguée, fit soudain son père, et Bonnie sentit les larmes lui monter aux yeux. Tu travailles dur en ce moment ?

– Oui, j'ai eu beaucoup à faire.

– Ah ! La police m'en a parlé, répliqua-t-il. M'est avis que maintenant ça me fait *trois* petits-enfants que je n'ai jamais vus.

Durant quelques secondes, Bonnie resta interdite.

– Comment va ma petite-fille ? demanda-t-il.

– Elle va bien, murmura Bonnie en sentant chaque mot peser son poids d'amertume.

Aujourd'hui justement, quelqu'un lui a renversé un seau rempli de sang sur la tête, faillit-elle hurler. Elle n'en fit rien. Elle aurait voulu bondir du canapé et fuir cette pièce, fuir cette maison où elle n'avait connu que le malheur, échapper aux sombres fleurs oppressantes qui menaçaient de percer sous la blancheur des murs, mais elle était clouée sur place. Elle avait l'impression d'être retenue à son siège par des liens imaginaires qui l'emprisonnaient dans le passé et lui interdisaient tout espoir de s'en libérer.

— Quel âge a-t-elle maintenant ? Trois ? Quatre ans ?
— Tu sais parfaitement quel âge elle a.
Steve Lonergan hocha la tête.
— Eh bien, voyons ! Elle est née deux mois après la mort de ta mère...
— Je ne veux pas parler de ma mère.
— Tiens ! Je pensais au contraire que c'était ce qui t'amenait.
— Je suis venue pour parler à Nick.
— Il n'est pas là.

Bonnie ferma les yeux. Tout ceci était stupide. Pourquoi était-elle venue ? Elle essaya une nouvelle fois de s'extraire de son siège, mais son corps refusa de coopérer.

— Nick t'aurait-il parlé de sa relation avec l'ex-femme de mon mari ? glissa-t-elle.
— Il a un alibi pour l'heure de sa mort, si c'est là que tu veux en venir.
— Toi ? fit-elle avec mépris.
— C'était son jour de congé, coupa Adeline, et il nous a aidés dans la maison.
— C'est vous, son alibi ? répéta Bonnie, incrédule.
— Pourquoi mentirions-nous ? demanda Adeline.
— Et aujourd'hui ? s'enquit Bonnie, ignorant la question. C'était aussi son jour de congé ?
— Je crois que oui, en effet. Ça change toutes les semaines à ce que j'ai compris. Mais j'ignore où est Nick aujourd'hui. Il était déjà sorti quand nous nous sommes levés.
— Très bien.

Bonnie se releva, toujours un peu chancelante. Elle gagna la porte d'entrée, sans un regard pour l'escalier, de peur de retrouver les fantômes tapis juste derrière la porte de la chambre.

— Dites-lui seulement de rester à l'écart de ma fille, lança-t-elle en ouvrant la porte brutalement et en se précipitant dans l'allée pour regagner sa voiture avant que l'un d'eux ait pu prononcer un mot.

Mais qu'avait-elle donc ? Bonnie se regarda dans le rétroviseur. À la vue de ses yeux rougis et presque gonflés par les larmes, elle détourna aussitôt son regard avec humeur. « Cesse de pleurer ! se dit-elle. Arrête ça ! » Qu'est-ce qui lui avait pris de retourner dans cette maison ? Où voulait-elle en venir dans ce face-à-face avec son père et sa femme ? S'attendait-elle à ce que son père se mette à genoux pour lui demander pardon ? « Je regrette d'avoir été un père aussi minable ; pardon pour la peine que j'ai causée à ta mère ; le poids de sa mort pèse trop lourd sur ma conscience. » Est-ce là ce qu'elle espérait entendre ?

Comment son père pouvait-il vivre dans cette maison, lui qui avait montré un tel empressement à la quitter ? C'est tout de même bien lui qui était parti, qui avait abandonné sa mère avec deux enfants. De quel droit était-il revenu ? De quel droit y coulait-il des jours heureux ? Qu'éprouverait sa mère si elle savait ?

« Je n'aurais jamais dû y aller. Quelle idiote !... (Bonnie se tapa le front du plat de la main.) J'ai un grain dans la tête, bonne à enfermer ! Mais qu'est-ce qui m'a pris ? »

Qu'est-ce que son père avait dit, au fait ? Qu'il pensait qu'elle était venue pour parler de sa mère ? Pourquoi une telle supposition ? Que croyait-il donc qu'elle aurait à lui dire ? Que croyait-il qu'elle voudrait entendre de sa bouche ?

– Tout ce que je veux, c'est que tu transmettes mon message à Nick, prononça-t-elle à haute voix.

Elle poussa un soupir de soulagement en voyant la pancarte indiquant qu'elle était de retour à Weston.

Il était évidemment possible que Nick n'ait rien à voir avec ce qui était arrivé à Amanda. Après tout, quelle raison aurait-il de vouloir du mal à sa fille ? Qu'avait-il à y gagner ?

S'il arrivait quelque chose à sa fille ou à elle-même, une seule personne aurait à y gagner : Rod. Elle sursauta à cette idée et son pied dérapa par inadvertance sur la pédale de frein, imprimant une secousse à la voiture qui cala. « Cette fois, tu es vraiment en train de débloquer, fit-elle en redémarrant et en remerciant le ciel qu'il n'y ait eu personne derrière elle. À ce train-là, pas besoin d'attendre qu'on me tire dessus, je me serai tuée toute seule avant. »

Qu'est-ce qui lui traversait la tête ? Rod était l'homme le plus adorable et le plus tendre qui soit, quoi qu'en pensent certains amis et voisins de Joan. Cependant, à son enterrement, qu'avait voulu dire cette Caroline Gossett par « Je continue d'espérer que justice soit faite » ? À quoi faisait-elle allusion ?

Rod avait contracté des assurances-vie sur sa tête et celle de sa fille. Bon, et alors ? Un tas de gens faisaient la même chose avec leur famille.

Sur la tête de leurs enfants ? demanda une petite voix. Avec indemnité cumulative ?

Rod n'avait pas d'alibi pour l'heure de la mort de Joan, poursuivit insidieusement la voix, et il avait rencontré son frère sans lui en parler.

Il faisait la sieste dans son bureau à l'heure où son ex-femme avait été tuée, riposta silencieusement Bonnie. Son frère était allé le voir au sujet d'une idée saugrenue pour une série télévisée et Rod n'en avait rien dit de peur de la blesser.

Ou peut-être y avait-il une autre raison à la visite de Nick au studio. Les deux hommes pouvaient fort bien avoir d'autres questions à discuter.

Quoi, par exemple ?

Quelque chose comme un meurtre, fit la petite voix.

De nouveau, le pied de Bonnie appuya violemment sur le frein. Cette fois, un coup de klaxon retentit. Elle jeta un œil dans le rétroviseur et vit le chauffeur de la voiture juste derrière elle la menacer du doigt ; elle put lire sur ses lèvres : « Les femmes au volant ! » À quoi elle répondit : « Merci pour le compliment ! »

N'oublie pas non plus Hasch, continua la voix indésirable dès que Bonnie eut retrouvé l'accélérateur.

— Hasch n'avait aucune raison de tuer Joan, dit-elle. Elle pouvait très bien être « coincée du cul », mais cela ne me semble pas être un mobile suffisant pour l'assassiner. Il se peut aussi qu'il ne m'apprécie guère comme professeur, mais me tuer n'arrangerait rien à son passage en seconde.

À moins que lui aussi ne puisse tirer un avantage financier de la mort de Joan ; à moins que quelqu'un ne lui ait offert une part d'un futur gâteau à partager ; un copain, par exemple, qui se montrait plus concerné par la Mercedes de sa mère que par les balles qu'elle avait reçues en plein cœur. *Ding dong, la sorcière est morte !*

— Mon Dieu ! lança Bonnie devant ce tourbillon de pensées insensées. Se pouvait-il qu'elle soit en train de soupçonner de meurtre son mari et son beau-fils ?

Elle engagea sa voiture dans Winter Street et aperçut bientôt sa maison tel un mirage. La voiture de Rod était dans la contre-allée. Elle gara la sienne à côté et tourna la clef de contact. *Home, sweet home,* quel bonheur de rentrer chez soi !

12

Dès le lendemain, elle se rendit chez Caroline Gossett.
Le pavillon, de style moderne, était peint en jaune, avec des boiseries grises et des stores noirs. C'était un bâtiment de plain-pied, qui semblait tout de guingois. Il a pris une allure curieuse et inattendue, songea Bonnie, un peu comme ma vie. Elle suivait lentement l'allée qui serpentait jusqu'à la porte d'entrée, se retenant de jeter un coup d'œil par-dessus son épaule vers la maison de Joan, de l'autre côté de la rue.
« Qu'est-ce que je fabrique ici ? se demanda-t-elle à haute voix – une question qui semblait revenir un peu trop fréquemment ces derniers temps. Je dois être cinglée. »
Elle appuya sur la sonnette par deux fois, à brefs intervalles, et l'entendit tinter sur l'air de « Frère Jacques ». La porte d'entrée noire était bordée de chaque côté d'une étroite paroi de verre par laquelle Bonnie tenta d'apercevoir l'intérieur, mais sa vue était gênée par les voilages tirés devant la fenêtre. Le peu qu'elle distinguait de l'intérieur paraissait chic et luxueux : des parquets sombres ; un piano demi-queue dans une pièce sur l'arrière qui devait être le salon ; une grande sculpture en bronze, un nu féminin selon toute apparence.
Elle se fit alors la réflexion qu'elle aurait dû téléphoner avant de venir pour savoir si on la recevrait et demander à quel moment elle ne dérangerait pas. C'eût été raisonnable et poli. En réalité, elle n'avait fait qu'obéir à une soudaine et malencontreuse impulsion qui l'avait conduite jusqu'ici dès la fin de ses cours. Elle ne savait même pas si Caroline Gossett serait chez elle. Il était à peine plus de trois heures. Elle était probablement encore au travail. Si elle travaillait. Bonnie n'avait aucune idée de la façon dont Caroline Gossett employait son temps : si elle était un cadre dynamique ou une brave mère de famille ; si elle s'occupait des bonnes œuvres

de la paroisse ou s'épuisait huit heures par jour au gymnase du quartier. Bonnie ne savait strictement rien d'elle en dehors du fait qu'elle vivait en face de chez l'ex-femme de son mari dont elle semblait bien connaître l'univers.

Chaque fois que Bonnie avait essayé d'aborder le sujet Caroline Gossett, Rod avait grimacé et éludé ses questions d'un geste impatient. Il lui avait dit qu'il ne voyait aucun intérêt à parler du passé. Caroline Gossett n'était qu'une évaporée, une femme superficielle qui choisissait mal ses amis. Il n'avait que faire d'elle du temps de son mariage avec Joan et il n'y avait aucune raison pour que cela change.

« Alors, qu'est-ce que je fais ici ? » se demanda de nouveau Bonnie qui, délaissant la sonnette, préféra frapper avec force à la porte. Les paroles de Caroline à l'enterrement lui revinrent en mémoire : *Joan vous tenait en grande estime.* Qu'est-ce qui avait pu pousser Joan à lui parler d'elle ?

– Voilà, voilà ! Vous énervez pas comme ça ! cria une voix tandis que des pas approchaient.

Un visage apparut derrière le léger voilage, qui s'écarta brusquement.

– Vous êtes la femme de Rod, fit Caroline Gossett en ouvrant la porte et en dévisageant Bonnie avec une franche curiosité.

Caroline Gossett était aussi grande que dans le souvenir de Bonnie, mais plus mince, moins imposante dans son jean que dans la robe bleu marine qu'elle portait alors. Ses cheveux blonds étaient retenus en une courte queue de cheval et sa chemise rose flottait sur ses hanches. Même sans aucun maquillage, elle ne manquait pas de classe.

– Je me demandais si nous pourrions échanger quelques mots, s'entendit annoncer Bonnie.

– Bien sûr, répondit tranquillement la femme en reculant dans le vestibule. Entrez.

Bonnie s'exécuta.

– Merci. Je sais que j'aurais dû appeler...

– Non ! C'est certainement mieux ainsi.

Caroline Gossett ferma la porte et se dirigea vers la cuisine.

– Désirez-vous un jus de fruit ? Je viens justement d'en faire.

Non, je ne devrais pas, pensa Bonnie.

– Eh bien, oui, dit-elle, très volontiers.

– Par ici.

Bonnie suivit Caroline Gossett dans sa vaste cuisine. La pièce, carrée, était jaune et blanc ; des carreaux mexicains aux tons terre de Sienne recouvraient le sol ; les murs étaient égayés de dessins à la craie représentant des scènes qui ressemblaient fort à celles du salon de Joan, probablement du même artiste. Soit les deux femmes avaient des goûts communs, soit il y avait eu une vente à la galerie du coin.

– Ces dessins sont charmants, déclara Bonnie en admirant tour à tour une mère tenant son nouveau-né dans ses bras et une femme câlinant une grand-mère.

– Merci.

– J'espère que je ne vous dérange pas, hasarda Bonnie, dans l'idée que c'était probablement ce qu'il fallait dire, même si elle n'en pensait pas un mot.

– À vrai dire, je suis contente que vous m'interrompiez. Je commençais à loucher.

Caroline Gossett ouvrit le réfrigérateur, en sortit un grand pot et versa un jus de fruits rose dans deux verres.

– À loucher ?

– Je suis sur l'esquisse d'une nouvelle toile.

– L'esquisse ? Alors, c'est vous ?

Bonnie se tourna vers le mur et examina les œuvres d'un œil neuf. La femme qui avait fait ces remarquables dessins ne pouvait être qu'une artiste de talent et un être d'une grande sensibilité. On pouvait difficilement la qualifier d'évaporée et de superficielle.

– Rod ne vous a pas dit que j'étais peintre, fit Caroline.

– Non ! Il ne m'a d'ailleurs rien dit du tout.

– En ce cas, il ne sait pas que vous êtes là, répliqua Caroline avec cette façon déconcertante qu'elle avait d'affirmer ses questions.

– J'ignorais moi-même que j'allais venir.

– Cela devient passionnant, dites-moi !

Caroline tendit un grand verre de jus de fruits à Bonnie, qui but une gorgée et grimaça involontairement.

– C'est trop acide ?

– C'est délicieux.

Bonnie porta de nouveau le verre à ses lèvres, mais s'abstint de boire. Caroline sourit.

– Vous a-t-on déjà dit que vous étiez une fieffée menteuse ?

– Tout le monde le dit.

Caroline sourit plus franchement. Elle est belle quand elle sourit, songea Bonnie. Elle paraît plus jeune.

– Joan se plaignait toujours de mes jus de fruits trop acides. C'était une petite sucrée, exactement comme vous.

– Je ne suis pas une petite sucrée, rétorqua Bonnie, froissée d'avoir pu être comparée à l'ex-femme de Rod.

– C'est pourtant ce qu'elle disait... (Caroline sourit.) Comment vont les enfants ?

Bonnie prit son inspiration avant de répondre.

– Je ne sais pas trop. On ne peut pas dire qu'ils me confient beaucoup leurs émotions.

– Il faut le temps. Ils ont une sacrée mise au point à faire.

– Étaient-ils très proches de leur mère ?

Caroline réfléchit un instant avant de répondre.

– Pas autant que Joan l'aurait souhaité, dit-elle finalement. Sam était un drôle d'oiseau, il faisait bande à part la plupart du temps ; quant à Lauren, elle a toujours été plutôt du genre fille-à-son-papa. Joan a essayé, mais... que peut-on y faire ?

Bonnie sortit de la cuisine derrière Caroline Gossett et la suivit dans le salon, véritable galerie d'art. D'autres sculptures entouraient un nu en bronze – un buste de femme, une tête d'enfant, une petite danseuse en pied ; et partout, des peintures – huile ou pastel, crayon ou encre.

– Avez-vous réalisé ces toiles ?

– La plupart, oui.

– Elles sont magnifiques, déclara Bonnie. J'aime surtout celle-ci.

Elle montrait du doigt une femme se regardant dans un miroir qui se reflétait sur elle dans des ombres bleutées et violacées.

– Oui, j'étais sûre qu'elle vous plairait. C'était aussi la préférée de Joan.

Bonnie s'écarta instantanément du tableau et se heurta au piano derrière elle.

– Vous en jouez ?

– Pas très bien.

Caroline se carra confortablement dans le canapé d'un blanc immaculé.

– Vous devriez vous asseoir et m'expliquer ce que vous attendez de moi.

Bonnie se posa au bord d'un fauteuil crapaud, blanc lui aussi.

– Je suis intriguée par certaines choses que vous avez dites à l'église.

– Il va falloir me rafraîchir la mémoire.

– Vous parliez avec Rod. Vous lui avez dit qu'il avait l'air d'aller bien et il a répliqué que cela semblait vous chagriner.

– Oh oui ! Je me souviens d'avoir pensé à ce moment-là qu'il devait exister un horrible portrait de votre mari caché quelque part au fond d'un placard, fit Caroline en se tapotant les lèvres de son index droit.

– Mon mari n'a rien de Dorian Gray, rétorqua Bonnie.

La femme cherchait-elle à insinuer que son mari avait fait un pacte avec le diable ?

— Vous avez dit ensuite : « Il faut croire que je continue d'espérer que justice soit faite. » Qu'entendiez-vous par là ?

Caroline but la moitié de son jus de fruits.

— Qu'est-ce que vous ne comprenez pas, au juste ?

— Pourquoi vous n'aimez pas mon mari, répondit franchement Bonnie.

Caroline secoua la tête ; ses cheveux se dénouèrent et tombèrent en cascade autour de son visage.

— Quelle importance au fond ce que je pense de Rod ?

— Aucune, souffla rapidement Bonnie en baissant la tête pour taire son mensonge et la redressant aussitôt. Je ne sais pas trop pourquoi, corrigea-t-elle, mais cela me trotte sans arrêt dans la tête depuis l'enterrement. Je ne peux pas m'empêcher de me demander ce qui s'est passé entre vous pour que vous le détestiez à ce point.

— Et vous ne le lui avez pas demandé, assura Caroline.

Bonnie ne répondit pas.

— Laissez-moi deviner... (Caroline repoussa une mèche rebelle derrière son oreille et regarda le plafond.) Il a dit que j'étais une imbécile et une emmerdeuse qui faisait partie d'un passé regrettable dont il ne voulait plus entendre parler... (Elle regarda Bonnie droit dans les yeux.) Je brûle ?

— C'est presque ça, oui.

Caroline éclata de rire.

— Vous m'êtes sympathique. Mais cela n'a rien de très surprenant. Rod a toujours eu un goût très sûr pour les femmes.

— Que s'est-il passé entre Rod et vous ? répéta Bonnie.

— Entre nous deux ? Rien.

— Pourquoi cette mauvaise entente, alors ?

Caroline termina son verre, le posa sur la petite table noir et rouge à côté du canapé.

— Vous êtes sûre de vouloir le savoir ?

— Non, avoua Bonnie, mais dites-le-moi tout de même.

Caroline prit une profonde inspiration.

— Voyons, comment pourrais-je tourner ça sans être trop dure ?... (Elle se tut, faisant un effort manifeste pour trouver les mots justes.) Votre mari est un vaurien, un cavaleur et un égoïste. Qu'en dites-vous ?

Bonnie tressaillit et songea à partir sans pour autant faire un mouvement.

— Pourriez-vous préciser ?

Elle se retint de rire. Cette femme, assise en face d'elle, venait de traiter son mari de vaurien, de cavaleur et d'égoïste, et sa seule réaction était de lui demander des précisions. Elle était bien bonne ! comme aurait dit Diana.

– Vous voulez des exemples ? fit Caroline.
– Je vous en serais reconnaissante.
– Cela m'étonnerait.
– Dites-moi, je vous en prie.
– Non. C'est vous qui allez me dire. Quelle fable vous a-t-il racontée durant toutes ces années ? Qu'il était l'indulgent mari d'une alcoolique hystérique ?

Bonnie tâcha de rester de marbre, sans tout à fait y parvenir.

– C'est bien ce que je pensais. C'est ce qu'il raconte en général. Il finit même peut-être par y croire. Qui est au courant ? Et qui s'en soucie ?... (Elle se leva, alla jusqu'au piano puis s'arrêta.) Vous aurait-il signalé, par hasard, qu'une des raisons pour lesquelles Joan buvait était qu'il n'était jamais là ? Qu'il était un mari irresponsable et un père déplorable ? Qu'il était bien trop occupé à tourner autour des autres femmes pour être un mari ou un père modèle ? Non, je vois à vos réactions qu'il a omis de vous en parler.

– C'est Joan qui vous a raconté tout ça, assura Bonnie, adoptant la manière affirmative dont la femme posait ses questions.

– Si vous insinuez que je n'ai fait que prendre pour argent comptant tout ce que Joan me racontait, vous faites fausse route. J'ai vu Superman de mes propres yeux, une nuit, alors qu'il était censé travailler. Je dînais avec Lyle à l'hôtel Copley Square et il était là, à deux tables de nous, en train de susurrer des douceurs à l'oreille d'une ravissante petite brune.

– Mais, bon sang, il s'agissait sûrement de travail. Mon mari est directeur à la télévision. Il est évident qu'il côtoie des femmes superbes tous les jours.

– Jours et nuits, ajouta Caroline avec un calme exaspérant. Croyez-moi, il n'était pas question de travail.

– En tout cas, mon mari n'a pas quitté Joan pour une autre.

– Et quelle raison vous a-t-il donnée ?

Bonnie but une gorgée de jus de fruits auquel elle trouva un goût amer.

– Il m'a dit qu'après la mort du bébé...

– Continuez.

– Il ne pouvait plus la supporter.

– Certes ! Il a en effet été d'un grand secours après la mort de Kelly, fit Caroline.

– Vous devez extrêmement partiale.

– Je croyais que c'était ce que vous vouliez.

– Comment pouvez-vous savoir ce que mon mari ressentait, quelle épreuve il traversait ?

– Je sais ce que j'ai vu.

– C'est-à-dire ?

– Un homme qui ne manquait pas une occasion de tromper sa femme, qui n'était jamais là quand elle avait besoin de lui et qui l'a plaquée au moment où elle en avait le plus besoin.

– Il ne pouvait pas rester, tenta d'expliquer Bonnie. Chaque fois qu'il regardait Joan, il voyait sa petite fille morte.

– Eh bien ! C'est plus qu'il n'en a jamais vu lorsqu'elle était en vie, lança Caroline d'un ton cassant.

La remarque laissa les deux femmes muettes.

– Excusez-moi, fit Caroline avec calme après un long silence. C'était plutôt scabreux, même venant de moi. Décidément, votre mari me fait perdre les pédales.

Bonnie ne se sentait pas très bien non plus. Au bord des larmes, elle serrait les poings pour ne pas pleurer.

– Vous ne connaissez pas très bien mon mari.

– C'est peut-être vous qui ne le connaissez pas, répondit Caroline.

– Ce n'est pas lui qui a laissé un enfant de quatorze mois tout seul dans la baignoire, lui rappela Bonnie.

– Tiens ! N'êtes-vous pas à votre tour extrêmement partiale ?

– Les faits sont les faits.

– Et un accident est toujours possible ; et l'erreur est humaine ; et avec un peu de chance, ceux qui ont failli reçoivent aide et compréhension de la part de leurs proches. Deux personnes sont mortes le jour où Kelly s'est noyée, déclara calmement Caroline. L'enterrement de Joan n'a été que partie remise.

Des larmes perlaient au coin de ses yeux.

– Vous avez dit autre chose à l'enterrement, hasarda Bonnie.

Caroline haussa les épaules et attendit la suite.

– Vous avez dit que si vous étiez là ce jour-là, c'était uniquement pour Joan. Pourquoi ?

– J'ai moi aussi traversé une sale période il y a quelques années, commença Caroline d'une voix plus sourde. Je vous passe les détails ; en deux mots, j'ai appris que je ne pourrai jamais avoir d'enfant.

– Je suis désolée, dit Bonnie avec sincérité.

– Joan a été quotidiennement présente. Elle s'assurait que je mangeais, que je sortais, que je n'étais pas seule. Elle ne m'a pas dit que j'oublierais un jour, que je pouvais adopter un enfant, que c'était la volonté de Dieu, qu'il fallait me faire une raison. Elle savait, pour les avoir entendus elle-même, combien tous ces lieux communs pouvaient être inefficaces et même franchement nocifs. Elle savait que ce dont j'avais besoin c'était de quelqu'un à qui parler, quelqu'un qui m'écouterait avec attention, même si je pleurais, me lamentais, tempêtais ou me révoltais contre mon triste sort.

Et peu importait que je serine la même chose tous les jours. Elle était là pour m'écouter, pour compatir à ce que je ressentais comme une abominable injustice. Elle n'a jamais essayé de minimiser mes émotions ni feint d'ignorer ma rage. Même après de longs mois, alors que mes sœurs et tout le monde me disaient qu'il serait temps de remettre le pied à l'étrier, Joan ne m'a pas laissée tomber. Elle m'assurait que cela viendrait tout seul, lorsque je serais en forme et prête.

– C'était une véritable amie, reconnut Bonnie.

– Oui. Je n'aurais jamais pu traverser cette épreuve sans elle.

Caroline respira profondément et se força à sourire.

– Mais il y a plus, fit-elle.

– Plus ?

– Je commençais à peine à me remettre sur pied que ma mère a fait une chute. Elle s'est démis la hanche et a dû être hospitalisée. Mon père est décédé ; mes sœurs vivent loin d'ici toutes les deux. J'étais la seule à pouvoir m'en occuper. Ma mère a dû aller dans un centre de rééducation et ensuite dans une maison de retraite, car elle ne pouvait plus s'assumer toute seule. Joan s'en est chargée. Elle a rencontré les médecins, pris toutes les dispositions, s'est assurée que ma mère recevait les meilleurs soins. Elle a été stupéfiante. Je suppose que, là encore, c'était à cause de ce qu'elle avait personnellement traversé avec sa mère après la mort de Kelly.

Bonnie fut parcourue d'un frisson.

– Que voulez-vous dire ?

– Vous n'êtes pas au courant pour la mère de Joan.

C'était encore une question déguisée en affirmation.

– Je sais seulement qu'elle est morte.

– Morte ?... (Caroline montra sa surprise.) Qui a dit que la mère de Joan était morte ?

– Elle ne l'est pas ?

– Pas à ma connaissance.

Bonnie sentit sa respiration bloquée. Elle essaya de se détendre, mais l'air passait toujours aussi mal. On aurait pu croire qu'elle ne respirait plus du tout.

– Qu'est-il arrivé après la mort de Kelly ?

– La mère de Joan a commencé à se comporter de façon très étrange. Elle oubliait des choses, sortait en sous-vêtements, des bizarreries de ce style, et elle parlait comme une détraquée. Elle était alcoolique depuis des années. Cela n'avait fait qu'empirer. À la fin, Joan a dû la faire interner, ce qui a augmenté encore son sentiment de culpabilité. Bien entendu, son cher et tendre avait disparu de la circulation.

– Savez-vous où est sa mère maintenant ?

— Elle est au Centre psychiatrique Melrose à Sudbury. C'est une petite clinique privée relativement agréable pour ce genre d'endroit.

— Qui paye pour cela ?

— La fondation Joan, répondit ironiquement Caroline. C'est ainsi que Rod disait toujours.

— À votre avis, la mère de Joan est-elle au courant de sa mort ?

— Je ne pense pas qu'elle soit encore au courant de quoi que ce soit. Joan m'a raconté qu'elle s'était lentement détournée de tout pour s'évader dans son monde à elle.

— Savez-vous son nom ?

Bonnie fut surprise de sa propre question.

— Elsa, dit Caroline, Elsa Langer. Pourquoi ?

— Je ne sais pas, fit honnêtement Bonnie. (Elle savait bien peu de chose, à vrai dire.) Puis-je encore vous poser une question ?

— Allez-y.

— Vous avez dit à l'enterrement que Joan parlait de moi avec sympathie.

— C'est vrai.

— Que disait-elle ?

Caroline leva les yeux au ciel.

— Voyons... elle disait que vous étiez quelqu'un de bien, que vous étiez une bonne mère et qu'elle vous admirait.

— Semblait-elle obsédée ?

— Obsédée !

Bonnie parla à Caroline du classeur que la police avait trouvé dans la chambre de Joan.

— Ça alors ! Je n'ai jamais vu Joan méthodique à ce point-là.

— Vous souviendriez-vous d'autre chose qu'elle aurait dit ?

— Une chose me revient, répondit Caroline après une courte pause.

— Oui ?

Bonnie était suspendue à ses lèvres.

— Elle a dit qu'elle vous plaignait.

Bonnie sentit les larmes lui monter aux yeux. Ne pleure pas, se sermonna-t-elle en silence ; pas ici ; pas maintenant.

— Il faut que je rentre, dit-elle.

— Voici un après-midi plein d'intérêt pour vous, observa Caroline en la raccompagnant dans le vestibule.

— Merci de m'avoir reçue, fit Bonnie.

Quand elle ouvrit la porte, une rafale de vent plus que bienvenue lui fouetta le visage. Elle happa l'air frais avec délice.

— Qui est-ce ? demanda Caroline, qui sortit à son tour en désignant l'autre côté de la rue.

Bonnie se tourna à contrecœur vers la maison de Joan et vit une grosse voiture vert foncé qui se garait dans la contre-allée. On coupa le moteur. La portière s'ouvrit et deux superbes jambes jaillirent de la voiture, des mains ajustèrent une étroite jupe de toile beige, puis les jambes foulèrent le trottoir. Elles appartenaient à une femme beige de la tête aux pieds. Se sentant observée, elle regarda autour d'elle et adressa un sourire charmeur à Bonnie avant de s'engager dans l'allée qui menait à la maison.

– Il n'y a personne, lui cria Caroline.

– Ne vous inquiétez pas, répondit la femme sans se donner la peine de se retourner. J'ai la clef – elle l'agita en l'air.

Aussitôt, Bonnie traversa la rue, Caroline sur ses talons.

– Excusez-moi, insista-t-elle, mais vous n'avez pas le droit d'entrer dans cette maison.

La femme se retourna. Son maquillage était de la même couleur que l'ensemble de sa personne. Si on la mettait devant un fond beige, songea Bonnie, il est probable qu'elle disparaîtrait.

– Pardon. Quel est le problème ? s'enquit la femme en beige.

– La personne qui habitait ici est morte, déclara Bonnie, ne sachant trop quoi dire.

Elle avait la vague impression d'avoir déjà vu cette femme quelque part.

– Oui, je sais. Je vais faire très attention à ne rien déranger.

– Qui êtes-vous ? demanda Bonnie.

Intuitivement, elle savait que cette femme n'était pas de la police.

– Gail Ruddick.

La femme présenta du bout de ses doigts aux ongles vernis de beige un petit bristol blanc.

Bonnie s'en empara et lut la carte de visite, en même temps que Caroline par-dessus son épaule : Agence Ellen Marx. Dans son dos, Caroline émit un léger sifflement.

– Je vous ai vue à l'enterrement de Joan, observa Bonnie, qui venait soudain de comprendre son impression de déjà-vu – le dernier rang dans l'église, là où pas un cheveu ne dépassait, se rappela-t-elle.

– En effet. (Gail Ruddick paraissait nettement mal à l'aise.) Quel horrible malheur, n'est-ce pas ? Absolument épouvantable.

Elle se tourna vers la maison puis se retourna vers les deux femmes.

– On nous a demandé de venir estimer la maison.

– C'est la police qui vous envoie ?

– Non, répondit Gail Ruddick, ce n'est pas la police.

Il était clair qu'elle répugnait à leur donner spontanément de plus amples informations.

– Qui, alors ? demanda Bonnie.

– Je regrette, fit la femme, mais il me semble que je n'ai pas à discuter de cela avec des étrangers à la famille.

– Je ne suis pas exactement une étrangère, répliqua Bonnie. Cette maison appartient à mes beaux-enfants... et à mon mari, ajouta-t-elle avec quelque difficulté à prononcer ce mot.

Gail Ruddick s'épanouit en un sourire chaleureux, découvrant des dents dont la blancheur choquait presque au milieu de tout ce beige.

– Eh bien ! en ce cas, il n'y pas de problème. C'est votre mari qui m'a demandé de venir regarder. C'est lui aussi qui m'a donné la clef. Si vous voulez bien attendre une seconde, j'ouvre cette porte et je vous la rends tout de suite. Cela m'évitera d'avoir à vous la retourner plus tard.

Elle gagna la porte, l'ouvrit et revint avec la clef. Bonnie glissa celle-ci sur son porte-clefs en essayant d'empêcher ses mains de trembler.

– Dites à votre mari que j'irai lui proposer une estimation dès que possible.

Bonnie hocha la tête tandis que la femme repartait vers la maison.

– Dites-moi, lança-t-elle à Caroline par-dessus son épaule sans quitter des yeux la femme de l'agence Ellen Marx, Joan vous a-t-elle jamais dit que nous courions un danger, ma fille et moi ?

– Non ! répondit Caroline. Vous vous sentez en danger ?

Bonnie ne répondit pas.

– Faites attention à vous, dit Caroline, et n'oubliez pas : je suis là au cas où vous auriez besoin de parler.

Bonnie regarda Gail Ruddick disparaître à l'intérieur de la maison de Joan. Elle entendit les pas de Caroline s'éloigner dans son dos et se retourna au moment où celle-ci refermait la porte. Elle était seule sur le trottoir, un peu perdue, se demandant s'il existait quelqu'un pour lui tendre la main et lui faire retrouver sa sécurité.

13

Établi dans un domaine de plus de quarante hectares, en bordure de la petite ville de Sudbury, près de la rivière du même nom, le Centre psychiatrique Melrose n'était qu'à quelques minutes en voiture, par la nationale 20, du lycée de Weston Heights. Bonnie s'y rendit l'après-midi suivant immédiatement après ses cours.

– Qu'est-ce que tu fais ? se demanda-t-elle à haute voix – une médiocre variation sur le thème « Mais qu'est-ce que je fais là ? ».

– J'essaie de savoir où j'en suis, de débrouiller un peu l'écheveau, dit-elle à l'adresse du visage apeuré dans son rétroviseur.

Pourquoi lui avait-on caché que Elsa Langer était toujours en vie ?

Bonnie emprunta la longue voie privée qui menait à une superbe bâtisse blanche évoquant le vieux Sud, avec son imposante colonnade et son air de bonne bourgeoisie quelque peu désuet. Le temps était superbe, la température douce, et une brise légère agitait les feuilles des arbres. Des gens flânaient dans le parc par groupes de deux ou trois. Ce doit être des patients, songea Bonnie en recevant au passage un signe de tête amical. Quelqu'un que je connais ? se demanda-t-elle ; éventualité qu'elle écarta aussitôt. Il s'agissait plus probablement d'une pauvre âme égarée qui avait vu en elle une âme sœur.

Elle gara sa voiture dans l'immense parking réservé aux visiteurs. Quand avait-elle commencé à se considérer comme une pauvre âme égarée ?

Elle ouvrit sa portière, sortit ses jambes de la voiture, revoyant en instantané le même geste accompli la veille par Gail Ruddick.

« Eh bien ! en ce cas, il n'y pas de problème. C'est votre mari qui m'a demandé de venir regarder. C'est lui aussi qui m'a donné la clef. »

Bonnie repensa à cette journée de la veille. Après sa visite à

Caroline, elle était rentrée chez elle et avait attendu Rod pour lui parler, mais il avait appelé à l'heure du dîner pour dire qu'il rentrerait tard. La préparation du congrès de Miami leur donnait un boulot d'enfer et il grignoterait un sandwich au studio ; qu'elle ne se donne pas la peine de l'attendre.

Elle avait attendu malgré tout, mais à peine avait-il franchi le seuil de la maison qu'elle avait compris, à l'expression de son visage, que ce n'était pas le bon moment pour une confrontation. Non pas qu'elle ait l'intention expresse de l'agresser, d'ailleurs ; elle voulait juste lui poser quelques questions. Pourquoi avait-il envoyé un agent immobilier chez Joan cet après-midi ? Pourquoi ne lui avait-il pas dit que la mère de Joan était encore en vie ? Caroline disait-elle vrai à propos de ses aventures extraconjugales ?

Elle avait ressassé ces questions toute la soirée, essayant de leur donner le tour le plus neutre et le plus inoffensif possible. Elle ne voulait pas que Rod puisse se sentir accusé de quoi que ce soit. Du reste, elle ne l'accusait pas. Elle était simplement curieuse. Sa vie tournait à l'envers depuis quelque temps et, loin de repartir dans le bon sens, elle semblait au contraire dangereusement hésiter à poursuivre cette route pour l'éternité. Ce qui donnait à Bonnie la pénible sensation de tourbillonner comme une toupie, la tête en bas, et si les choses devaient continuer ainsi, alors, oui, elle avait quelques questions à poser. Était-ce trop demander ?

– J'aimerais te parler, hasarda-t-elle alors que Rod se glissait sous les draps.

– Cela pourrait-il attendre jusqu'à demain ? J'ai vraiment eu une sale journée.

– Je n'en doute pas.

Il se retourna vivement, déposa un léger baiser sur son épaule gauche.

– Désolé, ma chérie. Ça n'est pas juste. Mes enfants t'ont mené la vie dure ?

– Pas les enfants.

– Quoi alors ? Rude journée à l'école ?

Bonnie secoua la tête.

– Je suis allée voir Caroline Gossett aujourd'hui.

Rod se releva et s'appuya sur un coude, laissant glisser les couvertures sur son torse.

– Bon Dieu ! mais pourquoi ?

– Je n'en sais trop rien. Sans doute parce que j'étais troublée par ce qu'elle t'a dit à l'enterrement.

Rod ferma les yeux en soupirant.

– Et maintenant, je parie que tu es encore plus troublée qu'avant.

Bonnie sourit.

– Comment le sais-tu ?

– Caroline produit cet effet sur tout le monde.

– Elle m'a paru très sympathique.

– Les apparences sont parfois trompeuses.

Rod reposa sa tête sur l'oreiller et appuya son bras gauche sur son front.

– Bon et alors, que t'a-t-elle dit ? Que si mon ex-femme buvait, c'était de ma faute parce que je n'étais jamais là ? Que j'étais trop occupé à courir le jupon pour lui consacrer toute l'attention dont elle avait besoin ? Et que je l'ai laissée tomber au pire moment ?

– On dirait que tu sais tout cela par cœur.

– Ça fait des années qu'elle serine le même refrain.

– Et alors, *courais-tu* le jupon ? hasarda Bonnie.

Rod ôta son bras de son visage et regarda Bonnie droit dans les yeux.

– Non, fit-il. Pourtant, j'ai eu un sacré nombre d'occasions. Et Dieu sait si j'y ai souvent pensé. Cela fait-il de moi un coupable ?

Pour toute réponse, Bonnie s'approcha et lui déposa un baiser sur ses lèvres.

– Ai-je la permission de dormir à présent ? fit-il, prêt à se retourner.

– Savais-tu que la mère de Joan était encore en vie ?

– Elsa est toujours vivante ? Non, j'ignorais ce qu'elle était devenue.

– Elle est dans un établissement psychiatrique, à Sudbury.

Rod ne répondit pas. Bonnie se serra contre lui et il prit son bras qu'il enserra autour de sa taille.

– Où qu'elle soit, ceci ne me concerne plus, marmonna-t-il.

– Est-ce qu'il arrive aux enfants d'en parler ?

– Pas à moi, en tout cas. Pourrions nous remettre cette discussion à demain ?

Bonnie garda le silence.

– Je t'aime, murmura-t-elle enfin.

– Moi aussi je t'aime, ma chérie. Désolé ! J'aurai plus d'énergie demain matin.

– Puis-je te demander une dernière chose ?

– Bien sûr, lâcha-t-il d'une voix ensommeillée.

– Tu ne m'as pas dit que tu voulais envoyer un agent immobilier chez Joan.

Rod ne prononça pas une parole, mais, sous son bras, Bonnie sentit son corps se contracter.

– L'agent immobilier est passé au moment où je quittais Caroline, expliqua-t-elle.

— C'est quoi, cette question ?

La voix de Rod était aussi tendue que ses muscles sous les doigts de Bonnie.

— Je me suis demandé pourquoi tu envoyais quelqu'un voir la maison...

— Et pourquoi ne pourrais-je pas y envoyer quelqu'un ?

— Euh, ça paraît un peu... prématuré, hasarda Bonnie.

Rod s'assit, repoussa les couvertures avec impatience et sortit du lit.

— Prématuré ? Cette maison m'appartient, nom de Dieu ! Voilà dix ans que j'en paye l'hypothèque. Elle est à moi et aux enfants. C'est leur futur qui est en jeu et je veux agir au mieux pour eux. Y a-t-il quelque chose de mal là-dedans ? Tu ne trouves pas qu'il est normal que je me fasse une idée de sa valeur et des possibilités qui s'offrent à moi ?

— Je m'inquiétais seulement de ce que la police pourrait penser...

— Je n'en ai rien à foutre de ce que pense la police. C'est ce que *tu* penses qui m'intéresse.

— Je me demandais simplement pourquoi tu ne m'en as pas touché un mot, c'est tout.

— Peut-être parce que j'ai travaillé comme une brute pour être prêt à ce putain de congrès de Miami. Je n'ai pas eu une minute à moi, alors laisse tomber ! Je n'allais pas t'informer en plus de tous les petits détails insignifiants de ma vie.

Il leva les bras au ciel. Vêtu d'un simple caleçon, il faisait les cent pas au pied du lit.

— Ce sont des détails que tu veux ? Parfait, en voilà : j'ai du boulot par-dessus la tête ; Marla a pris la mouche à propos de je ne sais quoi et j'ai reçu un coup de fil d'un quelconque agent immobilier pour me dire que je devrais songer à vendre la maison rapidement, pendant que le marché a retrouvé son équilibre, car on ne sait jamais combien de temps ça peut durer. Est-ce assez détaillé pour toi ?

— Rod...

— Donc, j'ai dit qu'il était probablement un peu trop tôt pour penser à vendre, et elle a répondu : « Quel mal y aurait-il à aller visiter cette maison ? Vous auriez ainsi une idée de ce que nous pouvons en obtenir. » Je lui ai rétorqué que ça semblait raisonnable. Mais, en fait, qu'est-ce que j'en sais ? Je ne suis qu'un salaud de dragueur qui a abandonné une femme et ses enfants... (Il cessa de marcher et fit face à Bonnie.) Il se pourrait même que j'aie manigancé l'assassinat de cette femme... (Il se tut quelques secondes.)

C'est ça que tu penses, Bonnie ? Est-ce là où tu veux en venir avec toutes tes questions ?

Bonnie ne répondit pas. Avait-il raison ? Se pouvait-il qu'elle ait eu ce genre de pensée ?

Le visage de Rod s'adoucit brusquement, attristé. Sa voix se fit traînante, presque enfantine.

– Dis-moi, Bonnie. Crois-tu sincèrement que j'aie quoi que ce soit à voir avec la mort de Joan ? Parce que si c'est le cas... Eh bien, que faisons-nous ici tous les deux ? Comment peux-tu supporter de partager la même chambre que moi ? Sans parler du lit !

Il a raison, songea Bonnie. La tête lui tournait. Qu'est-ce qui lui avait pris ? Elle aurait pu se rendre compte que ses questions seraient interprétées de cette façon. De quelle autre manière auraient-elles pu l'être, bon sang ?

– Rod, pardonne-moi..., dit-elle. (Elle aurait voulu poser ses mains sur lui mais craignait une rebuffade.) Je ne sais pas quoi dire. Je sais que tu n'as rien à voir dans la mort de Joan. Je n'ai jamais voulu insinuer...

Rod balança lentement la tête de gauche à droite.

– OK, OK, ça va. Tout va bien. Tout ira bien, répéta-t-il, comme si la seule répétition des mots suffisait à réaliser la chose. Allons dormir... (Il se remit au lit.) Je suis fatigué. Je n'arrive plus à penser correctement. Le surmenage sans doute. Désolé de te rembarrer comme ça. Tout ira bien. Nous parlerons demain matin...

Mais le temps que Bonnie sorte de la douche le lendemain matin, il était déjà parti pour le studio. Un petit mot sur la table de la cuisine disait qu'il travaillerait tard à nouveau et qu'elle ne devrait pas l'attendre.

Bon ! mais qu'est-ce que j'espère prouver en venant ici ? Bonnie se dirigeait vers l'énorme bâtiment du Centre psychiatrique Melrose. Est-ce que je cherche à sauver ma réputation ? À réunir cette famille divisée ? Franchement, qu'est-ce que j'espère découvrir chez une pauvre vieille alcoolique vivant dans un autre monde ? Pour clore le tout, voilà qu'elle se parlait à elle-même. Elle se faisait cette réflexion alors qu'elle coupait à travers la pelouse devant la clinique. Eh bien ! je ne déparerais pas là-dedans.

Une vieille femme assise sur un banc lui fit signe de la main.

– Je vous connais, déclara-t-elle lorsque Bonnie s'approcha, essayant de reconnaître le visage tout ridé. Vous êtes cette fameuse actrice. Celle qui est morte.

Génial, songea Bonnie en pivotant sur ses talons qui s'enfonçaient dans l'herbe tandis qu'elle gagnait l'entrée.

À l'intérieur, l'endroit affectait cet air de bonne humeur contrainte propre aux institutions de ce genre : vaste hall d'entrée ;

murs couleur pêche ; lithographies de Picasso – des fleurs et des arlequins ; une sémillante femme d'une quarantaine d'années derrière un large bureau ivoire dans la réception, spacieuse et bien éclairée. Bonnie s'approcha d'un pas hésitant.

– Oui, fit la femme en souriant de toutes ses dents. Puis-je vous aider ?

Vous pouvez me dire de tourner les talons et de rentrer à la maison, pensa Bonnie en fixant le regard violet de la femme, se demandant s'il était naturel ou s'il provenait de verres de contact colorés. Tout est possible par les temps qui courent ; les apparences sont parfois trompeuses. N'était-ce pas la réflexion de Rod ?

– Où puis-je trouver Elsa Langer ? s'entendit-elle demander.

L'hôtesse s'adressa à son ordinateur.

– Vous avez dit Langer ?
– Oui, Elsa Langer.
– Elsa Langer. Oui, j'y suis. Chambre 312 dans l'aile sud. Les ascenseurs sont là-bas.

Elle fit un geste sur la droite.

– Merci, fit Bonnie sans broncher.
– Vous pouvez y aller tout de suite.

Bonnie acquiesça, mais ses jambes restaient de plomb.

– Quelque chose ne va pas ?
– C'est que je n'ai pas vu Mrs. Langer depuis fort longtemps, mentit-elle en se demandant si l'hôtesse pouvait lire en elle aussi facilement que Caroline Gossett, et je ne sais pas trop ce qui m'attend.

Cela, au moins, était exact.

En sortant de l'ascenseur au troisième étage, Bonnie examina les lieux. Les murs étaient bleus ; l'artiste de service n'était plus Picasso mais Matisse. Sur la droite, une volée de marches menait à un salon pour les visiteurs qui faisait face à un box d'infirmerie. Le comptoir était encombré de bouquets de fleurs empaquetés qui attendaient d'être remis à leurs destinataires. J'aurais peut-être dû apporter des fleurs à Elsa Langer, songea Bonnie qui n'avait avec elle que deux magazines qu'elle venait d'acheter, *Vogue* et *Bazaar*. Le dernier cri de la mode de printemps. Tout à fait ce dont la vieille dame avait besoin.

Bonnie s'approcha du box où des infirmières étaient très occupées à papoter. Elles levèrent la tête, s'avisèrent de sa présence, puis retournèrent à leur conversation. Apparemment, l'accueil des visiteurs n'était pas leur priorité. Bonnie attendit, glissant un œil vers le salon où elle aperçut une jeune femme silencieuse assise entre un homme et une femme d'âge moyen, ses parents probablement. La mère était en larmes et le père fixait le vide d'un regard absent, comme s'il refusait de croire que cela ait pu lui arriver. Une autre femme assise enlaçait un jeune homme qui grappillait avec acharnement d'invisibles peluches sur ses vêtements.

— Là, là, ne cessait de grogner la femme. Là, là.

Bonnie se retourna vers les infirmières.

— Excusez-moi, pourriez-vous m'indiquer la chambre 312 ?

— Par là, fit une infirmière avec un geste de la main, sans même se donner la peine de la regarder.

— Merci.

La minute d'après, Bonnie se retrouva devant la chambre 312. Que faire à présent devant cette porte close ? Frapper ? Faire irruption dans la pièce ? Et pourquoi ne pas tourner le dos et rentrer chez elle ?

— Entrez, pria une voix avant qu'elle ait eu le temps de se décider.

Elle respira un grand coup, puis ouvrit la porte. Une vieille femme était assise dans un fauteuil roulant près de la fenêtre. Ses cheveux teints d'un noir de jais laissaient entrevoir plus d'un pouce de racine grisonnante ; sa peau était parsemée de gros grains de beauté noirs et de taches de vieillesse. Deux jambes difformes sortaient, telles de grosses bûches de bois mort, de sous une robe de chambre en molleton rose. Même assise, elle en imposait. Telle mère telle fille, songea Bonnie, mal à l'aise et bien qu'elle n'ait pas décelé d'autres points communs avec Joan.

— Comment saviez-vous que j'étais là ? fit Bonnie en pénétrant dans la chambre.

Elle sentit un courant d'air quand la porte se referma derrière elle. Se pouvait-il que la femme ait flairé sa présence ? Avait-elle eu un quelconque pressentiment de sa visite ?

— J'ai entendu des pas, dit la femme. Ils se sont arrêtés juste devant ma porte.

Bonnie éclata de rire. C'était donc aussi bête que cela. Comme l'esprit humain est prompt à s'emballer, songea-t-elle.

— Êtes-vous Elsa Langer ?

— Ça se pourrait.

La vieille femme lissa du plat de la main la robe de chambre sur ses genoux épais.

— Qui la demande ?

— Bonnie... Bonnie Wheeler.

Les fins sourcils de la femme se froncèrent, creusant un sillon au-dessus de son gros nez.

– Je vous ai apporté quelque chose.

Bonnie s'approcha à pas hésitants et déposa les magazines sur les genoux de la vieille femme.

Celle-ci baissa les yeux, puis les releva sur Bonnie.

– Merci. Comment c'est votre nom déjà ?

– Bonnie... Bonnie Wheeler, répéta-t-elle en insistant sur le nom de famille.

Elle espérait qu'il raviverait la mémoire de la femme, mais, n'obtenant aucune réponse, elle ajouta :

– Je connaissais Joan.

– Ah oui ?

– Oui.

Bonnie ne savait trop comment poursuivre. Est-ce que la femme savait pour Joan ? Lui avait-on dit qu'elle était morte ?

– J'ai aussi connu une Joan dans le temps.

Bonnie hocha la tête.

La vieille se mit à faire des mouvements bizarres avec sa bouche. On aurait dit qu'elle mastiquait, avançant et rétractant les lèvres, finissant par extraire de sa bouche un dentier qu'elle rattrapa du bout de sa langue et remit en place d'un coup sec. Cela fit un petit bruit métallique, comme un déclic.

– Quelqu'un vous a-t-il parlé de Joan ? hasarda Bonnie en regardant ailleurs car, déjà, la vieille femme faisait une nouvelle tentative pour extraire son dentier.

– Joan est morte, bredouilla la femme qui luttait avec son dentier.

– Oui, fit Bonnie en contemplant négligemment le bleu des murs, la petite armoire, les lits jumeaux.

L'un d'eux avait été fait avec soin, l'autre pas ; ses couvertures tirées de chaque côté étaient renflées au milieu, comme s'il y avait quelqu'un.

– Mon Dieu ! mais il y a quelqu'un là-dedans ! lança-t-elle.

Plus elle s'approchait du lit, plus la masse sous les draps prenait forme humaine. Bonnie retint sa respiration, chassant le souvenir des jours qui avaient précédé la mort de sa mère, effrayée à l'idée de voir de trop près la silhouette inerte au creux du lit.

La femme allongée là avait la peau et les cheveux gris cendre, les joues hâves, les yeux marron grands ouverts au regard vide d'aveugle. L'espace d'une seconde Bonnie crut qu'elle était morte, mais la femme émit soudain un étrange petit bruit, un vague murmure qui s'évanouit aussitôt.

– C'est elle, Mrs. Langer, n'est-ce pas ? s'enquit Bonnie auprès de la femme au fauteuil roulant.

– Ça se pourrait, fit celle-ci. Qui la demande ?

– Bonnie. Bonnie Wheeler. Ce nom vous dit-il quelque chose, Mrs. Langer ? demanda Bonnie à la gisante.

– Elle vous causera pas, fit l'autre femme. Elle ne cause plus à personne depuis qu'on lui a annoncé la mort de sa Joan.

– Je suis tellement désolée pour votre fille, continua pourtant Bonnie en posant une main chaleureuse sur l'épaule d'Elsa Langer.

– Elle venait la voir tous les mois. À présent, elle n'a plus de visites.

– Mrs. Langer, m'entendez-vous ?

– Elle vous causera pas.

Bonnie entendit de nouveau le dentier cliqueter.

Elle s'agenouilla au pied du lit pour avoir les yeux au niveau de ceux d'Elsa.

– Je suis Bonnie Wheeler, la femme de Rod.

Les paupières de la vieille femme battirent à plusieurs reprises. Bonnie s'avança vers le corps étendu.

– Joan vous a-t-elle parlé de moi ?

– Joan est morte, déclara la femme au fauteuil roulant.

– Joan était inquiète pour moi, poursuivit Bonnie. Elle voulait me dire quelque chose, mais elle est morte avant d'avoir pu me parler. Je me suis dit qu'elle vous avait peut-être confié quelque chose...

Bonnie stoppa net. À quoi jouait-elle ? Cette femme était à l'article de la mort. Elle ne devait même pas la voir, certainement pas l'entendre, encore moins comprendre ce qu'elle racontait.

– Je voudrais seulement que vous sachiez que Sam et Lauren vont bien. Ils vivent avec nous maintenant, Rod et moi, et nous prendrons soin d'eux. Je pourrais même vous les amener un jour, si cela vous fait plaisir. Je suis sûre qu'ils seraient contents de voir leur grand-mère.

Pourquoi avait-elle dit ça ? Ils n'avaient pas même prononcé son nom.

Elsa Langer ne dit rien.

Bonnie se redressa en chancelant.

– Je ferais mieux de partir.

– Je vous l'avais bien dit qu'elle vous causerait pas, fit la femme au fauteuil roulant avec un air de triomphe.

– Vous a-t-elle parlé, à vous ? demanda Bonnie en regardant le dentier entrer et sortir comme la langue d'un serpent.

– Ça se pourrait. Qui la demande ?

Vaincue, Bonnie ferma les yeux.

– Bonnie, Bonnie Wheeler.

– Ce nom me dit quelque chose, déclara la femme en époussetant ses genoux, ce qui fit tomber les magazines par terre.

— Ah oui ?
— Ça se pourrait. Qui la demande ?

Bonnie ramassa les magazines qu'elle posa sur le lit d'Elsa Langer en lui jetant un regard furtif. Une larme coulait sur la joue de la femme enfouie sous les draps blancs froissés. La larme roula sur sa lèvre, glissa sur son menton comme de la bave et alla s'écraser sur l'oreiller.

— Mrs. Langer ? Mrs. Langer, m'entendez-vous ? Avez-vous entendu ce que j'ai dit tout à l'heure ? Me comprenez-vous ? Pouvez-vous me parler, Mrs. Langer ? Y a-t-il quelque chose que vous voudriez me dire ?

— Elle vous causera pas, fit la femme au fauteuil roulant.
— Mais elle pleure !
— Elle pleure tout le temps.
— Vraiment ?
— Ça se pourrait. Qui la demande ?

Bonnie soupira longuement.

— Ne pleurez pas, Mrs. Langer. Je vous en prie, je ne voulais pas vous faire de la peine. Je vais vous laisser maintenant, mais je vais donner mon numéro de téléphone aux infirmières au cas où vous voudriez me joindre.

Elle revint sur ses pas et effleura des doigts les fins cheveux gris.

— Au revoir.
— Enchantée de vous avoir rencontrée, lança la femme au fauteuil roulant.
— Moi de même, fit Bonnie.
— Menteuse ! Croix de bois, croix de fer, si tu mens, tu vas en enfer, psalmodia la femme tandis que Bonnie prenait la fuite.

14

Le premier geste de Bonnie en rentrant chez elle fut d'appeler le cabinet de Walter Greenspoon.
– Cabinet du docteur Greenspoon, bonjour !

La secrétaire avait une voix mielleuse, presque enfumée comme si elle avait été interrompue au milieu d'une bouffée de cigarette.

– Je voudrais prendre rendez-vous avec le docteur Greenspoon, le plus rapidement possible, fit Bonnie tout en se demandant ce qu'elle était encore en train de faire.

Elle n'avait jamais eu l'intention de donner ce coup de fil. Sur le chemin du retour, elle avait passé le plus clair de son temps à se convaincre de laisser la police s'occuper du meurtre de Joan, de rester en dehors de tout ça. C'était bien beau, mais comment rester en dehors quand elle y était plongée jusqu'au cou ; quand sa fille et elle étaient peut-être en danger ?

– Êtes-vous une de ses patientes ?
– Pardon ? Oh non ! Non, pas du tout.
– Très bien. En ce cas, la seule possibilité pour un nouveau patient n'est pas avant le 10 juillet.
– Le 10 juillet ? C'est dans plus de deux mois !
– Le docteur est très occupé.
– Je n'en doute pas, mais je ne peux pas attendre aussi longtemps. Il faut que je le voie immédiatement.
– Ce n'est malheureusement pas possible.
– Attendez, ne raccrochez pas, lança Bonnie qui sentait la femme près de le faire. J'ai une idée, fit-elle, tout étonnée d'en avoir une. Quand est le prochain rendez-vous de Joan Wheeler ?
– Je vous demande pardon ?
– Je suis la sœur de Joan, dit Bonnie en entendant sa voix dérailler sous le poids du mensonge.

La voix de la secrétaire changea elle aussi, se fit plus douce, plus profonde.

– Nous avons tous été très choqués et attristés par ce qui est arrivé, dit-elle.

– Merci, fit Bonnie, stupéfaite que les mots lui viennent aussi naturellement. Je sais que Joan pensait le plus grand bien du docteur Greenspoon et, comme je traverse une période très difficile avec tout ça, je me suis dit que peut-être je pourrais venir à la place de Joan...

Bonnie se tut. Le mensonge était un peu trop énorme pour qu'elle s'y enferre davantage.

– Malheureusement, il y a déjà quelqu'un pour l'heure de son prochain rendez-vous, s'excusa la secrétaire.

Bonnie hocha la tête, toute prête à raccrocher. Tu vois, lui murmura sa conscience, le mensonge ne paie pas.

– Mais nous avons une annulation pour vendredi prochain, reprit vivement la secrétaire. Je pense que je peux vous y mettre, bien que ce soit très exceptionnel. Pouvez-vous venir à quatorze heures ?

– Certainement, assura aussitôt Bonnie.

– Parfait. À quel nom, s'il vous plaît ?

– Bonnie Lonergan, annonça-t-elle en hâte, reprenant temporairement son nom de jeune fille.

Elle s'y sentit immédiatement mal à l'aise, comme dans des chaussures trop petites. Pourquoi avoir choisi Lonergan, nom de nom ? N'avait-elle pas mis assez d'acharnement à laisser derrière elle cette partie de sa vie ? Elle raccrocha avant que la secrétaire ne change d'avis. Quatorze heures, vendredi. Elle devrait rater son dernier cours. C'était sans problème. Elle dirait au principal qu'elle avait un rendez-vous chez un thérapeute pour Sam et Lauren. Ce qui était la vérité. Ou, du moins, en partie. Elle avait effectivement rendez-vous chez un thérapeute et, pendant la séance, elle arriverait bien à évoquer à un moment ou à un autre le problème Sam et Lauren. À vrai dire, elle pourrait même en parler tant qu'elle voudrait. Il n'était donc absolument pas question de mensonge.

Le plafond de la cuisine vibra soudain au son d'une musique qui provenait de la chambre de Sam. Enfin, si on peut appeler ça de la musique, songea-t-elle tout en sortant des légumes du réfrigérateur pour préparer une salade. Un raffut rythmé aurait été une description plus proche de la réalité – tonitruant, obsédant, infernal.

Bonnie s'imagina Sam allongé sur son lit, la chemise ouverte, regardant les mouches voler tout en méditant... Sur quoi ? Elle n'en avait pas la moindre idée. Elle avait tout essayé, mais Sam ne lui avait jamais confié ses réflexions, ni à personne d'ailleurs. Ni à elle, ni à Rod, ni au principal, ni au surveillant général, pas plus au conseiller d'orientation qu'au psychologue scolaire, toutes personnes ayant essayé de lui délier la langue. C'était peine perdue. Sam allait à l'école, faisait ses devoirs, sortait avec ses copains, jouait de la guitare, nourrissait son serpent, fumait, mais ne disait pas un mot.

Il en allait de même pour Lauren. Elle refusait toute aide de qui que ce soit, restant seule la plupart du temps. Depuis la mort de sa mère, elle était tour à tour hostile, passive, agressive ou en pleurs. Au cours des derniers jours, elle avait sombré dans un état complètement léthargique. C'est à peine si elle arrivait à se lever et à être prête à temps pour que Sam l'emmène à l'école. Elle était incapable de se concentrer comme de faire ce qu'elle avait à faire. Bonnie avait suggéré qu'il était peut-être encore trop tôt pour elle de retourner en classe, mais Lauren était restée inflexible, affirmant que tout irait bien pour peu qu'on la laisse tranquille. Amanda était la seule à pouvoir lui soutirer un semblant de sourire... et Rod, qu'elle attendait systématiquement chaque soir, quelle que soit l'heure à laquelle il rentrait.

Bonnie avait suggéré à son mari que ce serait peut-être bien de partir tous ensemble quelques jours, en famille ; quelques jours qui leur permettraient de faire vraiment connaissance. Elle-même commençait à se sentir étrangère dans sa propre maison. Tout ce qu'elle souhaitait, c'était que les enfants de Rod lui laissent une chance. Ils pourraient peut-être même faire une thérapie familiale tous ensemble. Mais Rod avait répondu qu'il n'était pas en mesure de partir quelques jours dans l'immédiat, ni de payer une thérapie coûteuse. Il allégua que seul le temps arrangerait les choses. Déjà Sam et Lauren avaient adopté Amanda ; ce n'était plus qu'une question de temps pour qu'ils en fassent autant avec Bonnie.

J'espère qu'il a raison, songeait Bonnie en découpant les carottes, auxquelles elle ajouta du concombre et des tomates. Elle coupait les légumes au rythme du dernier tube, se demandant comment Sam pouvait supporter de vivre dans un tel boucan. Elle aurait pu monter et lui demander de baisser un peu, mais elle s'y refusait. Lorsqu'elle était adolescente, elle n'avait jamais pu s'offrir le luxe d'écouter de la musique à fond. La santé de sa mère était trop précaire, ses migraines trop fréquentes. Elle et son frère n'avaient jamais été autorisés à monter le son de leur radio plus fort qu'un murmure ; ce qui ne voulait pas dire que Nick écoutait ce qu'on lui disait.

Au reste, et curieusement, la musique forte ne pouvait pas mieux tomber. Elle avait une façon bien à elle de vous emporter, de reléguer tout le reste dans un coin du cerveau, d'évacuer toutes choses même les plus sérieuses. Tant que la batterie martelait le plafond de la cuisine, Bonnie pouvait s'abstenir de réfléchir sur l'extravagance de ses derniers actes de bravoure – sa visite à Caroline Gossett hier après-midi, celle à Elsa Langer le jour même et son rendez-vous prévu pour vendredi avec le docteur Greenspoon. Mais, tout de même, quelle mouche la piquait ? Croyait-elle vraiment que ses investigations de fin limier amateur allaient aboutir à quelque chose ? Pensait-elle sérieusement que jouer un rôle actif dans l'enquête signifiait qu'elle tenait encore sa vie bien en main ? Cette illusion de contrôle était-elle tellement nécessaire à son bien-être ?

Bonnie jeta les légumes dans un saladier en bois qu'elle mit au réfrigérateur. Elle regarda sa montre. Il était presque cinq heures. Rod rentrerait tard une fois de plus ; Sam et Lauren étaient chacun dans leur chambre ; Amanda participait à un anniversaire et ne serait pas de retour avant six heures. Bonnie pouvait donc s'octroyer quelques instants de repos, souffler un peu, lire le journal, ou bien finir de préparer le dîner et ranger le linge propre.

Elle opta pour un instant de détente. Elle prit le journal qui traînait depuis le matin sur la table de la cuisine et, après un rapide coup d'œil sur la première page, chercha rapidement la rubrique « Vie quotidienne » du docteur Greenspoon, avec l'application de l'élève consciencieuse qui fait ses devoirs ; elle menait l'enquête.

Cher docteur Greenspoon, commençait la première lettre. *J'ai peur que mon mari ne soit homosexuel. Depuis un certain temps, il ne montre plus d'intérêt pour moi sexuellement et, dernièrement, il est devenu de plus en plus distant affectivement aussi. En plus, j'ai trouvé de la littérature gay au fond du tiroir de sa commode. Je n'en peux plus de tout ça, mais cela demanderait beaucoup d'encre pour expliquer certaines choses. Nous n'avons pas eu de relations sexuelles depuis longtemps, mais je m'inquiète encore du sida qui a, je crois, une longue période d'incubation. Est-ce que je risque quelque chose ? Dois-je parler à mon mari de mes soupçons ou ne rien dire ? J'aime cet homme et j'aurais le cœur brisé de le perdre. Je ne sais pas quoi faire. Pouvez-vous m'aider ?* C'était signé *Adrift*.

Chère Adrift, disait la réponse. *N'attendez pas pour parler avec votre mari, faites-le vite. Un couple ne se construit pas sur des secrets et, en ce qui vous concerne, un tel secret pourrait l'achever.*

– Super ! fit Bonnie, tu parles d'une détente !

Elle reposa le journal, se leva et alla chercher le panier de linge qu'elle avait laissé le matin même au pied l'escalier. « Autant en finir avec ça. » Elle souleva le lourd panier de plastique et entreprit de grimper l'escalier, bravant les hurlements trépidants de la chaîne de Sam.

Elle rangea les draps fraîchement repassés dans l'armoire à linge à côté de la grande salle de bains, ses sous-vêtements dans le tiroir supérieur de sa commode et ceux de Rod deux tiroirs plus bas. Ce fut ensuite le tour des chaussettes de Rod, des mi-bas noirs ou marron pour la plupart. Bonnie ouvrit le tiroir d'à côté pour y empiler les chaussettes fraîchement lavées sur les autres et s'arrêta net. Une phrase lui revint aussitôt à l'esprit : *J'ai trouvé de la littérature gay au fond du tiroir de sa commode.*

— Ne sois pas stupide, dit-elle tout en effleurant des doigts le dessus de la pile. La dernière des choses à craindre, c'est que mon mari soit homosexuel.

— Alors de quoi as-tu peur ainsi ? souffla une petite voix.

— De rien du tout. Tout va bien, merci, fit-elle.

Mais ses mains étaient déjà sous les piles de chaussettes sous prétexte de les redresser pour faire de la place.

— Rien que des monceaux de chaussettes là-dedans, déclara-t-elle, pas de lourd secret.

C'est alors que ses doigts effleurèrent un matériau étrange. Ce n'était ni de la laine ni du nylon, mais... un sac en plastique.

— Un sac de chaussettes, dit-elle en extrayant le sac rose vif, repérant le gros cœur rouge imprimé sur ses deux faces et l'écriture ronde qui, de chaque côté, disait : *Linda, dessous sexy.*

— Ah non ! pas un sac de chaussettes, fit Bonnie en puisant dedans.

Elle en ressortit lentement un léger ensemble transparent de couleur lavande, slip et soutien-gorge accompagnés du porte-jarretelles et des bas.

— Tout sauf des chaussettes, ajouta-t-elle en poursuivant sa pêche.

Elle trouva encore deux foulards de mousseline bleu lavande avant de s'asseoir par terre, plus que perplexe.

Cela faisait un bout de temps que Rod ne lui avait pas offert de lingerie sexy. Avant, il n'arrêtait pas, surtout lorsqu'ils étaient jeunes mariés. Elle se rappela comment il la surprenait avec ses petits cadeaux – minislips, guêpière noire, Wonder-bra, un peu comme celui-là. Elle examina le soutien-gorge, le retourna sous toutes les coutures, vérifiant la taille.

— Ouais, ç'aurait été trop beau, dit-elle en constatant qu'il était trop grand. J'ai failli prendre mes désirs pour la réalité, ajouta-t-elle tout en se demandant à quoi pouvaient servir les deux écharpes.

Le téléphone sonna. Bonnie se releva et répondit tout de suite.

— Allô !
— Comment tu vas ? demanda Diana sans même s'annoncer. J'ai un instant à moi et je me suis dit que j'allais effectuer un petit contrôle pour savoir si la police continuait à te compliquer la vie.
— Ils me laissent tranquille depuis quelques jours, mais je ne sais pas si c'est bon ou mauvais signe.
— Quand la police te fout la paix, c'est toujours bon signe. Alors, comment tu te sens ?
— À peu près bien.
— Seulement à peu près ? Que puis-je faire pour que tu ailles mieux ? Vas-y, demande-moi ce que tu veux. Tes désirs sont des ordres.

Bonnie saisit le soutien-gorge bleu lavande et mit son poing dans un bonnet.

— Eh bien, en ce cas, je voudrais une plus grosse poitrine. Des gros seins qui tiennent tout seuls. Des super-nénés 90 C.
— Eh bien, tu n'as qu'à prendre les miens, répliqua Diana du tac au tac. Qu'est-ce que tu veux en faire ?

Bonnie éclata de rire et raconta à son amie qu'elle venait de découvrir de la lingerie sexy au fond d'un des tiroirs de Rod.

— Tu es sûre qu'il ne se travestit pas ?
— Seigneur !
— Je te fais marcher. Bon, il faut que je te quitte. Je voulais juste prendre de tes nouvelles et savoir comment tu tenais le coup.
— C'est le mot ! Dis-moi, viens donc dîner vendredi soir.
— Ce vendredi ?
— Tu as autre chose ?
— Non. Tu es sûre que ça ne te fera pas trop de travail ? Je veux dire, tu es vraiment hyper-occupée. Il faudrait que je te mijote quelque chose.
— Tu ne sais pas cuisiner, lui rappela Bonnie.
— C'est juste. La cuisine, c'est ton truc. À sept heures, alors ?
— À vendredi, sept heures.

Bonnie raccrocha. Elle joua un instant avec les jarretières du mini-porte-jarretelles, les ouvrant d'un air absent les unes après les autres.

— Excuse-moi, fit une voix sur le seuil de la chambre.

Bonnie fourra à toute vitesse les objets intimes dans le sac en plastique et se retourna. C'était Lauren. Elle portait le haut de son uniforme scolaire sur un vieux jean et restait hésitante près de la porte.

— Coucou, ma belle. Tu as besoin de quelque chose ? demanda Bonnie.

– Je ne trouve pas mon T-shirt mauve, répondit Lauren en se gardant de regarder Bonnie directement.

– Je l'ai lavé, fit Bonnie en faisant une boule du sac en plastique rose pour le replonger dans le tiroir de Rod, avant de partir à la recherche du T-shirt mauve dans son panier de linge.

– Tu n'as pas à laver mes affaires, fit Lauren. Je peux le faire moi-même.

– Cela ne me dérange pas, lui assura Bonnie. Laisse-moi, s'il te plaît, au moins faire ça pour toi, ajouta-t-elle en silence.

Lauren entra précautionneusement dans la chambre, prit le T-shirt que lui tendait Bonnie.

– Merci.

– De rien, fit Bonnie, réconfortée.

Leurs doigts s'effleurèrent et, la seconde d'après, Lauren s'était envolée.

– Sam ?

Bonnie frappa doucement à la porte de sa chambre.

– Sam, puis-je entrer ?

Elle frappa encore. Ça va pas la tête ! se dit-elle. Escomptait-elle réellement qu'il entende ses coups timides au milieu des cris perçants et des vagissements qui emplissaient toujours sa chambre ? Elle frappa plus fort, martelant la porte de ses poings.

– Sam ! hurla-t-elle. Sam, puis-je entrer ?

La porte s'ouvrit en coup de vent et la musique envahit le couloir, menaçant de tout renverser sur son passage tel un volcan en irruption.

– J'ai du linge pour toi, s'époumona Bonnie en lui montrant le panier.

– Super ! hurla-t-il en retour. Merci !

Il s'effaça pour lui permettre d'entrer dans la pièce.

Bonnie hésita une seconde, puis entra l'œil aux aguets, s'assurant que le serpent était bien dans son aquarium, agréablement surprise de trouver la pièce encore en état. Elle déposa le panier de linge sur le canapé, puis mit ses mains sur ses oreilles.

– Tu ne trouves pas que c'est un peu fort ?

Sam alla aussitôt baisser le son de sa chaîne.

– Désolé, fit-il.

– Pas grave, lui rétorqua Bonnie tout en se demandant comment faire pour entrer en contact avec lui, pour qu'il s'ouvre et parle de sa mère.

Il semblait évident que leur relation n'avait pas été des plus tendres. La réaction qu'il avait eue en apprenant sa mort l'attestait :

« Où est sa voiture ? *Ding dong, la sorcière est morte.* » Mais il avait forcément subi le contrecoup par la suite. Il devait sûrement éprouver aujourd'hui autre chose que l'indifférence totale qu'il continuait à afficher.

– Ça ne dérange pas L'il Abner quand la musique est si forte ?

Bonnie fit un effort pour regarder le serpent.

– Pas du tout, dit Sam. Les serpents sont sourds.

– Ah oui ?

– Il sent des vibrations, mais il n'entend rien.

Sam s'approcha de l'aquarium et tapota du bout des doigts sur la paroi.

Bonnie s'approcha à son tour, prudemment. Le serpent se dressa, comme en alerte. Bonnie avala sa salive et se força à examiner de près l'animal.

– Il est vraiment très beau, reconnut-elle.

– Je veux ! fit Sam, une pointe de fierté quasi paternelle dans la voix.

– Tu as dit qu'il allait mesurer combien, déjà ?

– Il peut atteindre jusqu'à quinze mètres ou même vingt s'il vivait en pleine nature.

– Incroyable !

Bonnie se demanda si elle parlait du serpent ou du fait qu'elle vivait si près de lui.

– C'est quoi ça, au fond de l'aquarium ?

– Du corail de la côte ouest de l'Afrique. On peut aussi utiliser du gravier ordinaire.

Bonnie montra du doigt les différents autres accessoires de l'aquarium.

– Et à quoi ça sert tout cet attirail ?

– Le thermomètre sert à régulariser la température intérieure. Elle ne doit pas dépasser trente-cinq degrés. Est-ce que tout ça t'intéresse vraiment ? demanda-t-il, sceptique.

– Oui.

Bonnie s'apercevait que sa curiosité n'était pas feinte.

– Continue, s'il te plaît.

À ces mots, le visage de Sam s'anima.

– Eh bien ! Plus les serpents ont chaud, plus vite ils grandissent. La nuit, je baisse la température jusqu'à vingt-deux, mais pas plus bas parce que les serpents sont des animaux à sang froid et qu'en dessous son métabolisme ne fonctionnerait plus.

Sam indiqua le large rocher au fond et à gauche de l'aquarium :

– Ça, c'est un rocher calorifère. Tu vois la prise ?

Bonnie hocha la tête.

– Je maintiens ce rocher à une température constante de vingt-neuf degrés. Et ces lampes, là, servent aussi à réchauffer... (Il montrait une rampe lumineuse sur le couvercle de l'aquarium.) Cette ampoule-ci est de cent watts et ce tube qui fait toute la longueur est une lumière vive qui simule la lumière solaire et procure des vitamines. Ça, c'est son eau potable, poursuivit-il en pointant son index sur un récipient de plastique rouge rempli d'eau. Il adore l'eau. Il lui arrive de se lover dedans. Je maintiens cette eau à trente-deux degrés. Et cette souche sert à faire de l'ombre et aussi à ses jeux.

– Ses jeux ?
– Les boas sont très joueurs.

Un boa sera toujours un boa, songea Bonnie.

– Et à quoi sert la boîte en carton ?
– Il aime bien s'y cacher pour dormir.

La tête du serpent frappa sur la paroi de verre. Bonnie recula instinctivement d'un pas.

– Il ne peut pas sortir, n'est-ce pas ?
– Pas encore. Mais, quand il sera plus fort, il faudra que je mette des poids sur le couvercle pour qu'il ne puisse pas le soulever. Pour l'instant, il ne pèse qu'environ neuf livres, mais les boas ont une force incroyable et, lorsqu'ils ont atteint leur pleine maturité, ils peuvent soulever jusqu'à quatre-vingt-dix kilos.

– Mon Dieu !
– Veux-tu le prendre dans tes bras ?
– Quoi ! ?
– Il ne te fera aucun mal. Il est vraiment gentil.

Déjà Sam ôtait le couvercle et sortait l'animal de l'aquarium.

– Non, Sam, protesta Bonnie. Ce n'est pas indispensable.
– Faut pas avoir peur. (Sam lui déployait le serpent sous le nez pour qu'elle puisse l'admirer.) N'est-il pas magnifique ? Tu as vu ce nacré ? Il est presque violacé par endroits et, dans le soleil, il est presque vert. Regarde comme les couleurs sont plus foncées et les motifs plus ramassés autour de la tête.

Bonnie parcourut du regard le corps de l'animal, mais ses yeux s'agrandirent d'horreur lorsque Sam approcha sa bouche de la tête de L'il Abner.

– Tu vois ? Il ne te fera aucun mal.

La langue du serpent folâtrait autour de la bouche de Sam.

– Que fait-il ? demanda Bonnie en osant s'approcher.
– Les serpents captent la chaleur avec leur langue, c'est pourquoi ils la remuent tout le temps. Regarde comme sa langue est longue... (Il tourna la tête de l'animal dans sa direction.) Tu vois cette rayure noire entre ses deux yeux ?

Bonnie examina de près les yeux de chaque côté de la tête.

— Les serpents n'ont pas de paupières. Ils ne peuvent donc jamais fermer les yeux, expliqua Sam.

Pour l'instant, le professeur, c'était bien lui.

— Pourquoi ne le touches-tu pas ? C'est génial, on dirait de la soie.

— De la soie, répéta Bonnie d'un air abruti.

Son bras se tendit vers le serpent, comme s'il était mécanique. Elle promena ses doigts sur le corps de L'il Abner avec autant de tendresse et d'attention qu'elle aurait mises dans une caresse amoureuse. Sam avait raison, songea-t-elle, de plus en plus rassurée, c'était doux comme de la soie.

— Veux-tu le prendre dans tes bras ? proposa Sam.

Oh, mon Dieu, non ! songea-t-elle.

— Bon, si tu veux, s'entendit-elle prononcer.

Voilà qu'elle perdait la raison ! Que diable faisait-elle là ?

— Qu'est-ce que je fais ? demanda-t-elle.

— Par ici... (Sam guida ses mains.) Une au-dessous de la tête du serpent, l'autre sous la queue.

— Et s'il me file entre les doigts ?

— On le rattraperait. Nous sommes encore plus forts que lui. Mais ne le lâche surtout pas, avertit Sam. Il a horreur qu'on le laisse tomber.

Bonnie se cramponna et sentit l'animal se cabrer sous son étreinte, surprise par la puissance qui vibrait entre ses mains. Je dois être complètement folle, se dit-elle.

— J'ai toujours été terrorisée par les serpents, avoua-t-elle.

— C'est fortiche ce que tu fais, lui répliqua Sam.

Le serpent tendit la tête vers elle, battant l'air de sa langue. Il était vraiment splendide, songea Bonnie, momentanément hypnotisée par le regard de l'animal et par le fait de le tenir pour de bon entre ses mains. Si quelqu'un lui avait dit une semaine plus tôt, une heure plus tôt même, qu'elle porterait un boa constrictor d'un mètre trente de long en face d'un garçon aux cheveux bleu-noir avec un anneau dans le nez, elle aurait pris cette personne pour une dingue. Et voilà qu'elle y était ; non seulement elle portait ce truc monstrueux, mais en plus elle y prenait plaisir ; elle goûtait la sensation de force qui passait entre leurs deux corps. Incontestablement, c'était elle la malade.

Soudain, le corps du serpent se raidit, fit jouer ses anneaux comme un des petits jouets d'Amanda. Il exerçait une telle poussée sous les mains de Bonnie qu'il menaçait de lui échapper et de dégringoler par terre. Il ne fallait pas le lâcher, se rappela-t-elle en maintenant son étreinte de toutes ses forces. Sam n'avait-il pas dit qu'il avait horreur de tomber ?

— Tu pourrais peut-être le reprendre maintenant, dit-elle, inquiète de ce qu'elle ferait si Sam refusait.

Et s'il allait se contenter d'en rire et de quitter les lieux ? Assurément, de toutes les idioties qu'elle avait faites ces derniers jours, c'était de loin la plus énorme. Croyait-elle vraiment que c'était le bon moyen pour gagner la confiance de Sam ? Pour qu'il s'ouvre et parle de sa mère ? Fallait-il à tout prix en passer par son boa constrictor pour atteindre le cœur de ce garçon ?

— Bien sûr, fit Sam en lui prenant doucement le serpent des mains.

Il le glissa adroitement dans l'aquarium et remit le couvercle solidement en place.

Bonnie se sentit aussitôt plus guillerette bien qu'un peu étourdie. Elle perçut un rire et comprit que c'était le sien.

— Je l'ai fait, dit-elle en riant. J'ai réussi !

Sam rit avec elle.

— Tu as été d'enfer.

— Exactement, fit-elle.

— Ma mère ne s'en serait jamais approchée, marmonna-t-il, mettant aussitôt la main devant sa bouche comme pour effacer ces mots.

Bonnie retint sa respiration, s'empêchant de le bombarder de questions. Elle savait qu'elle marchait sur des œufs.

— Non ? dit-elle simplement.

— Elle disait qu'il était visqueux et immonde, poursuivit Sam, les yeux posés sur L'il Abner. Mais il n'a rien de visqueux.

— Non, c'est vrai.

— Ça ne l'intéressait pas.

— Elle t'a tout de même permis de le garder à la maison. Ma mère n'aurait jamais accepté une chose pareille, fit Bonnie, sûre de ce qu'elle avançait.

Elle n'avait jamais eu droit à aucun animal quand elle était petite. On lui disait que c'était parce que sa mère était allergique. Elle se souvint qu'un jour Nick était rentré à la maison avec un chiot, pour s'entendre dire de le ramener aussitôt à ses maîtres. « C'est moi son maître », avait-il imploré, sans résultat.

— Possible.

— Comment était ta mère, Sam ? hasarda Bonnie avec douceur.

Il répondit de son habituel haussement d'épaules.

— J'en sais rien, fit-il après un bref silence. On ne se voyait pas beaucoup.

— Et pourquoi ?

— Tu devrais lui demander.

Un rire s'étrangla dans sa gorge, puis il se frotta l'aile du nez.
– Ça ne te gêne pas ?
Elle montrait l'anneau qu'il avait dans sa narine gauche.
– On l'oublie vite, répondit-il.
Un timide sourire illumina son visage, puis s'évanouit aussi vite.
– Parle-moi de ta mère, dit Bonnie sans le quitter des yeux, le corps tendu.
Sam garda le silence durant un long moment.
– Tu penses que je devrais être triste de sa mort, lâcha-t-il finalement.
– Et tu ne l'es pas ?
– Non. Pourquoi le serais-je ?... (Son regard soutint celui de Bonnie.) C'était une pauvre alcoolo bonne à rien. Elle ne m'a jamais aimé.
– Tu crois que ta mère ne t'aimait pas ? répéta Bonnie.
– Elle n'aimait que Lauren, reprit-il. Elle en avait rien à faire de moi... (Il frotta de nouveau son nez.) Et j'en avais rien à foutre non plus. C'est pourquoi sa mort ne me rend pas triste.
– Cela a dû être très dur pour toi.
– Quoi ?
– Grandir avec une mère qui buvait, qui ne te consacrait pas de temps, qui ne t'a jamais témoigné son affection.
– C'était pas dur, dit-il sur un ton de bravade peu convaincu.
– Tu dois lui en vouloir beaucoup.
Il renifla et fit un geste évasif de la main.
– Elle est morte. Comment puis-je lui en vouloir ?
– Ce n'est pas parce que les gens meurent que notre colère meurt avec eux.
– Ah ouais ? Bof !
– Et ta grand-mère ? demanda Bonnie pour changer de sujet.
– Ma grand-mère ? Eh bien, quoi ?
– Je l'ai vue aujourd'hui.
– Ouais ? Elle savait qui tu étais ?
– Non.
Sam éclata de rire.
– Ça m'étonnerait.
– Qu'est-ce que tu as dit ? fit une voix.
Bonnie se retourna et vit Lauren, blanche comme un linge, dans l'encadrement de la porte.
– Tu as bien dit que tu avais vu notre grand-mère ?
En bas, une porte s'ouvrit et se referma.
– Bonnie ! appela Rod. Bonnie, tu es là ?

– En haut, cria Bonnie, toute surprise. Je croyais que tu devais rentrer tard.
– J'ai dit à Marla que trop c'est trop, fit-il en montant l'escalier. J'ai un foyer, une famille et une femme superbe avec qui je ne passe pas assez de temps.
Il arriva devant la chambre de Sam et stoppa net en y découvrant Bonnie en compagnie de ses deux enfants.
– Qu'est-ce qui se passe ici ? demanda-t-il.

15

Ils étaient assis au bord du lit.
– J'ai une surprise pour toi, dit-il.
Bonnie sourit à son mari.
– Tu es plein de surprises ce soir, fit-elle en se remémorant la soirée.
Pour commencer, il y avait eu son retour plus tôt que prévu à la maison, puis sa bonne humeur qu'apparemment rien ne pouvait troubler, son absence de réaction en apprenant sa visite à Elsa Langer, son insistance pour finir de préparer le dîner, pour le servir et aider Bonnie à débarrasser. Il était même allé jusqu'à s'asseoir pour écouter Lauren raconter une histoire à Amanda. Il avait couché la petite et avait consacré une autre demi-heure à sa fille aînée.
– Je suis sûre que Lauren a apprécié ce moment seule avec toi, dit Bonnie à son mari.
– Ça m'a fait plaisir, fit Rod. C'est vraiment une adorable jeune personne.
– Je voudrais faire davantage pour elle.
– Sois simplement telle que tu es. Elle changera d'attitude.
– De quoi avez-vous parlé tous les deux ?
– Essentiellement de Marla.
– De Marla ?
– Tu sais à quel point les jeunes sont impressionnés par les gens célèbres... (Il haussa les épaules pour couper court.) Elle voulait savoir qui elle était réellement, si elle avait quelqu'un dans sa vie, ce genre de chose.
– Et alors ? A-t-elle quelqu'un ?
Bonnie avait le vague souvenir que Marla hésitait entre deux prétendants pour le moment.
– Aucune idée, répondit Rod. Je suis son directeur, pas son confident. Mais on le saura bien assez tôt.

– Que veux-tu dire ?
– Au dîner, samedi soir.
– Quel dîner ? Quand ? demanda Bonnie.
Quelque chose lui avait-il échappé dans la soirée ?
– Le dîner chez Marla samedi prochain, fit Rod. Tu as oublié ?
– Oublié ? C'est la première fois que j'en entends parler.
– Je t'en ai parlé il y a environ un mois. Je ne suis d'ailleurs guère surpris que ça te soit sorti de l'esprit avec tous ces événements.
– Rod, je ne me sens pas vraiment d'attaque pour un dîner avec Marla Brenzelle et, en plus, nous n'avons pas de baby-sitter.
– Nous avons deux adolescents.
– Ce n'est pas possible, protesta Bonnie. Tu sais ce que Joan pensait du fait que nous utilisions ses enfants comme baby-sitters.
– Ce sont aussi mes enfants, lui rappela Rod. Et je suis sûr que ça leur plairait. Ils aiment Amanda et elle les adore. Je pense d'autre part que cela peut contribuer à leur intégration dans la famille. N'est-ce pas ce dont tu parles tout le temps – construire une vraie famille ? Ce sont des mômes sympa, ajouta-t-il dans un souffle, avec une pointe de surprise dans la voix, comme si ses enfants, deux étrangers pour lui, venaient juste de lui être présentés.

C'était presque le cas, songea Bonnie. Malgré sa répugnance à l'admettre, elle savait que Caroline Gossett n'était pas loin de la vérité dans sa description de Rod père de famille. Il était vrai qu'il n'avait pas consacré beaucoup de temps à aucun de ses enfants, Amanda y compris. Au début, il prétendait qu'elle était trop petite, trop fragile pour la prendre dans ses bras. Il se disait mal à l'aise en face des bébés, ce qui expliquait difficilement sa gêne actuelle, maintenant qu'elle avait trois ans.

Bonnie avait toujours voulu voir dans la distance de Rod vis-à-vis d'Amanda une peur de la perdre. Il avait déjà perdu une petite fille dans un tragique accident et ses deux aînés par son divorce. Redoutant une nouvelle blessure, il craignait donc de trop s'y attacher, de s'autoriser à aimer Amanda sans réserve. C'était du moins la version de Bonnie jusqu'à ce que Caroline Gossett lui eût donné la sienne.

Le comportement présent de Rod pouvait peut-être s'expliquer par le seul désir de prouver que Caroline avait tort. Quoi qu'il en soit, si la visite de Bonnie à Caroline Gossett n'avait d'autre effet que de ramener Rod sur le chemin de la paternité, c'était déjà beaucoup. Bonnie prit la main de Rod dans la sienne.

– C'est quoi, ma surprise ? demanda-t-elle, oubliant le reste.
– Ferme les yeux, lui intima Rod.
Bonnie s'exécuta en riant, avec l'impression de retomber en

enfance. Elle sentit qu'il s'éloignait, entendit un tiroir s'ouvrir, puis le bruit caractéristique d'un sac en plastique qu'on froisse. Un sac en plastique rose vif, avec un gros cœur rouge. *Linda, dessous sexy,* lut-elle silencieusement en faisant son possible pour se préparer à avoir l'air surprise.

– OK, dit-il, tu peux les ouvrir.

Bonnie ouvrit les yeux et découvrit son mari debout devant elle qui serrait dans ses mains le sac de plastique rose.

– Qu'est-ce que c'est ? demanda-t-elle.

Il déposa précautionneusement le sac sur ses genoux.

– Ça fait un moment que je ne t'ai rien offert, fit-il d'un air embarrassé. J'ai pensé que ceci pourrait évoquer d'agréables souvenirs.

Bonnie feignit d'être intriguée, puis légèrement étonnée en retirant du sac le soutien-gorge bleu lavande, le slip, le porte-jarretelles, les bas et les écharpes.

– Eh bien, voyez-vous ça !

– Tu es toujours très belle en bleu lavande... Et sans aussi, ajouta-t-il. Tu vas l'essayer ?

– Tout de suite.

– À moins que tu n'aies d'autres projets.

– Absolument aucun.

Elle se leva. Rod lui bloqua le passage, la prit dans ses bras et la serra contre lui.

– Je ne suis pas sûr que tu saches à quel point je t'aime, dit-il.

– Je t'aime, moi aussi.

– J'ai été nul.

– Mais non !

– Je me suis laissé submerger par le boulot, voulant ignorer tout ce qui se passait. Je n'ai pas suffisamment pris tes soucis au sérieux. Je n'ai été là ni pour toi ni pour les enfants...

– Tu es là maintenant.

– Je t'aime.

– Je t'aime plus fort, dit Bonnie.

– Je suis impatient de te voir là-dedans.

– Le soutien-gorge me paraît un peu optimiste... (Bonnie le mit devant sa poitrine.) Oh, après tout ! Qu'est-ce qu'on dit, déjà ? Plus gros qu'une poignée, c'est du gâchis ?

– Je croyais que c'était « plus gros qu'une bouchée », répliqua-t-il.

Bonnie sentit son cœur s'accélérer.

– J'aime ta façon de penser, lui dit-elle.

Il l'embrassa et sa langue chercha la sienne. Bonnie songea

immédiatement au serpent, à sa langue fourchue qui battait l'air autour de la bouche de Sam, et elle recula aussitôt.

– Quelque chose ne va pas ? demanda Rod.

Bonnie chassa de son esprit la malencontreuse image.

– Laisse-moi passer quelque chose de moins convenable, murmura-t-elle en échappant aux bras de son mari.

Elle se précipita dans la salle de bains, ferma la porte et déboutonna son chemisier.

La minute d'après, son soutien-gorge et son slip de coton blanc rejoignaient par terre sa jupe bleue et son chemisier crème. Elle contempla son corps nu dont les défauts lui sautèrent aux yeux : ses seins pourraient être plus gros ; ses fesses plus hautes ; son ventre plus plat ; ses bras plus fermes et son visage plus juvénile. Elle tira sur la peau de chaque côté de ses yeux, avec une pensée pour Marla Brenzelle. Un petit coup de bistouri par-ci, quelques injections de silicone bien placées et deux ou trois kilos de graisse à supprimer par-là.

Elle enfila le minislip qu'elle glissa sur ses hanches minces. Il était transparent et s'ajustait haut, en un grand V plongeant jusqu'au pubis. Elle rentra son ventre et, les mains sur les hanches, se regarda dans la glace. Pourquoi n'était-elle pas nantie d'une taille de guêpe comme ces top models du dernier *Vogue* ?

– Vous m'en mettrez une comme ça, dit-elle à son image dans le miroir.

– Ça se pourrait, répondit une voix. Qui la demande ?

– Oh, bon sang ! Tu ne vas pas te mettre à penser à cette vieille folle maintenant ! fit-elle.

Pas quand son mari l'attendait dans la pièce à côté, excité et amoureux. Ses mains s'affairèrent sur le porte-jarretelles et les bas. Restaient les écharpes dont elle ne savait que faire. Quelque chose me dit qu'elles ne sont pas destinées à mes cheveux, se dit-elle avec un dernier regard dans le miroir. Très objectivement, elle n'était pas si mal que ça. Alors, qu'importait que le soutien-gorge soit un peu trop grand – il ne ferait pas long feu de toute façon. Il y avait une éternité qu'elle ne s'était pas ainsi apprêtée pour son mari. Serait-il déçu ? Elle prit sa respiration, ouvrit la porte et fit son entrée.

Rod avait éteint les lumières et la chambre était plongée dans l'obscurité ; seule la lune, à travers les rideaux, procurait une vague lueur.

– Ne bouge pas, intima Rod. Je veux te regarder.

Bonnie s'arrêta, haletante.

– Et si quelqu'un entrait ? demanda-t-elle.

– Personne n'entrera ici.

– Sam ne dort pas encore. J'entends sa stéréo...
– Personne n'entrera ici, répéta Rod.
Il s'assit. Elle pouvait voir son visage à présent et ses yeux gourmands.
– Rod...
– Sais-tu comme tu es belle ?
– Dis-moi.
– Viens, je vais te montrer.
Une seconde plus tard, elle était près de lui sur le lit, totalement offerte. Les mains et la bouche de Rod rivalisaient pour conquérir chaque parcelle de son corps. Puis il effleura la fine étoffe du bout des doigts et la déshabilla lentement, jusqu'à ce qu'elle gise nue à ses côtés.
– Je ne savais pas quoi faire de ça, confessa-t-elle en ouvrant ses mains serrées sur les foulards de mousseline qui se déployèrent à l'air libre.
– Je peux te montrer comment s'en servir, murmura-t-il. Te sens-tu l'esprit assez aventureux ?
– L'esprit aventureux ?
– Tu as toujours aimé l'aventure, fit-il pour la provoquer.
– Qu'est-ce que... ?
Elle n'osa terminer sa phrase.
– Je vais te montrer. Donne-moi tes mains.
– Mes mains ?
– Chut ! Ne dis rien.
– Qu'est-ce que... ?
– Tais-toi, répéta-t-il en déposant un baiser sur ses lèvres. Tu vas aimer, je te le promets.
En un clin d'œil ses poignets furent emprisonnés dans les foulards et ses bras écartés au-dessus de sa tête.
– Rod, mais que fais-tu ?
– Détends-toi. Ferme les yeux et savoure, lança-t-il en attachant l'autre extrémité des foulards aux colonnes du lit.
– Ça m'étonnerait que je puisse me détendre.
– Tu n'as rien à craindre, poursuivit-il. Je ne ferai absolument rien qui te déplaise.
– Mais je ne suis pas sûre que ceci me plaise.
Pour toute réponse, il l'embrassa. Cette fois encore, en sentant sa langue dans sa bouche, elle revit le serpent et essaya de le chasser de son esprit. Pourquoi n'arrivait-elle pas à se décontracter dans l'unique but de prendre plaisir à la façon dont son mari menait leurs ébats ?
Parce qu'il est difficile de se décontracter avec des mains liées au-dessus de sa tête, fit une petite voix.

Pas lorsqu'on sait que rien de désagréable ne va se produire, renvoya-t-elle à la voix. Pas lorsque la seule chose à faire consiste à se laisser aller, allongée sur le dos. Pas lorsque votre mari est uniquement préoccupé de pimenter un peu vos ébats amoureux.

Depuis quand avaient-ils besoin de plus de piment ? Cet aspect de leur relation n'avait-il pas toujours été on ne peut plus naturel ? Ne s'étaient-ils pas toujours merveilleusement accordés tous les deux, comme les deux pièces d'un puzzle, comme les deux doigts d'une main ?

Qu'est-ce qui lui prenait ?

Elle ferma les yeux avec force pour imposer silence à son esprit. Elle n'aurait plus désormais de pensées parasites et se concentrerait sur ce qui était en train de se passer. À l'instant même, son mari traçait avec sa langue une série de petites lignes le long de son corps et arrivait entre ses jambes. Elle se cambra pour lui faciliter les choses. Ses mains se débattirent dans l'espoir de le toucher, de le caresser mais en vain.

Depuis quand avait-il le désir de l'attacher ? Il ne lui avait encore jamais fait partager de tels fantasmes. Il s'agissait peut-être de quelque chose qu'il avait décidé impulsivement en pénétrant dans la boutique *Linda*. Ou bien c'était Linda elle-même qui le lui avait suggéré et il s'était senti trop gêné pour refuser.

Mais ce pouvait aussi être Rod qui avait pensé aux écharpes, influencé par un film qu'il avait vu ou, plus vraisemblablement, par une confidence que quelqu'un aurait faite au cours de son émission de télévision. *Si vous avez un fantasme secret que vous souhaiteriez partager avec des millions de téléspectateurs, appelez le 1-800...*

Tout le monde a des fantasmes, se dit Bonnie. De même que tout le monde a des secrets, un petit truc bien à soi que l'on tient caché. Il est impossible de tout connaître des autres. Alors, quelle importance que Rod n'ait jamais partagé ce désir-là avec elle auparavant ? Il le faisait maintenant et elle en était la principale bénéficiaire.

Aussitôt, elle se souvint des polices d'assurance que Rod avait contractées sur elle et ses enfants, polices dont elle ignorait tout jusqu'à très récemment. Connaissait-elle réellement cet homme ? Cet homme qui était allongé sur elle, qui la pénétrait, son mari depuis cinq ans ? « Vous ne connaissez pas très bien mon mari », avait-elle dit à Caroline Gossett, qui avait répondu : « C'est peut-être vous qui ne le connaissez pas. »

– Tu es très belle, disait Rod, si belle. Je t'aime tant.

– Je t'aime aussi, dit Bonnie.

Des larmes roulaient sur ses joues. Mais que se passait-il ? D'où lui venaient toutes ces pensées ridicules ? Évidemment qu'elle connaissait son mari. C'était un type bien, un homme adorable et merveilleux. Ils formaient un beau couple. Elle n'avait aucune raison de douter de lui. Si elle n'y prenait garde, elle en arriverait à laisser les soupçons de gens jaloux et mesquins ruiner tout cela. Si elle n'y prenait garde, elle finirait comme sa mère.

Oh, bravo ! songea-t-elle, ses bras tirant sur leurs liens de mousseline, ce qui resserra encore le nœud autour de ses poignets. Elle ne se contentait pas de permettre à Caroline Gossett et à la vieille folle d'entrer dans leur chambre, voilà que sa mère s'en mêlait aussi.

– Tu es prête ? lui demandait Rod en glissant ses jambes sur ses épaules.

Bonnie acquiesça, puis se concentra sur le visage séduisant de son mari au moment où il la pénétrait de nouveau. Il s'enfonça en elle à grands coups de reins, la bouche collée à la sienne, les bras tendus vers les colonnes du lit où ses doigts se mêlèrent aux siens, enchaînés là.

– Je t'aime, dit-il encore. Je t'aime, je t'aime.

Bonnie se sentit comme entraînée sur un manège qui tournait, tournait en cercles toujours plus grands, prise d'un délicieux vertige, vibrant dans chaque fibre de son corps, tandis que la musique du carrousel l'emportait dans un infernal crescendo. Tiens bon ! se dit-elle en se cabrant et en enroulant ses jambes autour du cou de Rod. Encore quelques secondes et le tour de manège serait terminé.

– Papa ? fit une petite voix qui semblait venir de très loin. Papa ?

La voix entra dans la ronde du carrousel, s'infiltra dans la musique, atteignit enfin Bonnie, qui ouvrit les yeux au moment où Rod se retirait précipitamment et remontait le drap sur leurs corps nus, bien que rien ne puisse cacher les mains liées de Bonnie.

– Je ne me sens pas bien, papa, gémit Lauren avec des sanglots dans la voix. Je suis vraiment malade.

– OK, mon cœur, dit Rod. Va dans ta salle de bains. J'arrive.

Lauren se précipita hors de la chambre. Rod sauta du lit et ramassa son peignoir.

– Rod, bon sang ! détache-moi.

Il essaya impatiemment, mais les ondulations de Bonnie avaient resserré les liens autour de ses poignets et il ne réussit qu'à les libérer des colonnes du lit.

– Mon Dieu ! Que doit-elle penser, fit Bonnie en essayant de débarrasser ses poignets des écharpes rebelles, mais en vain. Me voir comme ça, attachée au lit...

– Elle n'a rien pu voir. Il fait noir comme dans un four ici. Ses yeux n'ont pas eu le temps de s'habituer à l'obscurité.

— Nous ignorons depuis combien de temps elle était là.
— Papa ! appela Lauren du fond du couloir. Viens m'aider.

Rod la rejoignit tandis que Bonnie se relevait péniblement, le corps engourdi. Quelques secondes de plus et les jeux étaient faits, songea-t-elle. Elle alla jusqu'à sa penderie, saisit son peignoir et gagna la salle de bains au fond du couloir tout en fourrant les écharpes à l'intérieur de ses manches. Encore quelques secondes et ils en auraient terminé, son corps aurait été satisfait et ses poignets libérés.

Rod avait-il raison ? Faisait-il assez sombre pour que Lauren ne puisse saisir ce qui se passait ? Ou bien avait-elle tout vu ? « Ma belle-mère, une perverse », imagina Bonnie en arrivant près de la salle de bains. Le bruit caractéristique de quelqu'un qui essayait de vomir lui parvint. Elle soupira avant d'entrer dans la petite pièce.

Lauren était penchée au-dessus des toilettes, ses cheveux auburn collés sur son front moite, blanche comme un linge, le corps soulevé par de violentes nausées. Rod, près de la fenêtre, la regardait, lui-même sur le point d'en faire autant.

— Retourne donc te coucher, lui dit Bonnie en s'approchant de la cuvette. Je vais m'en occuper.

Rod ne se le fit pas dire deux fois. Ses lèvres se contractèrent en un rictus qui se voulait reconnaissant, puis il disparut. Bonnie trempa un gant de toilette dans l'eau froide, qu'elle pressa contre le front de Lauren.

— Respire profondément, recommanda-t-elle tandis que Lauren lui repoussait violemment les mains. Allez, ma grande, respire fort, ça va t'aider.

Lauren ne voulait rien entendre. L'espace de quelques secondes, elle parut aller mieux, puis les nausées reprirent. Bonnie essaya une nouvelle fois d'appliquer la compresse froide sur son front et fut une fois de plus repoussée.

À l'évidence, son dîner n'avait guère été apprécié par l'estomac délicat de Lauren. Avec un sentiment de culpabilité, elle s'assit sur le rebord de la baignoire en se demandant pourquoi elle avait renvoyé Rod. Lauren ne voulait pas d'elle ici. C'était son père qu'elle avait appelé.

Bonnie imaginait sans peine des façons bien plus agréables de terminer la nuit. Elle resta là pourtant, à attendre, avec le froid de l'émail qui commençait à transpercer le velours de son peignoir. « Tu es une brave petite », disait sa mère.

— Je me sens tellement mal ! gémit Lauren, le visage mouillé de larmes.

— Je te plains, ma chérie. Je voudrais pouvoir t'aider.

Son inquiétude se réveilla : Lauren l'avait-elle vue attachée aux colonnes du lit ? Si oui, cela ajoutait peut-être à sa détresse.

– Cela peut te faire du bien, fit-elle en lui présentant de nouveau le gant humide.

Cette fois, Lauren ne manifesta aucune résistance, acceptant la compresse apaisante sur son front.

– Est-ce mieux ainsi ?
– Un petit peu.
– Respire lentement et profondément, conseilla Bonnie.
– J'ai tellement mal au cœur. J'ai l'impression que je vais mourir.
– Mais non ! Je t'assure que non. Ça va s'arranger, tout ira bien.

Lauren se redressa et s'appuya contre le mur. Bonnie la prit immédiatement dans ses bras, passa le gant sur son front avant de le lui appliquer sur la nuque.

– Est-ce que ça te fait du bien ?
– Oui, un peu.
– Parfait.

Elle s'assirent et restèrent ainsi un long moment.

– Tu crois que tu peux retourner au lit à présent ? demanda Bonnie, qui avait de plus en plus de mal à supporter l'odeur nauséabonde de la salle de bains.

Lauren hocha la tête et se laissa faire. Un bras se glissa autour de sa taille, une main saisit ses mains tremblantes.

– Allons-y doucement, fit Bonnie, rien ne presse.
– Qu'est-ce que c'est que ça ? demanda soudain Lauren en montrant les poignets de Bonnie.

Il ne manquait plus que ça ! Une écharpe de mousseline bleu lavande se risquait hors du peignoir.

Bonnie retira vivement sa main, essayant de repousser l'écharpe dans sa manche du bout des doigts.

– Ce n'est rien, dit-elle. La doublure de mon peignoir est décousue...

Elle préféra s'interrompre et conduisit Lauren jusqu'à sa chambre.

– Je suis désolée de vous avoir dérangés, papa et toi, fit Lauren.

– Tu ne nous a pas dérangés, s'empressa de répondre Bonnie, toujours inquiète de ce que Lauren avait pu voir, priant pour que Rod ait raison, qu'il ait fait effectivement trop sombre pour qu'elle ait pu deviner quoi que ce soit.

Elle aida Lauren à passer une chemise de nuit propre puis la mit au lit. Enfin, elle se pencha pour l'embrasser sur le front avant de gagner la porte.

– Bonnie, appela Lauren d'une voix faible.

Bonnie s'arrêta.

– Oui ?

– Tu voudrais bien t'asseoir près de moi jusqu'à ce que je m'endorme ?

Une vive émotion s'empara de Bonnie. Voilà une nuit à marquer d'une pierre blanche, songea-t-elle en retournant près du lit. Elle s'y assit en s'assurant que les écharpes étaient bien à l'abri sous ses manches puis, prenant les mains de Lauren dans les siennes, elle attendit que la jeune fille s'endorme.

16

L'après-midi du vendredi suivant, Bonnie se rendit à son rendez-vous chez le docteur Walter Greenspoon.
Il ne faisait pas beau. De lourds nuages menaçaient depuis le petit matin, et la fraîcheur de l'air évoquait davantage la fin d'octobre que le début du mois de mai. Lauren n'était pas tout à fait rétablie, ce qui amenait Bonnie à penser que sa nouriture n'y était pour rien, mais qu'il s'agissait plutôt d'une grippe. Toujours est-il que Lauren dormait encore quand Bonnie était partie pour l'école. Elle n'avait pas pris la peine de la réveiller, estimant que l'adolescente avait plus besoin de sommeil que de n'importe quel point du programme de l'école privée de l'Évêché.
Rod s'était une fois de plus éclipsé très tôt. Il avait un petit déjeuner d'affaires au studio pour préparer l'imminent congrès de Miami. À ce propos, il n'était jamais revenu sur sa proposition d'emmener Bonnie en Floride avec lui. Une éventualité qui semblait avoir disparu avec le meurtre de Joan. De toute façon, comment pourrait-elle songer à aller quelque part en laissant les enfants ? Bien que la police ait téléphoné la veille pour confirmer que le liquide versé sur Amanda était bien du sang animal et non du sang humain, il n'en demeurait pas moins que quelqu'un avait lancé un seau de sang sur son innocente petite fille. L'enfant était en danger, Joan avait raison.
Je suis en danger, songea Bonnie tandis que sa voiture remontait la Mount Vernon Street à Beacon Hill, évitant une Corvette blanche qui déboîtait juste devant elle. Mon enfant et moi sommes en danger et personne ne semble s'y intéresser outre mesure : la police s'en moque ; mon mari ne veut rien savoir ; nul n'a la moindre idée de ce qu'il faut faire.
Sauf, éventuellement, le meurtrier de Joan, pensa Bonnie avec

un frisson dans le dos – quelqu'un marchait sur sa tombe, aurait dit sa mère.

C'est donc à moi de jouer, se dit-elle en garant sa voiture sur une place libre. Elle leva les yeux sur l'élégante demeure rouge brique qui abritait le cabinet du docteur Walter Greenspoon, puis vérifia l'heure. Il était deux heures moins dix. Juste le temps de réfléchir à la conduite à tenir avec ce brave médecin. Qu'espérait-elle pouvoir lui faire dire à propos de Joan ?

Bonnie s'appuya sur le siège de cuir jaune, ferma les yeux et secoua la tête. Jusqu'à présent, elle n'avait pas obtenu beaucoup de succès. Josh Freeman continuait de l'éviter soigneusement. Il n'avait pas mis les pieds dans la salle des professeurs depuis leur dernière rencontre et, chaque fois qu'elle le croisait dans le hall, il faisait un signe de tête et pressait le pas en évitant son regard. Ensuite, il y avait Hasch – il était absent aux deux derniers cours et le coup de fil qu'elle avait passé à ses grands-parents était resté sans réponse. Elle avait laissé un message les priant de venir à la réunion de parents la semaine suivante, mais entretenait peu d'espoir de les y voir. Sa conversation avec Caroline Gossett avait soulevé plus de questions qu'elle n'en avait résolu et sa visite à Elsa Langer avait été en pure perte. Alors, qu'espérait-elle découvrir en venant s'allonger sur le divan du psychologue le plus populaire de Boston ?

– Et puis zut ! fit-elle en ouvrant sa portière et en foulant le trottoir, au moins, j'y serai en lieu sûr.

Les maisons de brique rouge étaient typiques de ce quartier huppé. On les disait souvent majestueuses, adjectif qui leur seyait à merveille. Les maisons du xviiie siècle appartenaient à la bourgeoisie aisée : fenêtres supérieures en plein cintre ; jardinets sagement abrités derrière des grilles de fer forgé ; heurtoirs de cuivre sur portes en bois sculpté reluisant comme si nul n'avait jamais mis les doigts dessus. Bonnie grimpa lentement les huit marches, déchiffra la discrète enseigne portant les noms des médecins et appuya sur la sonnette du cabinet du docteur Greenspoon.

– Votre nom, s'il vous plaît ? demanda distinctement une voix dans l'interphone.

Bonnie fit un pas en arrière et regarda autour d'elle, comme pour s'assurer que c'était bien à elle qu'on s'adressait.

– Bonnie, répondit-elle en hésitant, Bonnie Lonergan.

Un bourdonnement se fit entendre – bref, efficace. Bonnie poussa la porte d'entrée et pénétra dans le hall carrelé noir et blanc. Une flèche dorée sur le mur lambrissé indiquait que le cabinet du docteur Greenspoon était au second. Elle emprunta l'escalier recouvert d'un tapis bleu nuit.

Le cabinet du médecin était sur la droite. Bonnie se retrouva devant une double porte en acajou sur laquelle elle frappa quelques coups légers, comme si elle avait peur qu'on ne l'entende. Un second bourdonnement ouvrit la porte. Elle entra.

Deux jeunes secrétaires, une Noire et une Blanche, toutes deux impeccablement vêtues, étaient assises derrière un long bureau en arc de cercle. Elles levèrent la tête en chœur et adressèrent un sourire plein de sollicitude à l'arrivante. Des petites plaques de cuivre annonçaient Erica McBain et Hyacinth Johnson.

– Mrs. Lonergan ? s'enquit Erica McBain d'une voix suave d'aéroport, résultat d'une longue pratique.

– Oui, répondit Bonnie, notant que les vêtements des secrétaires semblaient avoir été choisis en fonction du décor.

Partout, ce n'étaient qu'ombres grises et rosées ; du rose foncé des petits canapés assortis près de la fenêtre au rose pâle du chemisier de Hyacinth Johnson, et du gris souris de la moquette au gris anthracite de la jupe d'Erica McBain. Bonnie se sentait déplacée dans son tailleur pantalon pied-de-poule vert et blanc, comme une herbe folle dans un jardin tiré au cordeau. À coup sûr, son ensemble révélait à lui seul son imposture et on allait lui faire évacuer les lieux de force.

– Le docteur sera bientôt à vous.

Une main superbement manucurée aux ongles vernis rose framboise lui tendit un imprimé.

– Si vous voulez bien remplir ceci. Les honoraires sont de deux cents dollars de l'heure, payables à la fin de chaque séance.

Bonnie jeta un coup d'œil sur l'imprimé. Nom, adresse, téléphone, état civil, numéro de Sécurité sociale, enfance, maladies, maladies récentes, traitement en cours, raison de la visite.

– Oh non ! grommela Bonnie. Tant de mensonges à débiter par écrit.

– Pardon ? fit la secrétaire. N'étiez-vous pas au courant des tarifs du docteur ?

– Ce n'est pas cela, répondit Bonnie qui se souvenait à peine du montant. C'est que je n'ai pas de stylo, dit-elle, alors qu'elle en avait une bonne demi-douzaine dans son sac.

– Tenez !... (Hyacinth Johnson lui présenta un stylo à bille.) Allez donc vous asseoir.

Les yeux noirs lui indiquaient les canapés.

– Merci.

Bonnie s'assit sur l'un d'eux, surprise de le trouver plus dur qu'elle ne s'y attendait. Que dois-je faire maintenant ? Elle tenait le stylo, mais ses mains refusaient d'écrire. Allez, ma vieille, se sermonna-t-elle, tu es venue jusqu'ici, il n'y a plus qu'à remplir les blancs. Une demi-vérité ici, une autre là. C'est toi le professeur – deux demi-vérités sont-elles égales à une entière ? Bon, assez divagué. Nom : Bonnie Lonergan. Adresse : 250 Winter Street. Ils n'iraient pas vérifier et ne découvriraient donc pas que le nom ne correspondait pas à l'adresse. Donne-leur ton téléphone, bon sang. C'est juste pour leur dossier, au cas où ils auraient besoin de te joindre. Ils ne vont pas contacter la compagnie des téléphones pour comparer. Excusez-nous, mais notre enquête révèle qu'il n'y a pas de Bonnie Lonergan à l'adresse indiquée et le numéro de téléphone ne correspond pas non plus...

Impossible de se souvenir de son numéro de Sécurité sociale, alors qu'elle le savait par cœur. Elle fut donc obligée de fouiller dans son sac à la recherche de son portefeuille. Elle le trouva mais il lui échappa et elle vit son permis de conduire tomber par terre, révélant sa véritable identité à qui voulait la voir. Mais personne ne regardait. Erica McBain et Hyacinth Johnson étaient trop absorbées entre leurs téléphones et leurs ordinateurs pour se préoccuper d'elle.

– C'est ridicule, grommela Bonnie à part elle en recopiant son numéro de Sécurité sociale.

Il fallait qu'elle se calme. Sinon, elle craquerait complètement au beau milieu de la séance et le docteur la ferait hospitaliser sans autre forme de procès. Ce qui ne serait d'ailleurs pas une mauvaise idée, se dit-elle.

– Mrs. Lonergan ? demanda une voix mâle.

Bonnie sauta de son siège et son portefeuille glissa de ses genoux, tombant à nouveau. L'homme s'agenouilla pour le ramasser et Bonnie reconnut sa tête chauve pour l'avoir vu en photo dans la presse. Elle retint sa respiration quand le docteur Walter Greenspoon saisit le portefeuille, son pouce sur le permis de conduire masquant le nom de famille.

– Entrez, je vous prie, dit-il en lui rendant son portefeuille.

Elle avait les mains moites.

Bonnie adressa un signe de tête aux secrétaires et suivit le docteur Greenspoon dans son cabinet, une superbe pièce aux nombreuses fenêtres et bibliothèques intégrées. Deux canapés de cuir bordeaux se faisaient face, séparés par une table basse en verre de forme ovale. Dans un coin, un grand bureau d'acajou devant lequel était posée une seconde table basse en verre entre deux fauteuils roses striés de gris. Aux trois autres coins, de belles plantes vertes grimpaient à l'assaut du haut plafond.

Quant à Walter Greenspoon, c'était un homme d'une cinquantaine d'années, plus imposant qu'elle n'aurait cru. Peut-être était-ce à cause de la photo du journal, ne révélant de lui qu'une tête et un soupçon d'épaules, qu'elle était si surprise par sa corpulence presque hors norme. Il mesurait plus d'un mètre quatre-vingts, avec le torse massif et les bras musclés d'un pilier de football américain. Comme pour atténuer cette image très virile, il portait une cravate en cachemire rouge sur une chemise rose pâle. Il avait des yeux bleus, un délicat menton, et sa voix exprimait un intéressant mélange de douceur et de fermeté.

– Je voudrais voir ça, dit-il en montrant le formulaire.
– Je n'ai pas terminé...
– Aucune importance, nous terminerons ensemble. Asseyez-vous.

Bonnie prit place sur un des canapés bordeaux et le docteur Greenspoon alla s'asseoir sur l'autre, juste en face d'elle. Elle l'observa tandis qu'il prenait connaissance des informations qu'elle avait déjà notées.

– Bonnie Lonergan ?

Elle s'éclaircit la voix.

– Oui, fit-elle en toussotant à nouveau.
– Quel âge avez-vous, Bonnie ? Si ma question ne vous importune pas trop.
– J'aurai trente-cinq ans le mois prochain.
– Et vous habitez à Weston. Je connais, agréable endroit.
– Oui.
– Vous êtes mariée ?
– Oui, depuis cinq ans.
– Des enfants ?
– Une fille de trois ans. Et deux beaux-enfants, ajouta-t-elle, se mordant aussitôt la langue.

Pourquoi avait-elle dit ça ?

– Quel métier exercez-vous ?
– Je suis professeur dans le secondaire, professeur d'anglais.

Bonnie se demandait à quel moment elle pourrait interrompre facilement cet interrogatoire inutile pour aller droit au but de sa visite. Encore que ce n'était pas une si mauvaise façon d'aborder les choses, d'amener ainsi le docteur à se détendre – ce qu'il était précisément en train de faire avec elle – avant de lui soutirer des informations.

– Aimez-vous enseigner ?
– J'adore ça, fit Bonnie, sincère.
– C'est bien. Je ne rencontre que peu de gens qui soient satisfaits de leur travail, et c'est dommage. Avez-vous un problème de santé ?
– Non.
– Pas de migraines, de crampes d'estomac ni de vertiges ?

– Non. Je suis en excellente santé. Je ne tombe jamais malade.
Il sourit.
– Prenez-vous des médicaments ?
– La pilule.
Était-ce bien ce genre de médicament qui l'intéressait ?
– Des maladies infantiles ?
– La varicelle.
D'un air coupable, elle toucha une légère cicatrice au-dessus de sa paupière droite.
– Ma mère m'avait prévenue de ne pas me gratter.
– C'est à cela que servent les mères. Parlez-moi un peu d'elle.
– Pardon ?
– J'aime bien connaître les origines de mes patients avant de commencer, dit-il fort à propos.
– Je ne crois pas que cela soit nécessaire. Je veux dire, je ne suis pas venue pour parler de ma mère.
– Vous ne voulez pas en parler ?
– Il n'y a rien à en dire. Et en plus, vous savez déjà, bafouilla-t-elle en se rappelant soudain qu'elle était censée être la sœur de Joan.
Le docteur Greenspoon avait-il lui aussi oublié qui elle était ?
– Je sais déjà ? relança-t-il.
– Docteur Greenspoon, je suis la sœur de Joan Wheeler.
Walter Greenspoon posa l'imprimé sur le siège à côté de lui.
– Désolé, j'ai dû confondre. Pardonnez-moi. Étiez vous proches l'une de l'autre ?
– Pas franchement.
Bonnie poussa un soupir de soulagement. Enfin une parole vraie.
– Cependant, son assassinat a dû vous causer un choc.
– Oui, en effet.
– Voulez-vous m'en parler ?
– À vrai dire, j'espérais que vous alliez le faire.
– Je ne suis pas sûr de bien vous suivre.
Bonnie baissa le nez sur ses genoux, puis fixa le docteur pour revenir à nouveau sur ses genoux.
– Je sais que Joan vous a consulté.
– C'est ce qu'elle vous a dit ?
– Oui.
Le docteur Greenspoon attendait la suite.
– Ma sœur avait énormément de problèmes, docteur, comme vous le savez. Elle avait perdu un enfant, elle avait divorcé et elle était alcoolique.
Le docteur resta muet.

– Je sais qu'elle voulait remettre de l'ordre dans sa vie. Elle m'a dit qu'elle avait décidé d'arrêter de boire et qu'elle venait vous voir.

– Que vous a-t-elle dit d'autre ?

– Que quelque chose la tracassait. Qu'elle s'inquiétait pour quelqu'un plus exactement, corrigea Bonnie qui aurait payé cher pour connaître les pensées du docteur. Pour la femme de son ex-mari et leur fille.

Elle cessa de respirer jusqu'à en avoir mal, puis expira lentement.

– Elle s'inquiétait pour la femme de son ex-mari et leur fille, dit le docteur Greenspoon qui avait une manière exaspérante de répéter tout ce qu'elle disait.

– Oui.

– Pourquoi se serait-elle inquiétée pour la femme de son ex-mari et leur fille ?

– Je l'ignore. J'espérais que vous pourriez me le dire.

Il y eut un instant de silence.

– Peut-être pourriez-vous m'en apprendre un peu plus.

– Je n'en sais pas davantage.

Bonnie s'entendit hausser le ton. Elle s'agita sur son siège, glissa les mains entre ses cuisses, avala sa salive et recommença.

– Je n'en sais pas davantage, répéta-t-elle en imitant le calme affecté des secrétaires. Je sais seulement qu'elle était très inquiète pour elles. Elle m'a dit qu'elle les croyait en danger.

– Elle pensait qu'elles étaient en danger ?

– Oui. Elle a tenu absolument à me faire partager sa crainte et m'a demandé si, à mon avis, il fallait avertir la femme de son ex-mari.

– L'avertir de quoi ?

– Qu'elle était en danger ! répéta Bonnie, à bout de patience.

Le docteur Greenspoon était-il stupide ou faisait-il exprès de ne rien comprendre ? Peut-être qu'en fait son courrier des lecteurs était rédigé par ses deux jeunes secrétaires et que ce bon docteur ne prêtait à l'affaire que sa tête, un début d'épaules et le sceau de sa mâle autorité.

– Pourquoi êtes-vous venue exactement ? demanda-t-il après un silence.

– Eh bien, ce qu'elle m'a dit m'a énormément inquiétée, fit Bonnie en bégayant un peu. Disons qu'au début je n'y ai pas vraiment prêté attention. J'ai mis ça sur le compte de la boisson en pensant que Joan me débitait une ânerie de plus. Mais ensuite, après son assassinat, cela m'a travaillée et je me suis dit qu'il fallait peut-être faire quelque chose...

– La police ne mène-t-elle pas une enquête à ce sujet ?
– Je n'ai pas l'impression qu'elle s'en préoccupe beaucoup, non.
– Et vous pensez qu'elle le devrait ?
– Je pense que, déjà, une femme est morte, et qu'une autre femme et son enfant sont peut-être en danger.
– Vous croyez qu'il y a un rapport entre ces deux faits ?
– Pas vous ?
– Je ne sais pas.
– J'espérais que vous pourriez m'aider, fit Bonnie.
– Vous aider en quoi exactement ?
– Eh bien, si jamais Joan vous avait dit quelque chose d'utile...
– Je n'ai pas le droit de divulguer quoi que ce soit de ce qui a été dit ici entre Joan et moi, expliqua le docteur avec gentillesse.
– Mais si cela servait à sauver des vies...
– Je ne peux trahir les confidences d'un patient.
– Même si ce patient est mort ? Même s'il a été assassiné ? Même si une autre personne court le risque de mourir ?
– Je coopère avec la police du mieux que je peux. Je leur ai déjà transmis toutes les informations qui me paraissaient en rapport avec l'affaire.
– Mais la police ne fait rien.
Le docteur Greenspoon leva les bras au ciel.
– Ceci n'est pas de mon ressort, je le crains.
– Docteur Greenspoon, reprit Bonnie, ne s'avouant pas vaincue, je vous en prie, essayez de comprendre. Ma sœur est morte. Elle a été assassinée et personne ne semble avoir le moindre indice sur son meurtrier. J'espérais que vous pourriez nous aider à le découvrir.
– J'aimerais bien, répliqua le docteur.
– Joan avait-elle peur de quelque chose ? De quelqu'un ? A-t-elle parlé des hommes qu'elle rencontrait ? De Josh Freeman, par exemple ? Ou de Nick Lon... (Elle s'interrompit brusquement.) D'un certain Nick, dit-elle.
– Vous savez que je ne peux vous répondre.
– Docteur Greenspoon, la police a découvert quelque chose chez Joan, essaya encore Bonnie. Un classeur.
Il la regarda d'un air mi-figue mi-raisin.
– Un classeur ?
– Un classeur rempli d'informations sur la nouvelle famille de son ex-mari : l'annonce du mariage, des photos de leur fille... Cela faisait très obsessionnel.
Le docteur ne dit rien, attendant la suite.
– Joan avait-elle des obsessions, docteur ?

— Dites-m'en plus au sujet de ce classeur.

Bonnie prit une profonde inspiration, sentant pour la première fois qu'il allait peut-être accepter de l'aider.

— La plupart des coupures de presse parlaient de la femme de Rod. Rod est l'ex-mari de Joan, expliqua Bonnie.

Il hocha la tête.

— Et le nom de la femme ?

— Barbara, dit vivement Bonnie en se demandant pourquoi avoir choisi ce prénom qu'elle n'avait jamais aimé. Il y avait les faire-part du décès de la mère de Barbara et du remariage de son père, des coupures de presse à propos d'une histoire dans laquelle le frère de Barbara s'était fourré il y a quelques années ; des choses de ce genre, ainsi que des articles sur l'ascension professionnelle de Rod à la télévision.

— Et vous pensez que ce classeur détient la clé du meurtre de Joan ?

— Je n'en sais rien. Je ne sais vraiment pas quoi penser, se lamenta Bonnie. C'est pourquoi je me sens si désemparée. Personne ne veut rien me dire et j'espérais, en venant à vous, que vous pourriez m'aider. Je ne vous demande pas de trahir des secrets ni de me raconter quoi que ce soit de ce que Joan vous a confié. Dites-moi simplement si, oui ou non, Barbara et sa fille sont en danger et si vous avez des soupçons sur la personne qui, éventuellement, les menace.

— Dans quelle histoire le frère de Barbara s'était-il fourré ? demanda le docteur Greenspoon.

— Quoi ?

— Vous avez mentionné un article du classeur à ce sujet. De quel genre d'histoire s'agit-il ?

Bonnie lutta pour garder son calme.

— Complicité de tentative de meurtre, murmura-t-elle enfin.

— Complicité de tentative de meurtre ? répéta le docteur.

— Le frère de Barbara était devenu un petit malfrat, dit Bonnie, trouvant étonnamment aisé de parler d'elle à la troisième personne. Chose curieuse en fait parce que, lorsqu'il était petit, il ne cessait de répéter qu'il voulait être flic, c'était la seule chose qui lui tenait à cœur... À ce que racontent les journaux du moins, mentit Bonnie, étonnée que ces vieux détails ressurgissent aussi précisément dans sa mémoire. Qu'est-ce qu'on dit déjà ? Flics et criminels sont les deux faces d'une même médaille ? demanda-t-elle en essayant de retrouver son calme.

— Il me semble avoir entendu quelque chose de ce genre, approuva le docteur.

— Bref, ce frère et son supposé complice ont eu des problèmes à cause d'un prétendu projet de développement immobilier. Et quelques années plus tard, ils étaient déclarés coupables de complicité de tentative de meurtre.

– Racontez-moi.

– Eh bien, je ne sais que ce que j'ai lu dans les journaux, fit Bonnie en tripotant la minuscule cicatrice au-dessus de sa paupière droite, mais, apparemment, il s'agissait d'une imposture, un faux programme d'investissement qui a mal tourné. Un des investisseurs, qui avait déjà versé de grosses sommes au frère de Barbara, commença à avoir des soupçons sur la véritable destination de l'argent et les menaça d'aller trouver la police. Mon... Le frère de Barbara et son complice ont engagé un tueur pour supprimer ce type. Le problème, c'est que le tueur s'est avéré être un flic en planque. N'en va-t-il pas toujours ainsi ?

Bonnie rit nerveusement, ne sachant trop si le docteur Greenspoon avait remarqué son début de lapsus.

– Je veux dire qu'on entend constamment parler de gens qui engagent un tueur pour supprimer quelqu'un, et on découvre que le tueur n'est autre qu'un flic. Je ne crois pas qu'il existe vraiment des tueurs aux États-Unis. À mon avis, ce sont tous des flics clandestins... (Elle rit de nouveau fébrilement.) En tout cas, ils se sont retrouvés en prison. Nick en a écopé pour trois ans ; son complice pour dix ans, parce qu'il avait des antécédents et que des rumeurs circulaient sur ses relations avec la pègre. Nick n'était que du menu fretin.

Bonnie demeura sans voix.

– S'agit-il du même Nick que vous avez mentionné auparavant ?

– Oui. Son nom et son adresse figuraient dans le carnet d'adresses de Joan. Il semble donc bien y avoir un rapport, vous ne trouvez pas ?

– Qu'en pensez-vous ? demanda le docteur Greenspoon. Pensez-vous que votre frère puisse être impliqué dans le meurtre de Joan ?

Bonnie cessa de respirer en passant au crible les paroles du docteur qui mirent un certain temps à se frayer un chemin jusqu'à son cerveau. Elle ouvrit la bouche pour protester mais se ravisa. De quoi s'agissait-il exactement ?

– Depuis combien de temps savez-vous que je ne suis pas la sœur de Joan ? demanda-t-elle posément.

– Depuis que l'on m'a parlé de ce rendez-vous, répondit-il. Pensez-vous réellement que j'ignorais que Joan Wheeler était fille unique ?

Bonnie ferma les yeux, sentit le coussin de cuir s'enfoncer sous elle. Comme elle était stupide !

– Voudriez-vous me dire qui vous êtes en réalité et ce que vous êtes venue faire ici ? demanda le docteur.

– Je suis Bonnie Wheeler. Joan était l'ex-femme de mon mari. Je suis la femme que Joan croyait menacée d'un danger.

– C'est bien ce que je pensais. En particulier lorsque vous avez dit que cette femme s'appelait Barbara. Bonnie... Barbara : deux B.

– *Two B or not two B,* murmura-t-elle d'un ton rêveur, réussissant à faire rire le docteur. Si vous saviez que je n'étais pas la sœur de Joan, pourquoi n'avez-vous pas simplement annulé le rendez-vous ?

Walter Greenspoon haussa les épaules.

– J'ai estimé que, qui que vous soyez, vous connaissiez certainement Joan et que tout aussi certainement vous aviez besoin d'aide.

– Je regrette, lui dit Bonnie, les paupières toujours closes. J'aurais dû savoir que je ne m'en tirerais pas comme ça.

– À mon avis, vous le saviez, répondit-il simplement.

Bonnie ignora le sous-entendu de cette remarque.

– Vous ne me direz rien ?

– Prenez-le comme vous voulez, mais soyez sûre que, si Joan avait dit quoi que ce soit, au cours d'une séance, qui aurait pu désigner son assassin, j'aurais transmis cette information à la police.

– A-t-elle parlé de moi ? insista Bonnie.

– Il m'est impossible de vous en dire plus.

– Donc, vous ne m'aiderez pas, fit Bonnie en se levant, découragée.

– Au contraire, répliqua le docteur Greenspoon, je pense pouvoir grandement vous aider, si vous l'acceptez.

– Vous voulez dire que j'ai besoin d'une thérapie ?

– Je pense que vous êtes une femme en détresse, dit-il avec douceur, et qu'une thérapie pourrait vous être salutaire. J'espère que vous y réfléchirez sérieusement.

Bonnie gagna la porte du cabinet et l'ouvrit.

– J'ai bien peur de ne pouvoir m'offrir qu'une seule visite, lança-t-elle.

17

Lorsqu'elle arriva chez elle, il y avait déjà une voiture noire inconnue garée dans la contre-allée. « Qu'est-ce que c'est que ça encore ? » Elle jeta un regard furtif par la portière en se demandant si Lauren avait de la visite. Mais Lauren ne semblait pas avoir d'amis et était si mal en point depuis quelques jours qu'il était fort peu probable qu'elle ait choisi ce moment pour inviter quelqu'un. Peut-être avait-elle appelé un médecin ? À cette pensée, Bonnie accéléra le pas.

L'odeur la prit à la gorge à peine la porte ouverte. Une odeur forte, insistante, un mélange chargé d'épices exotiques.

– Ohé ! appela-t-elle.

Quelqu'un était-il en train de cuisiner ?

– Nous sommes dans la cuisine, cria Lauren.

Sa voix était plutôt vive et gaie. Que se passait-il ?

– Lauren ? À qui est la voiture dans la contre-allée ?

Il était là, devant la cuisinière, penché au-dessus d'une grande casserole. Il lui tournait le dos, ses hanches minces serrées dans un jean, ses cheveux blonds tombant en avant ; il tenait à la main une grande cuillère en bois. Avant même qu'il se soit retourné, Bonnie voyait déjà son visage, devinait son large sourire malicieux.

– Qu'est-ce que tu fais là ? demanda-t-elle d'une voix si basse qu'elle n'était pas certaine d'avoir parlé distinctement.

Il pivota sur les talons de ses boots marron et se tourna lentement vers elle.

– Je croyais que tu voulais me voir, fit-il, et je me suis dit qu'il était grand temps de rendre une petite visite à ma grande sœur.

Bonnie accusa le coup, trop interdite pour parler. Nicholas Lonergan, bronzé et plus frais et dispos que jamais, porta la cuillère à sa bouche et, comme on suce une glace en cornet, lécha la sauce rouge vif qui en dégoulinait. Bonnie se tourna vers Lauren : elle avait retrouvé ses couleurs. Assise à la table de la cuisine, dans sa robe de chambre bleu ciel, elle regardait tour à tour Bonnie et son frère, comme si elle assistait à un match de tennis.

— Je ne comprends pas, lui dit Bonnie en essayant de garder son calme. Il débarque d'on ne sait où, et toi tu le laisses entrer ?

— C'est ton frère, je ne pensais pas que ça te déplairait.

— Comment pouvais-tu savoir que c'était mon frère ? lança Bonnie en haussant le ton. Ça aurait pu être n'importe qui.

— Je l'ai reconnu d'après les photos du classeur de ma mère, riposta Lauren.

— Mesdames, mesdames, coupa Nick avec un calme horripilant, ne vous battez pas pour moi. Soyez sympa.

Mal à l'aise, Bonnie ferma les yeux. Faites que ce soit un mauvais rêve, supplia-t-elle. Je vais ouvrir les yeux et il n'y aura plus personne.

— Désolée si j'ai eu tort, lança Lauren, les interrompant. C'est ton frère. C'est vrai qu'il a fait une erreur, mais il a payé sa dette.

— Pour ça, oui ! approuva Nick dont la voix força Bonnie à ouvrir les yeux. Et un des trucs que j'ai appris en taule, c'est la cuisine. Et personne, je dis bien personne, ne fait une sauce bolognaise plus terrible que celle de votre dévoué serviteur.

— Terrible, sans aucun doute, fit Bonnie.

Nick sourit, révélant la dent cassée qu'il avait récoltée dans une bagarre lorsqu'il était encore enfant. Un dur de dur déjà, à l'époque.

— Allez, Bonnie, mets-toi à l'aise, assieds-toi. Mets les pieds sous la table et goûte-moi un peu ce délice...

— Ça sent super-bon, dit Lauren.

— Tu sembles aller mieux, à ce que je vois.

Lauren acquiesça.

— Quand je me suis réveillée, vers dix heures, je me sentais bien, en forme.

— Parfait, voilà au moins une bonne chose, répliqua Bonnie en évitant le regard de son frère, ne sachant trop comment réagir à sa présence dans la maison.

— Nick est là depuis environ une heure. Il m'a préparé du thé, raconta Lauren en soulevant sa tasse vide pour confirmer ses dires.

— Une vraie Mary Poppins.

— En veux-tu une tasse ? demanda Nick.

— Dis-moi plutôt à quoi tu joues, Nick, lança Bonnie, incapable de se retenir plus longtemps. Qu'est-ce que tu fais là, dans ma cuisine ?

— Je prépare le dîner, fit-il.

— Je n'ai pas besoin que tu me prépares quoi que ce soit !

– Je voulais faire quelque chose pour toi.
– Il me semble que tu en as déjà bien assez fait.
– Ce qui est fait est fait, répondit-il après une pause. Je ne peux pas transformer le passé.
– Nick m'a raconté comment c'est en prison, fit Lauren.

Bonnie garda le silence et contempla le visage de son frère. Elle parvenait encore à discerner les traits du petit garçon sous ceux de l'homme qu'il était devenu. Il avait toujours eu un visage intéressant, même enfant, un visage mobile sur lequel se reflétait son humeur du moment : un instant, adorable et paisible ; celui d'après, dur et cynique. Un regard craquant et un sourire de tombeur ; le diable incarné, comme disait leur mère.

– Je te trouve bien, avoua-t-elle finalement.
– Merci. Je te trouve bien aussi.

Bonnie s'appuya contre un meuble de cuisine, soulagée de pouvoir se reposer sur quelque chose.

– J'ai entendu dire que tu avais un job.
– Ouais ! Je suis dans les voyages à présent. Si tu veux aller quelque part, appelle-moi. Je te dégoterai ce qu'il y a de mieux.
– Je m'en souviendrai.
– Mon père part en Floride à la fin de la semaine prochaine, glissa Lauren, avec Marla Brenzelle.
– Vraiment, fit Nick, pour dire quelque chose.
– Il y a une espèce de congrès à Miami, poursuivit Lauren. Il y restera presque la semaine.

Bonnie lança un regard furibond à l'adolescente. Qu'est-ce qui lui prenait ? Elle avait à peine échangé trois paroles depuis la mort de sa mère et, soudain, on ne pouvait plus l'arrêter.

– Tu crois que c'est sage de laisser ton mari filer à Miami avec une fille comme Marla Brenzelle ? demanda Nick en prenant un plaisir évident au malaise de Bonnie. Ça, c'est une sacrée nana.

Quand on aime le patchwork, faillit répondre Bonnie, mais elle préféra s'abstenir. Ce n'était pas le moment le mieux choisi pour se disputer avec son frère sur de telles broutilles. Il y avait des questions autrement plus urgentes à discuter, des questions vitales qui exigeaient des réponses. *Quelle était exactement ta relation avec Joan Wheeler ? Que faisait ton nom dans son carnet d'adresses ? Où étais-tu le jour où elle a été tuée ? Est-ce toi, le meurtrier ? Que fabriquais-tu à épier dans le parc du lycée quelques heures avant que quelqu'un ne lance un seau de sang sur la tête de ma petite fille ? Serais-tu ce quelqu'un ? Pourquoi réapparais-tu dans ma vie ?*

Oui, mais comment oserait-elle poser des questions au sujet de Joan avec Lauren assise entre eux deux ? Comment pourrait-elle exiger des réponses sur Amanda quand Pam Goldenberg était sur le point de ramener l'enfant ? Comment aborder la moindre de ces questions, alors que Diana venait dîner ?

– Oh, zut ! lâcha-t-elle.

Elle avait complètement oublié Diana. Rien n'était prêt, elle n'était même pas allée faire les courses et n'avait pas prévenu Rod qu'ils avaient une invitée.

– Un problème ? demanda Nick.

– Dis-moi, tu as fait une bolognaise pour combien de personnes ?

– Suffisamment pour tout le quartier.

– Parfait, fit Bonnie en apercevant par la fenêtre la Mercedes rouge de Joan descendre la contre-allée, puis Sam et Hasch traverser le jardinet. J'ai l'impression que nous en aurons besoin.

– Tu veux bien m'expliquer ce qui se passe ici ? glissa Rod à l'oreille de sa femme, en lui indiquant des yeux le salon rempli de monde.

Diana, très belle dans un pull blanc sur un pantalon noir, lisait une histoire à Amanda assise sur ses genoux ; tout près, Sam les regardait en se trémoussant sur le canapé vert pâle, et semblait même les écouter. Lauren était assise dans un des deux rocking-chairs à rayures corail et blanches sur lequel s'appuyait Hasch, dans un équilibre précaire ; il se penchait de temps à autre pour lui glisser quelque chose à l'oreille. Nick était retourné momentanément à la cuisine pour mettre la dernière main à ce qu'il avait baptisé lui-même ses « infâmes spaghettis ».

– Nick était là quand je suis rentrée, expliqua Bonnie en feignant de se frotter l'aile du nez pour parler discrètement. Il avait déjà commencé à préparer le dîner. Ensuite, Sam a ramené Hasch à la maison en demandant s'il pouvait rester, et j'avais oublié que j'avais invité Diana...

– Et comment prends-tu tout cela ?

– Étonnamment bien, reconnut Bonnie. Je suis même très contente. C'est sympa d'avoir du monde à la maison, et ils semblent tous détendus. Ils ont l'air de s'amuser. Et toi ? Ça va ?

Rod se pencha pour l'embrasser sur le bout du nez.

– Eh bien ! Ce n'est pas tout à fait la soirée tranquille en tête à tête avec ma femme que j'escomptais, mais je pense que je tiendrai le coup.

Bonnie hocha la tête. Ces derniers temps, elle apprenait à ne rien prévoir. Rien, semblait-il, ne se déroulait jamais comme on l'attendait. Le comportement de chacun était imprévisible. Son frère, par exemple, l'enfant chéri dont on espérait tant, qui avait laissé tomber le collège pour errer à travers tout le pays, s'était enfoncé dans la délinquance, ne réapparaissant que lorsqu'il était à court d'argent, et avait fini en prison. Que faisait-il là chez elle, penché sur la cuisinière, à préparer avec plaisir le dîner pour huit personnes ? Et Hasch, un garçon au comportement explosif qui perturbait sans cesse le déroulement de ses cours, dont les bras tatoués affichaient sans vergogne l'attitude asociale, qui l'avait menacée, venait de sécher des cours et trouvait tout à fait normal de s'inviter à dîner chez elle.

Et le plus beau, c'est qu'elle était heureuse. Elle pressa tendrement le bras de Rod et gagna de son côté la cuisine dans l'idée que c'était peut-être le moment rêvé pour passer quelques minutes seule avec Nick.

Quand elle arriva, il était en train de hacher un oignon avec une dextérité naturelle.

– Ne t'approche pas trop, prévint-il sans même se retourner, comme s'il l'attendait. Ça pourrait te faire pleurer.

Oui, sans doute, songea Bonnie, trouvant que les oignons symbolisaient parfaitement ce qu'elle vivait depuis quelques semaines. Elle s'acharnait à ôter pelure sur pelure pour en découvrir toujours une nouvelle en dessous. Plus elle avançait et plus le mystère s'épaississait. Plus elle s'approchait du centre, plus « l'oignon » piquait et plus il y avait de chances qu'elle pleure.

– Connaissais-tu bien Joan ? demanda-t-elle sans autre préambule.

– Ce n'est pas ce que tu veux savoir, fit Nick en jetant les morceaux d'oignon dans la sauce qu'il continuait à remuer.

– Ah non ?

– Ce que tu veux savoir, c'est si, oui ou non, je l'ai tuée, dit-il, le dos tourné toujours.

– L'as-tu fait ?

– Non... (Il pivota vers elle et lui sourit.) Tu vois comme c'était facile ?

– Je ne vois pas le rapport, Nick ! Que faisaient ton nom et ton numéro de téléphone dans son carnet d'adresses ?

– Je l'ai appelée un jour, il y a quelque temps, reconnut-il après un silence. Je lui ai demandé de me trouver un appart. Je n'ai pas l'intention de rester chez le vieux toute ma vie, tu comprends.

Bonnie secoua la tête.

– Tu veux me faire croire que tu cherchais une maison et que tu es tombé par hasard sur l'ex-femme de mon mari comme agent immobilier ? Est-ce sérieusement ce que tu es en train de me dire ? Que c'était une coïncidence ?

– Bien sûr que non, répliqua Nick avec une pointe d'impatience. Je savais qui était Joan quand je l'ai appelée. Peut-être que j'ai trouvé ça marrant. Mais peut-être que je savais que ça me mènerait jusqu'à toi. Peut-être bien que je voulais juste savoir comment tu allais.

— Il y avait des moyens plus faciles de l'apprendre.

— Tu m'as bien fait comprendre que tu ne voulais plus entendre parler de moi, lui rappela Nick.

— J'avais de bonnes raisons.

— Toujours fâchée que maman t'ait exclue de son testament ? demanda-t-il abruptement.

Aussitôt, les yeux de Bonnie s'emplirent de larmes. Non, ne pleure pas maintenant, se dit-elle.

— Elle ne m'a pas exclue...

— Je n'y suis pour rien, Bonnie. Je n'ai rien à voir avec ce qui s'est passé alors.

— Bien sûr, ce n'est jamais de ta faute, n'est-ce pas, Nick ? Tu n'es qu'un spectateur qui passe innocemment d'une catastrophe à une autre.

Bonnie essuya ses larmes du revers de la main. Bon sang ! Pourquoi pleurait-elle à chaque émotion forte ?

— Je t'avais dit de ne pas venir trop près.

Nick sortit un mouchoir en papier de la poche de son jean et le lui offrit.

Elle le prit à contrecœur, s'essuya les yeux et se moucha.

— Qu'aurais-tu fait de cette maison, de toute façon ? demanda-t-il. Tu n'avais qu'une idée en tête : partir le plus vite possible. Pour ça, tu t'es défoncée pour réussir à l'école, tu as travaillé à mi-temps, tu as passé tes examens, en t'appliquant à t'éloigner le plus possible de nous autres...

— Ce n'est pas vrai...

— Ah non ?... (Il balaya la cuisine des yeux.) Et tu as gagné. Il n'y a qu'à regarder autour de toi. Chouette maison, excellente carrière, un mari brillant et une gamine adorable.

— Ne l'approche pas de trop près, Nick.

— J'ai l'impression qu'elle m'aime bien.

— Je suis sérieuse, Nick.

— Moi aussi. Je crois vraiment qu'elle m'a pris en affection. Imagine, elle ne savait même pas qu'elle avait un oncle Nick. Honte à toi, Bonnie. Comment crois-tu que maman aurait pris ça ?

— Tu n'as pas le droit de...

— Pas le droit de quoi ? De parler des morts ? C'était ma mère autant que la tienne.

— C'est de ta faute si elle est morte, fit tranquillement Bonnie.

Nick eut un petit sourire triste et résigné.

– Tu vas m'accuser de ça aussi ?

Le beau visage de Diana apparut dans l'encoignure de la porte, ses cheveux bruns tombant en cascade sur ses épaules.

– Que puis-je faire pour vous aider ? demanda-t-elle, les fixant de son regard bleu lagon.

– Va donc t'asseoir et demande à Rod de te servir un autre verre, dit Bonnie en se tapotant toujours les yeux avec le mouchoir. Les oignons, expliqua-t-elle.

– C'est mortel, fit Diana en s'approchant.

Elle prit le mouchoir des mains de Bonnie et lui ôta du mascara qui avait coulé.

– Voilà, c'est mieux. Maintenant tu es parfaite. Ton ensemble est superbe !

Bonnie baissa les yeux sur son pantalon pied-de-poule vert et blanc qu'elle avait porté toute la journée.

– Je suis horrible. Mais merci pour le mensonge.

– Dis donc, je suis avocate, je ne mens jamais.

– Vous êtes avocate ? demanda Nick. Spécialisée dans quoi ?

– Principalement affaires et commerce.

– Précisément ce que je cherchais, déclara-t-il, sûr de lui. Je suis en train de monter une affaire. Cela pourrait vous intéresser ?

– Ça dépend de l'affaire.

– Je pourrai vous appeler quand les choses seront un peu plus claires dans ma tête ?

– Tu pourrais surtout poursuivre ce que tu étais en train de faire, fit Bonnie en montrant la sauce bolognaise qui commençait à bouillonner.

– Exact, tu as raison, répliqua-t-il en humant le riche fumet. Mesdames, ajouta-t-il dans une révérence théâtrale, je crois que le dîner est prêt.

– Alors, comme ça, vous vous connaissez depuis combien de temps ? demanda Nick en regardant Diana et Bonnie.

Ils étaient tous installés autour de la table : Rod à un bout, ses enfants de chaque côté ; Bonnie à l'autre extrémité avec Amanda à sa gauche et Diana à sa droite ; Nick et Hasch coincés au milieu. C'était une petite pièce, plus longue que large, aux murs dont la couleur pêche s'alliait fort bien à celle de la douzaine de roses que Diana avait apportées et que Bonnie avait disposées au centre de la table en pin.

– Nos maris ont travaillé ensemble pendant quelque temps. Et j'habite au coin de la rue, répondit Diana. C'est délicieux, dites-moi.

Elle trempa un morceau de pain dans la sauce.

– J'en ai fait pour un régiment, fit Nick. Je serai enchanté de vous resservir.

– Laissez-moi le temps de déguster.

– Vous habitez au coin de la rue ? demanda Sam avec un intérêt évident.

Il n'avait quasiment pas quitté Diana des yeux de toute la soirée.

– 128 Brown Street, dit Diana. Mais je n'y suis plus que le week-end, et encore, pas toujours. J'ai un appartement en ville. C'est plus facile et plus pratique de rester là-bas, maintenant que je suis de nouveau célibataire.

– Tu aurais pu laisser la maison à Greg, lui rappela Rod.

– Et pourquoi ? demanda Diana. C'était *ma* maison.

– Oh, c'est vrai ! C'était ta part dans le divorce d'avec ton mari numéro un.

– Tu t'es mariée deux fois ? interrogea Lauren.

– Le mariage ne semble pas faire bon ménage avec moi.

– Je n'en suis pas convaincu, riposta Rod. Je dirais plutôt que le mariage te va comme un gant.

Diana poussa son assiette vide vers Nick et effleura ses lèvres charnues de sa serviette.

– Je reprendrais volontiers de ces fabuleux spaghettis, Nick, si vous voulez bien.

Nick se leva aussitôt.

– Un autre amateur ?

– J'en veux bien un peu, avoua Bonnie en lui tendant son assiette, feignant d'ignorer son sourire d'autosatisfaction.

– Moi aussi, dit Lauren, qui suivit Nick à la cuisine.

– Donc, vous vivez seule ? demanda Sam à Diana.

– Oui, et ça me plaît beaucoup. Pas de questions, pas de repas à préparer, personne à attendre. Je vais me coucher quand je veux ; je mange à l'heure qui me plaît ; je fais ce que je veux. Ce qui ne signifie pas qu'avoir un homme dans les parages de temps à autre me déplairait, avoua-t-elle. Il y a toujours à bricoler dans une maison ; des trucs à réparer qui réclament le savoir-faire d'un homme.

Elle sourit à Sam.

– Je suis plutôt bricoleur, fit Sam avec des étincelles dans les yeux.

– Ah oui ?

– Ouais, je suis capable de démonter n'importe quoi et de le remonter entièrement.

– Sam est très adroit de ses mains, fit Hasch en reniflant.

– Eh bien ! On pourrait étudier la question, dit Diana. J'ai des placards dont les portes ne tiennent pratiquement plus, et je prends des douches dans le noir depuis des mois parce que je n'arrive pas à piger comment on change l'ampoule.

— Prendre une douche dans le noir, c'est plutôt érotique, fit Hasch.

— Pas quand on est seule, lui répondit Diana.

— On pourrait arranger ça, répliqua Hasch.

Bonnie se tortillait sur sa chaise en cherchant le moyen de donner un coup de pied à Diana sous la table pour lui faire changer de sujet. Diana était une séductrice-née et un aimant potentiel pour hommes de tous âges. Et Hasch avait le don de détourner à sa façon la remarque la plus innocente.

— Je serais content de jeter un œil sur cette lampe, dit Sam, pour voir ce que je peux faire.

— Ce serait génial, fit Diana. Je te paierai, naturellement.

— Ce n'est pas la peine.

— Mais j'insiste.

Sam haussa les épaules.

— OK. Quand voulez-vous que je vienne ?

— Demain, ça irait ?

— Je préférerais dimanche.

Lauren revenait de la cuisine avec deux assiettes pleines de spaghettis, Nick sur ses talons avec deux autres.

— J'avais vaguement prévu d'aller voir ma grand-mère demain, ajouta Sam en se remuant sur sa chaise d'un air gêné.

— Dimanche, alors, acquiesça Diana.

— Tu vas aller voir mamie Langer ? demanda Lauren, incrédule.

— J'y pensais.

— Pourquoi ? Je veux dire, elle ne saura probablement même pas qui tu es.

— Mais si !

Sam baissa les yeux, visiblement gêné par la discussion.

— Qui est mamie Langer ? interrogea Nick.

— La mère de ma mère, répondit Lauren, les yeux soudain humides, au bord des larmes. Elle est à la clinique psychiatrique Melrose à Sudbury. C'est bien ce que tu as dit, Bonnie ?

Bonnie hocha la tête, aussi surprise par la déclaration de Sam que par le fait que Lauren lui ait posé une question directement.

— Je devrais peut-être y aller moi aussi, murmura Lauren.

— Je pourrais vous y conduire, proposa Bonnie tout en dressant mentalement la liste des arguments avec lesquels elle contrerait les objections qui n'allaient pas manquer de fuser. Je connais le chemin ; j'y suis déjà allée ; ce serait peut-être plus facile en présence d'un adulte.

Mais, à sa grande surprise, ils ne refusèrent pas son offre.

– C'est quelque chose de merveilleux, les grands-parents, dit Nick.

– Je vis avec mes grands-parents, remarqua Hasch. C'est chiant.

Nick se pencha pour saisir la main d'Amanda.

– Sais-tu que tu as un grand-père, Mandy ?

Amanda hocha la tête. Ses boucles blondes voltigèrent sur ses joues rebondies pleines de sauce.

– Grand-papa Peter et grand-maman Sally. Ils habitent dans le New Jersey, déclara-t-elle fièrement.

– Je ne veux pas parler des parents de ton papa, corrigea Nick, mais du papa de ta maman.

– Nick..., lança Bonnie.

– Tu ne l'as jamais vu, poursuivit Nick. Pourtant il n'habite pas très loin d'ici et sa femme fait les meilleurs gâteaux aux pommes du monde. Tu aimes les gâteaux aux pommes, Mandy ?

Amanda acquiesça avec enthousiasme.

– C'est cool !

– Cool ?

– C'est ce que Sam dit tout le temps.

– Cool, Amanda ! dit Sam en riant. Tape-m'en cinq !

Il présenta la paume de sa main à Amanda, qui éclata de rire et tapa dans la paume offerte.

Bonnie éclata de rire à son tour. Le naturel de leur relation l'émerveillait.

– Peut-être arriveras-tu à convaincre ta mère de t'emmener voir ton grand-père un de ces jours, continua Nick. Je sais qu'il serait très heureux de te rencontrer.

Bonnie laissa tomber sa fourchette, repoussa avec humeur son assiette qu'elle n'avait pas encore touchée.

– Il vaut mieux que j'aille m'occuper du café, dit-elle.

Des bouquets de pivoines rose tendre s'étendaient le long du chemin de terre que Bonnie empruntait pour monter au Centre psychiatrique Melrose. Mais il ne s'agissait pas du Centre psychiatrique Melrose, comprit soudain Bonnie, en se retournant dans son lit. Elle prit conscience en même temps, douloureusement, qu'elle était en train de rêver. Elle voulut se réveiller, s'éloigner de la porte d'entrée du Centre, mais celle-ci s'ouvrait déjà devant elle. C'était trop tard. Elle n'avait pas d'autre choix que d'y entrer.

« Bienvenue à la maison, fit Nick qui l'attendait en haut des marches.

– Qu'est-ce que tu fais là ? demanda Bonnie.
– J'habite ici. Et toi ? Tu viens voir maman ?
– Elle a dit qu'elle voulait me parler, fit Bonnie en se penchant pour respirer l'odeur des fleurs sur le papier peint.
– Allez, monte ! »

N'y va pas, murmura une petite voix à Bonnie qui se tortilla sur son oreiller.

Bonnie s'engagea dans l'escalier, en faisant courir ses doigts le long du mur devant elle, de fleur en fleur. Arrivée en haut, elle s'arrêta. Juste en face, la porte de la chambre de sa mère était largement ouverte.

Ne rentre pas là-dedans, avertit la petite voix. Réveille-toi, réveille-toi.

Bonnie s'approcha doucement de la porte et découvrit la silhouette voilée d'une femme assise dans le lit, le visage dans l'ombre. Soudain, Amanda était là, à côté de Bonnie, et la tirait par le bras.

« Maman, maman ! s'écriait-elle. Entre donc. Nous donnons une petite fête. »

Elle exhiba alors un grand chapeau pointu en papier qu'elle posa sur sa tête. Immédiatement du sang en coula qui trempa ses cheveux en dégoulinant sur son visage et ses épaules.

« Non ! gémit Bonnie, se tournant et se retournant dans son lit.

– Ce n'est que de la sauce bolognaise. »

Amanda rit en battant des mains, les cheveux pleins de spaghettis, qui se tortillaient sur sa tête comme autant de minuscules serpents.

« Prends-en un peu, dit Nick en présentant une énorme cuillerée à Bonnie.

– Il y a trop d'oignons, fit celle-ci en avalant, l'estomac noué.

– Bonnie, appela faiblement sa mère depuis son lit. Bonnie, aide-moi, je ne me sens pas très bien.

– Trop de gâteau aux pommes, lui rétorqua Bonnie. Nous devrions demander au docteur Greenspoon de passer te voir. »

En arrivant près du lit, elle essaya de discerner le visage de sa mère dans l'ombre. Saisie d'une crampe à l'estomac, elle se plia en deux en criant.

– Bonnie, que se passe-t-il ? demanda Nick avec la voix de Rod.

La voix reprit, mais cette fois elle était toute proche :

– Bonnie, Bonnie ! Qu'est-ce que tu as ? Bonnie, réveille-toi !

Dans le lit, sa mère bougea et son visage émergea lentement de l'ombre.

Bonnie se tendit pour la voir, le cœur battant, s'étirant dans son propre lit. Elle avait mal au ventre. C'est ce qui la réveilla. Elle eut encore plus mal dès qu'elle ouvrit les yeux et elle comprit qu'il ne s'agissait plus d'un rêve. Une minute plus tard, elle était agenouillée au-dessus de la lunette des WC en train de vomir, soutenue par Rod qui lui caressait les cheveux.

– C'est fini, dit-il un instant plus tard.

Ils étaient assis sur le sol carrelé et il la tenait dans ses bras en la berçant doucement, de la manière dont elle avait bercé Lauren quelques jours plus tôt.

– C'est fini. Tout va bien maintenant.
– Mon Dieu ! gémit Bonnie. Que s'est-il passé ?
– Tu as dû attraper le même microbe que Lauren, dit-il.
– Je ne suis jamais malade, protesta Bonnie.
– Ce sont des choses qui arrivent, même à des gens très bien.
– Non ! fit-elle tandis que Rod l'aidait à se relever et la raccompagnait dans la chambre. C'est juste un cauchemar. Je serai en forme demain matin.
– Dors, dit Rod en la recouchant.
– C'est juste un cauchemar, répéta Bonnie.

À peine sa tête toucha-t-elle l'oreiller qu'elle fermait déjà les yeux.

– Je serai en forme demain matin.

18

– Ce n'est plus qu'à quelques pâtés de maisons, leur dit Bonnie. Nous y serons dans une minute.

Elle jeta un coup d'œil par-dessus son épaule vers Sam et Lauren assis à l'arrière de la voiture, geste brusque qui réveilla en elle une sourde nausée. Je t'interdis de vomir, se dit-elle. Tu n'es pas malade. Tu n'es jamais malade.

En ce cas, de quoi s'agissait-il la nuit dernière ?

Eh bien, d'un tas de choses. Elle y réfléchit tout en se concentrant sur la route devant elle. Cette nuit, il avait été question du docteur Greenspoon qui avait dit si peu de chose et de Nick qui en avait trop dit. Bonnie pila à un feu rouge. Comment son frère avait-il pu oser venir chez elle sans y être invité, sans même prévenir, allant jusqu'à prendre possession de sa cuisine, chamboulant sa vie à coups de charme, de sauce bolognaise et de questions importunes. *Sais-tu que tu as un grand-père, Mandy ?* Où était-il allé chercher ce surnom ? Personne n'avait jamais appelé sa fille Mandy. Et maintenant, les enfants soutenaient qu'elle adorait ça. Cette nuit, lorsque Bonnie l'avait mise au lit, elle lui avait demandé de l'appeler Mandy plutôt qu'Amanda, et elle avait précisé : « Comme oncle Nick. » Il y avait de quoi en être malade !

Elle n'aurait jamais dû permettre à Nick de rester. Elle aurait dû le chasser dès qu'elle l'avait vu dans la cuisine, lui dire qu'il n'était pas davantage le bienvenu chez elle depuis qu'il était sorti de prison qu'avant d'y entrer. Voilà ce qu'elle aurait dû faire. Pourquoi avoir agi autrement ?

– C'est ça, là-bas ?

Lauren posa ses coudes sur le siège avant, si près que, lorsqu'elle se pencha en pointant du doigt l'imposante bâtisse blanche devant eux, Bonnie sentit sa respiration dans son cou.

– Oui, c'est ça.

La voiture vira dans le long chemin sinueux.

– Ça a l'air bien, fit Lauren en flanquant un coup dans le siège. Bonnie, qui avait déjà mal au cœur, en eut la nausée.

Que revenait-elle faire ici ? Pourquoi n'était-elle pas restée au lit comme Rod le lui avait conseillé avant de partir au studio ? Parce que d'une part elle ne voulait pas laisser Sam et Lauren venir ici tout seuls et que, d'autre part, elle n'était pas malade. Elle se sentait pourtant faible et fiévreuse. Elle respira plusieurs fois profondément. Non ! je ne vomirai pas. Elle avait beau se persuader, un haut-le-cœur la reprit tandis qu'elle garait sa voiture sur une place vide dans le coin le plus éloigné du parking. Je ne vomirai plus, je ne suis pas malade. Jamais je ne suis malade.

Elle coupa le moteur, ouvrit la portière et respira l'air du dehors à pleins poumons. Mais il faisait lourd, l'air était chargé d'humidité et cela ne lui procura aucun réconfort. En un clin d'œil, elle fut couverte de sueur.

– Il fait chaud, dit-elle à Lauren qui sortait de la voiture.
– Pas tant que ça.
– Est-ce que tu te sens bien ? demanda Sam.
– Très bien, prétendit Bonnie en portant la main à son front.

Pourquoi faisait-elle ce geste ? Elle n'avait pas de fièvre. Elle n'était pas malade. Elle n'avait pas tellement mangé hier soir. Il y avait sûrement quelque chose dans la terrible sauce bolognaise de son frère qui n'était pas passé, exactement comme pour sa belle-fille quelques jours plus tôt.

Tu as dû attraper le même microbe que Lauren, avait dit Rod.

– C'est où ? demanda Lauren alors qu'ils pénétraient dans le hall luxueux du Centre psychiatrique Melrose.

Elles se dirigèrent vers la rangée d'ascenseurs tandis que Sam, hésitant, traînait derrière.

C'était pourtant ton idée, aurait souhaité lui rappeler Bonnie, toujours aussi surprise qu'il l'ait eue.

Son malaise s'accentua dans l'ascenseur. Elle déboutonna le col de son chemisier, repoussa ses cheveux en arrière, essuya les perles de sueur qui suintaient sur sa lèvre supérieure.

Quand il s'arrêta au premier étage, Bonnie sentit un liquide envahir sa gorge. L'ascenseur reprit sa montée. Elle déglutit péniblement une fois, deux fois, et se précipita dehors dès que les portes s'ouvrirent à nouveau, courant jusqu'aux toilettes en face du box des infirmières.

– Ça va ? lui cria Sam.

Elle entra dans les toilettes, ferma la porte et tomba à genoux, le corps soulevé par de douloureux haut-le-cœur.

« Bon sang ! marmonna-t-elle en essayant de retrouver son calme. Ça va durer combien de temps ? »

Un nouveau spasme la secoua. Des larmes lui picotèrent les yeux tandis qu'elle se laissait glisser contre le mur. Ses cheveux lui collaient sur le front et dans le cou, elle tremblait de tous ses membres, prise de sueurs froides.

« Je ne suis pas malade », prononça-t-elle à haute voix.

Elle fit un effort pour se relever et croisa son reflet dans la glace au-dessus du lavabo. « Tu m'entends ? Je ne suis pas malade. »

Peut-être que *toi, tu* n'es pas malade, sembla lui renvoyer l'image fantomatique.

Bonnie s'aspergea le visage d'eau froide, tira ses cheveux en arrière et se pinça les joues dans l'espoir de leur redonner un peu de couleur. Elle prit un gobelet en carton au distributeur, le remplit d'eau et se risqua à boire à toutes petites gorgées.

« Tu vas bien maintenant, fit-elle au reflet, tu as compris ? Ça suffit, les idioties ! »

Elle se redressa, prit une dernière inspiration et ouvrit la porte des toilettes.

Il n'y avait plus trace de Sam ni de Lauren.

– Sam ? fit-elle, attirant l'attention d'un vieil homme qui déambulait dans le hall en pyjama.

– Vous m'avez appelé ? demanda-t-il.

Bonnie hocha la tête, regrettant immédiatement ce geste qui déstabilisait son fragile équilibre. Manifestement, les enfants ne l'avaient pas attendue. Pourquoi l'auraient-ils fait, d'ailleurs ? Bonnie gagna à pas lents la chambre d'Elsa Langer. Cette femme était leur grand-mère, qu'elle ne l'oublie pas ! Même si eux n'en avaient que peu de souvenirs et elle probablement pas du tout, aucun des trois n'avait besoin de Bonnie pour faire les présentations. En fait, elle ferait mieux de les attendre dans le salon réservé aux visiteurs.

Trop tard ! La porte de la chambre tournait déjà sur ses gonds.

– Vous vous souvenez de moi ? demanda la vieille femme dans son encombrant fauteuil roulant qui laissait juste assez de place à Bonnie pour se glisser dans la chambre.

– Bonjour, fit Bonnie d'un air absent, davantage intéressée par Elsa Langer.

Celle-ci était assise dans son lit, appuyée contre des oreillers, son déjeuner sur un plateau, devant elle. Sam était installé sur la chaise à côté et Lauren debout au pied du lit ; tous deux buvaient du regard le visage livide qui semblait murmurer des mots.

– Je suis Mary, fit la femme au fauteuil roulant. Je ne crois pas que nous ayons été correctement présentées la dernière fois que vous êtes venue.

— Je suis Bonnie, fit celle-ci mécaniquement, les yeux rivés sur Elsa Langer.

Assise, la vieille femme paraissait encore plus fragile qu'allongée : son corps n'était plus qu'un vague contour squelettique d'être humain ; sa peau disparaissait presque dans la blancheur de ses draps ; ses yeux vides regardaient sans voir.

— C'est l'heure du déjeuner, déclara Mary. J'ai déjà fini le mien... (Elle désigna son plateau vide.) Soupe de poulet, macaronis au fromage et crème à la vanille. C'est ce que j'avais commandé. Je ne sais pas ce qu'ils ont donné à Elsa.

Elle roula sa chaise jusqu'au lit d'Elsa Langer et souleva le couvercle du plateau, dévoilant un étrange ensemble peu appétissant de nourriture vaguement beige.

— Hé ! Comme moi, constata Mary. Mais elle ne mangera rien. Elle ne mange jamais, sauf si je lui donne moi-même.

Elle prit alors une cuillère sur le plateau avec la délicatesse d'un camionneur.

— Est-ce que je peux le faire ? demanda aussitôt Lauren à la vieille au fauteuil roulant. S'il vous plaît !

— Ça se pourrait ! Qui la demande ?

— Je m'appelle Lauren, et Elsa Langer est ma grand-mère.

— Vous avez dit Lauren ?

— Oui, et lui, c'est mon frère, Sam.

— Sam ?

Il ne répondit pas.

— J'ignorais qu'elle avait des petits-enfants, déclara la vieille en regardant Bonnie. C'est drôle ! Vous vivez pendant des années avec des gens, vous croyez tout savoir d'eux et un jour vous découvrez que vous ne les connaissez pas du tout. Vous ne trouvez pas ça drôle ?

Ignorant la question, Bonnie s'adressa à Lauren :

— Je suis sûre que ta grand-mère serait contente que tu lui donnes à manger.

Lauren esquissa un sourire, bref, presque imperceptible.

— Ici, mamie, dit-elle avec douceur en portant à la bouche de sa grand-mère une pleine cuillerée de soupe.

La cuillère chercha délicatement à s'introduire entre les lèvres sèches. Lauren la souleva et la ressortit vide. Quelques gouttes glissèrent sur le menton de la vieille femme, que Lauren essuya aussitôt avec une serviette.

— C'est bon, hein, mamie ? demanda-t-elle à la manière dont Bonnie le faisait avec Amanda. C'est bon !

Elle lui redonna une cuillerée et une autre.

— Elle mange ! s'exclama Lauren avec fierté, arborant un sourire plus franc que la première fois. Tu veux lui donner à manger, Sam ?

Sam secoua la tête et s'affala un peu plus sur sa chaise, sans pour autant quitter des yeux le visage de sa grand-mère.

— Elle aime la soupe, déclara Mary.

— Tu te souviens de nous, mamie ? demanda Lauren.

Elsa Langer garda le silence, entrouvrant légèrement les lèvres pour laisser passer la cuillère.

— La dernière fois que tu nous a vus, nous étions vraiment petits. Tu te souviens de nous ? Nous sommes les enfants de Joan, poursuivit gentiment Lauren dont la voix se brisa en prononçant le nom de sa mère. Tu te souviens d'elle ?

Elsa Langer aspira sa soupe.

— Joan est morte, fit Mary.

— Je suis Lauren et c'est Sam, mon frère... (Lauren levait le bras à un rythme régulier entre le bol et la bouche de sa grand-mère.) Nous sommes les enfants de Joan. Te souviens-tu de nous tous, mamie ?

— Je suis sûre qu'elle sait qui vous êtes tout au fond d'elle-même, lui dit Bonnie.

— Pourquoi tu dis ça ? demanda Sam en se redressant sur sa chaise.

Il se pencha en avant pour mieux dévisager Bonnie et sa grand-mère.

— C'est juste un sentiment comme ça, admit Bonnie que l'odeur des macaronis au fromage commençait à mettre mal à l'aise.

— Est-ce que ma grand-mère vous a déjà parlé ? demanda Sam à la vieille femme au fauteuil roulant.

— Ça se pourrait ! Qui la demande ?

— Sam, fit-il en levant les yeux au ciel. Sam Wheeler.

— C'est difficile de se rappeler tous ces noms d'un seul coup, déclara Mary. Vous comprenez, on voit personne durant des semaines et des semaines et, tout à coup, c'est un vrai défilé.

— Que voulez-vous dire ? interrogea Bonnie.

— Un autre monsieur était là ce matin à la première heure. Quelqu'un de bien aussi. Il m'a rappelé mon dernier mari. Paix à son âme !

— Quelqu'un d'autre est venu ?

— Ça se pourrait ! Qui la demande ?

— Vous souvenez-vous du nom de ce monsieur ?

— Ça se pourrait ! Qui la demande ? répéta implacablement Mary en allant chercher son dentier du bout de sa langue.

— Bonnie Wheeler. Vous souvenez-vous du nom de l'homme ?

— Quel homme ?

Bonnie ferma les yeux et soupira.

– L'homme qui est venu tôt ce matin.

– Il ne l'a pas dit. Mais c'était un bel homme. Il m'a rappelé mon dernier mari. Paix à son âme !

– Pouvez-vous m'expliquer comment il était ? insista Bonnie.

– Il ressemblait à mon dernier mari, serina Mary.

– Vous vous souvenez de la couleur de ses cheveux ?

– Je crois qu'ils étaient blonds.

Bonnie revit immédiatement son frère penché sur la cuisinière avec ses cheveux blonds tombant en avant.

– Ou peut-être gris, fit Mary.

Bonnie vit alors le visage de Rod penché sur elle lorsqu'il l'avait remise au lit la veille au soir, ses cheveux prématurément grisonnants qui le rendaient encore plus séduisant.

– Peut-être qu'ils étaient bruns, murmura Mary d'un ton rêveur, inconsciente des ravages qu'elle causait chez Bonnie.

Elle lança soudain son dentier hors de sa bouche pour le rattraper du bout de la langue.

– Wouah ! Immonde ! lança Lauren.

Le cœur de Bonnie se souleva.

Mary remit le dentier dans sa bouche, en l'arrimant d'un coup sec.

– Je voudrais bien sa crème à la vanille, fit-elle en tendant déjà la main vers le plateau.

– Je pense que ma grand-mère a envie de goûter à sa crème, riposta Lauren, surprise de faire montre d'une telle autorité.

Elle éloigna le petit pot de crème de la main de Mary.

– Tu veux manger un peu de crème, mamie ?

Elle ramassa un peu de crème au bout d'une petite cuillère en plastique qu'elle posa délicatement sur la langue de sa grand-mère.

– Tu aimes ça, mamie ? C'est bon ?

Très lentement, Elsa Langer se tourna vers sa petite-fille. Ses pupilles se rétrécirent comme pour une mise au point du visage qu'elle avait devant elle.

– Mamie ? Tu me vois ? Mamie ? Tu me reconnais ? C'est moi, Lauren.

Lorsque le regard d'Elsa Langer se posa sur sa petite-fille, ils se penchèrent tous en avant. Nul ne bronchait dans la chambre.

– Lauren ? fit la vieille dame dans un souffle.

Lauren écarquilla les yeux, émerveillée.

– Tu as entendu, Sam ? murmura-t-elle. Elle m'a reconnue. Elle sait qui je suis.

– Mamie ! s'écria-t-il en sautant de sa chaise avec une telle précipitation qu'il perdit l'équilibre et faillit renverser le plateau du déjeuner. C'est moi, Sam. Est-ce que tu te souviens de moi ?

— Lauren, répéta Elsa Langer, sans quitter sa petite-fille des yeux.

— Je suis là, mamie. Je suis là.

Mais, au fond des yeux d'Elsa, la petite flamme vacilla, se rétracta, puis disparut.

— Dans quel monde est-elle, maintenant ? demanda Lauren au bout de quelques secondes, alors qu'il semblait certain qu'Elsa ne reviendrait plus.

— Je n'en ai aucune idée, fit Bonnie.

— Tu crois qu'elle savait vraiment qui j'étais ?

— J'en suis certaine.

Sam s'éloigna précipitamment du lit de sa grand-mère et gagna la porte. Bien qu'il n'ait pas prononcé un mot, il en avait visiblement assez.

— Tu crois qu'elle pense ? demanda Lauren, fascinée par le visage de sa grand-mère.

— Je ne sais pas.

— Je suppose qu'elle doit penser à quelque chose, dit Lauren.

— Je ne crois pas qu'elle pense à quoi que ce soit, dit Sam avec une pointe d'impatience. Et tu sais ce que je crois encore ? C'est que ça vaut mieux comme ça !

Il ouvrit la porte et sortit de la chambre.

— Susceptible, ce garçon, remarqua Mary tout en jouant avec son dentier. Exactement comme mon dernier mari. Paix à son âme !

— Il faut partir, dit Bonnie avec un geste tendre sur l'épaule de Lauren, heureuse que celle-ci ne l'envoie pas aussitôt paître.

Lauren se pencha pour déposer un léger baiser sur la joue de sa grand-mère.

— Au revoir, mamie. Nous reviendrons bientôt te voir. Je te le promets.

Elsa Langer ne réagit pas. Bonnie poussa Lauren hors de la chambre.

— Bonnie a été malade sur le chemin du retour, fit Lauren à son père dès qu'ils franchirent la porte d'entrée, tandis que Sam grimpait quatre à quatre les escaliers et disparaissait dans sa chambre.

— Je n'étais pas malade, protesta Bonnie.

— Tu as dû te ranger sur le bas-côté et c'est Sam qui nous a ramenés.

— J'ai eu un petit étourdissement, expliqua Bonnie en voyant

Rod inquiet. J'ai l'impression que l'air conditionné ne fonctionne plus très bien dans ma voiture.

— Tu as une tête à faire peur, dit Rod.

— Merci ! Où est Amanda ?

— Mrs. Gerstein l'a emmenée au parc.

— À quelle heure es-tu rentré ?

— Il y a environ une demi-heure.

Rod saisit Bonnie sous le coude et la conduisit au pied de l'escalier.

— Maintenant, je veux que tu ailles dormir un peu.

— Rod, ne sois pas stupide. Je vais bien.

— Inutile de discuter. Tu as de la fièvre et tu devrais être au lit. Je vais appeler Marla pour nous décommander.

— Je serai en forme d'ici là, protesta Bonnie.

Pourquoi protestait-elle d'ailleurs ? S'il y a une chose qu'elle souhaitait éviter, c'était bien ce dîner chez Marla Brenzelle.

— Très bien. Nous verrons plus tard comment tu te sens. En attendant, tu montes te déshabiller et tu files au lit. Je vais t'apporter du thé.

— Rod...

— Ne discute pas !

— Il semblerait qu'Elsa Langer ait eu un autre visiteur ce matin...

— Nous parlerons d'Elsa plus tard.

— Mais...

— Plus tard !

— C'est vraiment stupide, marmonna Bonnie, de plus en plus irritée. C'est juste un peu de surmenage. Je vais dormir une demi-heure et je serai en forme.

Lorsque Bonnie ouvrit les yeux, Lauren se tenait au pied de son lit. Bonnie la trouva ravissante. Elle se redressa sur son oreiller en se disant qu'elle devait être en train de rêver. Lauren portait une petite robe bleu clair décolletée jusqu'au milieu de la poitrine et qui lui arrivait à mi-cuisses. Bonnie estima qu'elle faisait très femme ainsi vêtue et se dit qu'elle aurait bien voulu être ainsi à quatorze ans.

— Comme tu es jolie, fit-elle.

— Merci, répondit Lauren avec un sourire gêné. Comment te sens-tu ?

— Je ne sais pas..., répondit honnêtement Bonnie qui se sentait la bouche sèche. (Elle se passa la langue sur les lèvres.) Quelle heure est-il ?

– Bientôt sept heures et demie.
– Bientôt sept heures et demie !

Bonnie consulta le réveil sur la table de nuit. Avait-elle donc dormi tout l'après-midi ?

– Mon Dieu ! Il faut que je me lève. Je dois me préparer.
– Tu ne sors pas, lança Rod qui entrait dans la chambre.

Il était superbe, avec sa chemise de soie vert foncé et son pantalon noir.

– Je ne comprends pas, fit Bonnie en essayant avec difficulté de se lever.
– Lauren s'est portée volontaire pour être ma cavalière ce soir, lui annonça Rod.
– Quoi ?
– Chérie, commença Rod, tu as de la fièvre. Cesse de t'entêter et admets-le. Tu es complètement patraque. Il n'est absolument pas question que tu sortes ce soir. Un seul regard sur Marla, et sûr que tu lui dégueulerais dessus, ce qui ne serait pas très malin pour l'évolution de ma carrière. Alors fais-nous une faveur, je t'en prie, reste au lit.
– Ça t'ennuie ? demanda timidement Lauren.
– Si ça m'ennuie ? Bien sûr que non ! lui répondit Bonnie, secrètement ravie de la tournure que prenaient les événements.
– J'ai déjà fait dîner Amanda et je l'ai mise au lit, dit Lauren.
– Vraiment ?
– Elle est formidable avec elle, remarqua Rod avec fierté.
– Et Sam est là, si tu as besoin de quelque chose.
– Merci, fit Bonnie, assaillie par une nouvelle vague de fatigue.

Elle aurait voulu leur dire : « Amusez-vous bien », mais elle s'endormit avant d'avoir pu prononcer un mot.

Elle rêvait de tomates, d'un monceau de grosses tomates bien rouges au rayon légumes d'une petite épicerie. Elle en saisit une, la retourna dans sa main, puis la fit gicler entre ses doigts, contemplant le jus des minuscules veinules dégouliner sur le dos de sa main et sur son bras.

Elle leva les bras en l'air. Le jus de tomate tomba en cascade sur son visage, s'infiltra entre ses lèvres, coula dans sa bouche. Elle ouvrit la bouche toute grande pour en boire tout son soûl.

Réveillée en sursaut, la bouche pâteuse, elle eut envie d'un verre d'eau et se leva. En se traînant jusqu'à la salle de bains, elle jeta un œil au réveil. Il était presque dix heures et demie. Trois heures s'étaient écoulées et elle ne se sentait toujours pas mieux.

Elle se versa un verre d'eau qu'elle but à petites gorgées, priant pour ne pas vomir à nouveau. Comme le goût putride persistait, elle pressa un peu de dentifrice sur sa brosse et se frotta vigoureusement les dents, mais le goût habituellement frais et mentholé du dentifrice demeura curieusement neutre et inefficace. Elle se rinça la bouche et, en recrachant, découvrit des traces de sang.

« De mieux en mieux ! fit-elle en retournant dans sa chambre. Il ne manquait plus que ça. »

Le couloir de l'étage était plongé dans une obscurité quasi totale. Seule une petite veilleuse en forme de danseuse luisait à l'entrée de la chambre d'Amanda. En s'approchant doucement pour aller voir sa fille, Bonnie vit aussi clignoter la lumière de la télévision sous la porte de Sam.

Amanda dormait à poings fermés, ses couvertures rejetées jusqu'aux genoux, la tête penchée sur l'épaule. Bonnie la reborda, puis l'embrassa doucement sur le front.

– Je t'aime, petit ange, murmura-t-elle.

Je t'aime plus, lui renvoya un écho imaginaire alors qu'elle quittait la chambre.

Elle s'arrêta un instant devant la chambre de Sam, scrutant la porte close comme si elle pouvait voir au travers. Elle entendit la télévision – une voix d'homme, une voiture qui accélérait, un cri de femme – et s'apprêtait à regagner sa chambre quand elle perçut un autre bruit, un bruit si faible qu'elle avait failli ne pas l'entendre, un bruit si bouleversant qu'elle se figea sur place.

Elle demeura ainsi quelques instants, l'oreille collée à la porte de Sam à écouter ce bruit. On aurait dit que les murs poussaient des gémissements, comme si quelqu'un y était emprisonné et suppliait qu'on l'en délivre. Les murs pleurent, se dit-elle en ouvrant la porte.

À la télévision, une jeune femme hurlait ; très légèrement vêtue, elle courait pour échapper à un agresseur masqué armé d'un couteau. Le regard de Bonnie passa de la télévision à ce qui avait été son magnifique bureau de chêne, sur lequel L'il Abner se prélassait contre la vitre de son aquarium, avant de se poser sur le canapé. Sam était assis là et regardait la télévision. Le visage ruisselant de larmes, la bouche entrouverte, il gémissait sourdement, comme s'il faisait partie d'un chœur au beau milieu d'un chant grégorien.

– Sam ?... (Bonnie s'approcha doucement de lui.) Ça va, Sam ?

Il se tourna vers elle, mais le gémissement continua comme s'il existait par lui-même, indépendamment de Sam.

Bonnie étendit le bras, posa sa main sur l'épaule de l'adolescent. Elle le sentit tressaillir, mais n'enleva pas sa main. Lui non plus. Lentement, elle se glissa sur le siège à côté de lui et l'entoura de son bras.

— Que se passe-t-il, Sam ? Dis-moi, tu sais que tu peux me parler.

La plainte s'élevait, de plus en plus forte. Bonnie dut lutter contre l'envie de se boucher les oreilles. Elle attira Sam à elle, pressa sa tête contre sa poitrine et sentit les larmes mouiller sa chemise de nuit.

Les bras de Sam entourèrent Bonnie et, très vite, resserrèrent leur étreinte, comme s'il voulait l'attirer au cœur de son chagrin, comme si d'elle seule dépendait son salut. Ce qui était possible, songea Bonnie. Tandis qu'il se cramponnait ainsi, elle caressait ses longs cheveux noirs sans perdre de vue la femme qui se faisait écorcher vive à l'écran ni le serpent qui, à présent, se déroulait et dont la tête cherchait le couvercle de l'aquarium. Brusquement, Sam éclata en sanglots.

Bonnie le berça dans ses bras comme un bébé.

— Là, là, Sam. Ça va aller. Ça va passer.

Ils restèrent ainsi un long moment, les lèvres de Bonnie posées sur la tête de Sam. Le film se termina. D'après le peu que Bonnie avait pu suivre, ils étaient tous morts. Le serpent poursuivait l'exploration de son aquarium, poussant de temps en temps sur le couvercle comme s'il essayait de s'échapper.

Puis Sam cessa de pleurer.

— Excuse-moi, dit-il sans oser la regarder.

— Tu n'as pas à t'excuser, répondit Bonnie, qui avait momentanément oublié ses propres maux. Et ne te sens pas gêné. Tu n'as aucune excuse à faire ni aucune gêne à avoir.

— Je pleure comme un stupide gamin.

— Tu n'as pas à jouer les durs vingt-quatre heures sur vingt-quatre, Sam. Parle-moi. Raconte-moi ce qui ne va pas.

Il y eut un long silence.

— Elle ne m'a pas reconnu, lâcha-t-il finalement. Elle ne savait pas qui j'étais. Elle a reconnu Lauren, mais pas moi.

— Je suis désolée, Sam, répliqua Bonnie. Peut-être que la prochaine fois...

Il secoua la tête.

— Non, je ne retournerai pas là-bas.

— C'est une vieille femme malade, Sam. Qui sait ce qui se passe dans son pauvre cerveau tourmenté ?

— Elle a reconnu Lauren.

Bonnie garda le silence.

— Tout ce que je voudrais, c'est quelqu'un qui m'aime, laissa échapper Sam d'une voix chargée d'angoisse.

– Oh ! Mon grand ! s'écria Bonnie. Je regrette tellement que tu ressentes tant de chagrin. Je voudrais pouvoir faire quelque chose pour le chasser. Je voudrais pouvoir trouver les mots...

Sam secoua la tête avec force.

– Ça n'a pas d'importance.

– Bien sûr que ça en a ! fit Bonnie. Parce que tu es important. Tu es un être digne d'amour, Sam, tu m'entends ? Tu mérites de te savoir aimé.

Sam garda le silence en évitant son regard.

Bonnie resta assise à le regarder quelques minutes. Il était clair qu'il était très embarrassé de s'être ainsi laissé aller et qu'il n'ajouterait rien de plus.

– Je retourne me coucher, lui dit-elle.

– Veux-tu que je t'apporte du thé ou autre chose ?

Bonnie sourit et lui donna une petite tape amicale sur la joue.

– Du thé, ça me ferait plaisir.

19

Le mercredi suivant, Bonnie se sentait mieux, mais Lauren recommençait à se plaindre de nausées.

– Reste donc à la maison aujourd'hui, lui conseilla Bonnie en tâtant son front d'une main douce que l'adolescente ne rejeta pas.

– Est-ce que j'ai de la fièvre ?

– Pas du tout. Tu es toute fraîche, mais c'est inutile de tenter le diable. Je pense que tu devrais consulter un médecin.

– Et toi ? demanda Lauren, toute frissonnante sous ses couvertures.

– Je vais très bien, affirma Bonnie. Je me sens juste un peu fatiguée.

Les événements des dernières semaines avaient finalement eu raison d'elle : le meurtre de Joan ; l'enquête de police ; l'agrandissement brutal de sa famille ; la réapparition de son frère ; sa crainte d'un danger pour Amanda et elle. Ceci lui rappela immédiatement le docteur Walter Greenspoon. « Pour moi, vous êtes une femme en détresse », lui avait-il dit, ou quelque chose d'approchant.

Mais bon ! C'était tout à fait normal qu'il dise un truc pareil, songea Bonnie avec agacement. Comment pourrait-il continuer à se faire ses deux cents dollars de l'heure sans racoler de nouveaux clients ?

– Tu n'as pas bonne mine, fit remarquer Lauren.

– Ce sont mes cheveux, répliqua vivement Bonnie tout en se regardant dans la glace au-dessus de la coiffeuse.

C'était vrai – ses cheveux, qui, bien que rebelles, étaient habituellement brillants et superbes, paraissaient secs et ternes ces derniers jours. Ils pendaient, raides comme des baguettes, et le brushing n'y avait rien fait. Peut-être qu'elle avait besoin d'une nouvelle coupe.

— Est-ce que ça ira si je te laisse seule ici ? demanda Bonnie. Veux-tu que je demande si Mrs. Gerstein est disponible ?

Lauren secoua la tête.

— Je n'ai pas besoin d'une baby-sitter, Bonnie.

— Très bien, en ce cas je t'appellerai plus tard pour voir comment tu te débrouilles. Et si jamais tu as mal au cœur, n'oublie pas de respirer profondément.

Lauren acquiesça.

— Je vais essayer de dormir maintenant.

Bonnie la recouvrit jusqu'au menton.

— Je vais demander à Sam de t'apporter du thé, dit-elle en quittant la pièce.

— Je suis en super-forme. Je suis en super-forme, répétait Bonnie à son reflet dans le miroir des toilettes de la salle des professeurs.

Tu te sens peut-être en super-forme, lui renvoya son image, mais tu as vraiment une sale tête.

Bonnie dut s'avouer que le reflet avait raison. Elle était d'une pâleur effrayante, presque translucide. Je suis blême, songea-t-elle, saisissant, pour la première fois, le mot dans toute son acception. *Blême :* d'une pâleur anormale et maladive ; montrant ou suggérant une santé précaire, la fatigue ou le chagrin ; le manque d'énergie, de capacité ou d'efficacité. Oui, absolument ! Tout cela en un mot de cinq petites lettres. Le langage était vraiment quelque chose de fascinant.

Elle ne devrait pas porter de vert olive aussi terne. Voilà encore un mot qui valait son pesant d'or. *Terne :* inanimé, triste, inexpressif, sans éclat. C'était tout à fait elle.

La couleur de ses vêtements reflétait-elle aussi ses maux de ventre, ces vagues nauséeuses qui, toute la journée, lui avaient labouré les intestins ? Bien entendu, ses élèves n'avaient rien arrangé. Ils avaient été agités, indifférents, peu coopératifs. Hasch s'était montré particulièrement désagréable – la façon dont il était affalé sur sa chaise, ses jambes étendues de tout leur long dans l'allée, raclant le carrelage gris de la pointe de ses boots noires, les coudes sur la table, ses bras tatoués d'obscénités soutenant le poids de sa tête. Il ne savait rien mais avait des réponses à tout. Il ne faisait jamais un seul devoir, ne prenait jamais de notes, ne manifestait jamais le moindre intérêt, quelque question qu'elle abordât. « Pourquoi te donnes-tu la peine de venir ? » lui avait-elle demandé ? « Parce que j'ai envie d'être avec vous », avait-il rétorqué aussi sec.

Toute la classe avait éclaté de rire. Quant à l'estomac de Bonnie, il était noué depuis. En se regardant dans la glace, elle se demanda si elle était condamnée à tout jamais à échanger ses microbes avec Lauren. « Je n'ai pas le temps de réfléchir à ça pour l'instant », fit-elle en se redonnant des couleurs d'un coup de blush sur les joues. Mais le résultat paraissait forcé, un placage de couleur sans rapport avec le reste de son visage. Loin de retrouver vie, elle avait l'air d'une momie sortant de chez l'embaumeur. Un véritable cadavre.

Personne n'a jamais bonne mine sous ce genre d'éclairage, se dit-elle en lançant un regard furieux aux néons au-dessus de sa tête. Elle rangea son poudrier dans son sac et farfouilla à la recherche de son rouge à lèvres, qu'elle appliqua d'une main mal assurée. Résultat : il y en avait trop d'un côté et pas assez de l'autre. Maintenant, j'ai l'air d'une pocharde, songea-t-elle.

Un cadavre d'ivrogne.

Comme Joan.

Une chose au moins la rassurait, c'était que Lauren se sente mieux. Elle avait dormi presque toute la journée, dormait encore lorsque Bonnie avait téléphoné à l'heure du déjeuner, et dormait toujours lorsqu'elle était rentrée du lycée. Elle ne s'était réveillée qu'au moment où Bonnie repartait pour la réunion des parents d'élèves au lycée, en annonçant qu'elle avait faim. Bonnie l'avait donc laissée attablée dans la cuisine pour dîner en compagnie de Rod. Sam, lui, était déjà sorti.

Bonnie prit deux amples respirations, histoire de conjurer le sort, ferma son sac à main d'un coup sec et glissa ses cheveux derrière ses oreilles. Peut-être qu'après tout elle n'avait pas l'air aussi moche qu'elle le croyait. Elle pénétra dans le hall et emprunta l'escalier pour s'acheminer vers sa classe, en espérant que les parents ne viendraient pas en masse. Cela lui permettrait peut-être de rentrer tôt à la maison, de se mettre au lit, de chasser ses démons pendant son sommeil et de se réveiller en meilleure forme – comme Lauren – en ayant récupéré ses couleurs et son appétit habituels. Arrivée devant sa classe, elle ouvrit la porte fermée à clef, entra, alluma la lumière et jeta un coup d'œil circulaire. Tout semblait en ordre.

Elle regarda sa montre puis l'horloge derrière elle. Encore deux minutes et il serait sept heures. Avec un peu de chance, peut-être que personne ne se montrerait.

– Mrs. Wheeler ?

Bonnie se retourna ; un vieux couple se tenait sur le pas de la porte. Tous deux avaient largement dépassé l'âge d'être parents d'un adolescent. Ils étaient habillés sobrement, dans les tons bleus et blancs. L'homme avait des cheveux poivre et sel, parsemés de brun, à l'inverse de la femme qui était brune avec quelques cheveux blancs. Ni l'un ni l'autre ne souriaient.

– Oui, répondit Bonnie. Puis-je vous aider ?

– Nous sommes Bob et Lillian Reilly, fit la femme.

Bonnie les regarda sans comprendre. Dans aucune de ses classes elle n'avait de Reilly.

– Les grands-parents de Harold Gleason, expliqua l'homme.

– Oh oui, bien sûr ! répondit vivement Bonnie, étonnée d'avoir pu oublier qu'elle leur avait tout spécialement demandé de venir. Les grands-parents de Hasch. Excusez-moi. Il semblerait que je n'ai pas les idées très claires. Entrez.

– Votre message disait que vous souhaitiez nous parler ce soir, déclara Lillian Reilly.

– Vous disiez que c'était très important, ajouta son mari.

– Ça l'est, en effet, dit Bonnie en leur désignant les rangées de bureaux. Je vous en prie, asseyez-vous.

– Merci, mais je préfère rester debout, lui répliqua Bob Reilly tandis que sa femme décochait un timide coup d'œil sur la salle de classe.

– Je suis très heureuse que vous soyez venus, fit Bonnie. Je ne crois pas vous avoir déjà rencontrés au lycée.

– Le lycée n'est pas ce qui nous tourmente le plus, dit Lillian Reilly.

– Je doute que vous ayez la moindre chose à nous dire que nous ne sachions déjà, ajouta son mari.

Bonnie sourit. Au moins, on ne tournerait pas autour du pot.

– J'espérais en fait que vous auriez peut-être quelque chose à m'apprendre.

– Quoi par exemple ?

– Parlez-moi de votre petit-fils, commença Bonnie. Comment il est à la maison, s'il est heureux, s'il vous donne du fil à retordre, comment on élève un adolescent à votre âge. Tout ce qui vous passe par la tête et pourrait m'aider à le comprendre un peu mieux.

– Pourquoi feriez-vous ça ? demanda Bob Reilly.

– Votre petit-fils risque le renvoi, Mr. Reilly, fit Bonnie en adoptant le même ton de franchise. Et c'est vraiment dommage, parce que je crois qu'il a énormément de ressources. C'est un garçon intelligent, et je suis presque sûre qu'avec quelques encouragements de votre part...

– Vous croyez que nous ne l'encourageons pas ?

– Le faites-vous ?

– Mrs. Wheeler, dit Bob Reilly en marchant nerveusement entre les tables, vous voulez mieux connaître mon petit-fils ? Eh bien, je vais vous dire. Il est exactement comme était sa mère, un jeune paresseux, bon à rien mais fumeur de joints, qui estime que le monde a une dette envers lui. Et c'est bien possible, qui sait ? Mais ça ne change pas grand-chose à l'affaire, pas vrai ? Qu'on soit d'accord ou non, le monde est ce qu'il est. Sa mère a fini par le comprendre et il faudra bien que, tôt ou tard, Harold le comprenne à son tour.

– Et en attendant ?

– En attendant, nous veillons au grain du mieux que nous pouvons. Nous avons dit à Harold qu'il pouvait rester chez nous aussi longtemps qu'il continuerait à aller au lycée. Mais vous venez de nous dire qu'il risque d'être mis à la porte...

– Ce n'est pas qu'il n'aurait pas les moyens de passer dans la classe supérieure..., glissa Bonnie.

– Mais c'est tout bonnement qu'il ne fait strictement rien, qu'il ne rend jamais un devoir et qu'il dérange ses camarades, fit Bob Reilly. Est-ce là ce que vous vouliez nous dire ?

– Je pense qu'ensemble, peut-être, nous pourrions trouver un moyen de l'aider...

– Et qu'est-ce que vous attendez de nous, au juste, Mrs. Wheeler ? demanda Lillian Reilly. Nous ne pouvons pas l'obliger à travailler et nous n'avons assurément pas le niveau pour faire ses devoirs à sa place.

– Non, naturellement, mais peut-être qu'en étant plus attentifs à lui...

– Avez-vous des enfants adolescents, Mrs. Wheeler ? coupa Bob Reilly.

– J'ai deux beaux-enfants qui sont adolescents, oui.

– Et dans quelle mesure apprécient-ils l'intérêt que vous leur portez ?

– Eh bien, il arrive qu'ils ne le montrent pas, mais...

– Merci, je crois que vous avez répondu à la question.

Bob Reilly prit sa femme par le bras.

– Viens, Lillian. Je t'avais bien dit que ce serait du temps perdu.

– Avez-vous peur de votre petit-fils, Mr. Reilly ? demanda soudain Bonnie. Mrs. Reilly ?

Bob Reilly se raidit et sa femme lui jeta un regard anxieux.

– Votre petit-fils est en proie à une grande violence intérieure et je voudrais l'aider avant qu'il ne soit trop tard.

– C'est pour ça que vous avez envoyé la police l'interroger ? demanda le vieil homme à brûle-pourpoint. Est-ce là tout ce que vous avez trouvé pour l'aider ?

— Croyez-vous votre petit-fils capable de faire du mal à quelqu'un, Mr. Reilly ? demanda Bonnie, le cœur battant.

— Tout le monde est capable de faire du mal à quelqu'un, lui rétorqua Bob Reilly en poussant sa femme dehors.

— Comment ça s'est passé ?

Maureen Templeton interpella Bonnie alors qu'elle descendait le couloir menant au parking. Il était presque neuf heures et quart.

— Très bien, dit Bonnie. Ils étaient nombreux.

— Tu n'as pas l'air bien vaillante. Tu es sûre que tu te sens bien ?

— Oui, ça va. C'est juste un peu de fatigue, mentit Bonnie qui poussa la porte et huma l'air chaud de la nuit. Tu veux que je te dépose chez toi ?

— Non, merci. J'ai ma voiture.

Maureen montra du doigt la Chrysler foncée garée au fond du parking. Bonnie remarqua qu'il ne restait plus que quelques voitures.

Impatiente de rentrer chez elle, elle ouvrit la portière de sa voiture et y grimpa, faisant un signe à Maureen qui quittait le parking pour s'engager dans la rue, puis introduisit sa clef de contact et la tourna pour démarrer.

Rien ne se produisit.

Elle essaya alors de tourner la clef à gauche et à droite, la retira, la remit tout en appuyant frénétiquement sur l'accélérateur. Une fois ; deux fois. Le moteur n'eut pas la moindre réaction. « Oh ! Merde ! grommela Bonnie qui sentait la sueur perler sur son front. Allez ! Ne me fais pas ce coup-là. » Elle introduisit à nouveau sa clef de contact, la tourna avec acharnement d'un côté puis de l'autre tout en accélérant à fond. « Je t'en prie, épargne-moi ça ce soir. »

Bonnie jeta un coup d'œil à l'extérieur. L'obscurité s'épaississait et, en dehors de deux autres voitures, elle était seule sur le parking. Elle essaya une dernière fois de mettre le contact, sans plus de succès. « Super ! », dit-elle. Elle sortit tout en ravalant des larmes de colère et retourna vers l'école. Ses pas résonnaient dans le couloir désormais vide. Il y a quelque chose d'inquiétant dans une école en pleine nuit, songea-t-elle, ce silence anormal. Elle avait craint que la porte de la salle des professeurs ne soit fermée à clef et fut soulagée de pouvoir l'ouvrir.

Elle alluma la lumière en pensant aux deux voitures encore garées sur le parking. Peut-être qu'elles non plus n'avaient pas pu démarrer, peut-être y avait-il aussi un virus chez les voitures, se dit-elle en s'installant près du téléphone dans un coin de la pièce.

Elle composa son numéro personnel. Il fallait que Rod vienne la chercher. Ça ne lui prendrait que quelques minutes. Ils enverraient quelqu'un vérifier sa voiture demain matin.

Elle dut attendre quatre sonneries avant qu'on lui réponde.

– Allô ! fit Lauren de la voix de quelqu'un qu'on arrache à un profond sommeil.

– Désolée, Lauren. Je t'ai réveillée ?

– Qui est-ce ? demanda l'adolescente.

– C'est Bonnie.

Cette question l'aurait fait rire si elle ne s'était pas sentie si mal.

– Tu peux me passer Rod ?

– Il n'est pas là.

– Quoi ?

– Il a dû sortir.

– Ah oui ? Quand ?

– Il y a environ une heure.

– Où est-il allé ?

– Il ne l'a pas dit. Pourquoi ? Il y a un problème ?

– Ma voiture ne veut pas démarrer. Qui est à la maison avec toi ?

– Amanda. Elle dort.

– Rod t'a laissée seule avec Amanda alors que tu n'es pas bien ?

– Je me sens mieux maintenant, affirma Lauren. Je lui ai dit que ça irait. Il a dit qu'il ne serait pas long.

– Où est Sam ?

– Sorti.

Bonnie baissa la tête. Il était clair que cette conversation ne réglerait pas son problème.

– Bon, d'accord. Je crois que je vais prendre un taxi. Je ne devrais pas être trop longue.

– T'en fais pas.

– À tout à l'heure.

Bonnie raccrocha. Elle essayait de se rappeler le numéro de téléphone de la compagnie locale de taxis tout en cherchant des yeux un annuaire. Comment Rod avait-il pu sortir en laissant ses deux filles toutes seules, en particulier quand l'une d'elles était malade ? Et où était-il allé ?

Elle repéra enfin l'annuaire, par terre près du distributeur de boissons, à côté de bouteilles vides. Bonnie s'extirpa de sa chaise pour aller le chercher. En se penchant, elle entendit ses genoux craquer comme du bois sec et, soudain, la pièce se mit à tournoyer. Pendant une seconde épouvantable, elle fut incapable de faire la distinction entre le sol et le plafond. « Mon Dieu, à l'aide », murmura-t-elle en fermant les yeux tout en cherchant à se raccrocher à quelque chose. Elle essayait avec l'énergie du désespoir de maintenir son fragile équilibre. « Reste calme. Pas de panique. Ça va passer. » Elle compta jusqu'à dix avant d'ouvrir lentement les yeux.

Ça allait un petit peu mieux, mais la pièce oscillait toujours. Bonnie attendit que cela passe, tout en tournant fébrilement les pages de l'annuaire du téléphone qu'elle cornait ou déchirait au passage. Elle se demandait si sa vision allait enfin se stabiliser pour lui permettre de lire la fine écriture. Il fallait qu'elle sorte d'ici. Il fallait qu'elle rentre chez elle pour retrouver le refuge de son lit. Maudit soit Rod. Où était-il donc ?

Bonnie se releva, utilisant l'annuaire comme contrepoids pour maintenir son équilibre. Elle retourna à pas hésitants vers le téléphone, saisit le combiné d'une main en continuant à feuilleter les pages jaunes de l'autre. La forte tonalité bourdonna à son oreille comme un horrible insecte quand elle mit enfin le doigt sur la compagnie de taxis et appuya sur les premières touches.

C'est alors qu'elle prit conscience d'autres bruits autour d'elle – une porte qui se fermait au loin, puis des pas dans le hall. Lentement mais sûrement, les pas venaient dans sa direction. *Tu es en danger,* vociféra la voix de Joan dans l'appareil. Bonnie lâcha le téléphone qui continua à grésiller à ses pieds. *Tu es en danger,* répéta Joan au ras du sol. *Tu es en danger.*

– Et en plus, tu es une imbécile, lâcha Bonnie avec colère, ne sachant trop à qui elle s'adressait, à elle ou à Joan.

Son cœur battait. La tête lui tournait.

– Tu es en train de devenir folle, voilà ce qui se passe.

Les pas s'étaient rapprochés, piétinaient là, juste derrière la porte de la salle des professeurs. Complètement paralysée, Bonnie retenait sa respiration. Ce n'est que le gardien, se dit-elle. Il vient fermer à clef. Il avait peut-être remarqué que sa voiture était toujours sur le parking et venait voir, pour s'assurer que tout allait bien.

Sa voiture était-elle vraiment tombée en panne par hasard ?
Ou quelqu'un avait-il trafiqué le moteur ?

– Oh, Seigneur ! pria-t-elle à voix haute – beaucoup trop haute, songea-t-elle alors que la porte s'ouvrait. Non ! hurla-t-elle en voyant apparaître la silhouette d'un homme sur le pas de la porte.

L'homme sursauta. Bon Dieu ! hoqueta-t-il, surpris.

Il tourna la tête avec prudence comme s'il craignait une présence dans son dos.

– Qu'y a-t-il ? Que se passe-t-il ?

— Mr. Freeman ? demanda Bonnie, une fois calmée, ce qui lui avait pris suffisamment de temps pour permettre à son collègue de retrouver ses esprits.

— Mrs. Wheeler, fit-il d'un air entendu, comme s'il savait depuis le début que c'était elle. Que se passe-t-il ? Pourquoi avez-vous crié ?

— Vous m'avez effrayée, avoua Bonnie au bout d'un moment. Je ne savais pas qui c'était.

— Mais à qui diable vous attendiez-vous ? Au croque-mitaine ?

— Peut-être.

Bonnie s'effondra alors sur la chaise la plus proche sous le regard ahuri de Josh Freeman.

— Comment vous sentez-vous ?

— Un peu étourdie.

Josh se dirigea droit vers le robinet d'eau fraîche, remplit un gobelet et le lui apporta.

— Buvez un peu.

Bonnie prit le verre en carton, le porta à ses lèvres et en but le contenu d'un trait.

— Merci.

Elle s'apercevait avec surprise qu'elle trouvait à Josh Freeman une expression sympathique, comme à l'enterrement de Joan, à cause de ses yeux si étonnamment clairs.

— Ça va mieux ?

— Espérons-le. Excusez-moi de vous avoir fait peur.

— Il n'y a pas de mal, fit-il.

— J'ignorais que vous étiez encore là.

— Nous sommes les derniers, je suppose.

— Ma voiture ne démarre pas et j'allais appeler un taxi.

Il hésita.

— Vous habitez loin ?

— Non, pas loin, dans Winter Street. À quelques kilomètres.

Il hésita de nouveau.

— Je pourrais vous y conduire.

— Vraiment ?

— Qu'est-ce que ça a de si choquant ?

— C'est que vous m'évitez avec application depuis quelque temps, dit Bonnie.

— Oui, c'est vrai, admit-il. La police a-t-elle enfin procédé à une arrestation ?

Bonnie secoua la tête, essayant de ne pas trop montrer sa surprise devant son brusque changement d'attitude.

— Nous pourrions aller discuter dans ma voiture, suggéra-t-il.

Elle acquiesça, chancela un peu en se levant et le suivit hors de la salle des professeurs, le long de l'interminable couloir. Ainsi, ils allaient tout de même parler ensemble, et sur son initiative à lui, rien que ça ! Jamais elle n'aurait pu imaginer une plus belle occasion. Elle ressentit alors un brusque élancement dans les côtes, comme si on y enfonçait un doigt. Ce fut une sorte de sonnette d'alarme : cette rencontre n'était peut-être pas fortuite. Elle, elle n'y était pour rien en tout cas. C'était peut-être Josh Freeman qui avait trafiqué son moteur. Était-ce pur hasard qu'il soit là à l'attendre au moment précis où sa voiture tombait en panne ?

Oui mais, pourquoi ferait-il une chose pareille ? se demanda-t-elle, agacée, en s'efforçant de suivre son allure. Pourquoi trafiquerait-il sa voiture ? À moins qu'il n'ait quelque chose à voir avec la mort de Joan ? À moins qu'il ne soit le danger contre lequel Joan voulait la mettre en garde ? Mais quelle sorte de danger Josh Freeman pourrait-il lui faire courir ? Et quelle raison aurait-elle de le redouter ?

Alors qu'ils atteignaient le bout du couloir, elle comprit que, s'il lui arrivait quelque chose maintenant, nul ne saurait où elle était. Absolument personne ne saurait où elle avait disparu. On ne l'avait pas vue avec Josh Freeman, et on ne la verrait pas quitter l'école en sa compagnie. S'il lui arrivait quelque chose, personne ne saurait qui en était responsable. Elle ferait mieux de lui fausser compagnie tout de suite et d'appeler la police au secours. Ou de retourner à la salle des professeurs pour joindre un taxi. Le bon sens lui intimait de ne pas suivre cet homme.

– Vous venez ? demandait-il en ouvrant la porte sur l'extérieur, attendant qu'elle le rejoigne.

Bonnie respira un grand coup et le suivit dehors.

20

– Alors, expliquez-moi comment vous êtes devenue professeur ? demanda-t-il à brûle-pourpoint en virant dans Wellesley Street.

Serrée contre la portière, Bonnie s'agrippait à la poignée, pour pouvoir sortir brusquement en cas de besoin.

– Comme ça. J'ai toujours voulu être professeur, répondit-elle en s'efforçant de se rassurer devant la maladresse de Josh Freeman à engager le dialogue. Quand j'étais toute petite déjà, je savais que je voulais enseigner. Je rassemblais toutes mes poupées, je les installais en plusieurs rangées et je leur apprenais à lire et à écrire.

Quel besoin impérieux avait-elle de meubler ainsi la conversation ? Craignait-elle qu'il lui saute dessus si elle cessait de jacasser ?

– Évidemment, j'étais un meilleur prof à l'époque, fit-elle.

– Quelque chose me dit que, aujourd'hui encore, vous êtes un excellent professeur.

Elle s'obligea à sourire.

– J'aime croire que je le suis. Mais bien sûr il est impossible de toucher tout le monde.

– On dirait que vous pensez à quelqu'un en particulier.

Bonnie songeait à Hasch et à sa rencontre infructueuse avec ses grands-parents. Rien d'étonnant à ce qu'il soit tout le temps si agressif.

– Comment ça s'est passé ce soir ? demanda Josh, comme s'il était capable de lire dans ses pensées. Vous avez eu beaucoup de monde ?

– Pas mal, oui. Et vous ?

– Salle comble, fit-il, un beau sourire illuminant inopinément son visage.

Elle ne l'avait encore jamais vu sourire et trouva que cela le rendait très séduisant.

– Rien à voir avec l'école où j'étais avant, poursuivait-il.

– À New York, glissa-t-elle.

Étaient-ils entrés dans une véritable discussion ? Josh était-il vraiment prêt à lui confier un peu de lui-même ?

Il hocha la tête et son sourire s'évanouit ; on eût dit que son visage perdait soudain toute vie.

– Qu'est-ce qui vous a amené à Boston ? demanda-t-elle.

– J'avais besoin de changer d'air. Alors, pourquoi pas Boston ?

– Et vous aimez ?

– Beaucoup.

– Et votre famille ?

Elle s'était soudain rappelé que sa femme avait été tuée dans un horrible accident. C'était du moins la rumeur qui courait. Son sang ne fit qu'un tour et une vague d'appréhension l'envahit. Et s'il ne s'agissait pas le moins du monde d'un accident. S'il avait en fait tué sa femme, comme il avait tué Joan et s'apprêtait à la tuer, elle. Cette petite conversation n'avait peut-être pour but que de lui changer les idées avant de la tuer.

– Je suis seul, fit-il simplement.

– Ce doit être difficile de tout recommencer dans une ville où on ne connaît personne, hasarda-t-elle d'une voix calme mais tendue.

Ce n'était pas facile de mener deux conversations de front, même si elle connaissait par cœur l'une des deux.

– Je ne m'attendais pas à ce que ce soit simple.

– Vous êtes-vous fait des amis ?

– Quelques-uns.

– Considériez-vous Joan comme une amie ?

Bonnie espérait poser cette question avec détachement, mais sa voix se brisa sur « Joan », ce qui fit ressortir le prénom du reste de la phrase ; il résonna étrangement dans la voiture.

– Oui, je la considérais comme une amie, dit-il, les yeux résolument fixés sur la route.

– Sortiez-vous ensemble ? demanda Bonnie avec beaucoup de ménagement.

Oh, et puis zut ! S'il avait tué Joan et projetait de la tuer à son tour, autant mourir en sachant *quelque chose*.

– Non, lâcha-t-il au bout de quelques secondes, nous ne sortions pas ensemble.

– Me le diriez-vous si cela avait été le cas ?

– Probablement pas, répondit-il avec un demi-sourire qui illumina un instant son visage.

– Quel genre de relation aviez-vous exactement ?

Bonnie savait pertinemment qu'elle lui avait déjà posé cette question. Allait-il cette fois encore lui dire que ce n'était pas ses oignons ?

– Nous étions amis, âmes sœurs en quelque sorte.
– C'est-à-dire ?

Il réfléchit pendant quelques secondes.

– Nous partagions le même vide intérieur, si vous voulez, avoua-t-il finalement d'un air quelque peu embarrassé. Nous avions tous deux vécu une immense tragédie. Cela nous rapprochait, nous situait sur la même longueur d'onde.

Bonnie chercha la meilleure tournure à sa question suivante.

– J'ai cru comprendre que votre femme était morte dans un accident...

– Un accident de voiture, déclara Josh très vite. Ma femme et mon fils.

– Votre fils ?
– Il avait deux ans.
– Mon Dieu ! Pardonnez-moi.

Josh hocha la tête et ses poings serrèrent le volant à s'en faire blanchir les jointures des phalanges.

– C'était l'hiver. Les routes étaient mauvaises. Sa voiture a dérapé sur une plaque de verglas et pris de plein fouet les véhicules venant en sens inverse. Ce n'était la faute de personne et ça a été un véritable miracle qu'il n'y ait pas davantage de morts.

– C'est vraiment atroce.
– Oui, horrible.

Il y eut un long silence.

– Alors, voyez-vous, je comprenais l'immense douleur qui rongeait Joan constamment. Je savais ce que c'était de perdre un enfant. Je savais quelle épreuve elle traversait.

– Quand vous vous rencontriez, de quoi parliez-vous ? demanda Bonnie.

– De quoi parlent des amis ? murmura-t-il d'un ton rêveur. Je ne sais pas. De ce qui nous passait par la tête, nos préoccupations du moment, je suppose. Le marché de l'immobilier, l'enseignement, ses enfants, sa mère...

– De sa mère ?
– Ça vous étonne ?
– Que vous a-t-elle dit sur sa mère ?
– Pas grand-chose. Qu'elle était alcoolique et qu'elle vivait dans une institution.

– Vous saviez que la mère de Joan était dans une clinique ?
– Était-ce un secret ?

– Lui avez-vous rendu visite ?
– Non, pourquoi l'aurais-je fait ?

Bonnie regarda dehors, essayant de calmer son esprit. La discussion se déroulait trop rapidement et menaçait de lui échapper. Elle avait besoin de temps pour digérer tout ce qu'il lui avait dit, pour mettre de l'ordre dans ses pensées. Il lui donnait trop d'informations, trop vite. Pourquoi ? Alors qu'il avait été si réticent à lui parler auparavant.

– Et Sam ? demanda-t-elle.
– Oui, Sam ? Eh bien ?

Ne venait-elle pas de lui poser la question ?

– Je crois qu'il est parmi vos élèves.

Josh Freeman acquiesça.

– En effet.
– Est-ce un bon élève ?
– Excellent. Il est calme, travaille dur, est plutôt renfermé.
– Vous a-t-il parlé tant soit peu depuis l'assassinat de Joan ?
– Non, j'ai essayé une fois de l'aborder, mais il m'a fait clairement comprendre qu'il n'en avait rien à faire.

Bonnie porta son attention sur le trajet le long des rues obscures, s'attendant à reconnaître les rues familières de son quartier – DeBenedetto Drive, Forest Lane. Mais au lieu de cela elle lut Ash Street et Still Meadow Road.

– Où allez-vous ? fit-elle en se raidissant sur son siège.
– Pardon ?
– J'ai dit : où allez-vous ? Où m'emmenez-vous ainsi ?
– Je vous conduis chez vous. Où croyez-vous donc que je vous emmène ?
– Ce n'est pas le chemin pour aller chez moi, lui dit-elle, de nouveau prise de panique.

Elle envisageait déjà d'ouvrir la portière et de se jeter hors du véhicule en marche.

– Vous m'avez dit de tourner à l'ouest dans South Street.
– Nous ne sommes pas à l'ouest mais à l'est.
– Eh bien, j'ai dû me tromper, fit-il tranquillement. J'ai toujours eu un piètre sens de l'orientation.

Il ralentit, mais, au lieu de faire demi-tour, il rangea sa voiture sur le bord de la rue.

Bonnie s'agrippa à la poignée de la portière, fouilla désespérément des yeux l'obscurité en quête d'autres voitures, d'autres gens. Il n'y avait pas âme qui vive. Si elle se mettait à courir, il se lancerait à sa poursuite. Cela ne ferait pas long feu avant qu'il pose une main sur sa bouche pour l'empêcher de crier.

— Auriez-vous l'obligeance de me dire ce qui vous effraie à ce point, dit-il.

Bonnie continua à surveiller la rue du regard.

— Qui a dit que j'avais peur ?

— Réagissez-vous toujours aussi violemment lorsque quelqu'un se trompe de route ?

Bonnie pivota sur son siège pour lui faire face.

— Avez-vous tué Joan ? demanda-t-elle franchement, convaincue qu'elle n'avait plus rien à perdre.

— Quoi ?

— Vous m'avez parfaitement entendue.

— Vous êtes sérieuse ?

— Bien sûr que je suis sérieuse !

Il la singea :

— Mais bien sûr que je n'ai pas tué Joan. Et vous ?

— Quoi ? !

— Vous m'avez parfaitement entendu.

— Vous êtes sérieux ?

— Bien sûr que je suis sérieux.

— Mais bien sûr que je ne l'ai pas tuée...

Ils éclatèrent de rire tous les deux. Un petit rire étouffé tout d'abord, puis un franc éclat de rire. Des larmes roulaient sur les joues de Bonnie.

— Je crois que c'est la conversation la plus stupide que j'aie jamais eue, dit-il.

— Je voudrais pouvoir en dire autant, rétorqua Bonnie en songeant qu'elle avait eu son lot de conversations stupides ces derniers temps.

— Vous pensiez franchement que j'aurais pu tuer Joan ?

— Je ne sais pas trop ce que je pensais, reconnut Bonnie. Votre nom était dans son carnet d'adresses, je vous ai vu à son enterrement, vous refusiez de me parler et faisiez tout pour m'éviter. Pourquoi ? Pourquoi refusiez-vous de me parler ?

— J'avais la trouille, dit-il d'une voix sourde en contemplant la rue à son tour. J'ai changé de ville dans l'espoir de recoller les morceaux de ma vie, et ma première véritable amie se fait assassiner. Et comme si cela ne suffisait pas, je me retrouve interrogé par la police. Plutôt un sale truc, même pour un natif de New York.

— Qu'est-ce qu'ils vous ont demandé ?

— Il se trouve qu'ils m'ont surtout posé des questions sur vous.

— Sur moi ?

— Ce que je pensais de vous ; si je vous jugeais mentalement équilibrée ; si Joan m'avait confié avoir peur de vous.

— Si Joan avait peur de *moi* ?

– Ils ne m'ont pas caché que vous étiez leur suspect numéro un.

Bonnie éclata de rire.

– Je comprends mieux pourquoi vous ne vouliez pas me parler !

– C'était un peu déconcertant.

– Qu'est-ce qui vous a fait changer d'avis ?

– Vous, dit-il avec son demi-sourire qui s'enhardit franchement et s'attarda presque. Plus j'y réfléchissais et plus l'idée que vous puissiez tirer sur quelqu'un me semblait ridicule. Et puis, quand je vous ai vue ce soir dans la salle des profs, l'air si effrayé, si vulnérable, j'ai été convaincu que j'avais été idiot et que Joan m'en aurait voulu.

– Joan ? Que voulez-vous dire ?

– Elle vous aimait bien. Elle m'a dit un jour qu'elle était persuadée que, si les circonstances avaient été différentes, elle et vous auriez pu devenir de grandes amies.

– J'en doute, fit Bonnie, que cette idée mettait mal à l'aise.

– Vous n'êtes pas si différente d'elle, vous savez.

– Joan n'avait aucun point commun avec moi, s'entêta Bonnie, sans aucune indulgence et de nouveau au bord de la nausée.

– Physiquement non, mais sur d'autres plans importants...

– Je ne suis pas une alcoolique, Mr. Freeman.

– Je ne faisais pas allusion à la boisson, dit-il tandis que Bonnie se tortillait sur son siège, au supplice. Je pensais surtout à son honnêteté, sa ténacité, son sens de l'humour.

– Joan vous aurait-elle dit quelque chose à propos de ma fille ? demanda Bonnie en changeant de sujet.

– Simplement que c'était une ravissante petite fille.

– Rien d'autre ?

– Rien dont je me souvienne.

– Et au sujet de mon frère ?

– Votre frère ?

– Nick Lonergan.

Il eut l'air embarrassé.

– Ce nom ne m'évoque rien.

Il se tut et s'inclina vers Bonnie ; son regard magnétique la força à le regarder dans les yeux.

– À quoi riment toutes ces questions, Bonnie ? De quoi avez-vous peur ?

Bonnie prit une longue inspiration et expira lentement, regardant son souffle former un léger halo sur le pare-brise.

– J'ai peur que l'assassin de Joan ne s'en prenne aussi à ma petite fille et à moi. J'ai peur parce que personne ne croit à ce danger et parce que personne n'y croira avant qu'il ne soit trop tard.

Elle fondit en larmes.

Aussitôt, il la prit dans ses bras, l'attira contre lui et la tint serrée contre sa poitrine tandis qu'elle sanglotait.

– Ce n'est rien, disait-il d'une voix apaisante comme s'il s'agissait d'une enfant. Pleure, pleure, ce n'est rien.

– J'ai tellement peur qu'on fasse du mal à ma fille, hoquetat-elle, et je ne peux rien faire pour l'empêcher. Et je suis si fatiguée, je me sens tellement mal, alors que je ne suis jamais malade, jamais. Jamais !

– Personne ne fera de mal à ta petite fille, lui dit Josh Freeman tout en lui caressant doucement les cheveux.

Elle leva les yeux vers lui.

– Tu me le jures ? demanda-t-elle.

Elle se sentait un peu sotte mais éprouvait un furieux besoin d'entendre ces paroles.

– Je te le jure, dit-il.

Le temps qu'ils arrivent dans la contre-allée devant chez elle, Bonnie avait séché ses larmes.

– Excuse-moi, murmura-t-elle. Je n'avais pas le droit de te demander une chose pareille.

– Il n'y a pas de mal. Ça va aller ?

Bonnie hocha la tête. La voiture de Rod était dans l'allée, mais Sam était encore dehors avec la Mercedes rouge de Joan.

– Je crois que je vais aller me faire une tasse de thé et me coucher aussitôt après.

– Ça me paraît une excellente idée.

Bonnie ouvrit la portière.

– Merci d'avoir été là, lui dit-elle avec sincérité en sortant de la voiture au moment même où la porte d'entrée s'ouvrait sur la silhouette de Rod.

– Quand tu voudras.

Elle claqua la portière et Josh fit marche arrière pour sortir de la contre-allée. La seconde d'après, Rod était à côté de Bonnie.

– Qui c'était, celui-là ? demanda-t-il en l'enlaçant, puis il l'embrassa sur la joue. Où est ta voiture ?

– Sur le parking de l'école. Elle ne démarre plus. Josh m'a raccompagnée.

– Josh ?

– Josh Freeman. Le professeur de dessin de Sam.

– C'est très gentil de sa part.

– Il est gentil, dit-elle.
– N'était-il pas à l'enterrement de Joan ?
– Ils étaient amis, fit Bonnie, sur le point d'en dire plus long lorsque Rod l'interrompit.
– Bonnie, tu n'es pas en train de fourrer ton nez dans les affaires des autres, n'est-ce pas ?
– Que veux-tu dire ?
– Tu le sais très bien. Laisse la police s'occuper du meurtre de Joan, Bonnie. Tu es un amateur. Tu pourrais te brûler les ailes.
Il la conduisit à l'intérieur.
– Josh ne me ferait pas de mal, fit Bonnie, plus pour elle-même qu'à l'intention de son mari, étonnée de son changement d'attitude.
Il y avait moins d'une demi-heure, elle avait peur que cet homme ne la tue. Et voilà qu'elle était certaine qu'il ne lui ferait jamais aucun mal.
– Où étais-tu ce soir ? demanda-t-elle en pénétrant dans la cuisine. J'ai téléphoné pour savoir si tu pouvais passer me prendre et Lauren m'a dit que tu étais sorti.
– J'avais laissé du boulot au studio qu'il fallait absolument que je termine pour demain. J'étais bien obligé d'aller le chercher. Ça m'a rendu dingue. Je n'avais vraiment pas besoin de ça.
– Dure journée ?
– Existe-t-il autre chose que de dures journées ?... (Rod balaya quelques mèches rebelles sur le front de Bonnie.) Et toi ? Comment te sens-tu ?
– Pas génial.
– Veux-tu une tasse de thé ?
– Tu lis dans mes pensées.
– Je suis là pour ça.
Il alla chercher la bouilloire, la remplit d'eau, la posa sur la cuisinière.
– Monte donc et mets-toi au lit. Je t'apporterai ça quand ce sera prêt.
Bonnie lui sourit avec gratitude et se dirigea lentement vers l'escalier, les jambes lourdes, comme si elles étaient en plomb. En atteignant la dernière marche, elle obliqua d'un geste automatique vers la chambre d'Amanda.
– Mon petit ange, murmura-t-elle, penchée au-dessus du lit.
Elle dévisagea l'enfant endormie et fut de nouveau frappée par sa ressemblance avec sa demi-sœur. Elle se demanda s'il était arrivé à Lauren d'aller se coucher en serrant dans ses bras un gros oiseau en peluche ; si elle aussi avait refusé qu'on lave sa couverture préférée pour qu'elle ne perde pas sa « bonne odeur » ; si elle était tombée de son tricycle et s'était coupé la joue. Bonnie déposa de

légers baisers sur la fine cicatrice d'Amanda, prenant garde à ne pas la réveiller.

— Je t'aime, chuchota-t-elle.

Je t'aime plus, fit silencieusement la voix d'Amanda tandis qu'elle traversait le couloir. La porte de la chambre de Lauren était fermée mais il y avait encore de la lumière. Bonnie frappa doucement.

— Qui est là ? demanda Lauren de l'autre côté.

— C'est Bonnie... (Elle hésitait à entrer sans y être invitée.) Puis-je entrer ?

— C'est bon, fit Lauren.

L'adolescente était assise sur son lit, entourée de ses livres scolaires.

— Comment te sens-tu ?

— Je crois que ça va. *J'espère*. Ça me rend malade d'être malade.

— Je comprends tout à fait. Comment s'est passé le dîner samedi soir ? Nous n'avons pas encore eu le temps d'en parler.

— C'était génial, répondit Lauren, les yeux brillants d'excitation. Si tu avais vu Marla ! Elle portait une espèce de robe noire qui la moulait jusqu'en bas des pieds. Elle était impressionnante. Elle nous a chargés de te dire qu'elle était désolée de ton absence.

— Tu parles !

— J'ai l'impression qu'elle en pince pour papa.

— Ah oui ?

— Elle est restée suspendue à ses basques toute la soirée et elle gloussait à chacune de ses blagues, même quand ça n'avait rien de drôle. C'était plutôt lourdingue.

Bonnie émit un petit rire, quoique l'idée d'une Marla gloussante dans une robe moulante jusqu'aux orteils et tournant constamment autour de son mari ne fût pas des plus plaisantes.

— Mais toi, tu t'es bien amusée ?

— Super-bien.

— Tant mieux.

Bonnie se tournait déjà pour quitter la pièce.

— Bonnie...

— Oui ?

— Je pourrais te parler une minute ?

Bonnie resta plantée à côté du lit de Lauren.

— Oui, bien sûr.

— Je voulais te demander quelque chose.

— Vas-y.

— C'est personnel.

— Vas-y, répéta Bonnie ; mais voulait-elle vraiment entendre ?

– C'est à propos de toi et de papa.
– Que veux-tu savoir ?
Il y eut un long silence.
– Je vous ai vus la semaine dernière...
– Tu nous as vus...
– Au lit.
Oh, Seigneur ! gémit intérieurement Bonnie.
– Je ne l'ai pas fait exprès. C'était quand...
– Je sais quand c'était, fit vivement Bonnie.
Elle repoussa les livres pour pouvoir s'asseoir au pied du lit.
– Qu'est-ce que tu veux savoir exactement ?
– Tu avais les mains attachées, commença Lauren après un nouveau silence, laissant les mots en suspens entre elles deux.
Elle secoua la tête, visiblement incapable de rassembler les pensées qui tournoyaient dans sa tête.
– Cela te trouble, avança Bonnie.
Lauren hocha la tête.
Moi aussi, songea Bonnie.
– Nous étions en train de faire l'amour, dit-elle. Et nous nous sommes dit que cela pouvait être amusant d'essayer un truc un peu différent.
Que pouvait-elle dire d'autre ?
– Et alors ?
– C'était intéressant, répliqua Bonnie avec franchise, essayant d'imaginer la même conversation entre elle et sa mère.
Impensable ! Sa mère n'avait même jamais prononcé le mot *sexe*. Bonnie avait appris la plupart des détails osés de la bouche de son jeune frère.
– Merci, dit calmement Lauren.
– De quoi ?
– De me dire la vérité. C'était impossible de parler de ces choses avec ma mère, expliqua Lauren, comme si elle venait d'obtenir l'immense privilège de partager les secrets de Bonnie.
– Non ?
– Ne te méprends pas sur mes paroles, lâcha aussitôt Lauren, déjà sur la défensive. Elle était formidable. Ma mère était géniale. Simplement, elle n'était pas très à l'aise avec certaines choses et n'en parlait pas volontiers.
– J'espère que tu sais que tu peux parler de tout avec moi, lui dit Bonnie. Je n'aurai peut-être pas toujours les réponses, mais je suis tout à fait accessible aux questions.
Lauren baissa les yeux vers le lit, comme si elle était à la recherche d'un texte.
– J'ai un contrôle de géographie vendredi.

– Je crains de ne pouvoir t'aider dans ce domaine, fit Bonnie en riant. J'étais totalement nulle en géographie. Je ratais tous les contrôles.

Lauren éclata de rire.

– En ce cas, je peux faire mieux.

– Il n'y a aucun doute là-dessus, répliqua Bonnie en lui tapotant la main.

Aucun doute pour nous non plus, songea-t-elle en entendant le pas de Rod dans l'escalier. Tout allait finir par s'arranger.

– Tu ne viens pas te coucher ? demanda Bonnie alors que Rod lui prenait des mains la tasse de thé vide.

– J'ai encore un peu de travail à terminer. Je reviens dès que je peux.

Il l'embrassa sur le front et quitta la chambre.

Bonnie s'assit dans son lit, le regard perdu dans la lithographie de Salvador Dali sur le mur, la femme sans visage et au crâne chauve.

« Elle a meilleure mine que moi », fit Bonnie en sortant de son lit pour gagner la salle de bains.

Elle se lava le visage, se brossa les dents, se rinça la bouche un bon moment avant de recracher l'eau dans le lavabo.

Il y avait du sang.

Bonnie eut un mouvement de recul. « Mon Dieu ! »

Elle prit une autre gorgée d'eau, se rinça soigneusement la bouche et cracha. Il y avait encore plus de sang. Dès qu'elle irait mieux, il faudrait qu'elle s'achète une nouvelle brosse à dents. Les poils de celle-ci étaient vraiment trop durs.

Elle pourrait même profiter de l'occasion pour s'arrêter chez le coiffeur. Elle en avait vraiment besoin. Jamais ses cheveux n'avaient été aussi secs et ternes. Elle se regarda dans la glace et se trouva réellement affreuse.

Dans le miroir, la femme silencieuse lui retourna son regard. Un mince filet de sang s'écoulait du coin de sa bouche jusqu'au menton.

21

Le lendemain matin, Bonnie appela un mécanicien pour sa voiture. Le jeune homme, dont le nom se détachait en lettres blanches sur sa chemise grise, se prénommait Gerry. Il passa quelques minutes à regarder sous le capot, tournant un certain nombre de boutons et examinant toutes sortes de fils et de valves.
– Tout me paraît en ordre, lui dit-il.
Ses cheveux bruns, retenus en queue de cheval, lui descendaient jusqu'au milieu du dos.
– Vous avez dit qu'elle voulait pas démarrer ?
Bonnie acquiesça tout en déposant les clefs dans la paume ouverte de Gerry, qui s'installait à la place du conducteur. Elle le regarda introduire la clef et la tourner légèrement sur la droite. La voiture démarra instantanément.
Bonnie secoua la tête de stupeur en se gardant de faire un geste trop brusque. Elle n'allait pas mieux, aussi nauséeuse que la veille, et sa nuit blanche n'avait rien arrangé. Sam l'avait conduite au lycée ce matin. Lorsqu'elle lui avait demandé où il avait dormi, il s'était contenté de répondre : « Dehors ».
– Je ne comprends pas, fit Bonnie au mécanicien. J'ai essayé une bonne douzaine de fois hier soir. Ça ne marchait pas.
– Vous avez peut-être noyé le moteur.
– Je n'ai même pas réussi à l'allumer. Il était complètement à plat.
– Eh bien, le voilà bien vivant et ronflant, dit Gerry qui, pour le lui prouver, arrêta le contact puis le remit aussitôt en marche. P'têt'que vous préférez quand même qu'elle aille au garage pour vérification. Mais ça me paraît marcher très bien maintenant.
Il éteignit de nouveau le contact et sortit de la voiture.
Après le départ de Gerry, Bonnie resta là à contempler sa Caprice blanche, essayant de se rappeler exactement ce qui s'était

passé la veille au soir. Elle avait dit au revoir à Maureen Templeton, était montée dans sa voiture, avait essayé plusieurs fois de la faire démarrer, mais la Caprice était restée silencieuse. Elle se souvenait d'avoir appuyé frénétiquement sur l'accélérateur. Se pouvait-il qu'elle ait noyé le moteur ?

– Des problèmes mécaniques ? demanda une voix familière dans son dos.

Bonnie n'avait nul besoin de se retourner pour savoir de qui il s'agissait. Même s'il n'avait pas dit un mot, son seul parfum l'aurait trahi. Ce garçon ne lavait-il donc jamais ses vêtements ou ne se changeait-il pas ? Ou bien avait-il déjà fumé un joint ? Un café et un bon pétard des familles – un bon petit truc pour commencer sa journée.

– Ça a l'air d'aller maintenant, lui dit Bonnie en se retournant, aveuglée par le soleil.

Le beau visage de l'adolescent était à moitié caché derrière ses cheveux hirsutes. Malgré tout, on voyait très bien le cocard violacé qui marbrait le coin de son menton.

– Que t'est-il arrivé ? demanda-t-elle en tendant la main instinctivement.

Il sursauta et fit un pas en arrière.

– J' suis rentré dans un mur, fit-il avant d'éclater d'un rire caverneux.

– On dirait plutôt que tu es rentré dans le poing de quelqu'un.

Hasch leva un de ses bras tatoués et porta la main à son menton.

– Ouais, le vieux flanque encore de bonnes raclées.

Bonnie resta bouche bée de stupéfaction.

– Ton grand-père t'a frappé ?

– Faites-moi une faveur, Mrs. Wheeler, répliqua Hasch, n'embêtez plus jamais mes grands-parents. Ils n'apprécient pas d'être convoqués au lycée.

– Je ne peux pas croire...

– Nous vivons dans un monde violent, Mrs. Wheeler, fit Hasch. Vous ne pouvez jamais savoir quand quelqu'un va vous balancer un marron en pleine figure... ou débrancher la batterie de votre voiture pour qu'elle ne démarre pas...

– Qu'est-ce que tu dis ?

– Ou arroser de sang une mignonne petite fille...

– Mon Dieu... (Bonnie se sentait sur le point de défaillir.) Veux-tu dire que...

– Ou bien encore vous tirer une balle en plein cœur, conclut-il d'un air détaché. La police nous a rendu une petite visite au sujet de tout ça, voyez-vous... (Il se frotta la mâchoire.) Mon grand-père n'a pas apprécié non plus... (Il éclata de rire.) Ils ont posé un tas de questions pour s'informer de ce que je savais sur ce qui est arrivé à la mère de Sam et à votre petite fille. Comment elle s'appelle ? Amanda ? Ouais, elle est vraiment mignonne. Ce serait une honte si quelque chose lui arrivait. Je la surveillerais de près si j'étais vous. Bon, faut qu' j'y aille. Je veux pas arriver en retard au premier cours.

Bonnie le regarda s'éloigner, trop sonnée pour parler. Elle aurait voulu courir après lui, le terrasser, le plaquer au sol, le bourrer de coups de poing si nécessaire, pour obtenir de lui les réponses dont elle avait besoin. Mais son grand-père était passé avant elle.

Était-il étonnant que Hasch soit tel qu'il était ? Était-ce si surprenant qu'il ait besoin de drogue pour traverser chaque journée ? Et pouvait-elle réellement le plaindre après tout ce qu'il venait de sous-entendre ? Mon Dieu, il n'y avait pas une semaine, ce garçon était venu chez elle, avait pris place à la table familiale et partagé son repas. Essayait-il de lui dire à présent qu'il avait trafiqué sa voiture, balancé un seau de sang sur la tête de sa fille, qu'il était un tueur sans pitié ?

Bonnie se tourna vers le lycée au moment où un flot continu d'élèves se bousculait aux portes juste avant la sonnerie. Elle se laissa aller contre la portière, en réalisant que Hasch serait là à l'attendre au fond de sa classe, les jambes étalées avec arrogance en travers du couloir. La seconde d'après, elle était assise dans sa voiture, sortait du parking et mettait le cap sur Newton.

– Que vous a-t-il raconté au sujet de ma fille ? demanda Bonnie, avant même que le capitaine Mahoney ait eu le temps de se lever de sa chaise.

– Je vous demande une minute, Mrs. Wheeler, dit-il en remettant sa chemise blanche dans son pantalon marron.

Il réajusta encore le nœud de sa cravate marron rayée d'or en faisant le tour de son bureau.

– Je vois bien que vous êtes à bout...

– Dites-moi ce que Harold Gleason vous a raconté au sujet de ma fille, répéta Bonnie qui essayait de retrouver son calme en respirant profondément.

– Il a dit qu'il ne voyait pas du tout de quoi nous parlions.

– Avait-il un alibi pour l'heure à laquelle on a agressé ma fille ?

– Il prétend qu'il rentrait alors du lycée à son domicile.

– Peut-il le prouver ?

– Il ne peut pas prouver le contraire, répliqua le capitaine Mahoney.

– Alors, c'est comme ça ! Il dit qu'il ne l'a pas fait et vous, vous dites que c'est parfait ?

– Nous n'avons aucune preuve qu'il ait fait quoi que ce soit de répréhensible, Mrs. Wheeler. Votre fille n'a pu nous donner aucune description...

– Ma fille a trois ans.

– ... et on ne peut pas arrêter les gens pour comportement provocant, ajouta le capitaine. Vous devriez savoir ça.

Bonnie ignora l'argument. Est-ce qu'il la considérait encore comme le premier suspect dans l'assassinat de Joan ?

– Et pour Joan ? demanda-t-elle. A-t-il un alibi pour l'heure de sa mort ? Rentrait-il de l'école ce jour-là aussi ?

– C'était un jour de FC, lui rappela le capitaine Mahoney d'un ton mordant. Il a dit qu'il était avec votre beau-fils.

Bonnie sentit ses oreilles bourdonner désagréablement.

– Votre beau-fils affirme également qu'ils étaient ensemble. Ils ont raconté qu'ils vadrouillaient simplement, sans rien faire de spécial, qu'ils ne savent pas si quelqu'un les a vus ensemble ou pas. Les croyez-vous capables de mentir ?

– Je pense que Hasch est capable de mentir, oui.

– Et votre beau-fils ?

– Je suis certaine que mon beau-fils n'a rien à voir avec la mort de sa mère, déclara Bonnie en cherchant de la main le dossier d'une chaise pour s'y appuyer.

– Vous en êtes certaine ?

Le silence régna tandis que le bourdonnement la taraudait de plus belle.

– Pourrais-je avoir un verre d'eau ? demanda-t-elle.

Le capitaine Mahoney quitta la pièce et revint quelques secondes plus tard avec un gobelet rempli d'eau fraîche.

– Vous vous sentez bien ? demanda-t-il alors que Bonnie buvait son verre d'eau à petites gorgées. Vous avez plutôt mauvaise mine.

– C'est à cause de mes cheveux, fit Bonnie avec une pointe d'agacement, sans trop savoir si son impatience était à l'égard du policier ou contre elle-même. Peut-être que, si vous arrêtiez de vous polariser sur les membres de ma famille et commenciez à chercher ailleurs, vous auriez plus de chances, de découvrir le meurtrier de Joan. Il faut que je m'en aille. Désolée de vous avoir fait perdre votre temps.

– Parler avec vous est toujours d'un grand intérêt, lui lança-t-il alors qu'elle s'éloignait. Restons en contact.

– Alors, qu'est-ce qu'on lui fait aujourd'hui ? demandait la jeune femme, ciseaux en main.

Bonnie avait pris place dans un fauteuil et regardait son reflet dans le miroir qui courait sur tous les murs du salon de coiffure, en plein centre-ville. Derrière elle se tenait une grande jeune femme ; elle portait un large chapeau de feutre vert qui camouflait complètement son crâne chauve. Ce n'est pas très bon signe pour un coiffeur, songea Bonnie avant de se souvenir que Diana clamait partout que Rosie était la meilleure coiffeuse de Boston. Et il était vrai qu'elle faisait toujours du bon boulot sur la tête de Diana. Bonnie se dit que, de toute façon, ça pourrait difficilement être pire.

– Je voudrais quelque chose de nouveau.

Elle se carra au fond de son fauteuil.

– Ils sont très secs, remarqua Rosie en faisant rouler une mèche de cheveux entre ses doigts.

Bonnie songea qu'ils pourraient lui rester entre les mains.

– Je pense qu'ils ont besoin d'un traitement. Êtes-vous pressée ?

– J'ai tout mon temps, lui répondit Bonnie, qui se demandait ce qui avait bien pu la pousser à venir ici.

Elle avait appelé le lycée pour expliquer qu'elle ne se sentait pas dans son assiette et préférait ne pas prendre le risque de contaminer ses élèves, et elle se retrouvait là, en plein centre de Boston, prête à se faire pomponner. Et si quelqu'un la voyait ?

– À mon avis, un traitement et une bonne coupe ne leur feraient pas de mal, dit Rosie. Qu'en pensez-vous ?

– Je m'en remets à vous, répondit Bonnie. Faites comme bon vous semblera.

– J'adore qu'on me parle de cette manière, fit Rosie.

– Je voudrais voir le docteur Greenspoon, dit Bonnie en s'adressant au mur derrière les têtes merveilleusement coiffées d'Erica McBain et de Hyacinth Johnson. Je sais que je n'ai pas de rendez-vous, mais c'est vraiment très important.

– Je suis navrée, lui dit Hyacinth Johnson sur un ton tel qu'on aurait pu croire qu'elle l'était vraiment, mais le docteur n'est pas là aujourd'hui.

– Zut, grommela Bonnie plus fort qu'elle ne l'aurait voulu. Il faut absolument que je le voie.

Elle avait envie de hurler : « Mais regardez-moi donc ! Regardez mes cheveux. Vous ne voyez pas que je suis malade et que j'ai besoin de voir le docteur le plus vite possible ? »

– Nous avons une annulation pour mercredi prochain à dix heures, si vous voulez.

– Non, c'est trop tard.
– Malheureusement, nous n'avons rien d'autre plus tôt.
– C'est très bien, fit Bonnie. Je n'ai absolument pas besoin de voir le docteur, c'était juste une impulsion comme ça.

Une impulsion ? Elle était restée dehors, sous les fenêtres du docteur, pendant plus de deux heures à se demander si, oui ou non, elle allait y entrer. Pouvait-on appeler cela une impulsion ? Et comment pouvait-elle déclarer ainsi qu'elle n'avait pas besoin du docteur ? Elle était folle, bon sang ! Folle à lier. Il suffisait de voir ce qu'elle avait fait aujourd'hui par exemple. Elle avait déguerpi du parking du lycée sans intention particulière, avait déboulé au quartier général de la police de Newton pour réveiller l'hostilité du capitaine Mahoney, puis s'était enfoncée au cœur de Boston pour voir ses cheveux massacrés par Rosie la Cisaille. Comment avait-elle pu donner à cette femme en chapeau l'autorisation de faire tout ce qu'elle voulait avec ses cheveux ? Elle était pire qu'avant, bon Dieu ! Avec ses cheveux plus longs, elle pouvait au moins les mettre en arrière ou les ramener en avant. Qu'allait-elle pouvoir faire avec trois centimètres de cheveux ? Rosie n'avait-elle pas entendu dire que le style forçat n'avait plus cours ? Ignorait-elle que trente-cinq ans était un âge trop avancé pour une « tête de loup » excentrique ? Que dirait Rod en la voyant ?

Il lui dirait qu'elle était folle, elle en était sûre. Et il aurait raison. Elle était folle. C'est pourquoi, en sortant de chez le coiffeur, elle était venue directement ici, s'était garée et était restée assise là pendant deux heures pour trouver le courage de monter chez le docteur. Elle était complètement dingue, comme dirait Rod. N'était-ce pas les mots qu'il avait utilisés pour décrire son ex-femme à la police ? Eh bien, maintenant, il pourrait le dire d'elles deux. Ses deux femmes étaient complètement dingues. Encore une chose qu'elles avaient en commun.

Elle était givrée et elle se rendait malade, songea-t-elle. C'était simple comme bonjour. Elle n'arrivait pas à faire face à tous les changements qui s'étaient produits dans sa vie, et son corps avait trouvé là une manière de lui dire qu'elle avait besoin d'aide. C'était la grippe psychosomatique. Et le seul remède consistait en deux cents dollars de l'heure.

– Je crois que je vais prendre ce rendez-vous, si c'est d'accord, dit-elle.

Hyacinth Johnson nota tranquillement le rendez-vous sur une petite carte, comme si elle était rompue aux changements d'avis des patients, et tendit la carte à Bonnie.

– Dix heures, mercredi, répéta-t-elle. À mercredi.

— Je ne vois pas votre nom dans la liste des invités, Mrs. Wheeler, lui dit le vieux vigile qui cherchait son nom sur une feuille de ses yeux fatigués.

— Mon mari ne sait pas que je viens, fit Bonnie. J'ai pensé lui en faire la surprise.

La surprise, c'était le mot juste, se dit-elle en plongeant la main dans ce qui lui restait de cheveux, essayant de les faire bouffer un peu.

— J'ai bien peur d'être obligé de les appeler.

— Pas de problème.

— Ça m'ennuie beaucoup de vous faire ça à vous, s'excusa le vieil homme, mais ils sont très stricts avec le règlement.

— Je comprends.

— Je pourrais perdre ma place si je vous laissais entrer comme ça.

— Je raconterai à mon mari quel bon travail vous faites.

Le vigile sourit et saisit le téléphone qui reposait sur le haut comptoir de l'entrée des studios WHDH.

— C'est tout juste si je vous ai reconnue, dit-il. Vous avez changé de coiffure.

— Ça vous plaît ? fit Bonnie, pleine d'espoir, se demandant combien de temps elle pourrait tenir debout.

— C'est différent.

— Je me suis dit que les cheveux courts, ça pourrait être sympa.

— C'est court.

Oh, Seigneur ! Si le vieux vigile ne pouvait rien trouver d'agréable à lui dire, cela devait être vraiment affreux. Ne sois pas stupide, ma vieille. Cet homme n'est certainement pas un arbitre de la haute élégance. Même si lui n'aime pas ta coiffure, d'autres peuvent la trouver chouette. D'ailleurs, ce ne sont que des cheveux ; ça repousse.

Certes, mais avec des cheveux pareils il faudra bien deux ans avant qu'ils repoussent, conclut-elle alors que le vigile raccrochait.

— Ils envoient tout de suite quelqu'un vous chercher, lui dit-il.

— Merci.

Bonnie admira autour d'elle le magnifique hall d'entrée tout en marbre noir de ce luxueux quartier bostonien, à deux pas de la très chic Newburry Street. En sortant d'ici, elle pourrait aller faire des courses, histoire de se forger un nouveau style mieux adapté à sa nouvelle coupe de cheveux ; peut-être même inviter Diana à se joindre à elle. Son bureau était quelque part dans les environs. Elles iraient faire du lèche-vitrines, prendraient un café, papoteraient, toutes ces choses que deux femmes sont censées faire quand elles sont ensemble. *Sucre candi et pain d'épice. Voilà de quoi sont faites les fillettes.*

Que faisait-elle là ? Qu'est-ce qui l'avait décidée à déranger son mari au beau milieu de l'après-midi alors qu'il était débordé avant le congrès de Miami ? Si elle était délicate, elle partirait sur-le-champ. Il suffisait de tourner les talons pour vider les lieux et de dire au vigile que c'était une erreur, qu'elle était désolée d'avoir dérangé tout le monde, avec son bon souvenir à sa femme et ses enfants...

– Bonnie, Bonnie, c'est bien toi ? résonna la voix de Marla sur le marbre noir.

Elle s'avança vers Bonnie à grands pas, son corps svelte moulé dans une robe d'un violet lumineux, les boucles de ses cheveux blonds comme les blés tombant en cascades sur ses épaules.

Bonnie porta instantanément la main à ses cheveux, essayant de tirer sur une minable touffe autour de ses oreilles.

– Il ne fallait pas te déranger..., commença-t-elle.

– J'ai appris que tu étais là et nous faisions justement une pause en cours d'enregistrement...

– Mon Dieu, vous enregistrez, j'avais oublié...

– Ce n'est pas grave.

La main de Marla la prit par le coude et entraîna Bonnie dans un couloir sur la droite.

– Je suis toujours contente de te voir. As-tu fait quelque chose à tes cheveux ?

– J'avais envie de changer.

– C'est réussi, rétorqua Marla en poussant une porte sur laquelle était inscrit STUDIO.

Elles longèrent un couloir étroit et faiblement éclairé.

– Je suis vraiment désolée de vous déranger...

– Idiote ! Tu ne déranges pas. Je ne crois pas que tu sois venue ici depuis que nous avons transformé le plateau.

– Non, ça fait un moment.

Dans le foyer, elles croisèrent des jeunes femmes aguichantes en minijupes qui se plièrent en deux devant Marla.

– Le nouveau plateau a apporté d'énormes améliorations, déclarait Marla. Une idée de Rod, bien entendu. Il en avait marre de tous ces gris et verts et les a remplacés par des tons de pêche et des roses vifs, ce qui, naturellement, est bien plus agréable, et plus féminin, n'est-ce pas ?

Comprenant qu'on n'attendait pas vraiment de réponse, Bonnie garda le silence.

– Tu ne peux pas savoir le bonheur que c'est de travailler avec ton mari. J'ai eu des réalisateurs avant lui, mais laisse-moi te dire qu'il y a réalisateur et réalisateur, tu peux me croire. N'importe qui peut placer une caméra au bon endroit et te dire où t'asseoir, mais seul un très bon sait ce qui fait marcher les gens, et comment s'y prendre pour que les choses se passent comme sur des roulettes. Et il n'y a pas mieux que ton mari, c'est le meilleur, poursuivit Marla avec presque un regard d'envie.

Elle fit passer à Bonnie une porte marquée MAQUILLAGE puis une autre nommée CHAMBRE VERTE, bien que ses murs soient roses.

– C'est là que nos invités attendent, expliqua Marla en baissant la voix. C'est absolument touchant de voir à quel point ils deviennent nerveux. Tu n'as donc pas cours aujourd'hui ? demanda-t-elle dans la foulée.

– Je finissais tôt, lui répondit Bonnie, en se disant que c'était la vérité.

Elle *avait* terminé tôt. *Très* tôt.

– Le studio est là derrière.

Marla introduisit Bonnie par une autre porte grise, très lourde celle-ci. Et soudain elles se retrouvèrent dans l'univers des caméras et moniteurs, avec de gros câbles qui couraient partout sur le sol comme des plantes rampantes ou tombaient du plafond comme des lianes. Le public, quelque trois cents personnes, des femmes pour la plupart, était assis sur plusieurs rangées de sièges inconfortables, les yeux rivés sur le canapé de couleur pêche et sur le siège rose pivotant au centre du podium illuminé au fond du studio. Ce semblant de salon était entouré de palmiers en pot et de vases de fleurs coupées. Sur le mur derrière était suspendue une tapisserie moderne de bonnes dimensions dans des tons de mauve, rose et beige. Marla avait raison : c'était un énorme progrès par rapport au vieux décor. Rod avait toujours eu du goût.

– Va donc t'asseoir là-bas, dit Marla en reconnaissant une de ses fans en adoration, qui souriait de toutes ses dents au premier rang. Comme ça, si tu veux poser une question à un de nos invités, je pourrai t'atteindre facilement.

– Je ne veux pas poser de questions, fit Bonnie.

– Sait-on jamais, lui rétorqua Marla. Tu pourrais te sentir impliquée. Nous avons un programme très intéressant aujourd'hui.

– J'en suis sûre, mais je voulais seulement voir Rod un bref instant. Je n'ai pas le temps de regarder toute l'émission.

– Il ne reste qu'une demi-heure. Et de toute façon, il ne peut pas venir te voir avant la fin du tournage. Il est en régie.

Marla indiqua une pièce derrière un mur de verre haut perché au-dessus de leurs têtes, tout au fond du studio.

– Alors, assieds-toi et mets-toi à l'aise. Installe-toi et amuse-toi.

Elle poussa presque Bonnie sur un siège vide au second rang.

– Je vais dire au cameraman que tu es là pour être sûre qu'il te prenne à l'image.

– Ne fais pas ça, je t'en prie.

Bonnie passa instinctivement une main dans ses cheveux.

– Ne sois pas stupide ni timide comme ça.

Marla s'éloignait déjà.

– Et n'oublie pas de prendre la parole si tu veux provoquer un de nos invités.

– Je ne connais même pas le sujet de l'émission, protesta faiblement Bonnie, heureuse d'être assise.

– Oh, je ne te l'ai pas dit ? C'est à propos des aventures extra-conjugales... (Marla sourit, découvrant une dentition parfaite.) Nous l'avons intitulée « Les épouses-crampons ». À tout à l'heure. Amuse-toi bien.

– Elle a une aventure avec mon mari, déclarait Bonnie en faisant les cent pas devant le bureau de Diana, tournant comme un lion en cage.

– Bonnie, calme-toi.

– N'essaie pas de me dire que c'est mon imagination.

– Je n'essaie pas de te dire quoi que ce soit, fit Diana, je suis seulement en train d'essayer d'y voir clair.

Bonnie alla jusqu'à la porte-fenêtre et regarda en bas dans la rue, vingt étages plus bas. Cela lui donna le vertige et elle se recula vivement, heurtant le coin pointu du bureau en marbre vert de Diana.

– Pourquoi ne t'assieds-tu pas ? lui suggéra Diana, lui désignant les deux fauteuils rayés de vert devant son bureau.

– Je ne veux pas m'asseoir, répondit agressivement Bonnie. J'en ai assez de m'asseoir. J'ai été assise toute la journée. Elle revit le siège de sa voiture, le fauteuil dans le salon de Rosie et le fauteuil rosé du studio obscur.

– « Les épouses-crampons », elle appelait ça. (Bonnie applaudit.) Tu te rends compte ? Elle a en plus le toupet de me dire ça à moi !

– Bonnie, c'était le titre de l'émission, lui rappela Diana. Elle ne l'a pas inventé à ton intention. Il lui était impossible de savoir que tu allais passer.

– C'est la *façon* dont elle m'a lâché ça. L'allusion était trop flagrante pour ne pas l'entendre. Elle insinuait que j'étais une de ces épouses-là. Tu n'étais pas là. Tu ne l'as pas entendue.

Diana se leva de son fauteuil directorial en cuir noir, fit le tour de son bureau contre lequel elle s'appuya.

– Très bien. Alors, essayons d'y mettre de l'ordre, commença-t-elle en bon avocat, tout en tirant sur la veste de son tailleur grège. Tu as eu une altercation avec un de tes élèves ; là-dessus tu as décidé de faire l'école buissonnière et d'aller chez le coiffeur...

– Je sais, c'est horrible...

– Tu aurais pu choisir une meilleure coupe, approuva Diana, mais là n'est pas la question.

– Je ne sais pas trop où est la question.

– La véritable question, reprit Diana, c'est que, d'habitude, tu sais *toujours* repérer les problèmes. Tu ne fais jamais rien avant d'y avoir mûrement réfléchi. Et soudain, tu fais l'école buissonnière, tu vas te faire ratiboiser les cheveux et tu débarques sans crier gare au studio. Pourquoi ? Que se passe-t-il ?

– Mon mari a une aventure, rétorqua Bonnie. Voilà ce qui se passe.

– Avec Marla Brenzelle ? Je ne peux pas le croire. Même Rod a plus de bon sens que ça.

– Je sais que cela paraît ridicule à première vue, mais ça explique tout.

– Ça explique quoi ?

– Rod qui travaille tous les jours très tard. Il part très tôt le matin et ne revient pas à la maison avant tard le soir. Il lui arrive même de ressortir après être passé à la maison.

Elle pensait à la soirée de la veille.

– Il se prépare pour une importante convention à Miami. Ne part-il pas dans quelques jours ?

– Avec Marla, lui rappela Bonnie.

– C'est son patron.

– Elle a de beaux seins.

– Pardon ?

– Souviens-toi de cette lingerie sexy que j'ai trouvée dans le tiroir de Rod, que je supposais être pour moi, sauf que le soutien-gorge était trop grand.

– Bonnie, cela ne veut pas dire...

– C'était destiné à Marla, voilà pourquoi. Pas à moi. Diana, je n'imagine rien. Rappelle-toi ce que Caroline Gossett m'a raconté : Rod ne cessait de tromper Joan.

– Tu n'es pas Joan.

– Je suis la femme de Rod, où est la différence ?

– Il y en a une : Joan n'était pas très vivante.

Il y eut un brusque silence.

– Eh bien, ce n'est pas la chose la plus intelligente que j'aie pu dire, reconnut Diana en secouant la tête d'étonnement. Vas-tu essayer de le confrondre ?

— Alors, tu me crois ?

Diana haussa les épaules.

— Je ne sais pas, dit-elle. Les preuves sont minces.

— Laisse tomber l'avocate une minute et réponds en amie.

— Une amie te dirait-elle qu'il se pourrait que ton mari ait une aventure ?

Bonnie se laissa tomber dans l'un des fauteuils, sentit sa rugosité dans son cou.

— Je ne sais pas. Je ne sais plus quoi penser. Je me sens tout le temps si miteuse.

— Bien. Voici mon conseil, fit Diana.

Elle s'agenouilla devant Bonnie et posa ses mains sur ses genoux.

— Ne fais rien maintenant. Attends que Rod revienne de Miami. J'espère que d'ici là tu te sentiras mieux ; tu verras plus clairement les choses ; tes cheveux auront repoussé...

Bonnie voulut rire mais éclata en sanglots.

— Désolée.

— De quoi ?

— D'agir ainsi comme une idiote, de débarquer dans ton bureau en plein après-midi...

— Tu n'as pas à t'excuser.

— C'est que je suis complètement perdue.

— Rentre chez toi et mets-toi au lit. Tu n'as vraiment pas bonne mine et ce n'est pas seulement à cause de tes cheveux. Tu devrais peut-être voir un médecin.

— Je vais bien, affirma Bonnie en se levant.

— Tu te sens assez bien pour conduire jusque chez toi ?

Bonnie hocha la tête.

— Je t'appellerai plus tard, dit-elle.

22

Le samedi suivant, Rod faisait ses bagages pour Miami.
– Je n'ai guère envie de partir quand je te vois dans cet état, disait-il tout en fourrant sa trousse de toilette dans sa valise.
– Ça ira, lui répondit Bonnie en s'asseyant avec précaution sur le bord du lit.
Elle le regarda en faisant un effort pour avoir l'air aussi bien portante que possible.
– Tu n'as pas bonne mine.
– Ce sont mes cheveux.
– Quels cheveux ? plaisanta-t-il. Elle en a plus que toi.
Son regard alla se poser sur la lithographie de Dali sur le mur. La femme chauve sans visage renvoya à Bonnie un regard vide.
– J'ai pensé à m'acheter une perruque.
– Fais-moi plaisir, Bonnie. N'en fais rien.
Il arrêta de remplir sa valise et vint s'asseoir près d'elle.
– Écoute, c'est complètement fou que je parte maintenant. Tu n'es absolument pas en état de t'occuper de trois enfants toute seule. Et si Lauren retombait malade ? Ou Amanda ?
– Elles iront bien. Nous serons tous en forme, insista Bonnie.
– Je pourrais appeler Marla pour lui dire que je n'arriverai que lundi. Le congrès ne commence pas avant, de toute façon. Je ne raterai rien.
– Tu as dit que tu devais y aller suffisamment tôt pour tout préparer...
– Ils se débrouilleront sans moi.
– Impossible.
Bonnie se leva, plia la dernière chemise et la déposa dans la valise, comme si ce geste mettait un point final à la discussion.
– Allez, Rod, tout ce que tu gagnerais en ne partant pas, c'est de me faire sentir coupable.

Il ouvrit la bouche pour protester, puis se ravisa.

— Très bien, mais tu as le téléphone de l'hôtel. S'il se passe quoi que ce soit et que tu aies besoin de moi, tu m'appelles immédiatement.

— Il n'arrivera rien.

— Et si tu ne te sens pas mieux d'ici lundi, je veux que tu ailles voir un médecin.

— J'ai déjà pris rendez-vous, lui dit Bonnie en songeant que le docteur Greenspoon ne devait pas être le genre de médecin dont Rod parlait.

— Parfait. Te voilà raisonnable à présent... (Il regarda autour de lui.) J'ai tout pris ?

— Ton maillot de bain.

— Je n'aurai pas le temps de me baigner, fit-il en l'embrassant sur le bout du nez.

— À quelle heure la limousine passe-t-elle te chercher ?

Rod consulta sa montre.

— Dans dix minutes. Tu es sûre que ça ira ?

— J'en suis sûre.

Il ferma sa valise, la boucla et la souleva.

— Où sont les enfants ?

— Lauren est en train de lire une histoire à Amanda dans sa chambre. Sam est chez Diana.

Rod tressaillit.

— Qu'est-ce qu'il y fait ?

— Apparemment, Diana a trouvé toutes sortes de petits boulots à lui faire faire. Elle le paie dix dollars de l'heure.

— Cette femme a plus de fric que de cervelle, fit Rod en manière de conclusion.

Il porta sa valise jusqu'au couloir puis appela :

— Amanda ? Lauren ? Où sont ces filles ? Venez dire au revoir à votre père.

Ne pars pas, voulait lui dire Bonnie en le regardant serrer les filles dans ses bras. Reste pour t'occuper de nous. Envoie quelqu'un d'autre en Floride. Laisse quelqu'un d'autre tenir compagnie à Marla. Reste ici avec ta famille. Dors avec moi dans notre lit. Ne t'introduis pas dans le lit d'une femme que je méprise. N'oublie pas comme on s'entend bien tous les deux.

Bonnie soupira mais ne dit rien. Comment pourrait-il se rappeler leur entente amoureuse quand la dernière fois qu'ils avaient fait l'amour était cette damnée soirée où Lauren s'était sentie mal pour la première fois ? Depuis, ou bien il était rentré trop tard du studio ou c'était elle qui allait mal. La nuit dernière, elle avait espéré rassembler les forces nécessaires, mais les nausées s'étaient montrées finalement plus fortes que le désir. La simple idée de faire l'amour s'était révélée à peu près aussi attrayante que celle de courir le Marathon de Boston.

Et maintenant Rod partait sous les palmiers de Floride pour toute une semaine en compagnie d'une femme avec laquelle il avait probablement une aventure. Le plus beau, c'est que non seulement Bonnie ne lui demandait pas de rester, mais qu'en plus elle le pressait de partir en lui affirmant qu'elle se sentirait coupable s'il n'y allait pas.

Tu es une brave petite, lui aurait dit sa mère.

Non, pas brave, méditait Bonnie tandis que Rod lui faisait signe de venir se lover dans ses bras entre ses deux filles. Stupide. Elle était stupide de laisser son mari s'envoler pour Miami avec Marla. Mais, en étant réaliste, avait-elle d'autre choix désormais ? Comment pourrait-elle le retenir s'il tenait tant à partir ? Au mieux, elle n'aurait pu que différer l'inévitable.

– Tu t'occuperas bien de ta maman ? demandait Rod à Amanda.

– Maman ne se sent pas bien, fit Amanda d'un air très sérieux.

– Non, pas très bien. Alors il va falloir être une gentille petite fille et bien l'écouter.

– D'accord.

– Je l'aiderai, fit Lauren. Je peux emmener Amanda au parc tout à l'heure si elle en a envie.

– Au parc ?

L'enfant se mit à bondir de joie.

– Plus tard, intima Lauren sur un ton très adulte. Si tu es très gentille.

– Je suis une gentille petite fille, rétorqua Amanda.

Bonnie en frémit.

– Il ne faut pas être une brave petite, murmura Bonnie.

– Pardon ? Tu as dit quelque chose, ma chérie ? demanda Rod.

La sonnerie du téléphone retentit.

– J'y vais, proposa Lauren, qui se précipita dans la chambre de Bonnie et saisit l'appareil au milieu de la troisième sonnerie. Allô !... (Il y eut un bref silence.) Je suis désolée mais elle ne peut pas venir au téléphone pour l'instant. Puis-je prendre un message ?

Il y eut un autre silence, plus long celui-ci, plus pesant. Bonnie sentit que Lauren retenait sa respiration.

– Quand ?... demanda Lauren d'une voix fluette de toute petite fille, la gorge nouée. (Puis :) Comment ?... (Un autre long silence suivit.) Oui. Merci d'avoir appelé. Je vais le lui dire.

– Qui était-ce ? demanda Bonnie à Lauren qui sortait de la

chambre avec lenteur, le visage exsangue et les yeux éteints. Lauren, qui était-ce ? Qu'est-ce qu'on t'a dit ?

– Que se passe-t-il, ma puce ? demanda Rod à son tour.

– C'était une des infirmières du Centre psychiatrique Melrose, répondit Lauren d'une voix blanche qui ne paraissait pas lui appartenir. Ma grand-mère est décédée cette nuit.

– Quoi ? (Bonnie ne pouvait le croire.) Comment ?

– L'infirmière a dit qu'elle était dans le coma depuis plusieurs jours et qu'elle était morte cette nuit. J'y crois pas, poursuivit Lauren, faisant écho aux pensées de Bonnie. Comment est-ce possible ? Nous l'avons vue la semaine dernière.

– C'était une vieille dame, fit Rod. Et elle souffrait. C'est mieux ainsi.

– Mais nous venons juste de la voir, répéta Lauren d'un air hébété.

– Ce qui est une grande chance, quand on y songe, lui dit son père. Vous avez pu revoir votre grand-mère avant sa mort ; et elle vous a vus. Je suis sûr que cela lui a fait très plaisir.

– Elle m'avait reconnue, fit Lauren avec un pâle sourire qui fut emporté par un flot de larmes.

Rod attira sa fille aînée dans ses bras.

– Je suis navré pour ta grand-mère, ma puce.

– Mamie Sally est morte ? demanda Amanda à sa mère, bouche bée, les yeux arrondis comme deux grosses billes bleues.

– Non, mon cœur, lui répondit Bonnie. Mamie Sally va très bien. Il s'agit de la grand-mère de Sam et de Lauren.

– Pas la mienne ? insista Amanda.

– Non, pas la tienne.

– Ta maman ?

– Non, mon bébé, répondit Bonnie, pas vraiment en forme pour entamer ce genre de conversation à ce moment précis. Ma maman est morte il y a quelques années.

– Elle avait quel âge quand elle est morte ?

– Soixante ans, fit Bonnie d'un air absent, revoyant sa mère assise dans son lit, le visage caché dans l'ombre.

– Quel âge as-tu ? demanda nerveusement la fillette.

– Elle est très loin de soixante ans, intervint Rod pour soulager Bonnie. Ne t'inquiète pas. Ta maman sera là encore très, très longtemps.

– Mais tu es malade. Est-ce que tu vas mourir ? s'obstina Amanda, les traits ravagés, tout chiffonnés par la douleur.

Bonnie entendit alors Joan s'écrier : *Vous êtes en danger, toi et Amanda*. Un frisson lui parcourut le corps comme une décharge électrique.

— Je ne vais pas mourir. Je vais aller très bien.

Vous êtes en danger, cria Joan à nouveau, *toi et Amanda.*

— Personne ne mourra ici, proféra Rod avec force. Tu m'as bien compris ? Personne ne meurt quand papa n'est pas là.

Un coup énergique fut frappé à la porte, suivi d'un coup de sonnette.

— Ce doit être ma limousine, fit Rod en regardant sa montre.

— Le chauffeur est en avance.

— Je vais lui dire d'attendre.

— Non, tu es prêt, dit Bonnie à son mari. Vas-y. C'est inutile de rester.

— Je vois trois bonnes raisons là devant moi, fit-il.

Bonnie songea avec espoir qu'elle faisait peut-être erreur. Que Marla n'était peut-être pas la maîtresse de Rod. Qu'elle s'était peut-être mise dans un état pareil pour rien.

— Trois raisons pour revenir sain et sauf, lâcha-t-elle.

Rod se pencha pour l'embrasser tendrement sur les lèvres.

— Je t'appellerai tous les soirs.

— C'est inutile.

— Essaie de m'en empêcher.

Je voudrais bien pouvoir, se dit Bonnie en le regardant descendre dans l'escalier et disparaître dans la limousine.

Bonnie dormait quand elle entendit la sonnette de la porte d'entrée. Elle crut tout d'abord que c'était dans son rêve – elle errait dans les couloirs du Centre psychiatrique Melrose et les alarmes d'incendie s'étaient déclenchées ; mais elle réalisa ensuite qu'il s'agissait de la sonnette. Elle ouvrit les yeux et regarda l'heure au réveil. Il était deux heures et quart. Le soleil éclatant qui pénétrait dans sa chambre l'informa que c'était encore l'après-midi. Elle n'avait donc pas sombré dans le sommeil toute la journée. C'était toujours ça, se dit-elle en attendant que quelqu'un aille ouvrir, curieuse de qui cela pouvait être. Mais, comme personne ne répondait à la sonnette qui insistait, Bonnie dut s'extraire de son lit.

Elle se souvint, en enfilant une robe de chambre sur sa chemise de nuit, que Lauren avait dû emmener Amanda au parc. Elle descendit l'escalier avec précaution. Sam devait être encore chez Diana et l'avion de Rod allait atterrir à Miami. Elle se demanda si Marla était du genre trouillarde en avion et si les mains rassurantes de Rod ne s'étaient pas fermement resserrées sur les siennes.

La sonnette retentit une nouvelle fois.

— Voilà, fit Bonnie en atteignant la porte et la tirant vers elle.

Joan se tenait sur le pas de la porte.

— J'aime tes cheveux, dit-elle en passant devant Bonnie pour gagner le salon à l'autre extrémité de la maison.

Bonnie contempla le dos de Joan, ses boucles roux Titien qui tombaient en cascade sur ses épaules. Eh bien, ce doit être un rêve, conclut-elle. Détendue à cette idée, elle suivit Joan dans le salon et prit place en face d'elle dans le canapé vert pâle.

— Tu as l'air en forme, dit Bonnie à l'ex-femme de son mari, tout en cherchant des traces d'impacts de balle sur sa poitrine plus qu'opulente. Il n'y en avait pas. Joan était immaculée dans un tailleur pantalon de lin blanc, aussi impressionnante morte que vivante.

— Je ne peux pas en dire autant de toi, répliqua Joan. Tu aurais quelque chose à boire ?

— Que dirais-tu d'un thé ? demanda Bonnie.

— Du thé ? Tu te fiches de moi ? Je ne touche jamais à ce breuvage. Le thé est mauvais pour toi. Tu l'ignorais ?

— Oui, je l'ignorais.

— Tu as bien un petit alcool ?

— Oui, je crois.

— Sers-t'en un aussi, cria Joan alors que Bonnie allait dans la salle à manger chercher une bouteille de cognac dans le placard.

Elle revint avec deux petits verres pleins.

— À la tienne ! fit Joan en levant son verre pour trinquer puis avalant son contenu d'une traite.

Bonnie sirota le sien à petites gorgées.

— Qu'est-ce que tu viens faire ici ?

— Il ne te reste plus beaucoup de temps, lui répondit Joan très prosaïquement en déposant son verre vide sur la table basse. Tu ne le vois pas ? Ne sens-tu pas que l'heure approche ?

— Il faut que tu m'aides, l'exhorta Bonnie, qui se leva d'un bond et s'avança suppliante vers Joan.

— Aide-toi toi-même, lui répondit Joan en attrapant le verre de Bonnie sur la table.

Bonnie vit Joan le porter à ses lèvres entrouvertes. Mais, au moment où le verre allait atteindre sa bouche, Joan l'inclina à la hauteur de sa gorge et renversa le cognac sur sa veste. Sur le lin blanc, une tache cramoisie se développa ; on aurait dit qu'un acide creusait un large trou dans sa poitrine.

— Joan ! hurla Bonnie, qui voyait la femme se dissoudre jusqu'à ce qu'il ne reste plus d'elle qu'une grosse tache sur le tapis du salon.

Le rêve s'arrêta là et tout devint noir.

— Bonnie ? appelait une voix. Bonnie, ça va ? Qu'est-ce que tu fais dans le salon ?

– Maman ! s'écria joyeusement Amanda en sautant sur les genoux de sa mère qui luttait pour ouvrir les yeux. Est-ce que tu vas mieux maintenant ?

Bonnie jeta un regard autour d'elle, essayant de comprendre ce qui se passait. S'agissait-il d'un autre rêve ? Était-ce la réalité ? C'était pour elle de plus en plus difficile de distinguer entre les deux.

Elle était assise sur le canapé dans le salon. Amanda était sur ses genoux et ses petites mains potelées jouaient avec ce qui lui restait de cheveux. Lauren attendait sur le seuil avec une pointe d'étonnement dans le regard. Sur la table basse devant le canapé reposaient deux petits verres à liqueur, un vide et l'autre presque plein. Et sur le tapis à ses pieds, il y avait une large tache sombre.

– Quelqu'un est venu ? demanda Lauren.

– On est allé au terrain de jeux, fit Amanda. Lauren m'a poussée dans les balançoires. Haut comme ça, ajouta-t-elle en éclatant de rire.

Les yeux de Bonnie se posèrent sur Lauren, puis sur le verre vide, sur le sol, et revinrent à Lauren.

– J'ai dû me déplacer en dormant, dit-elle au bout de quelques secondes.

– Wouah ! fit Lauren. Et tu as bu quelque chose en dormant ?

Bonnie fit claquer sa langue pour voir si sa salive avait un goût d'alcool.

– Je pense que j'ai bu une gorgée de quelque chose.

– On dirait que la majeure partie a fini par terre. Je vais le nettoyer.

– Ce n'est pas la peine.

Lauren était déjà partie en direction de la cuisine.

– C'est bon. Ça ne me dérange pas. Veux-tu que je te fasse un peu de thé ?

Du thé ? Je ne touche jamais à ce breuvage, avait dit Joan. *Le thé est mauvais pour toi. L'ignorais-tu ?*

– Non, répondit Bonnie en serrant sa fille contre sa poitrine. Non merci, pas de thé.

– Je me suis dit que tu voudrais peut-être manger un peu, dit Sam quand Bonnie ouvrit les yeux.

Il était debout au pied de son lit.

Bonnie se souleva sur ses coudes et regarda son réveil. Il était presque sept heures.

– C'est le soir ou le matin ? demanda-t-elle.

Sam rit.

– C'est le soir.

Il posa délicatement le plateau sur ses genoux.

Bonnie ne savait pas trop si elle était soulagée ou déçue. D'un côté, elle n'avait pas perdu tellement de temps. Mais, de l'autre, elle avait encore toute une nuit devant elle. Un peu de nourriture l'aiderait peut-être, songea-t-elle en sentant la faim lui tirailler l'estomac malgré son mal au cœur. Elle n'avait pas beaucoup mangé la dernière semaine. C'était peut-être pour ça qu'elle se sentait si faible. Il fallait qu'elle grignote quelque chose pour reprendre des forces.

– Qu'est-ce que tu m'as apporté ? demanda-t-elle.
– Du poulet, de la soupe et des toasts. Et du thé.
– Je crois que j'en ai marre du thé, dit-elle.

Elle porta à sa bouche une cuillerée de soupe chaude qu'elle but à petites gorgées.

– C'est bon, fit-elle avec un sourire. Merci.
– De rien, répondit Sam en s'attardant à côté d'elle.
– Alors, cette journée ?
– Super ! J'ai resserré quelques vis, emballé des vieilles fringues et des livres pour l'Armée du Salut. Des trucs comme ça. Diana m'a demandé si je voulais refaire sa salle de bains.
– Et alors, tu veux ?
– Ouais, je crois. Je peux toujours essayer. Elle doit aller à New York deux ou trois jours la semaine prochaine et elle m'a donné ses clés. Elle m'a dit de me débrouiller.
– Très bien, fit Bonnie avant d'avaler une autre cuillerée de soupe, puis un petit morceau de toast tartiné d'une savoureuse confiture de mûres.

Le téléphone sonna.

– C'est sûrement ton père, remarqua Bonnie alors que Sam décrochait et lui tendait le combiné sans un mot. Allô ? dit-elle en regardant Sam danser d'un pied sur l'autre. Allô ? lança-t-elle une seconde fois, personne n'ayant répondu.

Il y eut un déclic bizarre et la ligne sonna occupée.

– Sans doute une erreur.

Elle tendit le combiné à Sam, qui raccrocha.

– Qu'est-ce que tu prévois pour ce soir ? demanda-t-elle, voyant qu'il ne faisait pas un mouvement pour partir.
– J' sais pas vraiment. Hasch doit passer un peu plus tard.
– Hasch ?
– Si tu es d'accord.
– Je ne sais pas..., commença Bonnie.

Le téléphone sonna de nouveau. Elle lui jeta un œil circonspect.

– Je prends, proposa Sam avant d'aboyer un « allô » dans le combiné – grognement qui signifiait : « on blague pas avec moi ». Oh, salut, papa, fit-il ensuite d'un air penaud. C'est comment la Floride ? Ouais, elle est juste à côté de moi, je te la passe... (Il tendit l'appareil à Bonnie.) Je te laisse, proclama-t-il en quittant la chambre à reculons.

Bonnie força un peu le ton pour paraître légère.
– Rod ? Bonsoir. Comment s'est passé ton voyage ?
Le vol s'était bien passé. Il y avait eu quelques turbulences au début et ensuite vogue la galère, fit-il en riant de l'expression. Il prit de ses nouvelles et elle mentit en disant que ça allait beaucoup mieux et qu'elle pensait que le pire était passé. Il lui conseilla de se ménager, de ne pas essayer d'en faire trop. Elle lui renvoya la balle. Il ajouta qu'il l'aimait. Elle répondit qu'elle l'aimait encore plus. Puis ils se dirent au revoir.

Bonnie raccrocha, finit la soupe et les toasts, et se rendormit.

Dans son rêve, elle montait un plateau de nourriture dans sa chambre. Alors qu'elle allait atteindre la dernière marche, elle sentit une odeur à la fois familière et entêtante. En arrivant sur le palier, elle sut immédiatement que c'était le parfum écœurant de fleurs envahissantes. Elle s'engagea dans le couloir pour rejoindre sa chambre.

Sam était en train de retapisser les murs de la salle de bains. Elle reconnut aussitôt le papier peint – le sombre papier de son enfance, avec son assortiment de fleurs oppressantes qui menaçaient toujours de se détacher du mur pour l'ensevelir vivante.

– Qu'est-ce que tu fais ? demanda-t-elle. Enlève-moi ce papier tout de suite.

– Impossible, répondit tranquillement Sam. C'est celui qu'elle voulait.

Il montra le lit du doigt.

Lentement, Bonnie suivit des yeux le doigt de Sam. Calée contre ses oreillers, Elsa Langer regardait Bonnie s'approcher. Mais plus celle-ci se rapprochait, moins elle distinguait les traits d'Elsa. Ils s'estompèrent puis se volatilisèrent. Lorsque Bonnie eut atteint le lit, elle n'avait plus de visage du tout et ressemblait à la femme de la lithographie de Dali.

Ou bien c'était la mort ? se demanda Bonnie en se réveillant en sursaut, le cœur battant, assourdie par la musique rock qui hurlait d'une pièce voisine, emplissant l'espace autour d'elle. Ce n'était que la stéréo de Sam. Rassurée, elle regarda par la fenêtre et remarqua la pleine lune. C'était peut-être la lune qui était responsable de tous ces rêves étranges. Cette fois au moins, elle ne s'était pas promenée dans son sommeil. Elle se souvenait que, la dernière fois que cela lui était arrivé, elle avait à peu près l'âge de Lauren. Sa mère l'avait retrouvée endormie devant la porte d'entrée, une mallette prête à la main. C'était peu après le départ de son père, le souvenir était précis.

Bonnie entendit du bruit dans le couloir, puis des voix curieuses et des rires.

— Sam ? appela-t-elle. Sam, c'est toi ? Qu'est-ce qui se passe ?

— Ce n'est pas Sam, fit une voix en même temps qu'une ombre se glissait dans la chambre.

Il était grand et mince, et tendait deux bras musclés à la hauteur de ses épaules. Hasch ! Elle eut le souffle coupé lorsqu'elle vit le serpent qui se cabrait et se tortillait entre ses mains.

— Comment vous sentez-vous, Mrs. Wheeler ?

Il fit quelques pas vers elle.

— Où est Sam ? demanda-t-elle.

— Il est sorti pour fumer.

Bonnie entendit des rires.

— Qu'est-ce qui se passe ici ?

— Sam reçoit quelques copains, c'est tout, fit Hasch en tirant sur le serpent comme sur une corde. Il a pensé que vous seriez d'accord. Nous nous sommes tous très bien tenus, les nanas comme les mecs.

— Je ne me sens pas très bien, lui dit Bonnie. Je regrette, mais vous devriez partir.

Hasch s'avança jusqu'au pied du lit. Il tenait le serpent par la queue et le balançait mollement d'avant en arrière.

— Fais attention, lui conseilla Bonnie. Il a horreur de tomber.

— Ah ouais ? fit-il en agitant l'animal de gauche à droite à la manière d'un pendule.

— Va-t'en, s'il te plaît, lança Bonnie sur un ton qu'elle essaya de rendre ferme et autoritaire. Je ne me sens pas bien.

— Qu'avez-vous fait à vos cheveux ? demanda Hasch en s'approchant encore.

Bonnie ferma les yeux. Faites qu'il ne s'agisse que d'un rêve, pria-t-elle.

— Hasch ? appela une jeune fille depuis le couloir. Où es-tu ?

— J' suis là, fit-il en enroulant le serpent autour de son cou comme un châle avant de se retirer. On se reverra, Mrs. Wheeler.

Bonnie gagna la salle de bains à petits pas et vomit.

Le téléphone sonna à trois heures du matin. Bonnie chercha le combiné à tâtons, le colla contre son oreille, marmonna un « allô » et attendit. Il n'y eut pas de réponse.

— Allô ! répéta-t-elle, près de raccrocher, lorsqu'elle perçut le même étrange déclic qu'elle avait entendu auparavant. Puis, comme la première fois, la ligne fut coupée.

Tu es en danger, lui cria Joan dans le combiné, *toi et ta fille.*

Bonnie sauta hors de son lit et courut jusqu'à la chambre d'Amanda. Elle ouvrit la porte et se précipita près du lit, ne se tranquillisant qu'à la vue de sa fille profondément endormie, allongée sur le dos entre son ours rose et Kermit la grenouille. Elle l'embrassa sur le front et sortit doucement de la chambre en essayant de reprendre sa respiration. Que lui arrivait-il ? Elle agissait comme une folle. Était-elle donc totalement incapable de maîtriser ses émotions ?

La maison était calme. Tout le monde était parti. Si toutefois il y avait eu du monde ici, songea Bonnie qui n'était plus capable de distinguer entre le rêve et la réalité. Il se pouvait que le désagréable épisode avec Hasch ne soit qu'un rêve d'un bout à l'autre. *Je vis ma vie en la rêvant,* comme disait la vieille chanson des Everly Brothers qui lui revenait à l'esprit.

Elle s'assura que Lauren allait bien ; la trouva étendue en travers de son lit, ses couvertures en boule sur les pieds. Bonnie les remonta doucement sur les épaules de l'adolescente, puis quitta la chambre sur la pointe des pieds.

Enfin, elle risqua un œil chez Sam. Il était couché tout habillé sur le canapé, et les rayons de la pleine lune braqués sur son visage faisaient ressortir une ressemblance avec sa mère que Bonnie n'avait jamais remarquée avant. Elle se retourna pour quitter la chambre quand son pied nu frôla quelque chose. Il devait s'agir d'un bout de papier. En le ramassant, elle s'aperçut que ce n'était pas du papier mais une photographie. C'était le cliché qu'on avait pris d'Amanda devant les vitrines de Noël l'hiver dernier. Son cadre en argent gisait brisé sur le sol.

Bonnie ramassa le cadre et s'apprêtait à le poser sur le bureau quand elle se figea, le regard attiré par les ombres curieuses que jetait la lumière lunaire sur le verre de l'aquarium. Elle regarda à l'intérieur et fut prise de tremblements. L'aquarium était vide. Le serpent avait disparu.

23

– Vous êtes en avance, fit Hyacinth Johnson en guise de salutations quand Bonnie entra dans le cabinet du docteur Greenspoon le mercredi matin suivant.
– Oh, vraiment ?

Bonnie regarda sa montre en feignant la surprise. En réalité, cela faisait déjà plus d'une heure qu'elle attendait dans sa voiture, garée au bout de la rue. Elle avait quitté son domicile aussitôt après le départ d'Amanda et des deux grands pour l'école. Elle ne voulait pas passer une minute de plus que nécessaire à la maison, car Dieu seul savait ce qui l'attendait au détour d'un pan de mur.

Après avoir constaté que l'aquarium de L'il Abner était vide, elle avait aussitôt réveillé Sam et ils avaient fouillé la maison ensemble sans résultat. Le dimanche matin, à peine debout, Sam avait appelé Hasch pour lui demander si c'était lui qui s'était éclipsé avec son précieux bien. Mais Hasch avait affirmé avec force ne rien savoir de la disparition de L'il Abner, tout en reconnaissant qu'il était possible qu'il n'ait pas bien assuré le couvercle lorsqu'il avait remis le serpent à sa place. Il avoua qu'il était bien « chargé ».

Sam et Bonnie continuèrent à fouiller la maison de fond en comble, passant au peigne fin chaque recoin, chaque placard, chaque meuble et tous les appuis de fenêtres. Rien. « Il est forcément dans un endroit chaud », avait dit Sam. Ils vérifiaient et revérifiaient donc, à intervalles réguliers, de jour comme de nuit, les abords de la chaudière et du réservoir d'eau chaude, mais L'il Abner ne daignait pas se montrer.

Bonnie venait de s'asseoir dans la salle d'attente du docteur Greenspoon. Elle remarqua que Hyacinth Johnson et Erica McBain était vêtues de noir et de blanc en asymétrie l'une par rapport à l'autre. Se donnaient-elles le mot pour constituer leur garde-robe ? La planifiaient-elles longtemps à l'avance ? Bonnie ramassa un magazine sur une petite table qu'elle feuilleta négligemment – les derniers potins sur la famille royale, sur Michael Jackson –, mais son esprit était incapable de se concentrer sur autre chose que le reptile égaré. Elle se rappela avoir lu un jour l'histoire d'un homme qui avait découvert un serpent dans ses toilettes en pleine nuit. Il avait ouvert la porte de la salle de bains, allumé la lumière, et il s'était trouvé nez à nez avec la bête, dont la tête dépassait tel un périscope de la cuvette des WC.

– Faites que ceci ne m'arrive pas, supplia-t-elle à haute voix, c'est plus que je ne saurais en supporter.

– Excusez-moi, vous avez dit quelque chose ? demanda Erica McBain.

– Non, non, je parlais toute seule, fit Bonnie en se demandant si ce n'était pas précisément ce que faisaient les fous.

– Cela m'arrive tout le temps, déclara Erica comme pour la rassurer.

Une fois que toutes les recherches pour retrouver le boa constrictor s'étaient révélées vaines, Bonnie avait appelé les services municipaux, le plombier, la SPA et même le zoo. Personne n'y pouvait rien. On lui répondit que, si le serpent avait quitté la maison, il se trouverait tôt ou tard quelqu'un pour le localiser et avertir la police. S'il avait réussi tant bien que mal à se glisser dans les tuyauteries de la maison, il pouvait se passer des jours, des semaines, des mois, bref des lustres avant qu'il ne réapparaisse, si toutefois il refaisait surface.

« Saleté de Hasch, avait marmonné Sam, visiblement remué. Je lui avais dit de foutre la paix à L'il Abner. »

Saleté de Hasch, je suis d'accord, songea Bonnie.

« Il reviendra, avait-elle répondu à Sam. Nous le retrouverons.

– Il aura bientôt faim, avait dit Sam, inquiet. Il peut devenir mauvais quand il a faim. »

Depuis lors, Bonnie n'avait pu fermer l'œil. Elle avait, littéralement, peur de son ombre. Les dernières nuits, elle était restée éveillée dans son lit, sursautant à la moindre variation d'intensité de la lumière lunaire à travers les rideaux de sa chambre, allant constamment s'assurer que tout était normal chez Amanda et Lauren, et réconfortant Sam qui avait introduit deux petites souris blanches dans l'aquarium de L'il Abner dans l'espoir de l'allécher.

– Voulez-vous une tasse de café ? offrit Hyacinth Johnson. Je viens juste d'en faire.

– Non, merci.

Elle n'avait vraiment pas besoin d'un excitant, mais en même temps il fallait absolument qu'elle avale quelque chose.

– À la réflexion, je prendrais bien du café si cela ne vous dérange pas trop.
– Pas du tout. Comment le voulez-vous ?
– Nature, merci.
– Tenez, lui dit Hyacinth quelques secondes plus tard en déposant une délicate tasse en porcelaine de Chine et sa soucoupe fleurie sur la table basse devant Bonnie.

Celle-ci la remercia à nouveau, puis porta la tasse de café fumant à ses lèvres. L'odeur emplit ses narines, pénétra en elle par tous les pores de sa peau. Elle avait toujours adoré l'arôme du café frais.

Elle se remémora le temps où elle accompagnait sa mère à l'épicerie quand elle était petite ; elle s'en régalait à l'avance pendant que sa mère emplissait de grains un moulin à café. Une fois les grains moulus, elle en respirait l'arôme à pleins poumons. Des volutes lui montaient à la tête et le parfum l'imprégnait tout entière. En grandissant, les visites à l'épicerie s'étaient espacées, puis avaient cessé. Sa mère avait fini par faire ses commandes par téléphone depuis son lit. Le temps du café fraîchement moulu était révolu.

La porte du cabinet du docteur Greenspoon s'ouvrit sur une belle femme, âgée d'une soixantaine d'années, élégamment vêtue d'un tailleur-pantalon marron de chez Armani, ses cheveux blonds retenus en queue de cheval. En la voyant, Bonnie se sentit mal fagotée dans sa robe écrue informe qui la faisait ressembler à un sac de pommes de terre. Combien avait-elle perdu de poids au cours des dernières semaines ? À son avis, c'était substantiel.

– Donnez une série de rendez-vous à Mrs. King, ordonna le docteur Greenspoon à ses secrétaires, puis il prit la main de la femme dans les siennes. Tâchez de ne pas vous faire trop de mauvais sang et à la semaine prochaine.

Il posa son regard sur Bonnie.

– Si vous voulez bien aller m'attendre dans mon cabinet, lui dit-il, je reviens dans une minute.

Bonnie lui obéit et s'assit. Exactement à la même place, sur le même siège que la dernière fois. Cela voulait-il dire quelque chose ? Le bon docteur le remarquerait-il ?

Elle laissa errer son regard aux quatre coins de la pièce, sur les plantes et jusqu'aux stores. Comprenant qu'en réalité elle cherchait un boa constrictor, elle se dit qu'elle perdait la raison, une habitude dont elle se demandait si elle parviendrait un jour à se débarrasser. Le docteur Greenspoon pourrait peut-être l'y aider.

– Désolé de vous avoir fait attendre, lança celui-ci quelques minutes plus tard.

Il referma la porte et vint s'asseoir sur l'autre canapé. Il était fringant dans son costume de lin et sa chemise bleue au col ouvert.
– Comment allez-vous ?
– Très bien, répondit-elle mécaniquement.
– Je vois que vous avez transformé votre coiffure.
– Je vois que vous êtes passé maître dans l'art de minimiser les dégâts !
Le docteur se mit à rire.
– Ça vous plaît ? demanda Bonnie, consciente qu'elle le provoquait sans trop savoir sur quoi.
– Il y a plus important, fit-il, est-ce que cela vous plaît à vous ?
– J'ai posé la question la première.
– Ça a de l'avenir.
– Pour donner quoi ?
Il rit de nouveau, d'un rire agréable, dégagé, d'homme bien dans sa peau.
– Pour repousser en ressemblant à quelque chose d'un peu plus flatteur.
Cette fois, c'est elle qui éclata de rire.
– Merci de votre franchise.
– Aviez-vous une bonne raison de vous faire couper les cheveux ?
– En faut-il une ?
– Il y en a une, en général.
Bonnie haussa les épaules.
– Je les trouvais éteints, commença-t-elle.
Elle se tut aussitôt car le mot évoquait en elle des images d'Elsa Langer. Comme c'était étrange qu'elle meure juste après que Bonnie eut découvert son existence.
– Je suis plutôt mal en point, déclara-t-elle. C'est pourquoi j'ai décidé de revenir vous voir.
– En quoi puis-je vous être utile ?
– Je ne sais pas très bien. Mais j'ai besoin d'aide. Je ne pense pas pouvoir continuer comme ça encore très longtemps.
– Comment vous sentez-vous exactement ?
– Mal fichue, fit-elle simplement. J'ai constamment des nausées, je vomis, j'ai mal partout...
– Avez-vous consulté un médecin ?
– Je vous consulte, vous.
– Je veux dire un généraliste.
– Oui, je sais.
– Je sais que vous saviez.
Elle sourit.
– Non.

– Et pourquoi ?
– Parce que mes symptômes sont de toute évidence psychosomatiques.
– Vraiment ? Qu'est-ce qui vous fait croire ça ?
– Docteur Greenspoon, commença-t-elle, c'est vous-même qui me l'avez dit la dernière fois que je suis venue. Je suis une femme en détresse. Je crois que ce sont vos propres mots et, malgré toute ma réticence à l'admettre, vous aviez raison. Un tas de choses se sont passées récemment dans ma vie, fort peu plaisantes pour la plupart. Je suis plongée dans un vrai merdier, docteur Greenspoon, si vous me pardonnez l'expression et, franchement, je ne m'en sors pas très bien. Cette grippe, ou peu importe ce que c'est, n'est qu'une réaction de mon corps à tout ce stress.
– C'est fort possible, répliqua le docteur, mais je pense pourtant que vous devriez vous faire examiner. Depuis combien de temps vous traînez-vous ainsi ?
– Avec quelques répits, depuis une dizaine de jours, un peu plus peut-être.
– Cela fait trop longtemps. Vous devez voir un médecin, pour écarter toute éventualité d'infection ou de maladie grave...
– Je n'ai pas de fièvre, rétorqua Bonnie avec impatience. Que fera un médecin à part me dire de boire beaucoup et de rester au lit ?
– Pourquoi ne pas chercher à vous l'entendre confirmer malgré tout ?
– Parce que je n'ai ni le temps ni l'énergie pour me soumettre à une infinité d'examens inutiles. D'autant moins que je suis sûre que ces symptômes sont uniquement dans ma tête.
– Comment en êtes-vous si sûre ?
– Parce que je ne tombe jamais malade.
– C'est ce que vous m'avez déjà dit la dernière fois. Tomber malade est-il pour vous un signe de faiblesse ?
– Quoi ? Oh non, certainement pas. C'est seulement que je n'ai pas le temps de tomber malade.
– Et les autres gens ont le temps, eux ?
– Ce n'est pas ce que je veux dire.
– Voyez-vous, je pense que cela dépend, lui dit le docteur Greenspoon. Il arrive parfois que l'esprit domine la matière, et je ne me permettrais certainement pas de suggérer que notre façon de penser ne joue aucun rôle dans notre bien-être physique. Ce qui ne veut pas dire qu'une attitude positive puisse prévenir un cancer, ni qu'une attitude lamentable occasionne une mort certaine. Mon beau-père a quatre-vingt-quatre ans. Aussi loin que je me souvienne, il s'est toujours plaint de son dos, de sa nuque, de son

arthrite. Voilà maintenant vingt ans qu'il est persuadé d'être mourant, qu'il ne verra jamais son prochain anniversaire, ni un autre nouvel an, ni même l'été suivant. C'est la pire attitude que j'aie jamais vue. Et vous voulez que je vous dise ? Il vivra éternellement, bien après nous tous avec notre optimisme invétéré et notre naturel heureux.

« La maladie existe, Bonnie. Il y a des choses que nous ne pouvons maîtriser. Parce que nous vivons en société, cela nous est difficile à admettre. Cela nous fait éprouver un sentiment d'insécurité. Le résultat, c'est qu'il y a un tas de gens désespérément malades qui se sentent coupables parce qu'ils croient que, si seulement ils avaient eu une attitude mentale plus positive, ils ne seraient pas tombés malades. Et ça, c'est de la foutaise. Ce n'est, selon moi, qu'un exemple de plus d'une société qui cherche un bouc émissaire. Elle croit que, aussi longtemps que la faute est rejetée sur une victime, rien ne pourra arriver aux autres.

« Le corps humain n'est pas infaillible. Il est exposé à toutes sortes d'infections et de virus, et notre vulnérabilité peut dépendre d'un nombre infini de facteurs, dont le régime alimentaire, l'exercice, l'environnement général et le stress. Mais, avant tout, la santé dépend des gènes et aussi, tout bêtement, d'une authentique chance... (Il sourit.) Naturellement, on peut expliquer plus simplement votre état actuel.

– C'est-à-dire ?
– Serait-il possible que vous soyez enceinte ?
– Quoi ?
– Serait-il possible que vous soyez enceinte ? répéta-t-il, bien que tous les deux sachent qu'elle avait parfaitement entendu la première fois.
– Non, absolument pas, s'offusqua Bonnie. Je prends la pilule. Ne le lui avait-elle pas déjà dit la dernière fois ?
– La pilule n'est pas sûre à cent pour cent. Ne serait-il pas possible, avec ce qui est arrivé ces derniers temps, que vous ayez oublié de la prendre pendant un jour ou deux ?
– Non, ce n'est pas possible. Je la prends sans faute tous les jours. Je n'oublie jamais.
– Vous semblez sûre de vous.
– Je *suis* sûre de moi. Depuis très longtemps, j'ai décidé de n'avoir qu'un enfant. Je fais donc très attention à ce qu'il n'y ait aucun accident.
– C'est très intéressant. Et pourquoi cela ?
– Pourquoi ?
– Pourquoi ne désirez-vous qu'un seul enfant ?
– Vous ne trouvez pas qu'il y en a assez comme ça ?

— Est-ce la raison pour laquelle vous agissez ainsi ?
— Vous ne trouvez pas que c'est une bonne raison ?
— C'est une raison tout à fait acceptable. Mais est-ce la *vôtre* ?
— Que voulez-vous dire ?
— Si vous êtes aussi certaine de ne vouloir qu'un enfant, j'aimerais bien savoir pourquoi vous ne vous êtes pas fait ligaturer les trompes.

La remarque prit Bonnie au dépourvu. Une légère traînée de sueur perla sur son front.

— Tant que ce n'est pas absolument nécessaire, j'aime autant éviter de me retrouver sur une table d'opération, fit-elle.
— Y aurait-il une autre raison ?
— Quoi, par exemple ?
— C'est à vous de me le dire. Vous avez un frère, si je me souviens bien.

Bonnie se surprit à retenir sa respiration en attendant les paroles du docteur Greenspoon.

— Plus vieux ou plus jeune ?
— Plus jeune de six ans.
— C'est beaucoup.
— Ma mère a eu plusieurs fausses couches entre-temps.
— Je vois. En ce cas, votre frère a dû revêtir une importance particulière à ses yeux.
— Oui, c'est vrai.
— Qu'en avez-vous éprouvé ?
— Ce que j'en ai éprouvé ? répéta Bonnie d'une voix faible. Je ne m'en souviens absolument pas. Ça fait très longtemps. J'étais une enfant.
— Une enfant qui a eu toute l'attention de sa mère durant six ans. J'imagine que cela a dû être un choc d'avoir brusquement à la partager avec quelqu'un d'autre.
— Voulez-vous insinuer que j'étais jalouse de mon frère ?

Le docteur recourait-il à ces vieux clichés de la psychanalyse ?

— Je pense que ç'aurait été tout naturel.
— J'étais heureuse d'avoir un frère, docteur Greenspoon. Nick était le plus mignon bébé du monde.
— Alors, pourquoi êtes-vous si intransigeante sur votre volonté de n'avoir qu'un enfant vous-même ?
— Mon mari a déjà deux enfants de son premier mariage, lui rappela-t-elle. Et puis il y a des gens qui sont faits pour n'avoir qu'un seul enfant. Ils savent au fond d'eux-mêmes qu'il n'y a pas de place dans leur cœur pour plus d'un. Ils savent qu'ils ne pourraient pas aimer deux enfants de la même manière, que l'un d'eux finirait par être rejeté avec perte et fracas.

– Est-ce ce que vous ressentez ?
– N'est-ce pas ce que je viens de dire ?
– Non, vous avez dit « des gens ».

Bonnie se mordit la lèvre inférieure.

– C'est une façon de parler.
– Parlez-moi de votre famille.

Le docteur Greenspoon se cala au fond du canapé et déboutonna sa veste.

– Je suis mariée depuis cinq ans, fit Bonnie, un peu plus décontractée maintenant qu'ils abordaient un terrain moins glissant. J'ai une fille, Amanda.
– Votre famille d'origine, rectifia-t-il, vos parents.

Aussitôt Bonnie se raidit. Elle s'éclaircit la gorge, s'appuya contre le dossier, croisa et décroisa les jambes, tira sur ses cheveux.

– Ma mère est décédée, expliqua-t-elle d'une voix si basse que le docteur Greenspoon dut se redresser pour l'entendre. Mon père vit à Easton.
– Depuis quand votre mère est-elle décédée ?
– Depuis bientôt quatre ans. Elle est morte quelques mois avant la naissance d'Amanda.
– Cela a dû être très difficile pour vous de perdre votre mère au moment même où vous deveniez mère vous-même.

Bonnie haussa les épaules.

– Est-ce là une question difficile, Bonnie ? demanda le docteur Greenspoon en fronçant les sourcils, les yeux agrandis de curiosité.
– Elle était malade depuis longtemps, fit-elle après un long silence. Mais ce fut si soudain.
– Vous ne vous attendiez pas à sa mort ?
– Elle était malade depuis des années, lui répéta Bonnie avec une pointe d'agacement. Elle avait des allergies, des migraines, le cœur faible. Elle était née avec une espèce d'insuffisance cardiaque qui l'empêchait de faire des tas de choses.
– Elle passait beaucoup de temps auprès des médecins ?
– J'imagine, concéda-t-elle à contrecœur. Où voulez-vous en venir ?
– Vous ne trouvez pas curieux que votre mère ait eu tous ces problèmes physiques et que malgré tout vous refusiez d'accepter la simple éventualité d'être malade ? Qu'elle ait passé un temps fou avec des médecins et que, vous, vous n'envisagiez même pas la possibilité d'aller vous faire examiner ?

Bonnie s'agitait sur son siège, battait le sol nerveusement du pied. Elle haussa les épaules, resta silencieuse. Mais pourquoi était-elle venue ? Il ne faisait qu'empirer son malaise.

– De quoi est-elle morte ? demanda Walter Greenspoon.

— Le médecin a dit que c'était une attaque.
— Vous n'êtes pas d'accord ?
— Je ne crois pas que ce soit aussi simple que cela.
— Qu'entendez-vous par là ?
— Je préférerais vraiment éviter d'en parler maintenant.
— Comme vous voulez, dit-il tranquillement. Parlez-moi de votre père.
— Que voulez-vous savoir ?
— Est-il en bonne santé ?
— Il en a l'air.
— Êtes-vous proches l'un de l'autre ?
— Non.
— Vous voulez m'expliquer pourquoi ?
— Mon père a abandonné ma mère il y a très longtemps et je ne l'ai pas revu après.
— Et, naturellement, vous lui en voulez.
— Ça a été très dur pour ma mère.
— Est-ce alors qu'elle est tombée malade ?
— Non. Elle était déjà malade avant. Je vous ai dit qu'elle avait un cœur défaillant. Mais cela a empiré après le départ de mon père, c'est évident.
— Et votre frère ? Vivait-il avec votre père ou bien est-il resté avec votre mère et vous ?
— Il est resté avec nous... (Bonnie se mit à rire.) Quelle ironie quand on y songe parce que, aujourd'hui, il vit avec mon père et sa femme, son épouse numéro trois si on fait le compte, et ils habitent tous dans la maison de ma mère, heureux comme des poissons dans l'eau.
— *Vous* ne semblez pas très heureuse.

Bonnie rit à nouveau, plus fort cette fois.

— C'est bigrement comique de voir comment les choses évoluent, docteur Greenspoon, vous ne trouvez pas ?
— Parfois.
— Dites, pourquoi discutons-nous de tout cela ? Cela n'a aucun rapport avec quoi que ce soit.
— Vous arrive-t-il de voir votre père ? demanda-t-il, sans tenir compte de sa remarque.
— Je l'ai vu il n'y a pas deux semaines, répondit Bonnie, parfaitement consciente de répondre à côté de la question.
— Avant de ressentir vos malaises ?
— Oui.
— Et auparavant, quand l'aviez-vous vu pour la dernière fois ? insista-t-il, sans lui laisser aucune échappatoire.

– La dernière fois que je l'avais vu, c'était à l'enterrement de ma mère.

Le docteur Greenspoon prit quelques secondes de réflexion.

– Tenez-vous votre père pour responsable de la mort de votre mère ?

Bonnie se gratta l'aile du nez, tira sur ses cheveux, se balança sur son siège.

– Écoutez, qu'essayez-vous de me dire ? Êtes-vous en train de me raconter que mes vieux sentiments d'hostilité refoulés à l'égard de ma... comment avez-vous dit, déjà ?... ma famille d'origine ?... que ces sentiments longtemps refoulés sont la cause de mes symptômes actuels ?

– Avez-vous des sentiments d'hostilité depuis longtemps refoulés ?

– Je ne pense pas qu'il faille être un génie pour imaginer la réponse à cette question, n'est-ce pas, docteur ?

– Vous est-il arrivé de parler de ces sentiments avec votre père ?

– Non, pour quoi faire ?

– Pour vous.

– Quel bien cela apporterait-il ? Il n'est pas près de changer.

– Le feriez-vous pour lui ?

– Vous croyez que, si je lui parle, je vais tout d'un coup me sentir mieux ? C'est cela que vous voulez dire ?

– Cela pourrait s'avérer libérateur. Mais ce qui importe ici n'est pas ce que *je* pense, mais ce que *vous* pensez.

Bonnie cessa de se dandiner et resta droite comme un I.

– En ce cas, voilà ce que je pense : j'aurais pu économiser pas mal d'argent en allant me faire examiner par mon médecin de famille plutôt qu'en venant ici.

– Sûrement ! Avez-vous un médecin de famille ?

– Non, avoua Bonnie.

Amanda avait un pédiatre et Rod se faisait faire un bilan annuel, mais elle-même n'avait personne.

– Acceptez-vous que je vous recommande quelqu'un ?

– Pourquoi ? Puisqu'il est clair que, pour vous, mes problèmes ne sont pas physiques.

– Je pense que dans votre cas nous avons affaire à deux choses différentes. Une consultation chez un médecin permettra d'éclaircir assez facilement la première. Quant à l'autre, il faudra plus de temps.

– Tout ce que je veux, c'est me sentir mieux, lui dit Bonnie, au bord des larmes.

Elle détestait cette faiblesse, ce sentiment d'impuissance.

Le docteur Greenspoon gagna son bureau et appuya sur l'interphone.

— Hyacinth, voulez-vous appelez Paul Kline et me le passer ?... (Il se retourna vers Bonnie.) Son cabinet est juste au coin de la rue et il me doit un service. Il est très gentil. Je pense qu'il vous plaira.

Un instant plus tard, l'interphone bourdonna sur son bureau.

— J'ai le docteur Kline en ligne.

— Paul, fit immédiatement le docteur Greenspoon, j'ai ici quelqu'un que j'aimerais que tu examines tout de suite.

23

— Inspirez profondément. C'est bien. Maintenant, expirez. Bien. Encore une fois.

Bonnie prit une nouvelle inspiration, puis expira lentement.

— C'est très bien. Merci.

Elle éprouva un étrange sentiment de reconnaissance en entendant ces paroles.

— Et une dernière fois, lui ordonna le docteur Kline, déplaçant son stéthoscope sous la blouse de coton bleu que l'infirmière lui avait demandé de passer.

Elle sentait le froid du métal sur sa peau nue.

— À quand remonte votre dernier check-up, Mrs. Wheeler ?

— Je ne m'en souviens pas, répondit Bonnie, des années.

— Et votre état général ?

— Il est bon. Je ne suis jamais malade, lui dit-elle avec moins de conviction toutefois qu'auparavant.

— Avez-vous un gynécologue ?

— J'en ai vu un quand j'étais enceinte, fit-elle, quoiqu'elle n'ait consulté cette femme qu'au cours du dernier trimestre et, encore, sur l'insistance de Diana.

« Je ne suis pas malade, répétait-elle à son amie, je suis enceinte. »

— Je ne suis pas enceinte, n'est-ce pas ? demanda-t-elle tout à coup, surprise de s'entendre formuler cette question qu'elle n'avait nullement l'intention de poser. Je veux dire, je ne peux pas être enceinte. C'est impossible.

— Quand avez-vous eu vos dernières règles ?

— Il y a trois semaines. Je prends la pilule et je ne l'oublie jamais.

— Eh bien, il y a toutes les chances pour que vous ne soyez pas enceinte, lui assura le docteur Kline. C'est un peu tôt pour avoir des nausées matinales, surtout des symptômes aussi sévères. Mais nous allons faire faire des analyses de sang et d'urine. Cela devrait nous aider à comprendre pourquoi vous vous sentez si mal. Tournez la tête par ici, ajouta-t-il en écartant ses paupières pour diriger un mince faisceau lumineux dans son œil gauche.

Le docteur Greenspoon avait raison : le docteur Kline était très gentil ; pas très grand et plutôt rondouillard, il possédait pourtant une élégance et une dignité naturelles. La quarantaine, des cheveux bruns clairsemés, des yeux noisette chaleureux, il avait de petites mains douces aux doigts étonnamment longs. Lorsqu'il la touchait, c'était toujours avec douceur comme s'il avait senti sa fragilité, mais aussi avec fermeté comme pour la rassurer sur sa propre force.

Son cabinet donnait sur Chestnut, à seulement cinq minutes à pied de chez le docteur Greenspoon. Il était au rez-de-chaussée d'un immeuble en brique brune de trois étages converti en un mini-centre médical. De vénérables poutres en bois côtoyaient un appareillage technique sophistiqué. Des bibliothèques remplies d'imposants ouvrages de médecine couvraient les murs jusqu'au plafond. Le traditionnel test optique était accroché sur le mur opposé à la fenêtre, entouré d'une panoplie impressionnante de diplômes : docteur en médecine de l'université Harvard, un autre du Collège de physique et de chirurgie, et quelques autres qu'elle était trop fatiguée pour déchiffrer. Des photographies de la famille du docteur Kline s'alignaient sur son bureau très encombré. Une jolie femme brune et trois fils, dont les clichés établissaient un graphique de croissance de la naissance à l'adolescence, tandis que l'épouse demeurait remarquablement identique à travers les âges, avec quelques kilos en plus ou en moins. L'infirmière du docteur Kline, une femme de l'âge de Bonnie avec des cheveux blanchis et un sourire engageant, se tenait discrètement à l'écart dans un coin de la pièce. Attentive à tout sans broncher, elle ressemblait à s'y méprendre à une statue de Duane Hanson.

– Avez-vous une bonne vue ? demanda le docteur Kline en examinant son autre œil.

– Excellente.

Il lui tendit un morceau de plastique noir en la priant de le poser sur son œil droit puis de lire la troisième ligne du tableau sur le mur. Elle s'exécuta et dut répéter l'opération avec l'autre œil en lisant la quatrième ligne. Elle lut sans problème.

– Bien, fit-il en tirant délicatement sur le lobe de son oreille pour inspecter l'intérieur à l'aide d'un autre instrument. Mal aux oreilles ?

– Non, pourquoi ? Vous voyez quelque chose ?

– Un peu de cérumen. Nous allons enlever ça sans difficulté.
Il regarda l'autre oreille.
– Des vertiges ?
– Oui, quelquefois.
– Et vous avez dit que vous aviez des nausées ?
– Tout le temps.
– Vous vomissez ?
– Cela m'est arrivé plusieurs fois. Qu'est-ce que c'est ?
– Cela pourrait être une infection de l'oreille interne.
– Qu'est-ce que c'est ? répéta-t-elle.
– Les infections de l'oreille interne se manifestent de différentes manières. Généralement, cela affecte l'équilibre, ce qui peut provoquer vertiges, nausées, malaise général.
– Et que peut-on y faire ?
– Pas grand-chose, malheureusement. C'est viral, par conséquent les antibiotiques ne sont d'aucune utilité. A priori, il faut attendre que ça passe.
– Vous ne pouvez donc rien faire, déclara Bonnie comme si cela confirmait ce qu'elle avait toujours su.
– Je n'ai pas dit cela, répondit-il en palpant les glandes dans sa gorge.
– Vous m'avez assuré qu'il n'y avait qu'à attendre que ça passe.
– Je parlais des infections de l'oreille interne. Je ne suis pas convaincu qu'il s'agisse de cela dans votre cas. Ouvrez la bouche et faites « ah ».
Elle ouvrit la bouche. Le médecin y enfonça un bâtonnet et appuya sur sa langue.
– Ah, fit-elle avec un haut-le-cœur.
– Ça va ?
Le docteur Kline retira le bâtonnet, qu'il jeta.
– C'est vous le médecin. À vous de me dire.
– Eh bien, vous n'avez pas de fièvre ; vous n'êtes pas enrhumée ; vos yeux se portent bien ; vos poumons sont dégagés ; votre gorge est parfaite ; les fosses nasales aussi, et vos glandes ne sont pas enflées, du moins celles du cou. Voyons celles de l'aine. Allongez-vous, s'il vous plaît.
Bonnie s'étendit sur la table d'examen. Aussitôt, les mains du médecin appuyèrent sur son bas-ventre et sur l'aine. L'endroit se révéla très sensible et elle grimaça de douleur.
– Vous avez mal ? demanda-t-il.
– Un peu.
– Les ganglions sont enflés par ici, déclara-t-il en tâtant l'aine. Parfait, vous pouvez vous asseoir. (Il lui tendit un petit flacon.)

Soyez gentille, donnez-moi un peu d'urine. Debbie va vous montrer où aller, puis nous prélèverons un peu de sang.

– Et ensuite ?

– Ensuite, nous attendrons un jour ou deux pour les résultats et nous verrons à partir de là. Pour l'instant, je vais vous donner une ordonnance d'antibiotiques que je vous demande de commencer à prendre immédiatement.

– Je croyais que les antibiotiques étaient inutiles.

– Ils seront inefficaces si l'infection est virale, mais, dans le cas contraire, vous pourriez vous sentir mieux dès demain. De toute façon, ça vaut le coup. Êtes-vous allergique à la pénicilline ?

– Pas que je sache.

Il griffonna quelques mots sur une feuille de papier.

– Très bien, alors prenez ceci. Prenez-en deux pour commencer et ensuite un toutes les six heures. Vous pouvez le faire en mangeant ou non, aucune importance. Si vous ne vous sentez pas mieux dans quarante-huit heures, nous saurons alors si c'est un virus qui vous cause ces maux. Mais espérons que ceci fera l'affaire. En tout cas, je vous appellerai dès que je recevrai le résultat des tests. Appelez-moi si je ne l'ai pas fait d'ici à vendredi. Pour l'instant, allez remplir ce flacon.

Bonnie s'exécuta et revint se faire prélever du sang. Le docteur Kline remplit quatre tubes.

– Ça fait beaucoup de sang, lui dit-elle, surprise de voir son sang aussi sombre. Faites-vous le test du sida ?

– Le faut-il ?

– N'est-ce pas habituel ?

– Non, pas du tout.

Les yeux du docteur se rétrécirent et plongèrent dans ceux de Bonnie.

– Dois-je demander le test du sida, Mrs. Wheeler ?

Il y eut un long silence.

– Je ne sais pas, répondit-elle enfin.

Qu'est-ce qui lui passait par la tête ?

– Avez-vous consommé de la drogue par intraveineuse lors des dix dernières années ?

– Mais non, voyons !

– Avez-vous reçu des transfusions sanguines ?

– Non.

– Avez-vous eu des relations sexuelles à risques ?

Bonnie se revit attachée sur le lit, les jambes enroulées sur les épaules de son mari.

– Que voulez-vous dire exactement ? balbutia-t-elle.

– Pénétration anale, partenaires multiples, relation sexuelle

242

avec une personne séropositive, énuméra-t-il avec une impassibilité déconcertante. Avez-vous une relation monogame, Mrs. Wheeler ?
– Je n'ai jamais trompé mon mari, répondit-elle.
– Et lui ?
– Je ne sais pas, avoua-t-elle au bout d'un moment.
Grand Dieu, mais que disait-elle là ?
– En ce cas, faisons ce test. De cette manière, vous serez rassurée.

Le docteur Kline lui tapota la main.

Bonnie hocha la tête, puis le regarda faire un dernier prélèvement de sang. Comment avait-elle pu dire au docteur qu'elle n'était pas sûre d'être engagée dans une relation monogame ? Croyait-elle vraiment que Rod avait une aventure ? Avait-elle si peu confiance en son mari ? Alors, pourquoi avoir insisté pour qu'il parte avec Marla ? Et pourquoi attendait-elle son retour avec une telle impatience ? Était-elle en train de devenir comme ces femmes pour lesquelles elle avait toujours éprouvé une sorte de mépris, de celles qui défendent coûte que coûte leur mari quelle que soit l'humiliation qu'il leur inflige ? De celles qui enfouissent leurs frustrations et déceptions si profondément que cela les rend malades pour de bon.

Comme sa mère.

Bonnie remercia le docteur Kline de l'avoir reçue et se rhabilla. À deux pas de là, elle trouva un drugstore où elle acheta ses médicaments et, à la première fontaine publique, elle avala deux pilules, comme prescrit. En brave fille, comme toujours, songea-t-elle, lugubre. Elle gagna sa voiture, s'assit derrière le volant et resta là, immobile.

Que faire maintenant ? se demandait-elle, nullement pressée de rentrer chez elle. Elle pourrait se rendre au lycée, mais cela rimerait à quoi ? Ils lui auraient déjà trouvé un remplaçant et, qui plus est, la journée était bien avancée. Elle pourrait aller faire des courses mais n'était pas vraiment d'humeur à ça. Elle n'avait pas non plus envie de se promener, ni de lire, ni de faire de l'exercice, pas plus que d'aller au cinéma, toutes choses qu'elle trouvait normales il y avait encore quelques semaines.

Peut-être que les antibiotiques feraient de l'effet et que, dès demain, elle se sentirait mieux. Mais il se pouvait aussi qu'ils n'agissent pas. Il se pouvait que rien ne fonctionne parce qu'elle n'avait rien du tout. Rien de physique du moins. Peut-être qu'elle ne se sentirait pas mieux avant... avant quoi ? *Avant qu'elle ne s'occupe de ses vieux sentiments d'hostilité refoulés à l'égard de sa famille d'origine ?*

Vous êtes dur avec moi, songea-t-elle en démarrant et en

s'écartant du trottoir. Quel galimatias, quel psycho-bla-bla ! Deux cents dollars pour un malheureux conseil que n'importe quel étudiant en première année de psychologie lui aurait donné pour rien, trop content de s'écouter parler. Quel gaspillage ! Vous parlez d'un conseil ! Quel bien pourrait-il sortir d'une confrontation avec son père ? Il n'y comprendrait rien. Elle doutait même qu'il l'écoute.

« Ce n'est pas pour lui que vous le faites », avait dit le docteur Greenspoon.

– Je ne vais pas le faire du tout, fit-elle à haute voix.

Sur quoi elle appuya sur l'accélérateur et mit la radio à fond, laissant le soin aux Rolling Stones de chasser toute trace de pensée.

Une bonne heure avait passé lorsqu'elle se gara devant le 422 Maple Road à Easton.

« Et alors ? demanda-t-elle à son image dans le rétroviseur. Qu'est-ce que tu fais là ? Tu as fait tout le chemin jusqu'ici contre toute raison et, dis-moi, qu'est-ce que tu espères en tirer exactement ? Ton père va-t-il s'excuser pour autant ? C'est cela que tu veux ? Va-t-il t'expliquer ? Comme si tu allais prendre ses paroles pour argent comptant. Pourquoi es-tu venue ?

– Tu es ici pour reprendre les rênes de ta vie, répondit silencieusement son reflet, tandis que Bonnie ouvrait la portière et posait un pied incertain sur le trottoir. Tu es ici pour reconquérir ton avenir, et le seul moyen à ta disposition est d'affronter le passé. »

La mort de Joan l'avait plongée dans une sorte de réclusion, l'avait ramenée au cœur d'une famille qu'elle avait essayé de laisser derrière elle. Et voilà qu'ils étaient là devant elle, entravaient son chemin, l'empêchaient de mener sa vie. Tout ce qu'elle avait à faire était de les rencontrer en face, de lâcher le morceau et de partir. Elle n'aurait plus jamais à les revoir. C'était simple, se dit-elle, en remontant l'allée d'un pas chancelant. Elle eut beau essayer de préparer son discours, ses pensées s'envolèrent dès qu'elle posa la main sur la poignée de la porte.

Celle-ci s'ouvrit et Steve Lonergan apparut devant elle. Il était vêtu d'un pantalon bleu foncé et d'une chemise à carreaux rouges et bleus, son large visage dénué de toute expression, le regard n'exprimant ni surprise ni curiosité. Il s'effaça pour la laisser entrer. Bonnie franchit le seuil sans un mot et entendit le son métallique de la porte qui se refermait sur elle comme la grille d'une prison.

– Qui est là, Steve ?

Adeline Lonergan sortit de sa cuisine et apparut dans l'entrée. Elle portait un tablier vieillot sur une robe jaune vif.

– Oh ! fit-elle en stoppant net à la vue de Bonnie. Mon Dieu, Bonnie. Je t'ai à peine reconnue. Qu'as-tu fait à tes cheveux ?

– Excusez-moi, Adeline, vous permettez que je voie mon père seule un instant ? S'il vous plaît.

Bonnie était presque aveuglée par la blancheur des murs.

– Il n'y a rien que nous ayons à nous dire tous les deux qu'Adeline ne puisse entendre, déclara son père d'un ton inflexible tout en croisant les bras sur sa poitrine, comme Monsieur Loyal, songea Bonnie pour le ramener à des proportions plus acceptables.

– C'est bon, Steve. J'ai à faire. Parle avec ta fille. Je suis dans la cuisine si tu as besoin de quoi que ce soit.

Le père et la fille restèrent silencieux.

– Allez donc dans le salon tous les deux, hasarda Adeline. Je pense que ce sera plus agréable. L'un de vous deux voudrait-il à boire ? ajouta-t-elle comme aucun d'eux ne bougeait.

Steve Lonergan secoua la tête et gagna lentement le salon.

– Rien pour moi, merci.

Bonnie suivit son père. Pourquoi était-elle venue ? Qu'espérait-elle régler ? Et qu'avait-elle l'intention de lui dire, bon sang ?

– J'ai cru comprendre que tu avais vu ton frère, commença son père en se retournant au milieu de la pièce pour la fixer.

Bonnie détourna la tête, fit mine d'examiner le salon, mais l'abondance de verts pâles, de blancs et de jaunes était plus qu'elle ne pouvait supporter, et son regard revint à contrecœur se poser sur son père.

– Oui, il est passé chez moi à l'improviste.

Et sans y être invité, faillit-elle ajouter.

– Il t'a cuisiné un de ses fameux plats de spaghettis, non ?

– *Terrible* est l'adjectif qu'il a employé, je crois.

– Fameux ou terrible, c'est salement bon.

– Oui, c'est vrai.

Sauf que je suis malade depuis, songea-t-elle.

– Il m'a dit que ma petite-fille est mignonne à croquer.

– Oui, c'est vrai.

– Je suppose que tu n'as pas de photos d'elle sur toi, fit son père en regardant par la fenêtre comme si de rien n'était.

Bonnie hésita, réticente à partager aussi peu que ce soit de son enfant avec son père, mais se laissa finalement attendrir.

– Il se trouve que j'ai deux photos sur moi, fit-elle en fouillant dans son sac à main de cuir beige.

Elle en ressortit un petit étui de cuir rouge qu'elle tendit à son père. Il s'en saisit aussitôt, sortit ses lunettes de la poche de sa chemise et les chaussa.

– Sur la photo de gauche, elle a quatre mois, commenta Bonnie. Celle de droite a été prise l'année dernière. Elle a beaucoup changé depuis : ses cheveux sont plus longs et son visage s'est un peu aminci.

– Elle ressemble à sa mère, dit Steve Lonergan.

Bonnie remit les photos dans son sac d'un geste vif et relâcha ses bras le long du corps.

– En fait, tout le monde trouve qu'elle ressemble davantage à Rod.

– Comment va ton mari ?

– Bien. Il est en Floride en ce moment, pour un congrès.

– Il te laisse t'occuper de ses enfants, c'est ça ?

Bonnie baissa les yeux. Ses chaussures marron s'enlisaient dans la moquette vert pâle comme dans des sables mouvants. Elle se demanda alors combien de temps elle parviendrait à maintenir sa tête au-dessus du sol.

– Je ne suis pas venue ici pour parler de Rod, fit-elle.

– Pourquoi es-tu venue ?

– Je ne sais pas trop, admit-elle après un silence. Je crois que nous avons un certain nombre de choses à nous dire.

– À toi l'honneur, lui intima son père.

– Ce n'est pas si facile.

– Tu as eu plus de trois ans pour t'y préparer.

Bonnie respira un grand coup, essaya de parler, mais rien ne sortit.

– Que fais-tu ici, Bonnie ? demanda simplement son père.

– Que fais-*tu, toi,* ici ? rétorqua-t-elle d'un ton sec en lui renvoyant la question. De quel droit habites-tu cette maison ? Comment as-tu osé revenir ici ? Comment oses-tu bafouer ainsi la mémoire de ma mère ?

Bonnie recula d'un pas, tout étourdie par la violence de ses propos.

– Tu penses que c'est ce que je fais ?

– Je pense que tu n'as rien à faire ici. Tu haïssais cette maison. Tu étais pressé de la quitter.

– J'ai toujours adoré cet endroit, corrigea-t-il, même si j'ai toujours haï ce foutu papier à fleurs. Ça, je l'avoue. Mais après que ta mère et moi avons décidé de divorcer...

– Tu as foutu le camp. Elle n'avait pas le choix.

– Elle n'a jamais vraiment aimé cette maison, tu sais. J'ai essayé de la persuader de déménager d'ici. Elle préférait Boston. Mais elle a insisté pour garder la maison dans les clauses de notre divorce ; probablement pour me contrarier le plus possible.

– Probablement pour éviter de déboussoler encore plus la

famille, corrigea Bonnie. Elle estimait peut-être que nous étions assez perturbés comme ça.

— Peut-être bien. Il est évidemment trop tard pour le savoir.

Steve Lonergan garda le silence, avala sa salive et regarda vers la fenêtre.

— En tout cas, après sa mort, elle a laissé la maison à Nick qui m'a demandé si ça m'intéressait de la lui racheter. Il avait plus besoin d'argent que d'une grande maison et, avec Adeline, nous avons accepté de le dépanner.

— Tout le monde est toujours prêt à dépanner ce brave Nick.

Bonnie secoua la tête d'un air outré.

— Peut-être qu'il n'est pas aussi fort que toi, Bonnie.

— Et « heureux les doux car ils posséderont la terre », lâcha Bonnie en remarquant la Bible à la même place sur une petite table.

— Après qui en as-tu exactement, Bonnie ?

— Qu'est-ce que tu veux dire par là ?

— Ce n'est pas moi qui suis mort en léguant la maison à ton frère, lui rappela-t-il.

Bonnie se mit à arpenter l'espace entre le canapé et le rocking-chair.

— Si tu essaies de me dire que la personne à qui j'en veux véritablement est ma mère, tu te mets le doigt dans l'œil. Je sais très bien après qui j'en ai. Cette personne se tient là, devant moi.

— Pourquoi m'en veux-tu ?

— Pourquoi ? répéta-t-elle.

— Oui, pourquoi ?

— Pourquoi, à ton avis ? s'écria-t-elle. Tu as abandonné ta famille.

— J'ai abandonné une situation intolérable.

— Intolérable pour qui ? Ce n'est pas ma mère qui sortait tous les soirs pour faire la foire.

— En effet. Ta mère passait tous les soirs dans son lit, à la maison.

— Elle était malade.

— Elle était constamment malade, ça oui !

— Est-ce un reproche ?

— Non. Je veux seulement dire que je ne pouvais plus vivre dans ces conditions... (Il passa la main sur son crâne dégarni.) Je ne suis pas en train de me chercher des excuses, Bonnie. J'ai conscience d'avoir agi comme un lâche. Mais si tu voulais bien essayer une seconde de comprendre ce que c'était pour moi. J'étais encore relativement jeune. Il y a un tas de choses que je voulais faire. Ta mère ne voulait jamais aller nulle part. Elle ne voulait jamais rien faire. Rien ne l'intéressait, pas plus l'amitié que les voyages. Pas même faire l'amour.

— Elle était malade, répéta Bonnie.

— Moi aussi, répliqua-t-il. J'étais malade de vivre ainsi, comme si ma vie était déjà finie, de m'allonger chaque soir à côté de quelqu'un qui me repoussait chaque fois que j'essayais de le toucher. Bonnie, tu étais une enfant à l'époque et je n'attendais pas que tu comprennes alors. Mais tu es une adulte aujourd'hui. J'espérais que tu ferais preuve d'un peu de compassion.

— En as-tu eu, toi ?

— J'ai essayé, Bonnie. J'ai essayé durant des années.

— Et un beau jour tu es parti. Elle n'a plus jamais été la même après ton départ.

— Elle était exactement pareille, et tu le sais bien.

— Tu es parti et tu n'es jamais revenu.

— C'est ce qu'elle voulait.

— Elle ignorait ce qu'elle voulait. Elle était malade...

— J'étouffais. Je ne pouvais plus respirer. Sa maladie était contagieuse.

— C'est pour ça que tu as abandonné deux enfants ? Deux enfants avec une malade à charge ?

— Je ne voyais pas quoi faire d'autre.

— Tu aurais pu nous prendre avec toi !

Bonnie avait hurlé ; elle resta interdite devant les mots qui étaient sortis de sa bouche. Elle éclata en sanglots, puis se laissa glisser sur le canapé.

— Tu aurais pu nous emmener avec toi, hoqueta-t-elle.

Ils se turent tous deux durant un long moment. Quelques minutes plus tard, Bonnie sentit la présence de son père à côté d'elle, puis son bras autour de ses épaules.

— Inutile, fit-elle en repoussant son bras d'un geste de l'épaule. C'est trop tard.

— Pourquoi serait-ce trop tard ?

— Parce que je ne suis plus une petite fille.

— Tu seras toujours *ma* petite fille, lui dit-il.

— Tu ne peux pas savoir, fit-elle sans pouvoir le regarder, tu ne peux pas savoir combien j'ai pleuré, comment j'ai prié chaque soir pour que tu nous reviennes. Une nuit, j'ai même été somnambule : j'ai préparé une valise et je t'ai attendu dans l'entrée. Mais ce n'est pas toi qui m'as trouvée, pas toi qui m'as réveillée.

— Je regrette infiniment, Bonnie. Sais-tu que j'ai essayé de te revoir un bon nombre de fois ?

— Oui, tu n'as pas manqué une seule fois de nous présenter tes nouvelles femmes.

— Tu m'avais fait clairement comprendre de quel côté tu étais, et que tu ne voulais plus entendre parler de moi.
— J'étais une enfant, bon sang ! Qu'est-ce que tu espérais ?
— J'espérais que tu grandisses un jour.
— Tu nous as abandonnés. Tu *m*'as abandonnée.
Un nouveau flot de larmes secoua le corps de Bonnie.
— Je regrette tellement, dit son père. Je voudrais pouvoir dire ou faire quelque chose.
Il hésita et se tut, marcha jusqu'à la fenêtre et regarda dans la rue.
— Es-tu heureux ? demanda Bonnie, les yeux rivés sur son dos légèrement voûté. Adeline te rend-elle heureux ?
— C'est une femme merveilleuse, répondit-il en se retournant. Je suis très heureux.
— Et Nick ? Tu crois vraiment qu'il est en train de se ranger ?
— Je crois, oui. Tu devrais aussi lui laisser une chance.
— Je n'ai pas confiance en lui.
— C'est ton frère.
— Il a brisé le cœur de notre mère.
— Il n'est pas responsable de sa mort, Bonnie.
Bonnie avala sa salive, essuya impatiemment ses larmes et garda le silence.
— Il faut que je rentre.
Elle se leva et gagna l'entrée. Son père la suivit.
— Est-ce que ça va ? demanda Adeline qui sortait de la cuisine, une grande cuillère en bois à la main.
— Tout va bien, lui dit son mari en se tournant vers Bonnie.
Celle-ci hocha la tête, le regard perdu dans l'escalier.
— Je suis en train de faire un gâteau aux pommes, fit Adeline. Il y en a déjà un dans le four. Il sera prêt dans une minute si tu en veux un morceau.
— Il faut vraiment que je m'en aille, répondit Bonnie d'un air absent, les yeux toujours fixés sur les marches, attirés comme par un aimant.
— Aimerais-tu voir comment nous avons transformé les chambres ? lui demanda Adeline.
Le pied droit de Bonnie était déjà sur la première marche, sa main gauche sur le mur. Quelque chose l'appelait là-haut, lui faisait signe de monter. Que faisait-elle là ? La question l'obsédait tandis qu'elle montait, marche après marche, sans quitter des yeux les murs blancs qui déteignaient, s'assombrissaient, s'emplissaient de fleurs dont l'odeur l'enveloppait et lui donnait la nausée. Ne sois pas ridicule, se dit-elle en dirigeant son regard sur la chambre en

haut de l'escalier. Ce n'est que le gâteau aux pommes dans le four. Il n'y a pas d'odeur. Il n'y a pas de fleurs.

De même que personne n'attend dans la chambre, songea-t-elle encore en atteignant le palier. Elle traversa le couloir, poussa la porte de ce qui avait été la chambre de sa mère.

La femme était là, assise au centre du lit, le visage dans l'ombre.

– Nous avons tout changé, comme tu peux le voir, déclarait Adeline quelque part sur sa gauche. On s'est dit que le bleu c'était sympa pour une chambre, et j'ai toujours eu un faible pour les miroirs.

– Pourriez-vous me laisser seule un instant ? demanda Bonnie, les yeux fixés sur la silhouette floue au milieu du lit.

– Certainement, prononça Adeline d'un ton incertain, un peu désarçonnée.

Bonnie entendit qu'on fermait la porte dans son dos. Ce fut seulement alors que la silhouette du lit sortit de l'ombre et lui fit signe d'approcher.

25

– Viens plus près que je puisse te voir, fit la silhouette d'une voix étonnamment forte.

En avançant vers le lit, Bonnie surprit sa propre image dans le miroir qui couvrait le mur jusqu'au plafond derrière la tête de lit de bois clair, image qui se réfléchissait dans la petite glace de la coiffeuse sur le mur opposé. Mais, au lieu de découvrir une femme en robe écrue informe, elle vit une petite fille d'environ onze ans qui portait une robe de coton blanc et dont les cheveux bruns étaient retenus en queue de cheval par un ruban rose vif.

– Comment te sens-tu aujourd'hui ? demanda la petite fille en s'approchant avec précaution de la femme allongée.

Des ombres dansaient sur le visage de la femme, comme des vagues.

– Pas très bien, malheureusement.

– Je t'ai apporté un petit déjeuner.

La fillette souleva un plateau lourdement chargé à l'attention de la femme alitée.

– Je ne pourrai rien avaler.

– Tu pourrais au moins essayer ? J'ai tout préparé moi-même ; deux œufs à point, juste comme tu les aimes.

– Je serai incapable d'en manger même un seul.

– Un peu de jus d'orange, alors.

L'enfant posa le plateau sur la table de nuit et tendit le verre vers le lit.

– Tu es une brave petite, fit la femme qui s'appuya contre ses oreillers en ignorant le verre de jus de fruits dans la main de la fillette.

Celle-ci s'approcha et porta le verre aux lèvres de la femme.

– Es-tu vraiment mal aujourd'hui ? demanda-t-elle.

– Hélas, oui.

— Tu as mal à la tête ?

— Des migraines, précisa la femme, qui ferma les yeux en portant les mains à ses tempes.

Les vagues balayèrent le visage de la femme puis disparurent, emportant avec elles toute trace de vie, ne laissant qu'un masque livide, légèrement boursouflé, douloureux même au repos. L'enfant se plaisait à imaginer que sous cette souffrance se cachait une femme très belle, avec des yeux bleus étincelants et un sourire chaleureux.

La fillette reposa le verre sur le plateau, dégagea de sa petite main les lourdes mèches brunes sur le front de la malade et lui massa doucement les tempes.

— Pas si fort, se plaignit la femme, et l'enfant relâcha la pression de ses doigts. C'est mieux ! Ici, réclama la femme en indiquant du doigt l'espace autour de son petit nez retroussé. Mes sinus m'ont empêchée de dormir la moitié de la nuit. Je ne pense pas que ton père ait réussi à dormir... (Elle ouvrit les yeux.) Où est-il ? Est-il déjà parti ?

— Il est plus de onze heures. Il a dit qu'il avait du travail.

— Un samedi ?

La fillette poursuivit son massage sans répondre.

— Il est parti traîner avec une de ces femmes, fit la mère.

— Il a raconté qu'il avait du travail.

— Joli travail quand ça marche.

L'enfant se recula.

— Non, n'arrête pas. Ça fait du bien. Tu as des doigts de fée. Tu soulages beaucoup ta maman.

— C'est vrai ? Je te soulage vraiment ?

Un bruit violent éclata soudain qui se répercuta dans toute la maison. Bonnie se retourna vivement et sa silhouette percuta l'image de l'enfant dans le miroir.

— Qu'est-ce que c'était ? entendit-elle son père vociférer en bas.

— Ce n'est rien, Steve, répondait Adeline. J'ai lâché un bol. Ne t'inquiète pas.

— C'est quoi, ce bruit ? demanda la femme dans le lit, tandis que Bonnie retrouvait le corps d'une fillette de onze ans.

— Nick est encore en train de jouer aux gendarmes et aux voleurs, répondit-elle.

— Bang, bang ! hurlait Nick en débarquant dans la chambre.

Il portait une étoile de shérif et les mettait toutes les deux en joue avec un revolver en plastique.

— Bang, bang ! Vous êtes mortes.

– Nick, sois sage, l'exhorta la petite fille. Maman ne se sent pas bien aujourd'hui.

– Bang, bang ! reprit Nick sans en tenir compte. Je t'ai tuée. Tu es morte.

– Ah ! Tu m'as tuée, déclara la femme alitée avec une pointe d'amusement dans la voix. Je suis morte.

Elle ferma les yeux et laissa tomber sa tête sur son épaule.

Nick éclata de rire et sortit de la chambre en courant, pourchassé par sa jeune sœur. Debout au pied du lit, Bonnie les regarda s'éloigner.

– Viens plus près, répéta la femme.

Bonnie se redressa et s'approcha du lit en effleurant l'édredon bleu ciel. En un clin d'œil il se couvrit de fleurs. Elle leva alors les yeux sur le miroir et découvrit qu'une autre silhouette prenait forme : plus grande que la première, les hanches plus pleines, la poitrine plus développée.

– Ton père nous a quittés, lança la mère depuis son lit, le visage contracté par la colère.

– Il va rentrer, lui assura la jeune adolescente.

– Non, il ne rentrera pas.

– Il avait juste besoin d'un peu de temps pour se retrouver. Il sera bientôt à la maison.

– Non, il ne reviendra pas. Il est avec elle.

– Elle ?

– Cette femme qu'il fréquente.

– Il ne restera pas avec elle.

– Il ne reviendra pas.

Bonnie vit des larmes monter aux yeux de l'adolescente.

– Je m'occuperai de toi, maman.

– Je dois voir le docteur Blend vendredi. Comment irai-je là-bas ?

– Je t'emmènerai.

– J'ai peur ! s'écria la femme.

La jeune fille se précipita à ses côtés.

– Mon cœur bat de façon tellement désordonnée que j'ai peur d'avoir une attaque.

– Que puis-je faire ?

– Apporte-moi mes pilules. Elles sont là près du lit.

La jeune fille se débattit avec le bouchon du petit flacon de gélules rouge et jaune, en fit tomber deux dans sa paume et les déposa entre les lèvres de la femme, qui les avala sans une goutte d'eau.

– Ça va ?

La femme hocha la tête.

– Que puis-je faire ?
– Rien. Tu es une brave petite.
Elle essuya d'un revers de main quelques gouttes de sueur sur son front, puis parcourut des yeux la chambre obscure.
– Où est Nicholas ?
– Il se cache des voisins, fit l'adolescente, craignant de bouleverser sa mère mais incapable de mentir. Il a posé des menottes à Mr. Gradowski et a jeté les clés dans les toilettes. Mr. Gradowski a dû appeler un serrurier pour les enlever. Il est vraiment hors de lui.
Sa mère éclata de rire, se délectant comme à l'accoutumée des frasques de Nick. On aurait dit qu'il ne faisait jamais rien de mal. Consternée, la jeune fille hocha la tête et son image disparut.
– Je ne te vois toujours pas, déclara la silhouette sur le lit. Il faudrait que tu t'approches.
En contournant prudemment le lit, Bonnie rencontra soudain quelqu'un sur sa trajectoire, qui lui barrait le passage. Il s'agissait d'une jeune femme qu'elle connaissait intimement et dont elle revêtit aussitôt la personnalité, adoptant le même air méfiant, éprouvant les mêmes émotions.
– Je vais me marier, annonça-t-elle.
Elle attendit une réaction.
– Maman, tu m'as entendue ? J'ai dit que Rod et moi allions nous marier.
– Je t'ai entendue. Félicitations.
– Ça n'a pas l'air de te réjouir.
Sa mère se mordit la lèvre inférieure.
– Ainsi, toi aussi tu vas m'abandonner, fit-elle.
– Non, bien sûr que non. Il n'est pas question de ça !
– Tu vas déménager.
– Je me marie, maman.
– Qui s'occupera de moi ?
– Le docteur Monson a dit que tu étais en assez bonne santé pour vivre seule.
– Je ne verrai plus jamais ce docteur Monson.
– Nous pouvons chercher une gouvernante.
– Je ne veux pas d'étrangers chez moi.
– Nous trouverons une solution. Je t'en prie, maman, je voudrais que tu sois heureuse pour moi.
La femme détourna la tête et se mit à pleurer.
– Ne pleure pas, maman. Pas maintenant. L'instant n'est pas à la tristesse, déclara Bonnie en entendant sa voix résonner dans le silence de la chambre. Ne peux-tu te réjouir de ce qui m'arrive ?
– Assieds-toi, Bonnie.

Une future mère prit alors la place de la jeune fiancée nerveuse. Elle s'installa fébrilement au bord du dessus-de-lit à fleurs.

– Je veux te parler, dit sa mère.

– Tu devrais te reposer, mère. Le docteur Bigelow a dit...

– Le docteur Bigelow ne connaît rien à rien. N'as-tu donc rien appris durant toutes ces années ?

– Il a dit que tu as eu un infarctus et qu'il était plus sérieux que la dernière fois...

– Je veux te parler de mon testament.

– Maman, je t'en prie. Ne pourrions-nous en discuter quand tu te sentiras mieux ?

– Je veux que tu comprennes.

– Que je comprenne quoi ?

– Pourquoi j'ai fait ce que j'ai fait.

– Mais de quoi parles-tu donc ?

– Je lègue la maison à Nick.

– Mère, je ne veux pas parler de ça maintenant.

– Il a besoin de quelque chose pour se stabiliser.

– Tu vas aller mieux. Nous en reparlerons quand tu te sentiras plus forte.

– Il n'est pas aussi fort que toi, poursuivit sa mère en saisissant au vol les mots de Bonnie. C'est pourquoi il s'attire toujours des ennuis. Tu dois l'aider.

– Nick est un grand garçon, maman. Il peut s'assumer tout seul.

– Il n'est pas coupable. Il n'a jamais tenté de tuer qui que ce soit. Tu le sais. Tu verras, il sera acquitté. Exactement comme la dernière fois. Il n'ira pas en prison. Ce n'est qu'une épouvantable méprise.

– Maman, il faut cesser de t'inquiéter pour lui. Ça te fait du mal de te tracasser ainsi.

– Il a toujours été un enfant terrible, déclara sa mère avec une pointe de fierté dans la voix. Pas comme toi. J'ai toujours pu compter sur toi. Tu es ma brave petite fille.

Un sourire tremblota au coin de sa bouche, mais l'attaque avait paralysé presque tout son visage, et le sourire s'évanouit.

– Mais comme il a pu me faire rire avec ses jeux stupides. Tout le temps avec ce revolver, bang, bang !

Ses yeux souriaient sans que ses lèvres eussent bougé.

– Tu comprends, n'est-ce pas, Bonnie ? répéta sa mère. Toi, tu as déjà une maison, un mari et un bébé en route. Nick n'a rien du tout. Il a besoin de quelque chose pour se stabiliser.

– Fais comme tu veux, maman, lâcha Bonnie. Ça m'est égal ; cette maison m'importe peu.

— C'était un mensonge, n'est-ce pas ? demanda alors la silhouette du lit en se penchant pour saisir la main de Bonnie dans l'espoir de la ramener dans le présent. Tu as toujours été une si piètre menteuse.

Bonnie essaya de se reculer, mais la main puissante fut plus rapide et elle se sentit inexorablement attirée vers la silhouette allongée dans le lit.

— Non, protesta-t-elle. Laisse-moi, je t'en prie.
— Regarde-moi, ordonna la femme.

Bonnie se masqua vivement les yeux.

— Non, non !
— Regarde-moi, ordonna de nouveau la femme qui, de ses doigts squelettiques, força Bonnie à écarter les bras et les baisser le long du corps.

Bonnie ouvrit les yeux et regarda en face la femme alitée, alors que toutes les ombres du passé s'évanouissaient.

Sa mère lui rendit son regard. Avec ses épais cheveux bruns retenus par une barrette ancienne en argent, la pâleur de sa peau, ses fières pommettes hautes et son nez délicatement retroussé, elle avait un regard aussi doux et chaud qu'un iceberg et un sourire ambigu.

— Tu sembles fatiguée, fit la mère en boutonnant le dernier bouton de son épaisse robe de chambre blanche.
— J'ai été un peu malade, répliqua Bonnie.
— Tu as vu un médecin ?
— Oui.

Bonnie se tut, avala sa salive.

— Je me suis dit que tu pourrais peut-être m'aider.
— Moi ? Comment ça ?
— Je ne sais pas.
— Pourquoi es-tu venue ?
— Je voulais te voir.
— Que crois-tu que je puisse faire pour toi ?
— Je l'ignore, répondit-elle avec franchise en quêtant une réponse autour d'elle – en vain. Sais-tu que Nick a vendu la maison à papa juste après ta mort ?
— Il avait besoin d'argent pour payer ses avocats.
— Tu lui avais donné de l'argent pour ses avocats.
— La maison était trop grande pour lui. Et surtout, il adorait voyager. Rappelle-toi comment il a pris ses cliques et ses claques après le collège pour aller voir du pays en se débrouillant tout seul...
— Cesse de lui trouver toujours des excuses.
— C'est mon fils.
— Je suis ta fille !

Sa mère garda le silence. Le regard perdu dans le miroir, Bonnie contemplait les répliques de la mère et de la fille qui semblaient se réfléchir à l'infini. Des générations entières de mères et de filles, songea-t-elle, aussi proches que pouvaient l'être leurs reflets dans le miroir et tout aussi inaccessibles.

— Je n'avais jamais soupçonné à quel point la maison était importante pour toi, fit la mère.

— Ce n'est pas la maison ! s'écria Bonnie. Je me fous de la maison.

— Alors, je ne comprends pas.

— C'est *toi* qui m'importe. C'est *toi* que j'aime.

— Moi aussi je t'aime, lui rétorqua sa mère.

— Ce n'est pas vrai, protesta Bonnie. Tu n'avais d'amour que pour un seul enfant, et cet enfant c'était Nick.

— C'est ridicule, Bonnie. Je t'ai toujours aimée.

— Non. Tu te *fiais* à moi, tu t'*appuyais* sur moi. J'étais ta brave petite, tu te souviens ? J'étais ta bonne petite fille, comme tu disais. Tu *comptais* sur moi, mais c'est Nick que tu aimais.

— Ceci est absurde, Bonnie, protesta sa mère d'un ton exaspéré. J'attendais mieux de ta part.

— Tu as toujours exigé plus et mieux de ma part, et je me suis toujours exécutée, pas vrai ? N'ai-je pas toujours assuré ? N'ai-je pas toujours tout fait, et toujours un petit peu plus que tout ?

Sa mère ne répondit pas.

— J'ai passé ma vie à essayer de te rendre heureuse, à essayer de te faire plaisir, à faire en sorte que tu te sentes mieux. Lorsque j'étais petite, j'ai souvent pensé que ta maladie était peut-être de ma faute et que si je faisais tout pour être une enfant parfaite, sans jamais te faire de peine, alors tu guérirais. Même plus grande, après avoir compris que je n'étais pour rien dans tes problèmes, j'ai continué malgré tout à penser que je pouvais te remettre sur pied. J'ai conclu un marché avec Dieu. Je lui ai promis tout ce qu'il voulait s'il te redonnait la santé et te rendait heureuse. Après le départ de papa, je me suis sentie encore plus responsable et j'ai trimé encore plus dur. Je faisais la cuisine, le ménage, et obtenais les meilleures notes en classe. Quand Nick a commencé à faire des siennes, je me suis conduite encore mieux, assez bien pour nous deux. Mais quels que soient mes efforts, quelles que soient la force de mes prières ou l'excellence de ma conduite, tu n'allais pas mieux. Tu ne sortais que pour aller consulter des médecins. Est-ce que tu as conscience que tu n'es jamais venue me voir jouer une seule pièce de théâtre à l'école ? Que tu n'as jamais rencontré un seul de mes professeurs ? Que tu ne t'es même pas déplacée le jour de la remise de mon diplôme d'enseignante ?

— J'étais malade !
— Tu étais constamment malade !
— Et tu m'en veux ?
— Non ! s'écria Bonnie avant de lâcher : Oui ! Oui, je t'en veux. Elle laissa échapper un profond et douloureux sanglot.
— Ce n'était pas une vie pour un enfant. Nous n'avions pas le droit d'avoir des amis à la maison. Nous n'avions pas le droit de parler fort ; pas le droit d'écouter la radio normalement ; pas le droit d'avoir un animal, pas même celui de se disputer. Il fallait constamment faire attention à ce que nous faisions ou disions pour ne pas te mettre en colère, sous peine que ta santé se dégrade. Les médecins n'ont cessé de te conseiller de sortir de ton lit, de sortir de cette maison. Ils te disaient que tu pouvais mener une vie normale, que tu n'avais rien d'une handicapée qui doive rester confinée au fond de son lit...
— Les médecins ! se gaussa de nouveau la femme. Ils sont bons à quoi ?
— Eh bien, tu devrais le savoir, avec tous ceux que tu as vus. Tu en changeais chaque fois que l'un d'eux te disait quelque chose que tu ne voulais pas entendre. Il s'en trouvait toujours un autre pour écouter ta litanie de douleurs, un qui te prescrivait encore plus de médicaments. Il ne t'est jamais venu à l'idée que le mélange de toutes les pilules que tu ingurgitais pouvait continuer à provoquer les attaques ?
— C'est absurde. Tu sais aussi bien que moi que j'étais cardiaque...
— Un souffle au cœur. Des millions de gens en ont qui mènent une vie pleine et riche.
— J'avais des allergies, et des migraines.
— Tu avais aussi un mari et deux enfants qui avaient besoin de toi.
— J'ai fait de mon mieux.
— Tu n'as rien fait du tout !... (Bonnie ferma les yeux, sentant la chambre qui tournoyait autour d'elle.) Tu nous as abandonnés bien avant papa.
Il y eut un silence.
— Ce n'est pas la maison qui me préoccupe, dit finalement Bonnie en essayant de coordonner ses pensées et de formuler en mots les émotions qui l'assaillaient. Intellectuellement, j'ai compris pourquoi tu as laissé la maison à Nick ; ça oui. Mais je me suis sentie tellement exclue ; comme si on m'avait abandonnée une fois de plus.
Bonnie se leva, fit quelques pas jusqu'à la coiffeuse et regarda sa mère dans le miroir.

– Lorsque j'ai su que j'étais enceinte, je n'avais qu'une envie, te le dire. Ma grossesse a été une sale période pour moi. Nick avait été arrêté. Toi, tu venais d'avoir ton infarctus. J'ai alors eu la faiblesse de croire que ma nouvelle allait te sauver... (Bonnie se mit à rire.) Même après toutes ces années, en dépit de tout ce qui s'était passé, je continuais à croire que j'avais le pouvoir de te guérir. Et que, si j'échouais, mon enfant réussirait, lui. Mon bébé te tirerait de là, te donnerait la force dont tu avais besoin, la volonté de vivre, le désir de voir son premier sourire et ses premiers pas. Je m'étais convaincue que tu serais présente pour mon enfant comme tu ne l'avais jamais été pour moi, que tu serais une merveilleuse grand-mère, tricotant des pulls et confectionnant des gâteaux... (À contre-cœur, Bonnie revit Adeline en bas dans la cuisine.) Mais même ça, tu en étais incapable, non ? (Bonnie se hâta de poursuivre :) Il a fallu que tu meures avant la naissance d'Amanda. Tu ne m'as même pas accordé ce plaisir de te présenter mon enfant.

– Parce que tu crois que je l'ai fait exprès ? demanda sa mère.

– Je m'en fous que tu l'aies fait exprès ou pas. La seule chose qui m'importe, c'est que tu n'étais pas là et que tu ne l'as jamais été. Ni pour papa, ni pour Nick, ni pour Amanda et encore moins pour moi.

Sa mère croisa ses mains sur son ventre et baissa les yeux.

– Qu'est-ce qui t'arrive, Bonnie ? demanda-t-elle avec aigreur. Tu as toujours été si gentille.

– Je n'étais pas si gentille que ça ! hurla Bonnie.

Elle vit le miroir trembler, ébranlant les images issues du passé – la fillette angoissée dans sa robe blanche, l'adolescente inquiète, la jeune femme de vingt ans responsable, la future épouse nerveuse, la future mère agitée ; elle les regarda toutes frissonner en se bouchant les oreilles.

– Si tu savais combien de fois j'ai désiré ta mort, vociféra Bonnie. Tu n'as aucune idée du nombre de fois où j'ai souhaité que ton cœur s'arrête, comme ça, poursuivit-elle en sentant son propre cœur s'accélérer. J'ai prié autant de fois pour ta guérison que pour demander que tu t'endormes et ne te réveilles jamais. Mon Dieu, non, je ne suis pas une brave petite, pas du tout !

Bonnie se laissa glisser à côté du lit. Elle posa sa tête sur les genoux de sa mère et sanglota.

Quelques minutes s'étaient écoulées quand elle sentit la main de sa mère sur sa nuque qui lui caressait les cheveux.

– Je t'aime, murmura la vieille femme d'une voix faible.

– Je t'aime plus, lança doucement Bonnie.

– C'est bien, fit une voix. C'est très bien, Bonnie. Tu verras, tout va s'arranger.

La jeune femme releva lentement la tête, vit Adeline debout à côté d'elle qui lui caressait gentiment la nuque. Elle regarda le lit, ne sentit que le dessus-de-lit bleu ciel sous ses doigts. Le lit était vide. Sa mère s'en était allée.

— Ton père et moi t'avons entendue crier, dit Adeline. Ça nous a tourné les sangs.

— Je suis désolée, fit Bonnie en essuyant ses larmes. Je ne voulais pas vous causer du tracas.

— Ce n'est rien. Tu as le droit d'être triste et de pleurer.

Bonnie hocha la tête en se relevant péniblement.

— Il faut que j'y aille.

— Le faut-il vraiment ? demanda Adeline. Nick vient d'appeler. Je lui ai dit que tu étais ici. Il sera là d'une minute à l'autre.

— Je ne peux pas attendre. Il faut que je rentre.

— Ça nous ferait très plaisir, à ton père et à moi, si tu restais dîner. Tu n'as qu'à téléphoner chez toi et inviter toute la famille. Ça nous ferait vraiment plaisir...

— Merci, mais non, fit rapidement Bonnie. Rod n'est pas à Boston en ce moment et je ne suis pas en très grande forme.

— Alors, une autre fois peut-être.

— Peut-être, répéta Bonnie en lançant un dernier regard sur la chambre avant d'abandonner derrière elle les fantômes et les ombres du passé.

26

Quand elle arriva chez elle, il était là à l'attendre.
— Josh, s'écria-t-elle en descendant de voiture, agréablement surprise de le trouver devant chez elle et prise d'une irrésistible envie de courir se jeter dans ses bras.
— Je vois que la voiture fonctionne à merveille, fit-il.
Elle consulta sa montre, terriblement gênée d'éprouver un tel plaisir à le voir, espérant que cela ne se voyait pas comme le nez au milieu de la figure.
— Qu'est-ce que tu fais là ? demanda-t-elle. Il était presque cinq heures.
— J'ai eu envie de passer comme ça, pour voir comment ça allait. Je t'apporte du potage au poulet.
Il brandit un bocal empli d'un liquide clair.
Bonnie passa la main dans ses cheveux ras d'un geste embarrassé, ouvrit la porte, jeta un regard prudent autour d'elle avant de lui faire signe de la suivre à l'intérieur.
— Ohé ! lança-t-elle en gagnant directement la cuisine.
Elle prit le bocal de potage des mains de Josh et le posa sur un plan de travail.
— Il y a quelqu'un ? Lauren ? Amanda ? Sam ?...
Elle retourna dans le hall d'entrée en vérifiant l'heure à sa montre. Elle scruta de nouveau le sol.
— L'il Abner ? fit-elle silencieusement du bout des lèvres. Où étaient-ils tous passés ?
— Ils sont chez Diana, déclara Josh quelque part dans son dos.
Bonnie fit volte-face. Trop vite. Elle fut prise d'étourdissement.
— Comment ?
Josh lui présentait un bout de papier blanc.
— Ils t'ont laissé un mot sur la table de la cuisine. Le voici.
Il lui tendit le papier. Bonnie avança la main pour le prendre,

perdit l'équilibre, vacilla. La seconde d'après, elle était dans ses bras tandis que la pièce dansait autour d'elle.

— Je vais te donner un verre d'eau, dit-il en l'entraînant dans la cuisine.

Il l'installa sur une chaise et s'empressa d'aller lui verser un verre d'eau fraîche sans la quitter des yeux.

— N'avons-nous pas déjà vécu cette scène ? demanda-t-elle.

En souriant, Josh porta le verre à ses lèvres.

— Est-ce que ça va ? Dois-je appeler un médecin ?

Elle but une longue gorgée.

— J'en ai vu un ce matin. Il m'a donné des médicaments.

— Ne faudrait-il pas les prendre maintenant ?

Bonnie regarda sa montre, mais fut incapable de distinguer entre la petite et la grande aiguille. Les deux se brouillaient, s'enchevêtraient, perdues au milieu de chiffres qui n'avaient plus aucun sens pour elle.

— Pas avant une heure, fit-elle en se souvenant que, quelques minutes auparavant, il était cinq heures.

Elle but encore un peu d'eau.

— Ça va aller. À mon avis, j'en ai fait un peu trop aujourd'hui.

Elle se rendait compte qu'elle n'en pouvait plus et n'aspirait plus qu'à une chose, s'allonger. Tous ces trajets. Tous ces souvenirs. Oser affronter sa famille d'origine n'était pas une sinécure ; cela n'avait rien d'une promenade sur la plage, se dit-elle en songeant à Rod en Floride et curieuse de ce que pouvaient bien faire les enfants chez Diana.

— Que dit le mot ? s'enquit-elle.

— « Bonnie, lut Josh. Sommes chez Diana pour retaper sa salle de bains. Amanda est avec nous. Serons de retour vers six heures. » C'est signé *Sam et Lauren*.

Il reposa le papier sur la table.

— Veux-tu que je te prépare un bol de potage ?

Bonnie sourit.

— J'ai bien envie de potage, oui. Merci.

L'instant d'après, il s'affairait à verser le contenu du bocal dans une casserole et le remua doucement pendant qu'il chauffait.

— C'est délicieux, déclarait Bonnie quelques minutes plus tard en avalant le savoureux et apaisant breuvage.

— C'est une recette dont ma mère m'a livré le secret.

— Ah oui ?

— Non. Ma mère était une piètre cuisinière. Et je suis un sale menteur. J'ai acheté cette soupe chez un petit traiteur de Wellesley.

— Moi aussi je suis une sale menteuse, répliqua Bonnie, sincèrement heureuse de sa présence. Merci pour ce potage. C'était vraiment gentil de ta part de penser à moi.

Il sourit.

— À ta disposition.

— Je crois que je ferais mieux d'aller m'allonger un peu avant que tout le monde rentre, dit-elle en terminant sa dernière cuillerée.

Josh l'aida à gagner le salon et veilla à ce qu'elle s'allonge sans dommage sur le canapé.

— À quelle heure rentre ton mari ?

Bonnie se lova en chien de fusil, enfouit sa tête dans le coussin vert pâle et ferma les yeux.

— Il n'est pas là cette semaine. Il a un congrès à Miami.

— Sait-il que tu es malade à ce point-là ?

— Il rentre bientôt.

Bonnie releva le menton, les cils à peine entrouverts pour pouvoir voir sans être vue. Elle aperçut Josh qui se calait dans un des fauteuils qui faisaient face au canapé.

— C'est inutile de rester. Ça ira.

— Je crois que je devrais rester jusqu'à ce que quelqu'un rentre. Mieux vaut ne pas te laisser seule, lui dit-il d'un ton qui ne supportait aucune contestation.

Merci, répondit Bonnie sans qu'aucun son ne sorte de sa bouche car elle avait déjà sombré dans le sommeil.

— Maman ! s'écria Amanda en se précipitant vers Bonnie qui ouvrait juste les yeux. On a collé du papier. C'était cool.

À peine Bonnie s'était-elle relevée pour s'asseoir sur le canapé qu'Amanda sautait déjà sur ses genoux.

— Oui, je vois que tu as bien travaillé.

Elle essuya un reste de colle blanche sur la joue de l'enfant.

— C'était drôle. Sam a dit que j'avais un don naturel, fit Amanda en riant.

— Il a dit ça ?

La fillette hocha fièrement la tête.

— C'est quoi, un don naturel ?

Bonnie éclatait de rire au moment où Sam et Lauren pénétraient dans le salon. Tous deux portaient un vieux T-shirt sur un de ces jeans à la mode délavés et déchirés ; leurs cheveux étaient relevés derrière les oreilles et mouchetés de poussière blanche. Même l'anneau dans le nez de Sam était piqué de blanc.

— À qui est la voiture dans l'allée ? demanda Sam.

— À moi, fit Josh en faisant irruption dans la pièce.

Où était-il ? se demanda Bonnie, allant même jusqu'à s'inquiéter soudain de la raison de sa présence ici. Était-il vraiment venu dans l'unique but de savoir comment elle se portait ?

– Salut, Mr. Freeman, fit Sam. Qu'est-ce que vous faites là ?

– Je trime derrière les fourneaux, répliqua-t-il aussitôt. L'idée m'est venue de vous préparer un petit dîner. Je me suis dit que Bonnie ne serait pas en état de le faire, alors j'ai préparé de médiocres hot dogs.

– Des hot dogs ?

Amanda applaudit de joie.

– Et une boîte de haricots blancs à la sauce tomate, ajouta Josh avec un clin d'œil.

– Il ne fallait pas te donner cette peine, lui dit Bonnie.

– N'est-ce pas l'heure de prendre tes pilules ? riposta-t-il.

– Quelles pilules ? demanda Lauren.

– Bonnie est allée chez le médecin, expliqua Josh. Il lui a prescrit des antibiotiques. Je vais les chercher.

Avant que Bonnie ait pu protester, il repartait déjà vers la cuisine.

– Qu'a dit le docteur ? s'enquit Lauren.

– Pas grand-chose. Il a parlé de l'éventualité d'une infection de l'oreille interne... (Elle haussa les épaules.) Mais rien de sûr.

– Nous avons joué à nous déguiser chez Diana, claironna Amanda.

– Elle est entrée dans la penderie de Diana, avança timidement Lauren. J'ai essayé de l'en empêcher.

– Diana a de belles choses, fit Amanda.

– C'est vrai, reconnut Bonnie. Mais je ne pense pas qu'elle apprécierait que tu joues avec. J'espère que tu as tout remis en ordre, exactement comme c'était.

Amanda fit une moue délicieuse, en plissant ses lèvres en avant dans un geste attendrissant.

– Je l'ai aidée, fit Lauren.

Le téléphone sonna.

– Voulez-vous que je décroche ? cria Josh depuis la cuisine.

– S'il te plaît.

Pensant que c'était probablement Rod, Bonnie se demanda comment il réagirait à cette voix mâle étrangère qui répondait au téléphone.

– Qui diable est ce Josh Freeman ? s'inquiétait Rod quelques secondes plus tard, après que Josh eut passé le combiné à Bonnie et lui eut approché une chaise pour qu'elle s'assoie.

– C'est le prof de dessin de Sam, murmura Bonnie. Rappelle-toi, il était à l'enterrement de Joan.

– Qu'est-ce qu'il fabrique ici ?

– Il est passé voir comment j'allais. Comment ça se passe à Miami ? demanda-t-elle pour couper court, car elle n'aurait su dire exactement pourquoi Josh Freeman était encore là.

– Formidablement. Tout se passe encore mieux que ce que nous avions imaginé. Les membres des chaînes affiliées à notre réseau sont dingues de Marla. Ils sont prêts à lui manger dans la main.

À cet instant même, Josh présentait ses paumes à Bonnie. Une petite pilule blanche roulait sur sa longue et robuste ligne de vie. Bonnie prit la pilule, la glissa dans sa bouche et l'avala avec le verre d'eau que Josh lui tendait de l'autre main.

– Comment te sens-tu ? demanda Rod avec un certain à-propos.

– À peu près pareil. J'ai vu un médecin. Il m'a donné des antibiotiques.

– Qui as-tu vu ?

– Le docteur Kline.

– Qui est-ce ?

– Quelqu'un que m'a recommandé Diana, mentit Bonnie, trouvant cela plus facile que de lui parler de sa séance chez le docteur Greenspoon – non pas qu'elle projetât d'en faire un secret, mais c'était simplement trop compliqué à expliquer au téléphone.

– Avez-vous retrouvé le serpent ?

Instinctivement, Bonnie regarda à ses pieds.

– Non, pas encore.

– Alors, tâche de ne pas t'en faire à son sujet. À mon avis, on n'est pas près de le revoir.

Bonnie acquiesça d'un signe de tête en voyant Sam pénétrer dans la cuisine. Il alla se servir un jus de fruits dans le réfrigérateur.

– Bonnie ? Tu es là ?

– Oui. Excuse-moi. Je vais tâcher de ne pas m'en inquiéter.

– OK. Écoute, il faut que je me dépêche. Marla a organisé une espèce de super-réunion avec une des compagnies pour sept heures, et j'ai encore des notes à revoir. Je te rappelle demain. Tu me manques, ajouta-t-il avant de couper.

– À demain, répéta Bonnie en raccrochant le combiné, tandis que Josh déposait sur la table un plat plein de hot dogs.

– Le dîner est servi, annonça-t-il aux enfants qui prenaient place autour de la table avec envie. Hot dogs pour tout le monde ?... (Il regarda Bonnie.) Potage au poulet pour toi.

À très précisément deux heures vingt-trois du matin, la sonnerie du téléphone retentit. Bonnie sursauta. Il lui fallut quelques secondes pour comprendre ce qui se passait, et quelques secondes encore pour trouver le combiné et le porter à son oreille.

– Allô ! fit-elle, haletante.

Silence.

– Allô ? Mais, bon sang, qui est à l'appareil ?

Toujours rien, puis un bizarre déclic, puis de nouveau plus rien.

– Allô ? Qui êtes-vous ? Il y a quelqu'un ?

Seule une tonalité continue lui répondit. Bonnie raccrocha le téléphone rageusement et éclata en sanglots. C'était la première fois depuis des jours qu'elle dormait profondément, sans que nausées ou cauchemars viennent la perturber, et on l'avait violemment réveillée. Peut-être qu'en fin de compte les antibiotiques agissaient, songea-t-elle en essuyant ses larmes. Elle se leva, alluma la lumière et explora d'un rapide coup d'œil le sol, le rebord de la fenêtre et les rideaux.

Elle gagna ensuite le couloir. Au point où elle en était, autant accomplir sa ronde nocturne. Dans la chambre de Sam, plongée dans l'obscurité, elle parcourut du regard les plinthes, l'aquarium du serpent tout éclairé, les deux rats blancs, victimes sacrificielles enroulées en boule dans le sable. Un serpent, et des rats à présent. Je ne peux pas y croire, songea-t-elle en poursuivant son chemin jusqu'à la chambre d'Amanda. Là, son cœur cessa de battre.

N'avait-elle pas recommandé à sa fille de fermer sa porte jusqu'à ce qu'on ait retrouvé L'il Abner ? « N'oublie pas de refermer ta porte si tu te réveilles en pleine nuit pour aller aux toilettes », l'avait-elle mise en garde. Et voilà le résultat : une porte grande ouverte. Elle entra.

Qu'y faire ? se demanda-t-elle en essayant de percer l'obscurité de la chambre. Amanda avait à peine quatre ans. Elle ne pouvait pas faire attention à tout. C'était là le rôle d'une mère.

Les yeux finalement habitués à l'obscurité, Bonnie s'approcha du lit et se pencha pour écouter la respiration régulière d'Amanda. Avec mille précautions, elle alluma le petit oiseau-lampe à côté du lit. L'enfant remua légèrement mais ne se réveilla pas. Bonnie examina rapidement la pièce. Il y avait des ours, des chiens, des grenouilles, mais pas de serpent. Soulagée, elle éteignit et retourna dans le couloir.

La porte de Lauren était fermée. Bonnie l'ouvrit tout doucement, jeta un coup d'œil furtif à l'intérieur et referma la porte après avoir entendu le léger ronflement de Lauren. Enfin elle regagna sa chambre et se glissa dans son lit où elle attendit le matin sans pouvoir dormir.

Josh Freeman l'appela le lendemain après-midi.

– C'est la pause, dit-il, j'appelle juste pour savoir comment tu vas.

– Est-ce que tu m'as appelée cette nuit ? demanda-t-elle sans préambule.

– Cette nuit ? Quand ? Tu veux dire, après mon départ ?

– Je veux dire cette nuit, à très précisément deux heures vingt-trois du matin.

– Pourquoi diable t'appellerais-je à presque deux heures trente du matin ?

– Excuse-moi, fit Bonnie. Je ne sais pas trop où j'en suis. Ce n'était évidemment pas toi.

– Quelqu'un t'a téléphoné à deux heures vingt-trois du matin ? Pour te dire quoi ?

– Rien du tout. On a juste attendu quelques secondes puis ça a raccroché.

– As-tu prévenu la police ?

– Pour quoi faire ? Il ne s'agit sans doute que d'un détraqué.

– Ce n'est pas forcément une mauvaise idée d'en informer la police, malgré tout, conseilla-t-il.

Bonnie hocha la tête sans rien dire.

– Comment te sens-tu ?

– Je dois dire que je me sens un petit peu mieux aujourd'hui. Les antibiotiques ont l'air de commencer à faire effet.

– Veux-tu encore du potage au poulet ?

– Je crois que tu en as apporté suffisamment pour au moins une semaine.

– Et que penserais-tu d'un peu de compagnie ?

– Pourquoi ? fit-elle, question qui les surprit autant l'un que l'autre.

– Pourquoi ? répéta-t-il.

Elle hésita.

– Dans un premier temps, tu ne voulais même pas m'adresser la parole, lui rappela-t-elle gentiment tout en s'avouant qu'elle aimerait beaucoup le voir. Et maintenant, tu m'apportes du potage et prépares le dîner pour mes enfants. C'est quoi, tout ça ?

Il y eut un long silence.

– Je t'aime bien, répondit-il simplement. Et mon intuition me dit que tu as besoin d'un ami. Je peux être celui-là.

On sonna à la porte.

– Quelqu'un sonne chez moi, dit-elle, remerciant le ciel de cette opportune interruption. Il faut que j'aille voir qui c'est.

– Je te rappelle plus tard si tu veux.

– Oui, répondit-elle, je veux bien.

La sonnette retentit à nouveau au moment où Bonnie posa le pied sur la dernière marche. Elle s'emmitoufla dans sa robe de chambre.

— Une seconde ! cria-t-elle, les jambes flageolantes sous l'effort. Qui est là ?

— L'oiseau de malheur adoré de tous, fut la réponse.

Bonnie posa son front contre le bois dur de la porte d'entrée. Mais quand donc avait-elle perdu le contrôle de sa vie ?

— Que veux-tu, Nick ?

— Je veux te voir.

— Je ne suis pas très bien.

— Je comprends, mais laisse-moi entrer. Il faut que je te parle.

Bonnie prit une profonde inspiration avant d'ouvrir la porte.

— Seigneur ! Qu'as-tu fait à tes cheveux ? demanda-t-il, lui qui avait des cheveux blonds superbement coupés et un front dégagé.

Bonnie dut s'avouer, alors qu'elle s'effaçait pour le laisser entrer, qu'il avait le nez délicat de leur mère.

— M'as-tu téléphoné cette nuit ?

— Cette nuit ? Non. Aurais-je dû le faire ?

— Quelqu'un m'a appelée à deux heures vingt-trois du matin, expliqua-t-elle en pénétrant dans la cuisine.

Elle alla prendre le bocal de potage au poulet dans le réfrigérateur, en versa dans une casserole et alluma la cuisinière.

— Veux-tu un peu de soupe ?

— Et tu crois que c'est moi qui t'ai appelée au beau milieu de la nuit ? Non, je ne veux pas de soupe.

— Ça t'est déjà arrivé, lui rappela-t-elle.

— Uniquement parce que tu avais dit à Adeline que tu cherchais à me joindre à tout prix.

— Ce n'est donc pas toi qui as téléphoné la nuit dernière ?

— Non, ce n'est pas moi.

Il tira une chaise et y prit place.

— Tu veux bien m'en dire plus ?

Bonnie haussa les épaules.

— Il n'y a rien à en dire. On a appelé et raccroché. Point final.

— J'ai cru comprendre que Rod était en Floride, fit Nick au bout d'un instant.

— Qu'est-ce que tu sous-entends par là ?

— Rien. Je converse.

— J'ai cru que tu voulais insinuer que c'est peut-être Rod qui a appelé.

— Ça ne m'a pas effleuré l'esprit. Pourquoi ? Penses-tu que ce soit possible ?

— Bien sûr que non, se hâta-t-elle de dire, pas si sûre d'elle au fond.

— Bon, commença Nick, je suis juste venu pour voir comment tu allais. Adeline m'a dit que tu étais passée hier. J'espérais que tu serais encore là à mon retour du boulot, mais elle m'a expliqué que tu devais rentrer parce que tu étais malade.

— Qu'a raconté d'autre la charmante Adeline ?

— Que tu avais eu une bonne discussion avec papa.

— Est-ce papa qui l'a dit ?

— Tu le connais. Il...

— ... ne dit pas grand-chose, termina Bonnie.

— Mais je sais que ta visite lui a fait plaisir, Bonnie. Ça se voyait à sa tête. Comme si on lui avait ôté un vieux masque.

Le potage commençait à bouillir. Bonnie retira la casserole du feu et versa la soupe chaude dans un bol.

— Sûr que tu n'en veux pas un peu ?

— Je préférerais une bière, si tu en as.

Bonnie indiqua le réfrigérateur d'un signe de tête.

— Sers-toi.

Une minute plus tard, ils étaient assis l'un en face de l'autre à la table de la cuisine, Bonnie sirotant son potage et Nick sa bière. Qui aurait pu prévoir cela ? se demanda-t-elle, intriguée devant la surprenante capacité d'adaptation de l'esprit humain.

— Où en est l'enquête sur le meurtre ? demanda soudain Nick.

La question prit Bonnie au dépourvu et elle renversa sa cuillerée de soupe sur la table, les mains tremblantes.

— Pardon ?

— Fais attention, fit-il, c'est chaud.

Il attrapa un torchon sur un meuble derrière lui et essuya les gouttes de potage.

— J'ai demandé s'il y avait du nouveau dans l'enquête de police.

— Pourquoi cette question ?

Nick haussa les épaules.

— Ça fait un bout de temps que j'ai rien vu dans les journaux. Je me demandais si tu savais quelque chose.

— Quoi, par exemple ?

— Par exemple si la police en sait un peu plus aujourd'hui sur le meurtrier de Joan.

— Tu en sais autant que moi, riposta Bonnie en le regardant droit dans les yeux dans l'espoir de lire dans ses pensées.

Nick porta la canette de bière à ses lèvres, renversa sa tête en arrière et avala le liquide brunâtre avec un plaisir évident.

— Rien ne vaut une bonne bière glacée, commenta-t-il.

— Et toi ? As-tu entendu dire quelque chose ?

— Moi ?... (Il rit.) Comment veux-tu que j'entende quoi que ce soit ?
— La police aurait très bien pu revenir t'interroger.
— Tu penses toujours que j'ai pu tuer Joan ?
— L'as-tu fait ?
— Non.
Il prit une nouvelle gorgée de bière.
— Tu sais bien que j'ai un alibi.
— Je ne suis pas certaine que notre père puisse être qualifié de témoin impartial.
— Tu t'es déjà trompée à son sujet.
Il y eut un silence.
— Il se peut que tu te trompes aussi à mon sujet, poursuivit-il.
— J'en doute, s'entêta Bonnie.
Elle termina son potage et porta le bol dans l'évier d'un pas mal assuré.
— Le meurtre ne t'est pas quelque chose de tout à fait étranger, n'est-ce pas ? Ou bien persistes-tu à affirmer que tu as été victime d'un coup monté ?
— J'étais dans la voiture quand Scott Dunphy a arrangé le coup, lui rappela-t-il.
Aussitôt, des colonnes de journaux défilèrent devant les yeux de Bonnie qui, la gorge nouée, reconnaissait les coupures du classeur de Joan.
— Ils étaient dehors à moins d'un mètre, argua-t-elle. Comment as-tu pu ne rien entendre de leur conversation ?
— La fenêtre était fermée.
— Tu n'as donc pas entendu un traître mot et tu ignorais totalement la raison pour laquelle ton douteux partenaire refilait dix mille dollars cash à un parfait inconnu. Sérieusement, c'est ça que tu essaies de me dire ?
— C'est plus compliqué que tu ne crois.
— Vraiment ?
Quelques secondes s'écoulèrent.
— Je n'ai pas tué Joan, déclara enfin Nick.
Bonnie hocha la tête sans un mot. Que se passait-il ? La cuisine se mit à s'incliner, le plafond à se rapprocher du sol. Elle s'appuya contre un meuble dans son dos, essaya de se concentrer sur l'érable juste devant la fenêtre, vit ses branches agitées par une légère brise. Dirigeant son regard sur la lithographie de Chagall accrochée au mur, elle vit la vache pattes en l'air qui fichait le camp au-dessus d'un toit. Et sur le dessin d'Amanda les têtes carrées des personnages s'allongeaient en rectangles flous. Que lui arrivait-il ? Était-ce l'heure de prendre son médicament ? Elle voulut lire sa montre

mais abandonna en se voyant incapable de distinguer les chiffres, et se tourna vers la pendule digitale au-dessus de la cuisinière dont les chiffres dansèrent à leur tour. « J'ai une pendule digitale dans ma voiture. » Au souvenir de cette phrase à l'adresse de la police, elle éclata de rire devant l'absurdité de la situation. Pourquoi ne s'était-il trouvé personne pour lui dire que les choses ne pouvaient qu'empirer ?

– Bonnie, appela Nick, d'une voix qui lui parut venir du fond d'un puits. Que se passe-t-il ? Est-ce que ça va ?

Elle fit un pas en avant, complètement paniquée en sentant le sol se dérober sous ses pieds.

– Aide-moi ! s'écria-t-elle alors que la pièce s'obscurcissait et qu'elle se sentait glisser la tête la première dans des profondeurs abyssales.

27

Lorsque Bonnie ouvrit les yeux, elle était au lit, veillée par Nick assis dans un fauteuil.
– Que s'est-il passé ? demanda-t-elle en se soulevant péniblement pour s'appuyer contre la tête de lit.
– Tu t'es évanouie, répondit-il en s'approchant pour s'installer doucement au pied du lit.
Elle regarda autour d'elle, constata qu'il faisait encore jour.
– Ça fait combien de temps ?
– Pas très longtemps. Peut-être une heure.
– Les enfants... ?
– Sam et Lauren sont rentrés de l'école et sont aussitôt repartis. Pour refaire la salle de bains de Diana, si j'ai bien compris. Amanda n'est pas encore là.
– Non. Elle était invitée à goûter chez des amis. Ils doivent la ramener vers cinq heures et demie. Il faut que je me lève pour préparer le dîner.
Elle respira profondément. Sa tête lui parut un peu lourde, comme si son cou devait faire un effort pour la supporter. Que se passait-il ? S'agissait-il d'une rechute ? Elle se sentait plus mal que jamais.
– Bouge pas. J'ai déjà dit aux enfants qu'on commanderait une pizza quand ils rentreraient.
– C'est ridicule, bougonna-t-elle. Je ne peux pas passer ma vie entière au lit.
– Qui a parlé de vie entière ? Tu n'es pas notre mère, Bonnie. Quelques jours ne font pas une vie.
Elle tenta un sourire, mais ses lèvres ne réussirent qu'à se crisper en tremblant, et elle abandonna.
– Depuis quand as-tu tourné au brave type ? demanda-t-elle.
– On a téléphoné pendant que tu dormais, annonça Nick sans

tenir compte de sa question. Un certain Josh Freeman. Un ami à toi, paraît-il.

Bonnie acquiesça.

– C'est un prof du lycée Weston. Il est passé hier pour m'apporter du potage.

– Eh bien, fit-il en lui donnant une petite tape sur les pieds, on dirait que ça ne manque pas d'hommes pour s'occuper de toi.

Excepté mon mari, songea Bonnie.

– En dehors de ton mari, dit Nick.

Le téléphone sonna et c'était Rod, justement.

– Tu es encore au lit ? demanda-t-il, perplexe.

– C'est un microbe qui semble bien accroché.

– Qu'a dit le médecin ?

– En principe, il appellera demain avec les résultats des examens, lui rétorqua Bonnie, parfaitement consciente de répondre à côté, mais estimant que cela pouvait tout aussi bien faire l'affaire.

Elle vit alors Nick se mettre à tourner nerveusement entre le lit et la fenêtre.

– Comment vont les enfants ? demanda Rod.

– Ça a l'air d'aller. Lauren est en forme. Pour l'instant, personne d'autre n'est tombé malade.

Dieu merci, songea-t-elle.

– Quand rentre-t-il ? demanda Nick.

– Quoi ? fit Rod. Qui était-ce ? Est-ce encore cette espèce de prof ?

– C'est Nick, répliqua Bonnie.

– Nick ? Mais qu'est-ce qu'il fout là ?

– Je m'occupe de ma sœur, gronda Nick en s'emparant du téléphone. Chose que tu devrais faire toi-même.

– Nick, protesta Bonnie, assez faiblement cependant pour admettre qu'elle n'y mettait pas beaucoup de conviction.

– Qu'est-ce qui se passe, nom de Dieu ? lança Rod d'une voix suffisamment forte pour que Bonnie l'entende.

– Ta femme est malade. Elle s'est évanouie il n'y a pas une heure, et heureusement que j'étais là pour la rattraper quand elle est tombée.

– Évanouie ?

– Quand rentres-tu ? demanda de nouveau Nick.

– Ma place d'avion est réservée pour samedi matin.

– Change ta réservation, fit Nick.

Il y eut un silence pesant entre eux, puis elle entendit : « Repasse-moi Bonnie », tandis que son frère lui tendait le combiné.

– Rod...

– Que se passe-t-il, Bonnie, à la fin ?

– Je ne vais pas bien, Rod.
– Tu veux que j'écourte mon voyage, que je rentre plus tôt ? C'est bien ça ?

Le ton de sa voix implorait une réponse négative.

Bonnie ferma les yeux, avala sa salive, ressentant l'âcre goût du sang agglutiné sur ses gencives.

– Oui, répondit-elle.

Un silence pesant suivit.

– Très bien, fit Rod. Je vais voir si je peux trouver un vol pour rentrer demain dans la journée.

Bonnie se mit à pleurer.

– Je suis désolée, Rod. Je ne sais pas ce qui m'arrive. Je ne sais pas quoi faire. J'ai peur.

– N'aie pas peur, ma chérie, déclara Rod d'un ton de sympathie forcée. Ce n'est qu'une complication de la grippe. Ça ira certainement déjà mieux d'ici à mon retour.

– J'espère.

– Bien. Il faut que je te laisse, tu sais, si je veux modifier mon planning. Je serai là demain, chérie. Calme-toi. Tâche de dormir. Et débarrasse-toi de ton espèce de frangin. Tu allais beaucoup mieux avant qu'il ne fasse son apparition.

Bonnie déposa le combiné dans la main que son frère lui tendait et le regarda raccrocher l'appareil, remarquant pour la première fois la musculature nettement marquée de ses bras. Il a eu tout le temps de faire de l'exercice en prison, se dit-elle, tâchant ainsi de minimiser l'impact de la remarque de Rod. *Tu allais beaucoup mieux avant qu'il ne fasse son apparition.*

Je croyais qu'affronter mon passé était censé me faire du bien, songea-t-elle en se glissant sous ses couvertures. Avant d'être emportée par le sommeil, elle s'entendit encore déclarer : « Il rentre demain. »

Lorsqu'elle rouvrit les yeux, il faisait noir. Elle s'assit dans un sursaut, prise de vapeurs, comme si des dizaines de petites bombes implosaient en elle, la baignant de sueur.

– Bonnie ? appela une voix dans l'obscurité.

Elle sursauta, essaya tant bien que mal de rassembler ses couvertures autour d'elle tout en s'efforçant de déterminer si elle était réveillée ou endormie.

– Ne t'inquiète pas, c'est moi, Nick, poursuivit la voix en se rapprochant.

Bonnie vit la silhouette de son frère se découper dans la

pénombre, les longs cheveux blond foncé, les bras musclés, le nez étonnamment féminin dans ce visage si résolument masculin.

– Quelle heure est-il ? demanda-t-elle.

Combien de fois avait-elle posé la question ces derniers temps ? Qu'est-ce que cela pouvait faire ? Cela avait-il jamais rien changé ?

– Il est dix heures passées, répondit-il.

– Dix heures passées ! Où est Amanda ?

– Elle dort.

– Sam et Lauren... ?

– Dans leur chambre.

– Pourquoi es-tu resté ?

– Pour m'assurer que tout va bien.

– Je ne comprends pas. Pourquoi cette soudaine attention ?

– Elle n'a rien de nouveau.

On frappa timidement à la porte.

– Oui, dit faiblement Bonnie.

Sam entra furtivement dans la chambre, plié en deux comme si le plafond était trop bas pour lui, la tête en avant qui fouillait l'obscurité à la recherche de Bonnie.

– J'ai entendu parler et j'ai voulu voir comment ça allait, expliqua-t-il. Comment te sens-tu ?

– Moyen, moyen.

– Les médicaments ne font rien ?

Bonnie se gratta le front. Impossible de se rappeler la dernière fois qu'elle en avait pris.

– Ça devrait à peu près être l'heure de les prendre, fit-elle.

– Où sont-ils ? demanda Nick.

– Dans la cuisine.

– Je vais les chercher, proposa Sam en s'éclipsant.

– C'est un drôle de gamin, observa Nick.

– Tu l'étais aussi, lui rappela sa sœur. Sans arrêt en train de jouer aux gendarmes et aux voleurs. Sauf qu'à l'époque tu étais toujours du côté des bons. Que s'est-il passé, Nick ? Qu'est-ce qui t'a fait changer de camp ?

– Ça arrive. Les gens changent.

– Qu'est-ce qui arrive ? Qu'est-ce qui fait changer les gens ?

Le visage soudain empreint d'une expression singulière, Nick releva la mèche sur son front et regarda Bonnie avec une intensité que même l'obscurité ne parvenait pas à dissimuler. Elle se rendit compte qu'elle avait peur.

Que faisait-il là ? Pourquoi était-il venu ? Que signifiait sa réapparition dans sa vie ? Et pourquoi précisément maintenant ? Quel lien avait-il avec Joan ? Quel lien avec sa mort ? L'avait-il tuée ? Projetait-il de tuer sa sœur aussi ? Était-ce pour cette raison qu'il était revenu s'immiscer dans sa vie ? Était-ce pour cela qu'il était là ce soir ? Elle était si mal qu'elle s'en moquait presque. Mais fais-le vite, songea-t-elle, qu'on en finisse. Tout valait mieux que de revivre ce qu'elle avait subi ces dernières semaines.

Simplement, supplia-t-elle en silence alors que Nick se détournait, ne fais pas de mal à mon enfant. À cette pensée, elle se redressa instinctivement dans son lit et décida qu'elle devait rester forte. Il n'était pas question qu'elle laisse faire du mal à sa fille.

– Je t'ai apporté de la soupe, lança Sam qui entrait dans la chambre, un bol fumant entre les mains.

Il fit le tour du lit avec précaution, déposa les antibiotiques dans la paume ouverte de Bonnie et lui tendit la tasse de potage.

– Attention, c'est brûlant. Je l'ai mis au micro-ondes.

Bonnie posa la pilule sur sa langue, souffla doucement sur le potage et but. Elle sentit la pilule se coincer dans sa gorge. Elle prit une nouvelle gorgée de potage, se brûla un peu la langue mais avala malgré tout.

– Que devient la salle de bains de Diana ? demanda-t-elle.

– Superbe ! annonça Sam fièrement. Je pense que ça lui plaira.

– J'en suis sûre.

– Elle revient ce week-end. Je verrai bien à ce moment-là... (Sam se tortillait d'un pied sur l'autre.) Je suis plutôt naze, dit-il. Je peux aller me coucher ?

– Bien sûr, répondit Bonnie.

– Je trouverai la sortie sans toi, fit Nick.

Un sourire aux lèvres, Sam s'éloigna de sa démarche négligée, puis s'arrêta.

– J'espère que tu te sentiras mieux demain.

– Moi aussi.

Bonnie reporta son attention sur son frère.

– Je suis sûre que tu as autre chose à faire, commença-t-elle.

– Rien du tout. En fait, j'étais en train de me demander si je n'allais pas passer la nuit ici.

– Quoi ? Non, ne sois pas stupide. C'est impossible.

– Et pourquoi ça ? Je vais dormir ici même sur le fauteuil. Comme ça, je serai là au cas où tu aurais besoin de quoi que ce soit.

– Je n'aurai besoin de rien.

– Et moi, je ne partirai pas d'ici, fit-il.

Dans un premier temps, elle perçut les gémissements comme une partie intégrante de son rêve.

Cela se passait à la cafétéria du lycée à l'heure du déjeuner ; un plateau entre les mains, elle attendait son tour dans la queue. « Allez, avancez ! » fit une voix. Bonnie fit quelques pas, quand une plainte aiguë s'échappa en sifflant des tuyaux à ses pieds, effleurant ses jambes nues.

— Que se passe-t-il dans les tuyauteries ? demanda-t-elle à Rod qui portait l'uniforme des vigiles du lycée.

— Va donc jeter un coup d'œil, suggéra Rod en ouvrant la bouche d'aération logée dans le mur.

Immédiatement, les gémissements s'intensifièrent, se firent plus nets. Bonnie comprit alors que quelqu'un devait être enfermé à l'intérieur et se pencha vers l'ouverture.

— Fais gaffe aux serpents, avertit Rod tandis qu'elle s'introduisait à l'intérieur du long tunnel.

— Il y a quelqu'un ici ? lança-t-elle d'une voix déformée par l'écho.

— Maman ? appela une petite voix. Maman, au secours, aide-moi !

— Amanda ?

Bonnie sursauta et se mit à ramper tant bien que mal en direction de la voix. Mais, plus elle avançait, plus le tunnel s'allongeait et plus la distance entre elles deux se creusait. De la boue commença alors à s'égoutter du plafond du tunnel sur sa tête, menaçant de l'enterrer vivante.

— Maman ! appela de nouveau Amanda dont la voix se déformait, ressemblant à la longue plainte déjà entendue.

— Amanda ! hurla Bonnie, trempée de sueur, tâtonnant dans l'obscurité environnante, se débattant.

Ses mains rencontrèrent un courant d'air frais bien réel qui la réveilla, le visage ruisselant de sueur. Mon Dieu, songea-t-elle en s'asseyant, puis elle discerna la forme endormie de son frère dans le fauteuil à l'autre extrémité de la pièce. Un cauchemar de plus à ajouter à sa collection.

C'est alors qu'elle perçut les gémissements, réalisant qu'ils étaient bien réels, que son subconscient ne les avait pas créés, mais simplement intégrés à son rêve. « Amanda ! » murmura-t-elle, angoissée. Elle sauta hors de son lit et courut dans le couloir, les gémissements s'intensifiant à mesure qu'elle s'approchait de la chambre de sa fille.

Parvenue devant la chambre d'Amanda, Bonnie sentit une boule au milieu de sa poitrine en découvrant que la porte était grande ouverte. Soulevée de spasmes, la respiration courte, elle formula une silencieuse prière avant de pénétrer dans la chambre et d'allumer le plafonnier.

Amanda était assise dans son lit, réfugiée contre la tête de lit, les mains sur sa bouche ouverte, des larmes ruisselant sur ses joues, les yeux écarquillés comme des soucoupes, les couvertures à terre, son petit corps recouvert de tous ses animaux en peluche : le panda sur sa tête ; les chiens sur le ventre et un reptile vivant à ses pieds.

Bonnie frémit devant la scène surréaliste qu'elle avait sous les yeux.

Enroulé autour de la cheville nue d'Amanda, le serpent se balançait au-dessus d'elle sur un rythme hypnotique.

– Maman, pleura doucement la fillette alors que sa mère restait figée sur le seuil. Il me serre la cheville, maman. Ça fait mal. Dis-lui d'arrêter.

Oh, mon Dieu ! Bonnie sentit son propre corps vaciller, sa tête flotter. Elle craignit de perdre connaissance, mais se reprit. Non, non ! Pas question. Elle ne s'évanouirait pas. Il lui fallait sauver sa fille. Rien d'autre ne comptait. C'était son enfant et elle lui était bien plus précieuse que sa propre vie. En aucun cas elle ne permettrait qu'il lui arrive malheur et ferait tout pour la sauver.

Une seconde plus tard, elle eut l'impression d'avoir quitté son corps, de l'avoir abandonné à la manière d'une mue de serpent ; elle bondissait vers le lit d'Amanda, comme en état d'apesanteur, totalement vide de pensées, tel un animal n'obéissant qu'à l'instinct, fonctionnant à l'adrénaline. En un éclair, elle saisit d'une main la tête du reptile et de l'autre le bout de sa queue tendue. Le serpent se cabra, se faisant plus lourd entre les mains de Bonnie, qui avait l'impression de s'être emparée d'une barre de fer. Puis il commença à se débattre, forçant de la tête contre la paume qui le serrait, bandant son long corps sous l'étreinte de l'autre main, exerçant une pression, semblait-il, dans toutes les directions à la fois. Bonnie s'escrimait, par des pressions du bout des doigts, à dégager les anneaux enroulés autour du pied de sa fille, mais on aurait dit que le serpent était lui aussi pourvu de doigts qui repoussaient les siens à mesure. Il possède une telle force, songea Bonnie, qui craignait de ne pas être assez forte pour le maîtriser.

Des bruits lui parvinrent. Dans le cours de sa lutte pour libérer la cheville d'Amanda, elle comprit qu'il s'agissait de ses propres hurlements. J'y suis presque, se dit-elle en enfonçant ses doigts dans la peau soyeuse de l'animal. Elle l'avait presque.

Elle tira de toutes ses forces, entendit un plop ! comme le bruit d'une ventouse qu'on décolle, et, enfin séparé d'Amanda, le serpent ne se débattait plus qu'entre ses bras. Il était si lourd, avait une telle puissance ! Elle savait qu'elle le lâcherait bientôt. C'est alors qu'elle entendit des voix, se retourna au moment où Nick apparaissait sur le pas de la porte, les yeux rageurs, bras tendus en avant, braquant un revolver droit sur elle.

Elle eut un sursaut, cessa de lutter, relâcha son étreinte, et le serpent alla s'abattre sur le sol.

Il heurta la moquette avec un bruit sourd et, déchaîné, se mit à ramper pour revenir à la charge.

— Ne le tue pas ! hurla Sam, qui se précipita dans la chambre et, bousculant Nick au passage, se jeta de tout son long sur le boa constrictor enragé.

Bonnie n'avait pas quitté des yeux son frère, toujours armé, se demandant si c'était avec ce même revolver qu'il avait tué Joan. Était-ce son tour à présent ?

Du coin de l'œil, elle vit Sam se relever en grimaçant de douleur tandis que le serpent opposait une résistance toujours aussi impressionnante. Secoué par sa chute, le souffle court, l'adolescent lança un coup d'œil fugitif sur Nick et quitta la chambre, le serpent dans les bras.

Bonnie guetta encore le déclic du couvercle de l'aquarium qu'on remettait en place avant de se laisser glisser sur les genoux et d'éclater en sanglots.

— Maman ! s'écria Amanda en sautant de son lit pour se jeter dans les bras de sa mère.

— Tu n'as rien, ma puce ? demanda Bonnie en embrassant la fillette, caressant ses cheveux, massant la cheville meurtrie où apparaissaient déjà des marques rougeâtres, comme si on l'avait serrée avec une corde.

— Mais qu'est-ce qui se passe ? demanda une voix depuis le couloir.

Bonnie se retourna, avisa Lauren qui se dandinait derrière Nick, mais ne vit plus aucune trace de revolver. Son imagination lui avait-elle joué un tour ?

— On a trouvé le serpent, fit Amanda.

Bonnie entendit un rire et s'aperçut que c'était le sien.

— Oui, absolument, dit-elle.

— Le serpent est là ?

Lauren recula en jetant un regard circonspect autour d'elle.

— Sam l'a repris, fit Nick.

Lauren se tourna vers lui.

— Qu'est-ce que tu fais encore là, toi ? demanda-t-elle, visiblement troublée par les événements.

— Pas grand-chose, fit-il en riant.

Il s'approcha de Bonnie et l'aida à se relever.

— Est-ce que ça va ?

– Oui, à peu près, lui dit-elle en se dégageant. Mais j'ai peur que Sam n'ait été mordu.

– Ça lui est déjà arrivé, déclara Lauren. Les morsures font mal mais ne sont pas empoisonnées.

Bonnie prit sa fille dans ses bras. Elle ressentait encore dans ses mains le poids de la lutte contre le reptile. Elle avait l'impression d'être vidée de ses forces.

– C'était très impressionnant, fit Nick. Rappelle-moi de ne pas me brouiller avec toi.

Bonnie fixa son frère. Explique-toi, disait son regard.

Il la dévisagea à son tour. Plus tard, répondirent ses yeux.

– As-tu décidé de nous tuer ? s'inquiéta Bonnie auprès de son frère, après que les enfants se furent recouchés et endormis.

Le serpent avait regagné son aquarium et les rats n'y étaient plus.

– C'est ce que tu penses ? demanda-t-il. Tu penses que je suis là pour vous tuer ?

– Je ne sais plus quoi penser, avoua honnêtement Bonnie, qui ne sentait plus ses muscles et n'avait qu'une envie, s'allonger.

– Je ne suis pas venu pour te faire du mal, Bonnie.

– Pourquoi, alors ?

– Je pensais pouvoir te protéger, dit-il après un silence.

– Je ne savais pas que les criminels relâchés avaient le droit de porter une arme.

– Ils n'en ont pas le droit.

Bonnie s'assit sur le bord de son lit. À quoi servait-il d'essayer de parler avec son frère ? Pensait-elle vraiment qu'il lui livrerait quoi que ce soit ?

– Tu crois que nous aurions dû insister pour envoyer Sam à l'hôpital ? demanda-t-elle finalement.

– Il a dit qu'à son avis un peu de Tylenol lui permettrait de passer la nuit et qu'il irait voir un médecin demain matin si nécessaire.

Bonnie hocha la tête. Elle avait aidé Sam à nettoyer les morsures en profondeur, après quoi il avait appliqué un onguent, un antiseptique spécialement adapté. Il n'avait pas dit un mot à propos du revolver entre les mains de Nick. Peut-être avait-elle tout imaginé.

Elle avait couché Amanda dans la chambre de Lauren. La fillette s'était vite lovée au creux de l'épaule de sa sœur dont l'autre bras lui protégeait la poitrine, et leurs deux respirations s'étaient fondues tandis qu'elles s'endormaient.

— S'agit-il du revolver qui a tué Joan ? demanda Bonnie, qui venait de percevoir la crosse du revolver glissé dans la ceinture du jean.

— Celui qui a tué Joan était un calibre 38, répondit Nick, très prosaïque. Celui-ci est un 357 Magnum.

— Cette réponse est-elle censée me rassurer ? demanda Bonnie tout en se rendant compte qu'elle l'était.

— Jamais je ne pourrais te faire de mal, Bonnie. Tu n'en es toujours pas convaincue ?

— Que se passe-t-il, Nick ?

Il garda le silence.

— Écoute, commença-t-elle, je suis malade ; je suis fatiguée ; je pense que mon mari me trompe ; j'ai passé une partie de la nuit à combattre un serpent. Je ne suis pas sûre de pouvoir en supporter beaucoup plus. Je commence à être larguée, Nick. Ma vie n'a plus aucun sens. Et si tu tardes à me donner des explications, tu n'auras plus qu'à me tirer dessus, sans quoi je vais attraper le téléphone et appeler la police pour leur dire que mon frère, ce repris de justice, est dans ma chambre avec un 357 Magnum dans la ceinture de son pantalon.

— Je crois que ça ne sera pas nécessaire.

— Si tu ne me parles pas à moi, peut-être parleras-tu à la police, répéta-t-elle.

— Bonnie, dit-il calmement en s'approchant d'elle. *Je suis* de la police.

28

Nick était déjà parti lorsque Rod arriva.

– Comment vas-tu, ma chérie ? demanda-t-il en prenant Bonnie dans ses bras.

Il l'étreignit avec chaleur, puis se recula un peu pour la dévisager longuement.

– Tu as une mine épouvantable, dit-il.

Bonnie porta aussitôt la main à ses cheveux, tirant vainement sur quelques mèches pour les ramener sur le front. Ses yeux se mouillèrent de larmes. Elle avait passé presque une heure dans la salle de bains à essayer de se faire belle pour le retour de son mari. Après sa douche, elle avait fait un de ces traitements spéciaux qui affirment donner un coup de fouet aux cheveux abîmés, puis elle s'était lavé les dents en prenant soin de ne pas égratigner ses gencives qui avaient quand même saigné. Elle s'était même maquillée, pour dissimuler d'un coup de blush rose pâle son teint cireux, avait ajouté du mascara sur ses cils affaiblis et humecté ses lèvres d'un peu de brillant rosé. Enfin, elle s'était habillée pour la première fois depuis plusieurs jours, troquant sa robe de chambre imbibée de sueur contre une robe imprimée très printanière. Et Rod disait qu'elle avait une mine épouvantable. Après tout, il se pouvait qu'après Marla Brenzelle, cette merveille siliconée, son mari ait oublié à quoi ressemblait une vraie femme, en particulier lorsqu'elle était malade. Les vraies femmes ne vont pas à Miami pour lutter corps à corps avec des directeurs de télévision, se dit-elle avec un regard sur l'escalier, elles restent à Boston et se battent contre des serpents.

– Comment vont les enfants ?

Rod entra dans la cuisine et éplucha son courrier. Bonnie le suivit.

– Très bien.

Elle consulta sa montre, mais fut incapable de déterminer s'il était une heure dix, ou deux heures cinq. De toute manière, les enfants étaient à l'école.

– As-tu parlé à ton médecin ? s'enquit Rod.

– J'ai appelé son cabinet ce matin, mais il n'avait pas encore reçu les résultats des examens. Il paraît que le laboratoire a été particulièrement surchargé.

– Admettons, mais c'est qui, ce type ?

– Le docteur Kline. Je te l'ai déjà dit. C'est Diana qui me l'a recommandé.

– Je croyais qu'elle voyait le docteur Gizmondi.

– Ah bon ?

– Rappelle-toi. Elle n'avait cessé de nous seriner avec ça un soir. Je m'en souviens à cause de ce nom tellement curieux.

– Elle a peut-être changé, fit Bonnie d'une voix faible.

Elle ne se sentait pas prête à lui avouer qui l'avait envoyée chez le docteur Kline. Pas pour l'instant, en tout cas. Elle se rassura en songeant qu'elle lui parlerait de ses rencontres avec le docteur Greenspoon dès qu'elle serait plus en forme, se demandant d'ailleurs quand cela arriverait. Le docteur Kline n'avait-il pas dit que les infections de l'oreille interne pouvaient durer des mois ?

– Tu as la tête de quelqu'un qui n'a pas dormi depuis des jours, déclara Rod.

Avait-il toujours eu un tel penchant à énoncer des évidences ?

– Nous avons retrouvé le serpent, lui dit-elle.

– Ah oui ? Où ça ?

– Dans la chambre d'Amanda, répondit-elle simplement, refusant d'entrer dans les détails – encore une chose qu'elle gardait pour elle.

Tu n'avais qu'à être là, songea-t-elle en revoyant aussitôt son frère.

Pas étonnant qu'elle n'ait pas dormi. Elle se cala sur une chaise de la cuisine, observant son mari qui lisait son courrier, l'esprit préoccupé par les événements de la veille, revivant la scène avec son frère dans ses moindres détails, comme elle l'avait déjà fait maintes et maintes fois depuis son départ dans la matinée.

– Bonnie ! (Elle l'entendait encore, comme s'il était là.) *Je suis de la police.*

Sa panique s'était mitigée de curiosité.

– Que veux-tu dire ? De quoi parles-tu ?

– Je veux dire que je continue à jouer aux gendarmes et aux voleurs, Bonnie, que j'en suis toujours à pourchasser les méchants.

— Je ne comprends pas. C'est toi, le méchant. Tu as fait de la prison.

— Je suis allé en prison, oui.

— Depuis quand permet-on à des criminels relâchés de devenir officiers de police ?

Sa colère couvait, menaçait d'exploser. Ça, c'était le bouquet. Si c'était vrai, pas étonnant que la société soit dans un tel pétrin.

— Depuis que mon séjour en prison faisait partie d'un plan, répliqua-t-il. C'était la suite logique d'un traquenard minutieusement élaboré pour pincer Scott Dunphy, stopper ses activités et le mettre hors d'état de nuire.

Bonnie ricana, haussa les épaules, sentit des vertiges la gagner.

— Tu veux me faire croire que tu es un agent de la police secrète ? C'est bien ce que tu essaies de me dire ?

— On appelle ça un « sous-marin » dans le jargon du métier ; mais oui, en effet, c'est précisément ce que très sérieusement je tente de te faire comprendre.

Il se tut, paraissant réfléchir à l'utilité de poursuivre ou non.

— Je devrais garder tout ceci pour moi. Je prends le risque, Bonnie. Je te fais confiance.

— Tu me fais confiance, répéta Bonnie, l'air ahuri.

Nick acquiesça d'un hochement de tête.

— Par conséquent, moi aussi je dois te faire confiance ! poursuivit-elle. Je suis censée croire que, durant toutes ces années, tu as vécu une espèce de double vie, faisant ami-ami avec des types comme Scott Dunphy, devenant un rouage de leur organisation, dans le seul but d'accumuler suffisamment de preuves pour les envoyer en prison ?

— C'est mon métier, Bonnie.

— Les apparences sont contre toi.

— L'apparence est souvent trompeuse.

— J'ai déjà entendu ça quelque part... (Elle soupira profondément en essayant de remettre un semblant d'ordre dans ses idées.) Le projet de développement foncier...

— ... faisait partie de l'affaire, oui.

— Mais tu as été reconnu non coupable, on t'a laissé partir.

— Tout a été gâché. Quelqu'un avait pris les devants. On manquait de preuves pour une condamnation. Fallait tout reprendre à zéro.

— Et les autres charges ? La tentative de meurtre ?

— Cette fois, on l'a eu.

— Mais tu as été en prison !

— Il fallait préserver ma couverture.

— Je ne te crois pas.

— C'est la vérité.

— Tu es un flic ? hoqueta Bonnie, incrédule, craignant de se fier à lui, et pourtant redoutant encore plus de ne pas le croire. Mais comment avons-nous pu tout ignorer ? Comment as-tu pu cacher ça à ta famille ?

— Je n'avais pas le choix. Il y allait de votre sauvegarde autant que de la mienne.

— Tu veux dire que durant tes années d'absence, ces années où tu prétendais voir du pays..., commença-t-elle.

— J'étais en formation au Bureau fédéral d'investigation, dit-il en terminant sa phrase.

Elle lui fut singulièrement reconnaissante de ne pas avoir utilisé le sigle FBI.

— Et tu ne pouvais en parler à personne, pas même à ta mère, pas même lorsqu'elle était au seuil de la mort ?

— Je ne savais pas qu'elle était mourante.

— Tu l'a laissée partir en croyant...

— Je ne savais pas qu'elle était mourante, répéta-t-il d'une voix cassée, presque atone. Merde, Bonnie, toute ma vie elle a été mourante... (Il se passa la main dans les cheveux, relevant brutalement sa frange en arrière.) Mais elle n'est pas morte à cause de moi, Bonnie. Sois-en convaincue. Sache qu'elle n'est pas morte par ma faute.

Bonnie baissa la tête.

— Je le sais, murmura-t-elle au bout d'un long silence. Je l'ai probablement toujours su... (Son regard se perdit dans le vague avant de revenir sur son frère.) Simplement, c'était plus facile pour moi de te coller sa mort sur le dos plutôt que d'admettre qu'elle n'était qu'une hypocondriaque égoïste, ayant abusé des drogues qu'on lui prescrivait et dont le corps n'arrivait plus à suivre... (Elle soupira profondément.) C'est drôle, dit-elle. Je me suis toujours considérée comme une fieffée menteuse. Mais, en fait, je me suis menti à moi-même avec brio jusqu'à aujourd'hui.

Et soudain ils furent dans les bras l'un de l'autre, en larmes.

— Ne pleure pas, disait-il en sanglotant. Tout va bien maintenant. Tout va s'arranger.

— Est-ce que papa sait la vérité ? demanda-t-elle après avoir séché ses larmes.

— Il est au courant.

— Et le capitaine Mahoney ? L'a-t-il toujours su ?

— Pas au début, non. J'étais suspect, au même titre que les autres.

— Mais il le sait à présent.

– Oui. Mais, naturellement, moins nous sommes nombreux à le savoir, et moins je cours de risques. C'est simple comme bonjour.

– Rien de tout ceci n'est simple.

Il se tut, puis la considéra avec un grand sérieux.

– S'il te plaît, ne dis rien de tout ceci à Rod.

Bonnie croisa ses mains contre sa poitrine et massa ses poignets douloureux. La dernière personne à lui avoir donné ce petit conseil avait été Joan et le résultat n'était pas brillant.

– Mais c'est mon mari !

– Est-ce que cela signifie que tu as confiance en lui ? riposta-t-il.

Bonnie garda le silence pendant quelques secondes.

– Pour quelle raison devrais-je douter de lui ?

– Son ex-femme a été assassinée – un rappel tout à fait superflu. Il est établi que ton mari profite largement de sa mort et qu'il en serait de même de la tienne. Nous savons que Joan était inquiète pour toi. Nous savons aussi qu'elle était au courant de quelque chose qu'elle aurait dû ignorer.

– Que veux-tu dire ? demanda Bonnie. Qu'est-ce que tu sais ? Qu'est-ce que tu me racontes ? Comment es-tu impliqué là-dedans ? Qu'y a-t-il entre Joan et toi ?

– Elle m'a téléphoné quelques semaines avant sa mort, expliqua Nick. Ou, plus exactement, elle a appelé papa. Elle ignorait que j'étais rentré à la maison. Elle lui a confié qu'elle était inquiète à ton sujet, mais n'a pas voulu dire pourquoi ; elle a seulement dit que nous devions te surveiller de près. Papa ne savait pas comment réagir. Il a raconté qu'elle avait l'air d'avoir bu, mais tout de même, un coup de fil pareil, qui tombe du ciel comme ça... Je l'ai donc rappelée et suis allé la voir pour essayer de comprendre de quoi il s'agissait. Je n'ai pas réussi à la faire parler davantage. Mais j'étais sûr d'une chose, c'est qu'elle était vraiment inquiète. Je suis allé voir Rod au studio, histoire de le sonder discrètement, en prétextant une loufoque idée de scénario pour une série. Pendant quelques interminables minutes, j'ai bien cru qu'il appréciait mon projet. Mais non, il faisait son numéro de charme habituel. Bref, tout paraissait en ordre. Alors je me suis dit que Joan avait encore une fois un peu trop bu, mais voilà que j'apprends sa mort. Et toi, tu étais le suspect numéro un de ce meurtre.

– Je ne l'ai pas tuée.

– Je le sais.

– Mais tu as gardé l'œil sur moi.

– Pour ta protection.

– Alors, c'était bien toi dans le parc de l'école ce fameux matin.

Bonnie revoyait son frère émerger de l'ombre des bosquets.

– Tu as de bons yeux. J'ai dû me barrer de là en quatrième vitesse.

– Est-ce également toi qui as rendu visite à Elsa Langer ?

Il hocha la tête.

– Après que tu as parlé de ta visite à la clinique, j'ai pensé que ça pouvait valoir la peine d'aller jeter un coup d'œil. Malheureusement, elle était déjà dans un monde où on ne pouvait plus l'atteindre.

– Alors, où en sommes-nous ?

Il y eut un long silence.

– Une seule personne a à la fois un mobile, pas d'alibi et un calibre 38 qui a disparu.

– Tu veux dire que tu penses que c'est Rod ?

Nick baissa les yeux.

– Je veux dire que c'est une sérieuse possibilité.

Malgré les vertiges que cela provoquait en elle, Bonnie secoua vigoureusement la tête.

– Je ne peux pas le croire. Voilà plus de cinq ans que je vis avec cet homme. Je ne peux pas croire qu'il puisse tuer quelqu'un.

– Tu ne *veux* pas le croire, répliqua son frère.

– Tu penses réellement que Rod a assassiné son ex-femme, qu'il projette de me tuer ainsi que notre fille ?

Les mots s'enrayèrent au fond de sa gorge nouée.

– Qui d'autre peut profiter de ta mort ?

Personne. Elle était bien obligée de l'admettre, et pourtant ne put le faire à haute voix.

– Comment rester dans cette maison si je crois ce que tu dis ? Comment continuer à vivre avec lui ?

– Tu n'y es pas obligée, lui répondit Nick. Tu peux partir avec Amanda.

– Où veux-tu qu'on aille ?

– Vous pourriez venir vous installer provisoirement chez papa.

Bonnie secoua la tête.

– Je ne peux pas faire ça. Rod est mon mari. Il est le père d'Amanda. Je refuse de croire qu'il est impliqué dans la mort de Joan. Je refuse de croire qu'il pourrait nous faire du mal, à Amanda et à moi.

– J'espère que tu as raison. Mais, on ne sait jamais, à ta place je demanderais à Rod de résilier les polices d'assurance qu'il a contractées sur vos deux têtes. Et s'il refuse, je foutrais le camp.

On ne sait jamais, à ta place je demanderais à Rod de résilier les polices d'assurance qu'il a contractées sur vos deux têtes, se répétait inlassablement Bonnie. À chaque respiration, ces mots acquéraient plus de force, jusqu'à ce qu'ils aillent s'échouer douloureusement dans un coin de son cerveau.

— Que se passe-t-il ? demanda Rod en se précipitant vers elle.
Il s'agenouilla à ses pieds.
— Tu es devenue blanche comme un linge.
— Je veux que tu annules les polices d'assurance que tu as contractées sur Amanda et moi, lui dit Bonnie en regardant droit devant elle de crainte de croiser son regard.
— Quoi ?
— Je veux que tu résilies...
— J'ai entendu, coupa-t-il en se relevant d'un bond.
Il fit quelques pas dans la cuisine.
— Mais je ne pige pas pourquoi tu me sors ça, là, tout d'un coup.
— Ce n'est pas tout d'un coup. Ça fait des semaines que j'y réfléchis. Je suis mal à l'aise avec toute cette histoire et je voudrais que tu résilies ces assurances.

Et s'il refusait ? Que ferait-elle ? Serait-elle vraiment capable de faire ses bagages et de partir avec sa fille ?

— Considère que c'est déjà fait, fit Rod.
— Pardon ?
— J'ai dit, considère que c'est fait.
— Tu vas le faire ?
Rod haussa les épaules.
— En fait, j'ai déjà moi-même pensé à les résilier. Je paye des primes exorbitantes pour ces putains de trucs et ça ne rime pas à grand-chose, vu qu'on pourrait dépenser cet argent ailleurs.

Il se tut, eut un sourire indécis.
— Tu vas décider d'aller mieux, n'est-ce pas ?
Bonnie sourit, rit franchement puis éclata en sanglots. Comment avait-elle pu douter de lui ? C'était cette bon sang d'infection de l'oreille interne. Cela embrumait son cerveau, l'empêchait de voir les choses sous leur vrai jour.

Rod revint aussitôt à ses côtés.
— Bonnie, qu'y a-t-il ? Que se passe-t-il ? Parle-moi, chérie. Dis-moi ce qui se passe.
Bonnie s'effondra dans les bras de Rod, sanglotant sur son épaule.
— Ce n'est que cette sale fatigue. Je suis à bout de forces. Je n'en peux plus.
En la soutenant, Rod la releva doucement de sa chaise et la conduisit vers l'escalier.
— Viens te recoucher.

— Je ne veux pas me coucher, fit Bonnie. (Elle haïssait le ton geignard de sa voix.) Tu viens juste de rentrer ; je veux que tu me racontes ton voyage.

— Je te raconterai plus tard. De toute façon, il faut que j'aille quelques minutes au studio voir si tout va bien.

— Tu sors ?

— Juste un petit moment. Je te promets d'être de retour avant ton réveil. Et après nous aurons tout le week-end à nous et je t'ennuierai à mourir avec le récit de mes exploits à Miami. (Ils atteignaient le haut de l'escalier.) Et je veux parler à ce docteur Kline quand il appellera, parce que ça suffit comme ça. Si lui n'est pas capable de te soigner, nous trouverons quelqu'un de compétent.

Rod conduisit Bonnie dans sa chambre et commença à déboutonner sa robe.

— Embrasse-moi, Rod, implora doucement Bonnie, les joues baignées de larmes.

Il déposa un baiser sur le coin de sa bouche, puis sur chaque paupière avant de revenir à ses lèvres. Elle sentit sa bouche sur la sienne, la trouva d'une grande douceur tandis qu'il faisait glisser sa robe sur ses épaules. Elle l'entendit tomber à terre. Les mains de Rod dégrafaient déjà son soutien-gorge. Avait-elle assez de force pour faire l'amour ? songea-t-elle, rêveuse, en se demandant si c'était là l'intention de Rod, tandis qu'il la faisait asseoir sur le lit. Il souleva ses jambes, l'installa contre son oreiller et remonta les couvertures sur ses épaules. Apparemment, il n'avait pas l'intention de faire l'amour.

— Dors un peu, ma chérie, murmura-t-il.

Il gagna la fenêtre, ferma les rideaux, plongeant la chambre dans une obscurité à laquelle Bonnie avait fini par s'habituer. Elle regarda encore sa silhouette disparaître de la pièce avant de fermer les yeux.

Lorsqu'elle se réveilla, il était presque quatre heures. Elle considéra la chambre vide. Où étaient-ils tous ? Alors, elle se souvint : Sam et Lauren devaient terminer de tapisser chez Diana ; Amanda était à la crèche ; Rod au studio. Encore ? N'avait-il pas promis d'être rentré avant son réveil ?

— Rod ? appela-t-elle en repoussant les couvertures et posant le pied par terre. Rod, tu es là ?

Elle n'obtint aucune réponse.

Le téléphone sonna. Elle décrocha avant la seconde sonnerie.

— Mrs. Wheeler ? demanda une voix.

— Oui, répondit Bonnie.

— Ne quittez pas, je vous passe le docteur Kline.

— Oui, fit-elle en se frottant les yeux et se brossant les cheveux d'une main comme si elle voulait être présentable quand il serait au bout du fil.

— Mrs. Wheeler, commença-t-il, j'ai les résultats de vos examens.

— Oui ?

Il y eut un bref silence.

— Il s'avère qu'il y a un taux élevé d'arsenic dans votre sang, Mrs. Wheeler. Je ne sais pas comment...

— Pardon ? demanda Bonnie, certaine d'avoir entendu de travers. Qu'avez-vous dit ?

— Vos analyses sanguines révèlent un taux non négligeable d'arsenic dans votre sang, répéta-t-il d'un ton faussement indifférent. Franchement, je ne comprends pas. Une telle quantité ne peut pas être accidentelle.

— Qu'est-ce que vous me racontez ? cria Bonnie. Comment pourrait-il y avoir de l'arsenic dans mes veines ?

Il y eut un silence.

— Tâchez de rester calme, Mrs. Wheeler.

— Voulez-vous insinuer que quelqu'un essaie de m'empoisonner ? C'est bien ça ?

— Je ne veux rien insinuer du tout, Mrs. Wheeler. J'espérais surtout que vous seriez en mesure de me dire quelque chose.

— Je ne comprends pas, fit-elle.

Puis elle se troubla, les pensées se bousculant bien trop vite dans sa tête pour que les paroles suivent.

— Comment... où... ?

— On trouve de l'arsenic dans un certain nombre de produits ménagers, lui expliqua le docteur Kline. Les insecticides, la mort-aux-rats, les désherbants.

— Mais si quelqu'un mettait du poison dans ma nourriture, est-ce que je ne m'en rendrais pas compte ? N'aurais-je pas senti au goût ?

— L'arsenic n'a aucun goût. Il est parfaitement possible que vous en consommiez sans le savoir. Quoi qu'il en soit, nous en rediscuterons plus tard. Pour l'instant, je voudrais que vous vous fassiez hospitaliser.

— Quoi ?

— Je travaille avec le Boston Memorial et je peux m'occuper de votre admission...

— Impossible, coupa Bonnie avec fermeté. Je ne peux pas aller à l'hôpital maintenant. Je ne peux pas laisser ma fille.

— Mrs. Wheeler, je n'ai pas l'impression que vous compreniez la gravité de la situation. Il vous faut un traitement de choc pour nettoyer votre système sanguin du poison.

— Je ne peux pas aller à l'hôpital. Pas tout de suite, lui répondit Bonnie en essayant de comprendre tout ce qu'il avait dit.

Était-ce possible ? Quelqu'un avait-il vraiment tenté de l'empoisonner ?

— Je ne peux pas laisser ma fille. Je ne la quitterai pas.

— Essayez de vous organiser pour elle. En attendant, dites à votre pharmacien de m'appeler. Je vous ferai une ordonnance pour des médicaments beaucoup plus puissants. Les antibiotiques que vous avez pris ne sont pas assez forts, même si c'est probablement grâce à eux si vous êtes encore en vie... (Il s'arrêta un instant.) Et ne consommez rien qui ne soit préparé devant vous.

— Mais je n'ai rien mangé depuis des lustres, lui répliqua Bonnie. Rien que du thé et du potage au poulet.

— Fabrication maison ?

— Non, un ami m'en a apporté.

Elle se figura le beau visage échevelé de Josh Freeman. *Mon intuition me dit que tu as besoin d'un ami,* lui avait-il dit. *Je peux être celui-là.*

— Reste-t-il encore de ce potage ? demanda le docteur.

— Pardon ?

— Y a-t-il un reste de soupe ?

— Je ne sais pas.

— S'il y en a, vous devez le faire analyser par la police.

Bonnie avait du mal à suivre la conversation. Insinuait-il que le potage que Josh avait apporté était empoisonné ?

— C'est ridicule, dit-elle. J'étais malade bien avant que mon ami n'ait apporté ce potage.

— Vous souvenez-vous quand vous avez été malade pour la première fois ?

Bonnie fouilla intensément sa mémoire à la recherche de cette première fois.

— C'était en pleine nuit. Mon frère était passé à la maison. Il avait cuisiné des spaghettis pour le dîner, dit-elle. (Les mots se bousculaient dans sa bouche.) Mais personne d'autre n'a été malade, ajouta-t-elle aussitôt. Et ma belle-fille a eu les mêmes malaises que moi toute la semaine.

Après que Rod eut donné un coup de main pour le dîner, se rappela-t-elle. Un frisson glacé la parcourut tout entière, comme un choc électrique. Et Rod était rentré le soir où Nick avait fait ses terribles spaghettis. Avait-il ajouté une petite « épice » supplémentaire dans son assiette à elle ?

Elle retint sa respiration, essayant désespérément d'empêcher les pensées qui l'assaillaient de se fixer. Était-il possible que Rod et Nick soient de mèche ? se demanda-t-elle, ne pouvant plus différer la question. Qu'ils aient tous deux projeté la mort de Joan, comme ils se préparaient à la tuer, elle, maintenant ? Que Lauren elle aussi risquât sa vie ? Se pouvait-il que tout ce que son frère lui avait confié la veille ne soit que mensonge ? Qu'il l'ait abusée une fois de plus, comme il avait toujours abusé tout le monde ?

— Il faut que je vous laisse, docteur Kline.

— Mrs. Wheeler, vous devriez être à l'hôpital. Au moins, je vous en prie, appelez la police immédiatement...

Bonnie raccrocha.

C'était insensé ! Elle se mit à se balancer d'avant en arrière sur son lit en essayant de reprendre ses esprits. Il fallait qu'elle se concentre, qu'elle remette de l'ordre dans ses pensées et trouve un sens à tout ce qu'elle savait. On l'empoisonnait lentement, cela au moins était clair. À l'arsenic – que l'on trouve dans un certain nombre de produits ménagers. Dans un premier temps, on en avait donné à Lauren, soit par erreur, soit intentionnellement ; une manière de détourner l'attention, pour faire croire à Bonnie qu'elle avait affaire à une simple grippe. Ensuite, cela avait été son tour d'être mal fichue. Et elle était vraiment tombée malade. Rod était constamment présent, s'assurant qu'elle ingurgitait assez de liquide, vérifiant qu'elle buvait bien son thé. Il connaissait son aversion de longue date pour les médecins.

Mais Rod avait été absent toute la semaine suivante, et elle ne s'en était pas trouvée mieux pour autant, même avec des antibiotiques, ce qui signifiait que, vraisemblablement, on l'empoisonnait toujours. Alors ? Josh était-il plus ou moins dans le coup ? Et, si oui, agissait-il seul ou travaillait-il de concert avec Nick ? Ou avec Rod ? C'était peut-être les trois en même temps.

— C'est complètement fou, bougonna-t-elle. Je suis dingue.

Et Sam ? s'interrogea Bonnie, plus horrifiée encore de s'apercevoir que Sam était l'élément permanent, celui qui était toujours dans les parages. Il avait été aux petits soins pour elle, préparant son thé, lui apportant des bols de potage jusque dans son lit. Il aurait été assez facile pour lui d'ajouter, mine de rien, un peu de poison dans sa nourriture. De même qu'il aurait été on ne peut plus facile pour lui de cacher le serpent et de le relâcher sur sa fille.

Oh, mon Dieu ! songea Bonnie, ce n'est pas possible. C'est tout bonnement impossible. Elle décrocha le téléphone, composa rapidement le numéro du poste de police de Newton.

— Le capitaine Mahoney, s'il vous plaît, dit-elle.

— Le capitaine n'est pas ici pour l'instant, lui fut-il répondu.

— Alors, passez-moi l'inspecteur Kritzic.

— Elle n'est malheureusement pas là non plus. Quelqu'un d'autre pourrait peut-être vous aider ?

– Non, je rappellerai.

Bonnie raccrocha, se leva, se rassit, se releva encore. Elle avait peu de temps devant elle. Il fallait qu'elle s'habille et fiche le camp d'ici. Elle se rua dans sa garde-robe, enfila un sweater bleu et sauta dans un jean, l'attacha en se précipitant hors de la chambre. Elle ne savait pas où aller. Elle ne savait pas du tout ce qu'elle allait faire, mais elle devait avoir filé d'ici avant le retour des autres.

Elle passerait prendre Amanda à la crèche et l'emmènerait... où ça ? Elle ne pouvait aller chez son père – Nick y serait. Elle ne pouvait aller chez Diana – Sam y serait. Elle ne pouvait pas non plus aller au lycée Weston – là-bas, il y aurait Josh. Et il n'était pas question de rester chez elle avec Rod. Elle ne savait plus à qui se fier.

Elle pensa à l'appartement de Diana à Boston et composa le numéro de son bureau. Sûre qu'elle l'y accueillerait.

– Diana Perrin, demanda-t-elle avec fermeté.

– Mrs. Perrin sera à son cabinet lundi prochain, l'informa la secrétaire. Si vous voulez me laisser votre nom...

Bonnie raccrocha rageusement le combiné. Elle n'avait pas le temps d'attendre un instant de plus. Ce qu'il fallait, c'était sortir d'ici et aller au poste de police en espérant que le capitaine Mahoney et l'inspecteur Kritzic seraient de retour. Étourdie et faible, elle attrapa son sac, descendit les escaliers quatre à quatre et atteignait déjà la porte d'entrée quand elle s'aperçut qu'elle oubliait le bocal de potage.

Il était niché au fin fond du réfrigérateur et elle ne le vit pas tout d'abord. Ce ne fut qu'au moment où elle refermait la porte qu'elle entrevit le bocal avec un maigre restant de liquide. Elle s'en empara, le trouvant froid et poisseux, se précipita dehors, faillit le lâcher en fouillant dans son sac pour attraper ses clefs de voiture. Lorsqu'elle les trouva enfin, ce fut pour les voir lui glisser des mains et tomber dans la contre-allée. « Oh non, par pitié » ! gémit-elle en se baissant pour les ramasser. Tout, alors, lui échappa des mains : son sac, les clefs de la maison, le bocal et son petit sac de voyage. « Non ! » hurla-t-elle en voyant le flacon voler en éclats dans l'allée, le potage clair se répandre sur le macadam et disparaître comme une vulgaire pluie. « Non ! Bon sang, non ! » s'écria-t-elle en pleurant. Elle s'agenouilla au milieu des éclats de verre pour récupérer son sac de voyage et ses clefs.

C'est alors qu'elle entendit le bruit d'une voiture qui approchait, ralentissait, s'engageait dans la contre-allée. Elle comprit que Rod était là. Elle avait été trop longue. Elle n'irait plus nulle part.

Elle ferma les yeux, se remit lentement debout, entendit le moteur s'arrêter et la porte s'ouvrir ; puis claquer. Des pas s'approchèrent et s'arrêtèrent à quelques centimètres d'elle. Un âcre relent de marijuana l'enveloppa. Elle osa alors rouvrir les yeux.

Hasch se tenait devant elle.

Était-il venu lui envoyer une balle dans le cœur ?

– Sam est là ? demanda-t-il sans autre préambule.

Bonnie se surprit à éclater de rire. Hasch fit un pas en arrière en la considérant d'un drôle d'air.

– Il est chez Diana, dit Bonnie, toujours hilare. Il voulait terminer sa salle de bains avant le week-end.

– Je sais où c'est, fit Hasch qui remonta dans sa vieille auto bleu foncé et fit une marche arrière pour sortir de la contre-allée.

Bonnie resta paralysée un bref instant, incapable de bouger, tout juste capable de respirer. La seconde d'après, elle était dans sa voiture, les mains crispées sur le volant, en route vers School Street et sa fille, ne sachant toujours pas ce qu'elle ferait une fois là-bas.

29

– Où allons-nous maintenant, maman ? demanda Amanda en se trémoussant sur son siège.

Elles venaient de s'arrêter à un drugstore, où Bonnie avait acheté une portion de frites pour Amanda et demandé au pharmacien d'appeler le docteur Kline. Un quart d'heure plus tard, elle avait ses médicaments, et deux pilules couraient déjà dans ses veines à l'assaut du poison.

– J'ai envie de faire un petit tour avec toi, ma puce, répondit Bonnie.

Elle se retourna brièvement vers Amanda et lui sourit, tout en se demandant si son sourire paraissait aussi faux qu'il l'était en réalité. Combien de temps pourrait-elle conduire ainsi ? Tôt ou tard, il leur faudrait bien aller quelque part.

– Je ne veux pas faire un petit tour en voiture, protesta Amanda. Je veux rentrer à la maison. Je veux voir *L'île aux enfants*.

– Nous ne pouvons pas rentrer tout de suite, Amanda. J'ai des choses à faire d'abord.

– Quelles choses ?

Bonnie se décida pour la police. Moins de dix minutes plus tard, elles étaient à Newton.

– Nous allons nous arrêter ici quelques minutes, dit Bonnie à sa fille en se garant sur le parking du commissariat, situé à l'arrière du bâtiment.

– Je veux pas y aller.

Au bord des larmes, Amanda croisa ses bras sur sa poitrine.

– Je t'en prie, ma puce, ne pleure pas. Ce ne sera pas long.

– Je veux rentrer à la maison. Je veux voir *L'île aux enfants*.

Bonnie déboucla la ceinture du siège d'enfant, en sortit sa fille qui se débattait, furieuse.

– Allons, ma puce. Aide-moi. Je ne me sens pas très bien.

— Je veux rentrer à la maison, fit Amanda en lançant des coups de pied dans le vide.

Bonnie porta donc sa fille, trépignante, jusqu'à la porte principale du poste de police.

— Tu n'es pas gentille, lui dit Amanda. Tu n'es pas cool.

— Il faut que je voie le capitaine Mahoney, annonça Bonnie au planton tandis que, par bonheur, Amanda se calmait enfin.

Le jeune agent de police la regarda sans paraître la reconnaître.

— Il n'est pas là pour l'instant. Puis-je vous aider ?
— L'inspecteur Kritzic est-elle là ?
— Pas pour le moment. Quel est votre problème ?

Bonnie posa Amanda à terre, puis se pencha vers l'agent :
— Quelqu'un cherche à m'empoisonner, fit-elle.

Eh bien, quelle formidable perte de temps ! songeait Bonnie en dégageant rageusement sa voiture du parking. Elle vérifia l'heure à sa pendule digitale : plus de quarante minutes s'étaient écoulées, et pour quoi ? Afin de permettre à un jeune et cynique boutonneux à peine sorti de l'école de lui poser une kyrielle de questions stupides, pour lui dire finalement que, le prétendu empoisonnement ayant eu lieu à Weston, c'était en dehors de sa juridiction. « Mais je suis sûre que le capitaine Mahoney sera intéressé... », avait-elle commencé pour s'arrêter aussitôt, à bout de forces. Où était le problème ? Elle irait passer la nuit dans un motel et appellerait le capitaine dès le lendemain matin. Il n'était absolument pas question de retourner à Weston maintenant.

— J'ai faim, se plaignit Amanda au bout de quelques minutes. Où allons-nous maintenant ?

Bonnie regarda autour d'elle et tressaillit en découvrant qu'elles étaient dans Lombard Street.

— Où sommes-nous, maman ?

Le numéro 430 était exactement tel qu'il était un mois auparavant. Même la pancarte À VENDRE n'avait pas bougé. La police avait retiré le ruban jaune qui entourait le bâtiment. N'importe qui pouvait désormais y entrer en toute liberté. Nul doute que la maison n'eût été nettoyée de fond en comble ; qu'on n'eût soigneusement effacé le sang de Joan. Il ne restait que son fantôme.

Bonnie stoppa juste devant le 430, remonta l'allée des yeux jusqu'à la porte. Si seulement elle n'avait pas emprunté ce chemin, songea-t-elle ; à quel point cela aurait-il changé la face des choses ? Si seulement elle n'avait pas écouté Joan. Si seulement elle n'avait pas répondu au téléphone ce matin-là. Cela faisait beaucoup de « si seulement », et qu'auraient-ils vraiment changé ?

– C'est à qui cette maison, maman ?

Pour toute réponse, Bonnie se contenta de dégager rapidement sa voiture du trottoir.

– À personne, dit-elle en se demandant combien de temps serait nécessaire pour vendre cette maison maintenant qu'un crime y avait été commis, et si les Palmay avaient dû en baisser le prix initial.

Elle revint dans Commonwealth Avenue, la suivit jusqu'à Chesnut et prit la direction de West Newton Hill.

Au 13 Exeter Street, il en allait de même. La maison n'avait pas changé avec sa façade gris-beige et ses énigmatiques vitraux. Extérieurement, aucun signe n'indiquait qu'elle était inhabitée. Même le gazon avait été entretenu comme si quelqu'un y vivait encore.

Bonnie s'arrêta et coupa le moteur.

– Où sommes-nous ? demanda une fois de plus Amanda.

Bonnie ouvrit sa portière, sortit, détacha Amanda qu'elle porta jusqu'à la pelouse devant la maison de Joan.

– Est-ce que c'est une église ? demanda la fillette qui dévorait les vitraux des yeux.

– Non, ma puce. C'est la maison où vivaient Sam et Lauren.

– Est-ce qu'ils sont là ?

– Non.

Bonnie guida Amanda jusqu'à la porte aux doubles-battants de bois.

– Est-ce qu'on va entrer ?

Et pourquoi pas ? Bonnie plongea la main dans son sac, en ressortit son trousseau de clefs, choisit la bonne et l'introduisit dans la serrure. Elle avait complètement oublié qu'elle avait une clef de chez Joan. Jusqu'à ce qu'elle ait fait tomber son trousseau dans l'allée et qu'un fragment de verre ait fait scintiller cette clef-là.

Savait-elle déjà, alors, qu'elle allait venir ici ?

La porte s'ouvrit sans peine, et Bonnie entra tandis que sa fille se ruait dans le hall. Le souvenir de sa première visite était bien vivant : elle entendait l'écho de la voix de Lauren appelant sa mère depuis l'étage, revoyait son désarroi lorsque, en se penchant par-dessus la balustrade, l'adolescente avait vu son père, et sentait encore ses coups de poing furieux sur sa figure et le goût du sang sur ses lèvres.

Qu'était-elle revenue faire ici ?

Amanda gagna le salon en sautillant.

– C'est une drôle de maison, maman, dit-elle en sautant d'un tapis à l'autre comme s'il s'agissait d'une marelle dessinée sur le sol pour s'arrêter net devant la large cheminée de brique.

– Fais attention, Amanda. Tâche de ne rien déranger.
– C'est quoi, déranger ?
– Ne touche à rien, expliqua Bonnie.

Elle traversa la salle à manger au style moyenâgeux pour se rendre dans la cuisine sur l'arrière de la maison. Elle repéra vite le placard à provisions qu'elle ouvrit.

Il était quasiment vide. Quelques paquets de céréales, du Nescafé, une boîte de raisins secs et un gros paquet de sucre se battaient en duel sur les étagères. Un fer à repasser, toujours dans sa boîte d'origine, côtoyait un paquet entier de serviettes blanches en papier sur la dernière étagère.

Bonnie referma les portes tout en ouvrant celle du placard à balais juste à côté. Deux instruments lui tombèrent dessus comme pour la saluer, un balai et un aspirateur. Bonnie les remit en place, referma la porte et atteignit l'évier comme un automate, comme si chacun de ses gestes avait été programmé à l'avance.

– Je voudrais bien du lait, fit Amanda.
– Il n'y a pas de lait.

Bonnie s'agenouilla pour ouvrir le placard sous l'évier.

– Est-ce qu'ils n'aiment pas ça ?
– Plus personne ne vit ici, ma puce, as-tu oublié ? Le lait ne serait plus bon.

Elle inventoria le contenu du placard – une poubelle vert foncé, un bac en plastique plein d'éponges de toutes sortes et de tampons à récurer, deux produits de vaisselle différents et un petit flacon de Mr. Propre.

– Est-ce que je peux boire de l'eau ?
– Non, chérie.

Bonnie écarta le flacon de Mr. Propre.

– Est-ce que l'eau est mauvaise aussi ?
– Nous ne sommes pas chez nous, lui rappela sa mère.
– Alors, pourquoi sommes-nous ici ? répliqua Amanda avec une logique implacable.

Parce ce que je cherche quelque chose, songea Bonnie sans répondre, quand l'image de deux petites souris blanches lui trotta dans la tête. Insecticide, mort-aux-rats et désherbant, avait dit le docteur Kline. Or, chez elle, il n'y avait ni insecticide ni désherbant. Bonnie n'avait jamais utilisé non plus de mort-aux-rats, n'ayant jamais eu de ces rongeurs à la maison jusqu'à l'arrivée de Sam. Elle tendit le bras vers une boîte en fer-blanc cachée au fond du placard.

– Je veux rentrer à la maison, ronchonna Amanda en s'appuyant de tout son poids sur le dos de sa mère.

Bonnie en perdit son fragile équilibre et roula sur le sol, non sans avoir renversé au passage les boîtes de détergent, le flacon de Mr. Propre et le bac, dont les éponges s'éparpillèrent dans toutes les directions.

Amanda éclata de rire.

– Maman dérange tout.

Bonnie récupéra son équilibre, ramassa rapidement les éponges qu'elle rangea dans leur bac et remit le reste en ordre avant d'extraire la boîte en fer-blanc du fond du placard.

Elle n'eut d'yeux tout d'abord que pour le crâne surmontant deux os en croix. Juste au-dessus, en épaisses lettres capitales, était marqué : **DANGER – POISON.** Puis des lettres orange soulignées de zébrures noires et blanches annonçaient : **DESTRUCTION ASSURÉE ;** en dessous, en lettres un peu plus petites : **MORT-AUX-RATS.** Le dessin d'un rat mort occupait le centre de l'étiquette.

Bonnie avala sa salive, se sentant nauséeuse, glaciale, engourdie et brûlante tandis qu'elle retournait la boîte. Elle put lire : « **Précautions d'emploi :** ne pas avaler ; tenir hors de portée des enfants ; ne pas utiliser à proximité de nourriture exposée ; ne pas utiliser dans des entrepôts alimentaires ; ne pas utiliser dans des placards à provisions ou à ustensiles de cuisine ; en cas d'absorption, ne pas provoquer de vomissements. Ingrédient principal : **arsenic.** »

Bonnie lâcha la boîte en fer-blanc, qui alla rouler sur le sol. Amanda courut aussitôt après pour la rattraper.

– Ne touche pas à ça ! hurla Bonnie.

Épouvantée, l'enfant sursauta, les larmes aux yeux.

– Ce n'est rien, ma puce, dit vivement Bonnie. C'est seulement que c'est très dangereux. Il ne faut pas y toucher.

– Pourquoi l'as-tu touché ?

– Je n'aurais pas dû, approuva Bonnie en se penchant pour l'attraper, cachant sous ses doigts la tête de mort.

– Jette-le, maman, jette-le, s'écria Amanda.

Bonnie remisa la boîte au fond du placard, s'assura que tout le reste était exactement tel qu'elle l'avait trouvé, puis se lava les mains.

– Je veux rentrer à la maison, maman. Je n'aime pas cette maison. Je veux rentrer chez nous.

Amanda était déjà partie en courant, atteignant le hall.

– Amanda, attends un peu ! cria sa mère. Attends-moi.

– Je veux rentrer à la maison, pleurnicha la fillette quand Bonnie la prit dans ses bras.

– Et que penserais-tu d'une petite glace ?

– Je veux rentrer à la maison, répéta l'enfant avec obstination.

– Nous ne pouvons pas rentrer tout de suite, Amanda.

— Est-ce que L'il Abner a encore disparu ? Parce que, tu sais, je n'ai pas peur de lui. Sam m'a dit qu'il était pas gentil parce qu'il avait faim et Sam fera bien attention à lui, pour plus qu'il ait faim.

— C'est très bien, chérie.

— J'aime bien Sam.

— Moi aussi, lui dit Bonnie en s'apercevant que c'était vrai.

Était-il capable d'assassiner quelqu'un de sang-froid ? Elle ouvrit la porte d'entrée, sortit et referma derrière elle.

Elle porta sa fille en bas des marches tout en réfléchissant où elle allait aller maintenant. Elle achèterait une glace à Amanda, rappellerait la police, insisterait pour être mise en relation avec le capitaine Mahoney, où qu'il se trouve, et lui raconterait sa découverte. Il aurait peut-être une idée. Il y avait forcément un endroit où elle puisse se rendre.

— Bonnie ? fit la femme qui attendait près de sa voiture.

Bonnie décocha un regard à la grande femme en longue blouse verte pleine de taches de peinture. Depuis combien de temps attendait-elle là ?

— Bonjour, Caroline, dit-elle en posant Amanda par terre.

— Quand j'ai vu la voiture s'arrêter, j'ai pensé que c'était vous, commença Caroline. Mais vous êtes si différente ! Et je n'ai pas reconnu la petite...

— C'est ma fille, Amanda, fit Bonnie ne sachant que dire d'autre.

— Enchantée de te connaître, Amanda.

Caroline Gossett se baissa, tendit la main à Amanda, qui s'en saisit et la secoua vigoureusement.

— Est-ce qu'on t'a déjà appelée Mandy ?

— Oui, mon oncle Nick.

— Alors, Mandy, tu es une ravissante petite fille.

— Merci.

Caroline Gossett se redressa et regarda Bonnie.

— Est-ce que vous allez bien ?

— J'ai déjà connu mieux, reconnut Bonnie.

— Puis-je vous aider en quoi que ce soit ? s'enquit Caroline.

— Je vous demanderais bien un verre d'eau.

— Moi aussi, fit Amanda. Maman a dit qu'on ne pouvait pas utiliser d'eau dans cette maison, parce que ce n'est pas à nous.

Elle montrait du doigt la maison de Joan.

— Eh bien, non seulement j'ai de la bonne eau fraîche à la maison, dit Caroline, mais j'ai aussi des glaces et des petits gâteaux.

— Des glaces, répéta la fillette, des petits gâteaux !

— Venez, intima Caroline en prenant Bonnie par le bras. J'ai l'impression qu'un bon fauteuil ne vous fera pas de mal.

– Vous voulez bien me raconter ce qui s'est passé ? demanda Caroline une fois qu'Amanda fut confortablement installée devant la télévision du petit salon, avec son bol de crème glacée et ses gâteaux.
– Je ne sais pas trop par où commencer.
– Commencez donc par cette coupe de cheveux.
Bonnie sourit.
– Après notre rencontre, ma santé ne s'est pas améliorée. J'avais une tête d'épouvantail et j'ai pensé qu'une coupe de cheveux pourrait arranger les choses.
– Et alors ?
– Saviez-vous que des cheveux ternes, des gencives qui saignent et de violentes nausées sont les symptômes d'un empoisonnement à l'arsenic ? demanda Bonnie, reprenant mot pour mot les paroles du pharmacien.
– Quoi ?
Caroline Gossett, qui était assise au fond du canapé, se redressa d'un bond.
– Voulez-vous dire qu'on vous a empoisonnée ?
– Il paraît qu'il y a une forte dose d'arsenic dans mon sang.
– Je ne comprends pas.
Les larmes aux yeux, Bonnie se cala au fond de son fauteuil et but une nouvelle gorgée d'eau.
– Quelqu'un a tenté de m'empoisonner.
– Mon Dieu ! Savez-vous qui ?
Bonnie secoua la tête.
– Forcément quelqu'un de proche, admit-elle à contrecœur. Vraisemblablement la même personne qui a tué Joan.
– Qu'en dit la police ?
– Que je ne suis pas dans la bonne juridiction.
– Pardon ?
– C'est une longue histoire. Le capitaine Mahoney n'était pas là. J'essaierai encore de le joindre un peu plus tard.
Caroline se leva, se rendit à la cuisine et revint avec son téléphone portable.
– Essayez tout de suite, dit-elle.
Bonnie composa le numéro de la police de Newton et annonça à l'opérateur qu'elle désirait parler soit au capitaine Mahoney, soit à l'inspecteur Kritzic. On lui répondit qu'ils n'étaient toujours pas revenus ; désirait-elle laisser un message ?
– Donnez-leur mon numéro, fit Caroline.
Bonnie s'exécuta.

— Merci, dit-elle. Je n'aime pas du tout m'imposer à vous de cette manière.

— Seigneur ! Vous êtes incroyable... (Caroline secoua la tête.) Quelqu'un essaie de vous tuer, et vous, vous avez peur de me déranger. Faites-moi plaisir : ne vous en faites pas. Je suis heureuse de vous avoir chez moi. D'ailleurs, vous n'avez pas le choix : vous ne pouvez pas retourner chez vous tant que tout n'est pas clarifié. Vous dormirez ici ce soir avec votre fille.

— Je ne peux pas faire ça.

— Vous le pouvez et c'est ce que vous allez faire.

— Mais votre mari...

— Je n'ai pas dit que vous coucheriez dans son lit.

Bonnie sourit, faillit même rire.

— Mais je ne peux pas rester ici éternellement.

— Je n'ai pas non plus parlé d'éternité... (Caroline s'approcha de Bonnie pour la réconforter.) Mais, si un de vos proches essaie de vous tuer, il n'est pas question de rentrer chez vous avant que la police ait découvert qui c'est. Vous avez d'autre part absolument besoin de quelques jours de repos pour récupérer. Ne devriez-vous pas être à l'hôpital ?

— Non, mentit Bonnie. J'ai des médicaments.

Elle indiqua son sac sur le sol à côté d'elle.

— OK, alors, c'est décidé. Vous resterez ici, au moins jusqu'à demain.

Bonnie consulta sa montre.

— Il y a une amie que j'aimerais appeler, dit-elle. Je peux ?

— Appelez qui vous voulez.

Bonnie composa le numéro personnel de Diana. On décrocha immédiatement.

— Diana, fit Bonnie, heureuse d'entendre sa voix.

— C'est toi, Bonnie ? cria Diana dans le combiné. Où es-tu ?

— Je suis chez des amis, répondit Bonnie, alarmée par le ton de son amie.

— Rod appelle ici toutes les cinq minutes. Il est fou furieux. Je ne l'ai jamais vu comme ça. Il est vraiment hors de lui. Il dit que tu as disparu.

— Je n'ai pas disparu.

Bonnie se représenta son mari, l'imaginant aboyer des questions dans le combiné, entouré de son frère et de son beau-fils.

— Comment trouves-tu ta salle de bains ? demanda-t-elle brusquement.

— Je te demande pardon ?

— Ta salle de bains. Je sais que Sam a travaillé dur pour la terminer avant ton retour.

— C'est bien, fit Diana, nettement désarçonnée par le revirement inattendu de la conversation. Il a encore un petit coin à terminer, mais c'est magnifique.

— Et New York, c'était comment ?

— Ça a été, fit Diana sans s'étendre. Que se passe-t-il, Bonnie ? Rod m'a dit qu'il était sorti pour quelques heures et que, au moment où il est parti, tu étais tellement mal en point que tu pouvais à peine tenir debout. Quand il est rentré, tu n'étais pas là. Pas de mot pour lui dire où tu étais, rien. Il est fou d'inquiétude...

— Diana, la coupa Bonnie, écoute-moi. Je vais bien. Je suis désormais hors de danger.

— *Désormais* ? Qu'est-ce que tu veux dire ?

— Quelqu'un a voulu m'empoisonner.

— T'empoisonner ? Bonnie, tu es folle.

— Je ne suis pas folle. J'ai fait faire des analyses sanguines. Elles ont révélé un taux élevé d'arsenic dans mon sang.

— D'arsenic ?

— Quelqu'un mettait de l'arsenic dans ma nourriture.

Diana prononça dans un murmure :

— Rod ?

— Je ne sais pas, fit Bonnie au bout d'un moment.

Elle voyait presque Diana secouer la tête d'effarement.

— Je n'y crois pas. Je ne peux pas y croire, fit Diana avant de lancer :

— Où es-tu ?

Bonnie jeta un coup d'œil sur Caroline.

— Chez des amis.

Caroline sourit.

— Quels amis ? insista Diana.

— Je crois que c'est plus sûr si je ne te le dis pas, répondit Bonnie, comprenant soudain ce dont son frère voulait parler – si, du moins, son frère était bien ce qu'il prétendait être.

— Plus sûr ?

— En ignorant où je suis, tu n'auras à mentir à personne. Tu ne pourras pas te faire avoir...

— Je ne me laisse pas facilement avoir, Bonnie, coupa Diana.

Pas comme moi, songea Bonnie.

— As-tu parlé à la police ?

— Pas encore.

— Mais tu es certaine de tout ceci ? Je veux dire, il ne peut pas s'agir d'un accident ?

— Comment peut-on avaler accidentellement de l'arsenic ? lui demanda Bonnie.

Il y eut un bref silence.

— Très bien. Que veux-tu que je dise à Rod ?
— Je ne veux pas que tu lui en souffles mot.
— Bonnie, tu veux rire ? Il va rappeler ici dans deux minutes. Et tu veux que je joue les ignorantes ?
— Je parlerai à Rod.
— Ah oui ? Et quand ?
— Je vais l'appeler tout de suite.
— Que lui diras-tu ?
— Je ne sais pas. Je trouverai bien quelque chose.
— C'est complètement fou, Bonnie, fit Diana. Je me sens tellement impuissante. Il y a sûrement quelque chose que je puisse faire.

Bonnie songea à l'appartement de Diana à Boston. Elle ne pouvait pas forcer indéfiniment la générosité de Caroline.

— Ça se pourrait, dit-elle. Lorsque j'aurai parlé à la police, je saurai mieux comment m'y prendre. J'espère, du moins, fit-elle en riant presque. Écoute, je t'appelle dès demain matin.
— Juré ?
— Juré.
— Parce que je ne m'éloignerai pas du téléphone tant que tu ne m'auras pas appelée.
— Je t'appellerai très vite.
— Tu es sûre que ça va aller ?
— Je ne suis sûre de rien, avoua Bonnie.

Si l'on ne peut se fier à du potage au poulet, alors à quoi peut-on se fier ? se dit-elle.

— À demain, fit-elle en appuyant sur le bouton pour couper, après quoi elle composa son numéro personnel.

Rod décrocha avant la fin de la première sonnerie.

— Rod...
— Bonnie, où es-tu, nom de Dieu ? Comment vas-tu ? Où es-tu allée ?

Les mots se bousculaient comme s'il voulait tout dire en même temps.

— Je vais bien.
— Où es-tu ?
— J'ai Amanda avec moi, dit-elle, éludant sa question. Et je ne rentre pas ce soir.
— Quoi ?
— Je suis désolée de t'avoir fait revenir plus tôt que prévu de Floride, Rod.
— Tu es désolée de m'avoir fait revenir plus tôt ? Qu'est-ce que tu racontes ?
— Je t'appellerai demain.

– Bonnie, attends, ne raccroche pas.
– Je t'expliquerai tout demain.
– Bonnie...

Elle coupa et tendit le téléphone à Caroline, en se demandant si elle serait plus avancée le lendemain.

30

Il était presque dix heures lorsque Bonnie se réveilla le lendemain matin, seule dans son lit. Amanda, qui était restée toute la nuit pelotonnée en boule, n'était plus là. Bonnie fouilla des yeux la grande chambre blanche – tapis blanc, rideaux de dentelle blanche, dessus-de-lit blanc. Elle examina la salle de bains attenante – carreaux blancs, baignoire blanche, serviettes blanches. Pas trace de sa fille.

– Amanda ? appela-t-elle en se glissant dans le peignoir en éponge blanc que Caroline avait déposé au pied du lit, quittant silencieusement la chambre sur ses pieds nus. Amanda ?

Elle enfila le large couloir, passa devant des portes fermées, guettant le moindre bruit, et finit par entendre des voix étouffées qui venaient de la pièce au bout du couloir. Elle s'approcha à pas feutrés, poussa sur la porte qui tourna sur ses gonds.

– Maman !

Amanda était là, tout habillée, bien coiffée, assise devant un large écran de télévision.

– Caroline m'a permis de regarder les dessins animés.

Elle montra du doigt l'écran où une silhouette animée tapait sur le crâne d'une autre silhouette animée avec une massue.

– Et aussi elle m'a donné deux bols de pop-corn pour mon petit déjeuner. Et du lait chocolaté.

– Deux bols de pop-corn ? Eh bien, dis-moi !

– Elle m'a dit d'être très sage pour te laisser dormir.

– J'espère que vous ne m'en voudrez pas, fit Caroline depuis le pas de la porte, vêtue d'un ensemble en jersey bleu lavande qui lui donnait une mine superbe. Vous dormiez si profondément que je n'ai pas voulu vous réveiller.

– C'est incroyable que j'aie pu dormir si longtemps.

– Cela vous donne une bien meilleure mine. Voulez-vous un petit déjeuner ?
– Je ne sais pas si je suis capable d'avaler du solide.
– Même pas un petit toast ? Je les coupe très fin.
– D'accord. Je veux bien un toast.
– Avec du thé ?
– Je crois que je ne boirai plus jamais de thé, avoua sincèrement Bonnie.
– Du jus d'orange, alors ?
– Ce serait formidable.
– Parfait. Ce sera prêt dans deux minutes.
Caroline jeta un coup d'œil sur Amanda.
– Comment ça va pour toi ici, ma belle ? Veux-tu encore du pop-corn ?
Amanda émit de petits rires.
– J'en ai déjà eu deux bols, annonça-t-elle fièrement.
– Vraiment ! Comment est-ce possible ? D'habitude, Lyle n'aime pas partager son pop-corn.
– Comment Lyle prend-il notre présence ici ? demanda Bonnie tandis qu'Amanda retournait à ses dessins animés. *Sincèrement ?*
– Vous avez entendu ce qu'il a dit hier soir. Vous êtes les bienvenues aussi longtemps que vous le voudrez.
– C'est très généreux, mais pourquoi tolérerait-il des étrangères chez lui ? Il ne me connaît même pas.
– Il connaissait Joan. Et il veut tout autant que moi voir son meurtrier répondre devant la justice.
Bonnie baissa la tête et vit ses orteils se recroqueviller.
– Il faut que j'appelle la police, dit-elle.
– Je vais préparer votre petit déjeuner.
Bonnie téléphona au capitaine Mahoney. Il ne serait pas là avant midi, lui dit-on. Elle laissa un énième message, insistant sur son urgence. N'y avait-il pas moyen de joindre le capitaine d'ici là ? Rien de moins sûr, lui fut-il répondu, du fait qu'on était un samedi. Quelqu'un d'autre pouvait peut-être lui venir en aide.
– Qu'a-t-il dit ? demanda Caroline quand Bonnie retourna dans la cuisine et prit place à la table.
– Il ne sera pas là avant midi.
Caroline déposa deux toasts sur une assiette devant Bonnie, avec du beurre, de la confiture de framboises et de la confiture d'oranges. Elle remplit ensuite un grand verre de jus d'orange qu'elle lui tendit, puis la regarda boire sa première gorgée.
– Buvez, ordonna-t-elle. Si vous ne voulez pas vous déshydrater.

– Merci.
– Avez-vous pris vos médicaments ?
– Il y a un instant.
Caroline éclata de rire.
– Je commence à ressembler à ma mère.
– Ce doit être une personne charmante, déclara Bonnie avec un accent de sincérité.
– Merci. Elle l'était, oui... (Caroline se tut.) Alors, qu'en pensez-vous ? Est-ce, oui ou non, le meilleur toast que vous ayez jamais mangé ?

Obligeamment, Bonnie en prit un morceau.
– C'est sans conteste le toast le plus délicieux du monde.
– Goûtez la confiture de framboises, je l'ai faite moi-même.

Bonnie déposa un peu de confiture sur son toast. *Et ne mangez rien qui ne soit pas préparé devant vous* – elle entendait encore le docteur Kline lui débiter cette phrase avec gravité. Elle reposa aussitôt le toast. Qu'est-ce qui lui passait par la tête ? Pensait-elle réellement que Caroline Gossett tentait elle aussi de l'empoisonner ?

– Quelque chose ne va pas ?

Bonnie respira un grand coup.
– Non, rien.

Elle mordit résolument dans le toast, savoura la riche confiture de framboises et avala. Elle venait de décider qu'en fin de compte il lui fallait faire confiance à quelqu'un.

– Il faut que j'appelle mon amie, dit-elle en s'imaginant Diana aux quatre cents coups devant son téléphone.

Caroline lui apporta le téléphone.
– Vous me trouverez à côté.
– Inutile de vous éloigner, lui dit Bonnie qui lui savait gré de sa présence.

Elle entendit sonner une fois, deux fois, trois fois.
– Il est probable que je l'arrache de la douche, déclara-t-elle avec nervosité, laissant sonner six autres fois avant d'abandonner, pour recommencer aussitôt. Je me suis peut-être trompée de numéro. (Elle savait intuitivement que ce n'était pas le cas, mais c'était plus fort qu'elle.) Je suppose qu'elle s'est absentée quelques minutes.

Après avoir dit à Bonnie qu'elle ne bougerait pas avant d'avoir eu son coup de fil ? Et sans avoir branché son répondeur ?
– Elle est sûrement sous la douche, glissa Caroline.
– Sûrement, s'empressa d'approuver Bonnie en lissant ses cheveux sales. Et, en fait, ce n'est pas une mauvaise idée. Si vous permettez...
– Faites comme chez vous...

Bonnie se leva, un peu chancelante.

— Mais finissez d'abord votre toast et le jus d'orange, conseilla Caroline. Quelque chose me dit que vous allez avoir besoin de toute votre énergie.

Sous le jet très chaud de la douche, Bonnie voyait son corps disparaître sous une nuée de vapeur. Il n'y avait pourtant plus grand-chose à faire disparaître. Elle avait perdu au moins cinq kilos, certainement davantage, et sous ses petits seins saillaient des côtes disgracieuses. Ses jambes ressemblaient à des baguettes, guère plus en chair au-dessus du genou qu'en dessous. On aurait dit une préadolescente. Le retour de Twiggy, songea-t-elle, ce célèbre mannequin au regard halluciné, avec ses immenses cils tracés au mascara, ses cheveux coupés ras et sa minuscule poitrine. Twiggy n'était peut-être pas naturellement maigre, après tout. Peut-être qu'elle se peignait des cils exagérément longs parce que les siens étaient tombés. Et qu'elle avait adopté la coiffure à la garçonne des enfants abandonnés après que sa luxuriante chevelure eut viré au crin. Peut-être bien qu'elle avait été victime d'un empoisonnement à l'arsenic.

Ces élucubrations firent rire Bonnie, qui avala du shampoing au passage. Elle cracha, se remit à rire et se massa énergiquement le cuir chevelu. « Je vais m'ôter cet homme du crâne », fredonna-t-elle, se demandant immédiatement pourquoi diable elle chantait. Sa vie entière s'effondrait de toutes parts, quelqu'un voulait la tuer, elle ne savait à qui se fier et elle chantait sous la douche ! L'arsenic devait avoir déjà fait son chemin jusqu'au cerveau.

Croyant avoir entendu quelque chose, elle s'immobilisa. Le bruit lui parvint à nouveau. Elle comprit alors qu'on frappait à la porte et ferma le robinet.

— Oui ? cria-t-elle, en se demandant si elle n'avait pas rêvé.

— Bonnie, lui répondit Caroline en entrebâillant la porte. Un courant d'air frais fit aussitôt frissonner Bonnie. Désolée de vous déranger, mais j'ai préféré venir vous le dire immédiatement. C'est le capitaine Mahoney : il est au téléphone.

Bonnie avait eu tout juste le temps de se sécher et de s'habiller que le capitaine Mahoney se présentait déjà à la porte d'entrée. Elle lui raconta tout, les mots fusant tel le jet de vapeur d'une Cocotte-Minute : comment elle s'était sentie au cours des derniers jours ; sa visite chez le médecin ; les résultats des tests sanguins ; la certitude que quelqu'un l'empoisonnait ; son incertitude quant à ce quelqu'un.

– J'ai trouvé de la mort-aux-rats sous l'évier de Joan, conclut-elle.

– Vous y êtes allée ?
– Hier.

Elle surprit une lueur d'étonnement dans ses yeux noirs, puis une certaine impatience. Il s'agita à côté d'elle et fit mine d'étudier le nu, cette grande sculpture devant le piano dans le salon de Caroline Gossett. Celle-ci était au sous-sol en train d'apprendre à Amanda à fabriquer du papier mâché. Lyle s'était éclipsé tôt dans la matinée pour aller jouer au golf.

– Vous l'avez touchée ? demanda-t-il d'un ton résigné qui ne pouvait passer inaperçu.
– Oui.

Bonnie comprit sans qu'il soit besoin de lui faire un dessin que ses mains négligentes avaient probablement ruiné toute chance pour la police de découvrir d'éventuelles empreintes fraîchement déposées sur la surface de la boîte.

– Navrée, dit-elle, je n'ai pas réfléchi.

Il se gratta la tête.

– Tout le monde se prend pour un détective, grommela-t-il.
– Comme mon frère ? lança Bonnie, qui attendit en vain une réponse. Est-il ce qu'il prétend être, capitaine Mahoney ?
– Votre frère n'est pas suspect dans le meurtre de Joan, fut sa réponse sibylline.
– Est-il officier de police ? insista-t-elle.
– Je ne saurais dire.
– Vous ne sauriez ou vous ne voulez pas le dire ?
– Votre frère n'est pas suspect dans cette affaire, répéta-t-il.

Bonnie hocha la tête.

– En ce cas, je peux le contacter en toute sécurité ?
– Aucun danger, fit-il, tandis que des larmes de reconnaissance montaient aux yeux de Bonnie.
– Merci. Je ne savais pas quel parti prendre.
– Il semble que vous preniez le bon, fit-il en contemplant le salon de Caroline.
– J'ai eu de la chance. Caroline est une femme merveilleuse.
– Les bons amis sont rares.
– Oh, mon Dieu ! J'ai oublié Diana, déclara-t-elle. Elle doit être dans tous ses états.

Bonnie se leva, courut jusqu'à la cuisine, attrapa le téléphone et composa le numéro de son amie.

Cette fois encore, il y eut une, deux, trois sonneries. Elle était sur le point de raccrocher pour recommencer quand, soudain, on décrocha.

– Ah ! te voilà, fit Bonnie sans attendre que Diana ne s'annonce. J'ai déjà appelé, mais tu devais être sous la douche.

– Qui est à l'appareil ?

La voix mâle qui lui répondit était terne et sans expression, quoique vaguement familière.

Cela lui donna des sueurs froides. Elle sentit sa gorge se nouer, l'air ne passait plus.

– Qui est-ce ? demanda-t-elle à son tour.

– L'inspecteur Haver, de la police de Weston, répondit-il. Qui est à l'appareil, je vous prie ?

– Inspecteur Haver ? répéta Bonnie en revoyant l'officier de police à la peau brune auquel elle avait parlé à la crèche d'Amanda, après l'incident du seau de sang.

Le capitaine Mahoney apparut à ses côtés.

– Je vais lui parler, dit-il.

Bonnie lui tendit l'appareil sans se faire prier.

Elle regarda le policier, qui fronçait les sourcils et se renfrognait. Elle écouta sa voix qui se faisait grave, presque rauque, et l'entendit murmurer : « Oui, je vois. Quelle heure était-il ? » Elle le vit secouer la tête, éloigner l'écouteur de son oreille tandis qu'il prenait son calepin dans la poche arrière de son pantalon pour y griffonner quelques mots. « Vous permettez que je vienne jeter un coup d'œil ? » Ce fut sa dernière question avant de reposer l'appareil.

– Il y a eu un homicide, lui dit-il sans détour.

Elle se raccrocha à un meuble de cuisine, incapable de retrouver l'usage de la parole.

– Non, fut tout ce qu'elle réussit finalement à articuler.

– Un voisin vient de l'identifier, il y a quelques minutes.

– Par pitié, non ! fit Bonnie.

– Hélas, votre amie est décédée, déclara d'un ton grave le capitaine Mahoney. Tuée par balle.

– Diana, tuée par balle, répéta Bonnie, refusant de croire ce qu'elle avait entendu, ces mêmes mots qu'elle venait de prononcer.

– Une seule balle en plein cœur.

– Oh, mon Dieu ! Mon Dieu, non ! Ma pauvre Diana...

Bonnie promena un regard fiévreux sur la cuisine, s'arrêta sur le dessin de la mère avec son nouveau-né. Elle aurait voulu embarquer sa fille et courir, courir aussi vite et aussi loin que possible.

– Y a-t-il la moindre chance pour que ce soit un rôdeur ? Ou bien peut-être son ex-mari ? Elle s'est mariée deux fois, vous savez. Mariée deux fois et divorcée deux fois. C'est peut-être l'un des deux maris, ou une de ses connaissances. Il y avait toujours un homme quelque part dans sa vie. Je veux dire, ceci n'est pas obligatoirement lié à Joan, ou à moi, vous ne pensez pas ? Cela pourrait simplement être une de ces effroyables coïncidences, un de ces coups pervers du destin, non ?

Bonnie posait ses questions avec l'espoir insensé que ce soit le cas, mais savait déjà qu'il n'en était rien.

– Un voisin a vu une voiture sortir de sa contre-allée sur les chapeaux de roue ce matin vers dix heures, déclara le capitaine Mahoney. Inquiet, il a traversé la rue ; découvrant sa porte ouverte, il est entré et l'a trouvée étendue par terre dans son salon.

Bonnie s'efforça de tout son être de chasser les images de sa meilleure amie raide morte sur le sol de son salon. Cela n'était pas possible. Il y avait sûrement une erreur quelque part, songea-t-elle. Diana était un être tellement complexe, à la personnalité si forte, si pleine de dynamisme et de contradictions. Il était inconcevable que quelqu'un ait pu lui ravir cette énergie à l'aide d'un truc aussi bête qu'une balle de revolver en plein cœur.

– Le voisin a-t-il pu voir nettement le chauffeur de la voiture ? demanda-t-elle.

– Non. En revanche, il a fort bien vu le véhicule.

– Quel genre de voiture ? demanda-t-elle, connaissant la réponse avant même que le capitaine ait ouvert la bouche.

– Une Mercedes rouge, lâcha-t-il.

– Des policiers ont été affectés à la surveillance de la maison, déclarait, plus tard dans la soirée, le capitaine Mahoney qui avait dû le répéter plusieurs fois avant que le sens de ces paroles atteigne les cerveaux. Certains seront dans une voiture anonyme à quelques maisons d'ici. Il y en aura un autre dehors, derrière la maison, pour plus de sûreté. Et nous nous sommes branchés sur votre ligne téléphonique, au cas où il chercherait à vous contacter.

– Nous contacter ? s'étonna Bonnie.

– On ne sait jamais.

– Je sais que c'est pas mon frère qui a fait ça, déclara Lauren.

Elle était assise dans la salle à manger, les bras posés sur la table, complètement affalée, la tête bringuebalant, toute molle, comme une marionnette dont les fils se seraient rompus.

Ils étaient tous ainsi, autour de la table, depuis ce qui leur semblait être des heures – Bonnie, Rod, Lauren, le capitaine Mahoney, l'inspecteur Haver, épuisés, les reins en compote. Cela rappelait à Bonnie une autre soirée, quelques semaines auparavant, alors qu'un autre petit groupe était assemblé autour de cette même table. À cette différence près qu'alors Hasch était à la place de l'inspecteur Haver et Sam à celle du capitaine Mahoney. Et il y avait

Diana..., songea Bonnie en évoquant le visage de son amie aux yeux bleu lagon.

— Vous savez tous que Sam n'a pas pu faire ça, répéta Lauren, moins sûre d'elle toutefois.

— Évidemment, des policiers surveillent aussi la maison des Gleason, poursuivit l'inspecteur Haver. Au cas où ils se montreraient là-bas.

Le voisin de Diana avait fini par déclarer qu'il pensait avoir vu deux hommes dans la voiture. Des jeunes gens aux cheveux longs, avait-il précisé, bien qu'il ne puisse affirmer si les jeunes gens en question étaient Sam et Hasch. Cela ne changeait pas grand-chose. Ni Sam ni Hasch n'avaient été vus depuis ce matin. Un avis général de recherche était lancé contre eux.

— Pourquoi Sam aurait-il voulu du mal à Diana ? demanda Lauren, les yeux vides, ne s'adressant à personne en particulier. Il avait un sacré béguin pour elle. Il n'aurait pas pu lui faire de mal.

Bonnie ferma les yeux pour essayer de se barricader contre la voix de Lauren. Si les soupçons de la police se révélaient exacts et si Diana avait été sexuellement agressée avant sa mort, alors, loin d'aider son frère, Lauren enfonçait le clou. Il faudrait attendre plusieurs jours pour avoir le rapport médico-légal, mais le capitaine Mahoney était certain qu'il prouverait que Diana avait été tuée par le même revolver que Joan, et qu'elle avait été violée avant ou après sa mort. « Oh, mon Dieu ! » gémit Bonnie, une main devant la bouche. Tout était de sa faute. Sans elle, Diana serait encore en vie aujourd'hui. Et si elle n'avait pas entraîné son amie dans ce traquenard ? Si elle ne lui avait pas téléphoné du poste de police, le jour où elle avait découvert le corps de Joan, pour lui demander de venir à Newton, alors qu'elle savait parfaitement que le droit pénal n'était pas sa spécialité ? Si elle ne l'avait pas invitée à dîner chez elle, et ne lui avait pas présenté le fils de Rod ? *Sam, voici Diana. Diana, voici la Mort.* « Oh, mon Dieu ! » gémit-elle à nouveau en enfouissant sa tête entre ses mains.

Des mains solides se posèrent sur ses épaules et massèrent du bout des doigts les muscles tendus de sa nuque.

— Je resterai là cette nuit, déclara Nick qui avait l'art de doser la pression de ses doigts. Sur le canapé du salon.

Bonnie acquiesça d'un mouvement de tête puis regarda Rod, inquiète de savoir comment il réagirait. Mais Rod resta muet. Il était assis tout au bout de la table, le regard dans le vide, ne paraissant pas même se rendre compte que Nick était là, que sa maison grouillait de policiers et qu'il y en avait encore plus à l'extérieur. Il était probablement sous le choc, se dit Bonnie en réalisant qu'il n'avait pratiquement rien dit depuis qu'elle était arrivée accompagnée du capitaine Mahoney. La colère et l'indignation avaient fait place à l'horreur et à la consternation. Le capitaine lui avait annoncé l'assassinat de Diana et l'avait informé que son fils en était le premier suspect. De même qu'il était incriminé dans la mort de sa mère et dans la tentative d'empoisonnement contre sa belle-mère. Rod avait écouté tout cela dans un silence atterré, puis s'était retiré dans la salle à manger. Depuis, il était toujours sur la même chaise, silencieux, inerte.

Bonnie voulait aller vers lui, l'enlacer, lui dire que tout s'arrangerait, mais quelque chose l'en empêchait. Comment parviendrait-elle à lui dire que tout irait bien, quand rien ne serait probablement plus jamais bien ? Comment pourrait-elle le réconforter quand, il y avait à peine quelques heures encore, elle s'imaginait qu'il pouvait être, lui, l'auteur des crimes.

— Il faut que j'aille voir Amanda, fit-elle en se levant, mais elle retomba aussitôt sur son siège, chancelante.

— Je viens d'y aller, lui rappela Nick. Elle semblait dormir. Tu ferais bien d'en faire autant. Ça m'étonnerait qu'il se passe quelque chose cette nuit, et ces médicaments que tu prends sont des trucs plutôt costauds. Tu devrais être au lit. Toi aussi, Rod, ajouta-t-il en le regardant à son tour.

Rod ne répondit pas. Il continuait à fixer le mur d'en face comme si personne n'avait rien dit.

— Papa ? appela Lauren.

Elle se leva de sa chaise, rejoignit son père, lui passa les bras autour du cou, le serra très fort en effleurant sa joue du bout des lèvres, comme si cela pouvait le ranimer.

— Allez, viens, papa, murmura-t-elle. Je vais t'aider à monter là-haut.

Rod laissa sa fille l'entraîner hors de la pièce. Bonnie les regarda grimper les marches, lentement, plantant solidement leurs deux pieds l'un à côté de l'autre avant de passer à la suivante.

— Tu devrais vraiment être à l'hôpital, déclara Nick en se tournant vers sa sœur.

— Pas tant que tout ceci n'est pas réglé. Pas avant d'être sûre qu'Amanda est hors de danger.

— Ils n'iront pas loin, intervint le capitaine Mahoney. Deux adolescents aux cheveux longs dans une Mercedes rouge. Ça ne devrait pas être trop dur à repérer.

Bonnie secoua la tête. Elle essayait d'imaginer où ils pouvaient être, où ils se rendaient, pourquoi ils auraient tué Diana.

Mais pourquoi ? Le mot l'obsédait, lui martelait la tête. Pourquoi, grands dieux ? Rien ne collait. Il se pouvait que Sam ne soit pas le fils dont on puisse rêver – avec son anneau dans le nez et un serpent dans sa chambre. Il était vrai qu'il était à la fois réservé et emporté, sombre et mal dans sa peau, mais il était aussi adorable et sensible, attentif et assoiffé d'amour.

Était-ce ce qui était arrivé ? Son besoin d'être aimé l'avait-il amené à se méprendre sur l'intérêt que lui portait Diana ? Sa rage refoulée avait-elle ressurgi quand Diana avait coupé court à ses avances d'adolescent maladroit ? L'avait-il violée, puis tuée pour qu'elle se taise ? Sa mort était-elle un acte de fureur isolé ou faisait-elle partie d'un plan plus vaste ?

Ou bien était-ce Hasch le grand coupable ? Allait-on découvrir son sperme dans le corps de Diana ? C'était facile à savoir, avait expliqué le capitaine Mahoney. Si Diana avait été victime d'une agression sexuelle, le test de l'ADN révélerait sans difficulté qui était le coupable.

– Ce sera bientôt fini, lui assura Nick.

Bonnie hocha la tête en espérant qu'il disait vrai. Elle se leva, puis gagna les escaliers, son frère sur ses talons. Le capitaine Mahoney et l'inspecteur Haver restèrent assis autour de la table. Ils s'en iraient à leur tour quand ils le jugeraient bon.

– Ça ferait plaisir à papa si tu l'appelais, confia Nick à Bonnie au pied de l'escalier. Il est inquiet pour toi depuis ta visite. Il sait qu'il se passe de drôles de trucs en ce moment, et je pense qu'il serait nettement plus tranquille si tu lui passais un petit coup de fil.

– Je ne sais pas si j'en suis capable, Nick. Je ne crois pas en avoir la force.

– Oh, je ne gaspillerais pas une minute de mon temps à m'inquiéter sur ta force, répliqua Nick. Tu es quelqu'un de fort, Bonnie. Si une putain de dose d'arsenic n'a pas réussi à t'achever, je ne pense pas qu'un inoffensif vieillard qui t'aime doive t'inquiéter... (Il se tut un instant, avant de déclarer d'une voix ferme :) On ne peut plus rien faire en ce qui concerne les morts, Bonnie. C'est aux vivants que nous devons apprendre à consacrer davantage d'attention.

Il lui tendit les bras. Elle s'y réfugia, s'y abandonna comme une poupée de chiffon. Au bout de quelques secondes, elle releva la tête et l'embrassa sur le bout du nez avant de lui tourner le dos pour suivre les pas de son mari dans l'escalier.

Il gisait sur le lit et Lauren lui enlevait ses chaussures quand elle entra dans la chambre.

– Je n'ai pas réussi à le faire se déshabiller, lui dit Lauren.

Bonnie considéra Rod, lové en chien de fusil sur le lit non défait ; ses yeux grands ouverts semblaient pourtant fixer le néant.

Bonnie tenta de s'imaginer ce qu'il pouvait ressentir. Qu'éprouverait-elle, après tout, si un capitaine de police venait lui annoncer dans quelques années que son enfant était un tueur psychotique, responsable de la mort de deux personnes et de l'empoisonnement de deux autres ?

— Est-ce que ça va ? demanda-t-elle à sa belle-fille.

Lauren haussa les épaules.

— Tu crois qu'ils vont trouver Sam ?

— J'en suis sûre.

— J'ai tellement peur, fit-elle en pleurant doucement. J'ai tellement peur qu'ils lui tirent dessus.

Bonnie vint prendre la jeune fille dans ses bras.

— Personne ne tirera sur personne..., dit-elle. (Il y a déjà eu assez de violence comme ça, songea-t-elle.) Je crois que nous devrions tous dormir un peu. La journée a été longue.

— Est-ce que ça va aller pour toi ?

— Tout ira bien.

Lauren retourna près du lit déposer un léger baiser sur le front de son père.

— À demain matin, papa. Tu verras, tout va s'arranger maintenant.

Elle gagna la porte sur la pointe des pieds, puis s'arrêta.

— Je t'aime, papa, ajouta-t-elle avant de disparaître.

Bonnie alla jusqu'au téléphone à côté du lit et composa machinalement un numéro. Quelques secondes plus tard, elle recevait le « allô » circonspect de son père.

— C'est Bonnie, dit-elle. Nick m'a dit que tu étais inquiet à mon sujet.

— Comment vas-tu ?

— Pas très bien, répondit-elle avec franchise. Et toi ?

— Moi ? Je vais bien. (Il paraissait surpris de sa question.) Je voulais juste m'assurer que tu allais bien.

— Ça va aller. Ne t'en fais pas.

— Les parents s'en font toujours.

Bonnie sourit tristement à cette vérité.

— Puis-je te rappeler demain ou après-demain ? demanda-t-elle. J'espère que d'ici là les choses seront un peu plus claires... nous pourrons parler.

— Appelle quand tu veux.

Bonnie sentit que des larmes coulaient le long de ses joues.

— Toi aussi, fit-elle.

— Je t'aime, mon petit.

— Bonne nuit, papa, murmura-t-elle avant de raccrocher.

Puis elle se coucha à côté de son mari et attendit le sommeil.

31

Il était six heures du matin quand Bonnie eut la sensation que quelqu'un s'approchait d'elle à pas feutrés. Brusquement, une ombre recouvrit ses paupières encore closes, lui cachant la faible lumière du soleil matinal. Elle sentit des doigts lui caresser le bras avec la légèreté d'une plume et une voix douce murmura à son oreille :
– Bonnie, Bonnie, réveille-toi.
Elle ouvrit les yeux, s'assit brusquement dans son lit et découvrit le visage de son frère à quelques centimètres du sien.
– Tout va bien, la rassura-t-il immédiatement en se reculant de quelques pas. Désolé, je ne voulais pas t'effrayer.
– Il y a du nouveau ?
Bonnie regarda à côté d'elle. Rod dormait encore. Elle ne l'avait pas senti bouger d'un pouce de toute la nuit.
– On vient de recevoir un appel de la police fédérale de New York. Ils ont arrêté deux jeunes en Mercedes rouge, pour excès de vitesse sur l'autoroute. Ça ressemble fort à Sam et Hasch.
– Que va-t-il se passer maintenant ? demanda Bonnie en jetant un coup d'œil sur Rod.
Il avait toujours les yeux fermés, mais elle remarqua une légère tension dans ses jambes, comme s'il retenait sa respiration.
– Ils les ramènent à Newton. Ils seront interrogés dès qu'ils arriveront au poste de police.
– Ils seront là dans combien de temps ?
– Environ deux heures.
Nick s'assit sur le lit et prit les mains de Bonnie dans les siennes.
– Ça va ?
– Je voudrais bien qu'on en finisse.
– Et après, tu te feras hospitaliser ?

— Dès l'instant où je serai sûre qu'Amanda ne risque plus rien.
Nick lui caressa gentiment la joue.
— Tu es une dure de dure.
Elle lui sourit.
— C'est de famille, je suppose.
— Il faut que j'y aille, dit-il. Je veux parler au capitaine Mahoney avant l'arrivée de Sam.
Bonnie hocha la tête.
— Tu m'appelles dès que tu sais quelque chose ?
— Oui, dès que je pourrai.
Bonnie écouta les pas feutrés de Nick dans l'escalier, puis la porte d'entrée s'ouvrir et se refermer. Elle se rallongea ensuite et, incapable de la soutenir plus longtemps, posa sa tête sur l'oreiller, puis se tourna vers Rod.
Il avait ouvert les yeux.
— Tu as entendu ?
Elle avait parlé d'une voix détachée qui semblait appartenir à quelqu'un d'autre, une voix qui n'avait aucun lien avec son propre corps.
— Ils ont cueilli Sam et Hasch sur l'autoroute de New York, répéta-t-il d'un ton neutre et sans émotion, comme s'il s'agissait d'étrangers.
Bonnie se mit à observer la scène entre elle et son mari comme si elle regardait une émission de télévision, un de ces mélos à thème basés sur des faits réels qui faisaient rage depuis que la réalité divertissait plus que la fiction. Elle vit un homme et une femme, vêtus tous deux de leurs vêtements froissés de la veille, au visage pâle et hébété, dans des positions qui exprimaient autant la défiance que l'échec. Elle se demandait qui étaient ces deux êtres, éloignés de leur propre vie et devenus étrangers l'un à l'autre, récitant leur texte comme les acteurs d'un mauvais casting, mal assortis et jouant des rôles tirés d'un scénario qu'ils ne comprenaient pas entièrement.
— Est-ce que ça va ? demanda-t-elle.
— Et toi ?
— Je me sens un peu plus forte. Pas génial, mais mieux.
Rod garda le silence. Il se mit sur le dos et contempla le plafond.
— Veux-tu que nous parlions de tout cela ? demanda Bonnie.
— Non, dit-il. À quoi bon ?
— C'est qu'il s'agit de ton fils.
Le son que Rod laissa échapper tenait à la fois de la plainte et du rire. Cela fit comme un crissement dans l'air.
— Ce n'est peut-être pas Sam..., avança-t-elle d'une voix faible.

(Elle s'assit et releva ses genoux sur sa poitrine.) C'était peut-être Hasch. Si ça se trouve, c'est lui qui a entraîné Sam dans... (Elle s'interrompit. Qui essayait-elle de convaincre, son mari ou elle-même ?) Je n'arrive pas à croire que Sam soit un criminel, ajouta-t-elle au bout d'un instant. J'ai passé beaucoup de temps avec lui ces dernières semaines, et je ne peux vraiment pas croire qu'il ait fait une chose pareille. C'est un gentil garçon, Rod. Il est malheureux et il est solitaire, mais ce n'est pas un psychopathe. Il n'aurait pas pu tuer sa mère. Et il n'aurait pas fait de mal à Diana.

Rod se tourna de l'autre côté et enfouit sa tête dans l'oreiller, sans réussir à cacher totalement les sanglots qui le secouaient. Bonnie voyait le tremblement de son dos, les spasmes saccadés de ses épaules. Elle voulait se coucher sur lui pour le réchauffer et le rassurer. Elle voulait lui dire que les choses allaient s'arranger, comme l'avait fait Lauren la veille au soir. Pourtant, quelque chose l'en empêchait. C'était comme si une main invisible la maintenait à distance, la reléguant dans son propre coin, ne lui permettant aucun contact avec son mari. Qu'est-ce qui l'arrêtait ainsi ? s'inquiétait-elle. Qu'est-ce qui la retenait de réconforter l'homme qu'elle aimait ?

– Ça va s'arranger, Rod, fit-elle, mais elle-même se rendait compte de l'inanité de ses paroles.

Lui continuait à pleurer doucement.

Pleurait-il à cause de son fils ou sur lui-même ? se demandait Bonnie. Probablement pour les deux. Pour la relation qu'ils n'avaient jamais eue ; pour la relation qu'ils n'auraient jamais plus désormais. C'était trop tard, trop tard pour jouer au papa-gâteau, trop tard pour réparer toutes les années perdues, trop tard pour consolider des liens entre un père et son fils qui n'avaient jamais été correctement mis en place.

Bonnie vit le tremblement des épaules de Rod s'atténuer doucement. Réagissait-il seulement maintenant à l'énormité de tout ce qui était arrivé ? Au fait que son fils ait pu tuer sa mère ? Qu'il ait peut-être violé et assassiné une femme qui lui avait prodigué son amitié ? Il allait de soi que Rod ne verserait pas une larme sur Joan, un être qu'il avait méprisé, ni sur Diana, une femme qu'il supportait à peine. Alors, pourquoi des larmes aussi amères ?

– Rod...

Il s'assit, essuya les larmes de son visage d'un revers de la main. Lorsqu'il se tourna vers elle, ses yeux bruns paraissaient plus opaques que jamais, telle une rivière boueuse dont on ne voit pas le fond.

– Qu'y a-t-il ? demanda-t-elle.

Il secoua la tête, comme s'il voulait se débarrasser de pensées indésirables.
— Rod, dis-moi, s'il te plaît.
— La police va procéder à des analyses, fit-il comme s'il participait en même temps à une autre conversation.
— C'est-à-dire ?
— Des prélèvements de sang et des prélèvements de sperme, poursuivit-il sur le même ton monocorde. Pour analyser leur ADN.
— Oui, fit Bonnie, sans trop savoir où il voulait en venir.
— C'est fini, lâcha-t-il. Tout est fini.
— Rod, qu'est-ce que tu racontes ?
Il y eut un long silence.
— Sam n'a pas violé Diana, dit-il enfin. Ni Hasch.
— Quoi ?
— Le sperme qu'ils trouveront dans le corps de Diana n'est pas celui de Sam, répéta-t-il.
Comme dans un rêve, Bonnie se vit quitter le lit et reculer jusqu'au mur.
— Qu'est-ce que tu dis ?
— Tu vois très bien ce que je veux dire, je pense, répliqua-t-il.
Bonnie dut lutter quelques secondes pour retrouver sa voix, et put finalement lâcher dans un souffle une sorte de grognement.
— Tu veux dire qu'il s'agit de ton sperme ?
Rod resta muet.
— Tu veux dire que tu l'as tuée ?
Bonnie jeta un coup d'œil vers la porte, estimant silencieusement combien de pas elle avait à faire pour l'atteindre.
— Non ! fit Rod d'un ton tranchant, sortant enfin de sa léthargie. C'est ce que la police va penser, sans aucun doute, mais non ! Tu vas voir, ils ne vont pas tarder à me mettre la main dessus.
Il rit d'un rire étranglé qui perfora l'air comme un ballon qu'on éclate.
— Je ne comprends pas.
— Je n'ai pas tué Diana, nom de Dieu ! Je n'aurais jamais pu lui faire de mal. (Le visage de Rod se décomposa, manifestant un réel chagrin.) Je l'aimais, murmura-t-il en se cachant le visage dans les mains, étouffant ainsi ses paroles. J'étais amoureux d'elle, répéta-t-il, les mots s'écoulant cette fois clairs et glaciaux comme un torrent de montagne.
— Tu étais amoureux de Diana ? reprit Bonnie, attendant qu'il poursuive.
Mais il n'ajouta rien, se contentant de la regarder. Ses yeux semblaient vides.
— Depuis quand... ?

– Environ un an.
– Toutes ces nuits où tu travaillais tard, toutes ces réunions tôt le matin...

Rod hocha la tête, conscient qu'il était inutile de finir sa phrase.

– Pourtant, tu n'as jamais aimé Diana, protesta faiblement Bonnie.

Elle avait l'impression que le sol se dérobait sous ses pieds, comme si elle était au bord d'un gouffre et qu'il n'y ait plus rien à faire qu'à attendre qu'il l'engloutisse pour disparaître à tout jamais.

– C'est arrivé comme ça, Bonnie.

Rod lança un bras en l'air qu'il laissa suspendu un instant avant de le reposer.

Qu'aurait-il pu dire, en fait ? Qu'ils n'avaient jamais eu l'intention d'aller si loin ? Qu'ils ne voulaient pas lui faire de mal ?

– Elle n'est pas allée à New York, fit Bonnie. Elle était en Floride avec toi.

Rod acquiesça.

– Et elle était à côté de toi quand je t'ai raconté que j'étais allée voir le docteur Kline sur sa recommandation à elle.

– Elle a dit qu'elle n'en avait jamais entendu parler.

– C'est ainsi que tu as appris que le nom de son docteur était Gizmondi, parce qu'elle te l'a dit.

– Ça ne te ressemblait tellement pas de mentir. Nous nous sommes dit que tu commençais à avoir des soupçons et essayais de nous piéger.

Bonnie baissa la tête, songeant à ses stupides suppositions.

– Je pensais que c'était avec Marla que tu avais une aventure.

– Marla !

Cette fois, Rod eut l'air franchement offusqué. Bonnie faillit rire. Tout commençait à prendre sens, se disait-elle en rassemblant tous les morceaux du puzzle pour les imbriquer à leur juste place.

– La lingerie que j'ai trouvée dans ton tiroir, ce n'était pas pour moi, déclara-t-elle à la façon de Caroline Gossett qui affirmait toujours ses questions. C'était pour Diana.

Elle revit celle qui avait été son amie, sa magnifique chevelure brune tombant en cascade sur une ample et triomphante poitrine.

– Pas étonnant si le soutien-gorge était trop grand pour moi...

Elle se souvenait encore de la conversation qu'elle avait eue avec Diana juste après la découverte des sous-vêtements sexy dans le tiroir de Rod. À n'en pas douter, Diana avait aussitôt téléphoné à Rod pour l'informer de la découverte intempestive de son épouse et l'avait expédié à la maison avec instruction d'être tout particulièrement attentif et amoureux.

– Alors, tu couches avec Diana depuis presque un an,

commença Bonnie. Chaque fois que nous étions tous les trois ensemble, ces moments où tu semblais te résigner à la supporter pour me faire plaisir, c'est en fait moi que tu supportais. Le jour du poste de police, où tu étais tellement énervé de la trouver là, ce n'était pas du tout contre elle que tu étais en colère. Mais contre moi. Parce que j'avais dérangé votre petit rendez-vous galant. N'est-ce pas pour cette raison que je n'ai réussi à joindre aucun de vous deux ? N'est-ce pas aussi pour cette raison que tu n'avais pas d'alibi pour l'heure où Joan a été tuée ? C'est parce que tu étais en train de sauter ma meilleure amie !

— Bonnie...

— Tout le temps que j'étais malade, tu étais avec elle, fit Bonnie, stupéfaite.

Se pouvait-il qu'elle soit stupide à ce point-là ? Était-elle vraiment cette pitoyable chose, caricature de la femme qui est la dernière à savoir ?

— Même le jour de ton retour de Floride, tu es allé la retrouver.

— Nous avons pris le même avion. Je l'ai déposée et suis venu directement à la maison, raconta-t-il soudain, débitant ces mots comme si, en fin de compte, il brûlait de lui en parler.

Peut-être qu'il *brûlait* de le faire, songea Bonnie qui l'écoutait, désemparée, avec l'ardent désir de lui dire de se taire, mais incapable d'agir. Il était en train d'en faire sa complice, songea-t-elle avec anxiété.

— Tu es donc arrivé à la maison. Tu m'as accordé alors quelques minutes pour voir comment j'allais, me mettant au lit comme une gamine pour pouvoir retourner jouer.

— Tout ça sonne tellement atroce dans ta bouche. Ce n'était pas comme ça.

— Ah non ?

— Je ne voulais pas que ce soit comme ça.

— Alors, tu étais là quand Sam et Lauren ont débarqué pour finir la salle de bains, déclara-t-elle en imaginant la scène, tout en se demandant si elle aurait trouvé ça drôle si c'était arrivé à quelqu'un d'autre.

— Je leur ai dit que j'étais revenu tôt et m'étais arrêté chez Diana pour savoir exactement comment tu allais et être sûr que tu ne me cachais rien. Ils ont paru me croire...

Sa voix dérailla, comme s'il avait soudain pris conscience du fait qu'il pourrait avoir au moins la décence de se montrer embarrassé par ses révélations.

— Ensuite, tu es rentré à la maison pour découvrir que ta femme avait fichu le camp.

— J'étais affolé. Je n'avais aucune idée où tu avais bien pu disparaître.
— Quelle indélicatesse de ma part !
— Je ne veux pas dire...
— Et ensuite, tu es reparti chez Diana. Tu as dû être bien soulagé quand j'ai téléphoné.
— Nous ne savions pas de quoi il retournait.
— Alors, bien sûr, il fallait vous soutenir mutuellement.
— Je n'y ai pas passé la nuit, remarqua Rod.
— Mais vous avez fait l'amour.

Une longue minute s'écoula avant qu'il parvienne à lâcher l'indubitable « oui ».

— Après quoi, tu es parti.
— Je suis rentré.
— Quelle heure était-il ?
— Autour de minuit.
— Et tu n'as plus entendu parler de Diana jusqu'à ce qu'on t'annonce sa mort : tuée sur le coup par une balle en plein cœur comme Joan, selon toutes probabilités par la même arme, sans aucun doute par la même main. Mais, naturellement, il n'y a aucun rapport entre ces crimes et toi. C'est ça que tu veux me faire croire ?
— Je ne les ai pas tuées, Bonnie. Je te jure que je ne les ai pas tuées. Tu dois me croire. Je suis anéanti par la mort de Diana.
— Ce qui t'anéantit à ce point, comme tu dis, n'a strictement rien à voir avec le fait que Diana soit morte, rétorqua Bonnie d'un ton sec. Ce qui t'anéantit, c'est d'avoir été assez stupide pour laisser ton sperme en elle. Ce n'est pas vrai ? Tes larmes n'ont rien à voir avec Diana, ni même avec ton fils. Tu ne pleures que sur toi-même. Dis-moi, Rod, t'es-tu jamais soucié de qui que ce soit en dehors de toi-même ?

Il lui adressa un regard plaintif.

— Je tiens à toi, fit-il en lui ouvrant ses bras.

Incapable de lui résister, Bonnie s'approcha de lui lentement. Elle sentit la chaleur de ses bras lorsqu'il l'étreignit, la douceur de sa joue lorsqu'elle se pressa contre la sienne. Par quelle magie avait-elle toujours aimé la sensation d'être dans ses bras ?

Elle se recula légèrement, scruta ses yeux bruns aux profondeurs insondables, découvrit que, après tout, ils n'étaient pas si profonds que cela. Elle se dégagea avec douceur de son étreinte. Ses yeux exprimaient en fait un manque de profondeur surprenant, décevant, dangereux.

— Qu'est-ce que tu fais ? demanda-t-il en voyant Bonnie s'approcher du téléphone et composer un numéro.
— C'est Bonnie Wheeler, annonça-t-elle. Pouvez-vous me pas-

ser immédiatement le capitaine Mahoney ?... Oui, répondit-elle au policier du standard tout en regardant son mari s'effondrer sur le lit, vaincu ; oui, je peux attendre.

– Où est mon père ? s'inquiéta Lauren en pénétrant dans la cuisine avec Amanda.

Assise à la table, Bonnie avait le regard perdu dans le dessin d'Amanda, le dessin des gens aux têtes carrées. Elle tourna lentement la tête, sourit aux deux filles de Rod, la rousse et la blonde qui se ressemblaient tant. *Sucre candi et pain d'épice. Voilà de quoi sont faites les fillettes.*

– Il a dû se rendre au poste de police.

– Ça fait des heures, dit Lauren. Ne devrait-il pas être déjà rentré ?

Bonnie consulta sa montre. Il était presque onze heures du matin.

– Je suppose que la police avait une foule de questions à lui poser.

– Et Sam ?

– Il est au poste avec Hasch.

Bonnie regarda de nouveau sa montre, bien que quelques secondes seulement se soient écoulées. Voilà des heures qu'elle n'avait aucune nouvelle, ni de Nick ni de la police. Il fallait croire que, pour l'instant, ils n'avaient rien de neuf. Son mari, son fils et le copain de son fils étaient tous en interrogatoire. On avait énoncé ses droits à chacun d'eux. Bonnie se souvint des explications de Diana à ce sujet : leurs déclarations pouvaient alors être utilisées contre eux. Des avocats avaient donc été convoqués. Avec un peu de chance, les nouvelles ne devraient plus tarder à arriver.

– Je veux aller au parc, déclara Amanda.

– Je ne peux pas y aller pour l'instant, ma puce, lui répondit sa mère.

– Pourquoi ?

– Je peux l'emmener, proposa Lauren. Ça ne me déplairait pas de prendre un peu l'air.

– Je ne sais pas, fit Bonnie, qui n'était pas très chaude pour les laisser sortir avant le coup de fil de la police.

Elle se demandait d'ailleurs pourquoi elle hésitait ainsi. Les principaux suspects des crimes étaient au poste entre les mains de la police. Attendait-elle un coup de fil qui lui annonce que le criminel avait avoué ? Considérait-elle réellement ceci comme une possibilité ? Elle n'était même pas certaine que la police retienne une quelconque charge contre l'un d'eux. Mais pouvait-elle indéfiniment garder sa fille prisonnière entre quatre murs ?

– Allez-y donc, leur dit-elle finalement, concevant aisément le besoin de sortir de Lauren.
– Hourra !
Cette fois, Amanda fit des bonds jusqu'au plafond.
– Attends, on va chercher mon sac, fit Lauren en poursuivant Amanda qui grimpait déjà les escaliers.
Le téléphone sonna alors.
– Allô, fit Bonnie en décrochant presque instantanément.
– Bonnie, c'est Josh. Comment vas-tu ?
– Josh ?
– Josh Freeman, ajouta-t-il, comme s'il doutait lui-même.
– Oui, oui, Josh, bien sûr. Pardon. Je m'attendais à quelqu'un d'autre, c'est tout.
– Je te dérange ?
– Non.
En fait, elle était heureuse de l'entendre.
– Je voulais juste savoir comment tu te sens.
– Un peu mieux, répondit-elle. Mon mari et son fils sont au quartier général de la police, suspects non seulement du meurtre de Joan, mais aussi de celui de ma meilleure amie, Diana, qui, en l'occurrence, couchait avec mon mari depuis des mois.
Oh, et j'allais oublier la bonne dose d'arsenic qui circule dans mes veines, songea Bonnie sans rien dire. Il y a des choses dont il valait mieux s'entretenir en tête à tête.
– J'avais bien envie de passer te voir d'ici un moment, si tu es d'accord, proposa Josh comme s'il avait lu dans ses pensées.
– Bien sûr, fit Bonnie. Ça me ferait plaisir.
– Dans une heure, ça irait ?
– Parfait.
– À tout à l'heure.
Bonnie raccrocha. Elle se réjouissait à l'avance de cette visite. Il est vrai que, pas plus tard qu'hier, elle l'avait suspecté de lui avoir apporté du potage empoisonné. À ce souvenir, elle regarda le téléphone en se demandant s'il fallait rappeler Josh pour annuler. « C'est ridicule », fit-elle à voix haute. Ce n'était pas Josh qui avait tenté de l'empoisonner. Ça ne pouvait en aucun cas être lui qui avait tué Diana. Pour quelle raison aurait-il fait cela ? Quand même, se dit-elle en saisissant le combiné, ce ne serait pas mal de jouer la sécurité jusqu'à ce qu'elle sache avec certitude. Elle allait appeler son frère pour le mettre au courant et lui demander de passer en même temps que Josh.
Elle avait la main tendue au-dessus du combiné quand le téléphone sonna.
– Nous sommes prêtes, cria Lauren en franchissant d'un bond

les dernières marches, son grand sac lancé sur son épaule, suivie d'Amanda avec un sac Barbie lancé sur la sienne.

Bonnie décrocha le téléphone.

— Allô, fit-elle.

Il n'y eut pas de réponse.

— Allô ! répéta-t-elle.

Toujours rien.

— Veux-tu que j'en profite pour faire quelques courses ? demanda Lauren.

— Regarde s'il nous faut du lait, fit Bonnie, l'esprit ailleurs.

Lauren s'approcha du réfrigérateur, l'ouvrit, y jeta un coup d'œil.

— Non, on en a encore plein.

— Allô ! répéta Bonnie pour la troisième fois en se demandant pourquoi elle n'avait pas encore raccroché.

Elle s'apprêtait à le faire quand elle entendit le déclic désormais rituel à l'autre bout du fil. Qu'est-ce que c'est que ça ? Ce son curieux lui rappelait soudain quelque chose, sans qu'elle parvienne à le situer exactement.

— Qui était-ce ? demanda Lauren d'un air inquiet qui dessinait de fines petites rides au coin de ses immenses yeux noisette.

— Qui est à l'appareil, je vous prie ? lâcha Bonnie.

Le silence répondit, puis un second déclic, puis un autre.

Clic ! Clic !

La poitrine immobile, le souffle court, Bonnie se sentait partir à la dérive sur une mer d'huile, dans l'attente anxieuse du prochain coup de vent qui la pousserait jusqu'au rivage.

Clic.

Et soudain, elle se revit en train de s'engager en voiture dans une longue voie privée, de se garer dans un parking bondé et de se diriger rapidement vers l'entrée d'une superbe bâtisse blanche. Elle se souvenait d'avoir pensé, la première fois, que l'ensemble avait un air du vieux Sud. Elle se revoyait ensuite parcourir le grand hall jusqu'au bureau de la réception, attendre impatiemment les ascenseurs, puis partir en quête de la chambre 312.

Clic !

La porte s'était ouverte et elle avait vu la vieille femme dans le fauteuil roulant, avec ses jambes comme deux grosses bûches de bois mort, son visage ravagé par l'âge, les yeux voilés par l'ennui, et qui balançait son dentier au bout de sa langue rêche avant de le remettre en place avec un bruit sec, comme un déclic.

— Mary ? demanda doucement Bonnie.

— Ça se pourrait, répondit la voix. Qui la demande ?

32

Un quart d'heure plus tard, Bonnie garait sa voiture dans le parking très fréquenté du Centre psychiatrique Melrose à Sudbury, gravissait quatre à quatre les marches du perron, traversait le hall en courant jusqu'aux ascenseurs sur la droite. Comme il y avait déjà une foule de gens qui attendaient, elle s'appuya contre un mur pour reprendre sa respiration et essayer de rassembler ses pensées.

Pourquoi était-elle revenue ici ? Qu'est-ce qui l'avait incitée à quitter précipitamment sa maison tout de suite après le départ de Lauren et d'Amanda pour le parc ? À sauter dans sa voiture pour ensuite appuyer à fond sur le champignon ? Elle ne se sentait toujours pas très bien. Elle ne devrait certainement pas risquer sa vie ainsi pour parler à une espèce de vieille folle qui, selon toute vraisemblance, n'avait rien à lui dire d'intéressant.

Elle n'avait en tout cas rien dit au téléphone. Bonnie avait fait la conversation à elle toute seule. Pourquoi appelait-elle ? Avait-elle quelque chose à lui dire ? Voulait-elle lui parler d'Elsa Langer ?

« Ça se pourrait, avait été la seule réponse à chacune de ses questions. Qui la demande ? »

Pourtant, elle n'avait obéi qu'à son instinct, sur des impulsions, et se retrouvait plantée là au milieu d'inconnus dont on pouvait lire sur le visage l'intense désir d'être ailleurs. Et si l'un d'eux lui posait la question, elle serait totalement incapable de trouver une seule bonne raison à sa présence ici. Qu'espérait-elle découvrir exactement ?

Une sonnerie retentit, une lumière verte s'alluma au-dessus de l'un des ascenseurs, les portes s'ouvrirent avec lenteur. Il y eut un mouvement précipité – certains poussant pour sortir, les autres pour entrer – et bientôt l'ascenseur fut plein, laissant Bonnie sur place avec une bonne demi-douzaine d'autres gens. Ils reculèrent tous ensemble et se transportèrent comme un seul homme jusqu'à l'ascenseur suivant. *Agissant à l'unisson,* songea-t-elle. Le docteur Greenspoon serait fier d'elle.

Une autre sonnerie se fit entendre ; une autre lumière verte avertit de l'arrivée imminente d'un autre ascenseur. Cette fois, Bonnie rompit les rangs, se faufila jusqu'en première ligne et se mit en mouvement dès que les portes s'ouvrirent.

– Pardon, grogna une femme entre deux âges dont les cheveux miteux accentuaient encore la mollesse des traits. J' voudrais bien sortir, si vous permettez.

Bonnie se fit toute petite dans un coin et, pendant que l'ascenseur se remplissait, s'absorba résolument dans la contemplation des chiffres sur le panneau à côté de la porte.

– Quelqu'un pourrait-il appuyer sur le trois ? demanda-t-elle en faisant mine de regarder autour d'elle, comme si la voix venait d'ailleurs.

Se sentant brûlante, chancelante, sur le point de défaillir, elle remerciait le ciel qu'il y eût suffisamment de monde dans la petite cabine pour lui permettre de se maintenir debout. Elle se demandait si elle y serait arrivée toute seule.

L'expression lui parut tout à fait de circonstance, ce qui la fit rire. Immédiatement, et malgré le manque de place, elle sentit un mouvement de recul chez ses compagnons d'ascenseur. Quand les portes s'ouvrirent au second étage, les passagers restants s'éloignèrent même encore un peu.

Bonnie hésita au moment où l'ascenseur atteignait le troisième étage. « Et puis zut ! » murmura-t-elle à mi-voix en s'engageant dans le couloir. Elle était sur place maintenant. Autant aller jusqu'au bout et découvrir ce qu'elle faisait là.

Elle traversa lentement le couloir qui menait à la chambre de Mary, s'arrêta quelques secondes devant la porte.

– Entrez ! cria Mary de l'intérieur. Qu'est-ce que vous attendez ?

Bonnie ouvrit la porte et poussa le battant.

Mary était assise dans son fauteuil roulant près de la fenêtre et regardait les parterres de fleurs en contrebas.

– Ils les entretiennent joliment, vous ne trouvez pas ? demanda-t-elle sans les quitter des yeux.

– Si, si, en effet, approuva Bonnie qui, regardant autour d'elle, eut la surprise de rencontrer deux beaux yeux vifs qui la fixaient depuis le lit d'Elsa Langer. Bonjour, lança-t-elle à la femme.

Celle-ci était brune, mince, et avait une allure quasi aristocratique. Bonnie se demanda comment cette femme avait atterri au Centre psychiatrique Melrose.

– Comment allez-vous ? fit la femme en lui tendant la main. Je suis Jacqueline Kennedy Onassis.

– Vous occupez pas d'elle, mugit Mary de son coin de fenêtre. Elle est plus givrée qu'une orange.

Bonnie eut un hoquet de surprise. N'était-ce pas toujours ainsi que Rod décrivait Joan ?

– D'abord, ils m'ont donné un légume, et maintenant ils m'envoient le dessert.

Mary se détourna enfin de la fenêtre et fit pivoter son fauteuil pour faire face à Bonnie.

– Qu'est-ce que vous avez ? Aérophagie ?

Bonnie s'approcha tout doucement du fauteuil roulant. Elle eut le temps de remarquer que Mary portait un long peignoir tout propre, en tissu éponge à rayures bleues et blanches, que ses cheveux bruns avaient été récemment colorés et étaient retenus par une panoplie de barrettes de toutes tailles.

– Pourquoi désiriez-vous me voir ? demanda-t-elle.

– Qui a dit que je voulais vous voir ?

– Vous. Quand vous m'avez téléphoné. Vous m'avez laissé entendre que vous aviez quelque chose à me dire.

– J'ai fait ça ?

Bonnie sentit son cœur se serrer. Franchement ! N'était-elle accourue jusqu'ici que pour ça ? Pour faire un brin de causette avec une vieille femme malade ? Il est vrai que, si elle n'était pas venue, elle n'aurait pas eu la chance de rencontrer Jacqueline Kennedy Onassis, songea-t-elle en souriant à la femme aux yeux vifs allongée dans le lit d'Elsa.

– J'ai cru que vous auriez quelque chose à me confier au sujet d'Elsa Langer, hasarda Bonnie.

– Au sujet de qui ?

– Elsa Langer, répéta Bonnie.

– Teddy n'a rien à se reprocher, déclara soudain la femme allongée. Il a fait ce qu'il a pu pour sauver cette fille. Mais il n'a jamais été un grand nageur.

– Vous dites que j' vous ai téléphoné ? demanda Mary, qui époussetait ses genoux avec une fébrilité grandissante.

– Il n'y a pas plus de vingt minutes.

– Vous avez fait vite pour venir.

– J'ai pensé que cela pouvait être important. Vous vous êtes certainement donné du mal pour obtenir mon numéro.

– Bof ! réfuta Mary. Je n'ai eu qu'à demander à l'infirmière. Je me rappelais que vous aviez dit à Elsa que vous lui laisseriez votre téléphone.

– Vous souvenez-vous d'autre chose encore ?

– À propos de quoi ?
– À propos d'Elsa.
– Elle était pas marrante, fit Mary en retroussant ses lèvres en une moue déplaisante qui se tordit en un rictus d'un côté, puis de l'autre. Elle était tout le temps prostrée dans ce lit, sans dire un mot. C'est pas que ce soit mieux avec la Jackie O., remarquez !
– Christina était une fille très désagréable, confia la femme dans son lit. J'ai fait des efforts pour me rapprocher d'elle, mais elle n'a jamais rien voulu savoir. Elle voulait garder son père pour elle toute seule.
– Parlez-moi encore d'Elsa, insista Bonnie.
Mary commença alors à pousser sur son dentier avec sa langue.
– Y a rien à dire. Elle gisait là du matin au soir et du soir au matin, c'est tout. Et puis, un beau jour, elle est morte.
– Ça a dû pas mal vous bouleverser, fit Bonnie en songeant qu'elle ferait mieux de partir ; mais elle se sentait lasse et avait encore besoin de quelques minutes de repos pour récupérer.
– Pour être franche, je ne m'en suis même pas rendu compte, fit Mary, qui se mit à rire, abandonnant un instant sa lutte contre son dentier. C'est l'infirmière qui s'est aperçu qu'elle était dans le coma.
– Au moins, elle n'a pas souffert, déclara Bonnie. Je pense que c'est une bonne chose.
– Sans doute... (Mary retourna son fauteuil vers la fenêtre.) Vous devriez dire ça à la petite-fille. Ça lui ferait sûrement du bien.
– La petite fille ?
Bonnie s'approcha de la fenêtre et dévisagea la femme dans son fauteuil roulant.
– Sa petite-fille. C'est quoi son nom, déjà ?
– Vous voulez parler de Lauren ?
– Oui, j' crois bien que c'est ça. En tout cas, vous devriez le savoir. C'est vous qui l'avez amenée ici la première fois.
– Comment ?
– Je n'ai cessé de lui répéter de faire un régime, expliquait J. K. Onassis depuis son lit. Mais elle ne voulait pas m'écouter. Elle me haïssait. Et en fait de régime...
– Que voulez-vous dire par « la première fois » ? demanda Bonnie.
– Vous avez amené ces deux enfants ici, le garçon et la fille.
De nouveau, les lèvres de Mary se tordirent en mouvements convulsifs comme si elle se rinçait la bouche.
– Oui, je sais, fit Bonnie. Mais je ne les ai amenés ici qu'une seule fois.
– La fille est revenue, fit Mary, très prosaïque.

– Quoi ? lança Bonnie.

Elle en avait les cheveux qui se dressaient sur la tête.

– Elle est revenue. Avec de la crème anglaise qu'elle a dit avoir faite de ses propres mains. Elle s'est assise sur le lit et elle lui en a fait manger. Vous croyez qu'elle m'en aurait laissé ? Pas très aimable, moi, j' vous le dis ! (Mary fit la moue.) Je voulais juste y goûter.

Bonnie s'agrippa aux deux bras du fauteuil, forçant ainsi Mary à la regarder dans les yeux.

– Essayez de bien vous souvenir, Mary, lui intima Bonnie, en faisant tout son possible pour ne pas paniquer. Combien de temps après le passage de Lauren Elsa a-t-elle plongé dans le coma ?

Mary lança son dentier en l'air et le remit en place.

– La nuit suivante, dit-elle.

Bonnie crut que son corps se vidait de son sang ; ses doigts s'enfoncèrent dans le rembourrage en caoutchouc des bras du fauteuil, l'empêchant de tomber. « Oh, mon Dieu ! » Qu'est-ce que ça voulait dire ? Elle jeta autour d'elle un regard désemparé. Était-il possible que Lauren ait empoisonné Elsa Langer ? Et si elle avait empoisonné Elsa...

– Ça n'est pas possible, lâcha Bonnie. Ça ne se peut pas.

– Je me disais que le moins qu'elle puisse faire, c'était de me faire goûter à sa crème anglaise, poursuivit Mary. Mais non, elle a insisté pour que sa grand-mère la termine jusqu'à la dernière goutte.

– J'ai laissé Amanda avec elle. Elle est toute seule avec ma petite fille.

Bonnie bondit vers la porte.

– J'ai essayé d'être son amie, pleurnichait la femme qui se prenait pour Jacqueline Kennedy Onassis tandis que Bonnie dévalait déjà le couloir. « J'aurais pu aider cette fille, si au moins elle m'avait laissée faire », furent les dernières paroles qui lui parvinrent.

Bonnie conduisait comme une forcenée sur la nationale 20, regardant défiler les rues : la Boston Post Road faisait place à la State Road West, puis à la State Road East qui, une fois dans Weston s'appelait de nouveau Boston Post Road. Bonnie frissonnait, transpirait, pleurait, criait. « Non, ça n'est pas possible ! répétait-elle sans cesse, pas possible ! »

Elle se souvenait avec quel empressement Lauren avait souhaité revoir sa grand-mère, de son émotion quand la vieille femme avait prononcé son nom, de la sollicitude dont elle avait fait preuve à son égard, s'asseyant tout près d'elle sur le lit, lui donnant à manger. Se pouvait-il qu'elle y soit retournée un autre jour pour lui faire avaler du poison ? Mais quand ? L'adolescente avait cours toute la journée. Quand aurait-elle pu trouver le temps ?

– Elle est restée à la maison un jour de classe, fit Bonnie à haute voix en revoyant le jour où Lauren s'était plainte de nausées – Bonnie avait alors pensé qu'il devait s'agir d'une rechute de la grippe. Sauf que ce n'était pas la grippe. C'était l'arsenic.

À moins qu'elle n'ait pas été malade du tout. C'était peut-être pure simulation de sa part.

– Non, ce n'est pas possible, fit-elle. J'ai bien vu à quel point elle était malade. Je lui ai tenu la tête des heures durant pendant qu'elle vomissait. Elle ne jouait pas la comédie. Elle était vraiment mal.

Mais elle s'est rétablie, songea Bonnie. Tandis que, moi, j'étais de plus en plus malade. Et elle était tout le temps là. Elle était tout le temps là.

Mais pourquoi ? se demanda-t-elle en freinant d'un coup sec à un feu rouge, au coin de la Boston Post Road et de la Buckskin Drive, guettant impatiemment le feu, tapotant nerveusement du pied sur l'accélérateur. Pourquoi voudrait-elle me tuer ?

Bonnie se remémora l'après-midi où, avec Rod, elle s'était rendue chez Joan pour la première fois. Elle se rappelait le déchaînement d'agressivité de Lauren, sentait encore l'impact du bout de ses lourdes chaussures sur ses tibias, la violence de son coup de poing sur sa bouche. Elle se souvenait avoir pensé que cette fille la haïssait.

Mais les choses avaient changé. Au cours des semaines suivantes, elles étaient devenues plus proches, avaient créé un lien fait de respect et d'affection. À moins que cela aussi n'ait été que comédie.

Même si elle me déteste, réfléchissait Bonnie, sa haine est-elle assez forte pour vouloir ma mort ? Et pourquoi aurait-elle voulu tuer sa grand-mère, une vieille femme réduite à l'impuissance qui savait à peine qui elle était ?

Et qui d'autre ? se demanda Bonnie en appuyant à fond sur l'accélérateur en même temps que le feu passait au vert.

Bonnie s'évertua à ne plus penser à rien, à se concentrer uniquement sur la route devant elle. Ses pensées étaient trop bizarres, trop insensées, tenaient plus des visions hallucinatoires de la drogue que d'une quelconque réalité. Car, à vrai dire, n'était-elle pas en train d'imaginer qu'il pouvait y avoir un lien entre Lauren et le meurtre de sa mère, entre Lauren et la mort de Diana ?

– Non, c'est grotesque. Tu es parfaitement ridicule.

Lauren était en classe le jour où sa mère avait été assassinée. Elle était à la maison le matin où Diana avait été tuée. Ou bien...

Bonnie réalisait que l'adolescente pouvait avoir aisément manqué un cours ou deux. La police n'avait sûrement pas pris la peine de vérifier. Qui suspecterait qu'une fille de quatorze ans ait pu tuer sa propre mère ? Lauren pouvait tout aussi bien s'être éclipsée un moment de la maison pour aller tuer Diana pendant que Rod dormait. Elle connaissait l'adresse de Diana, puisqu'elle y était déjà allée auparavant.

Mais pourquoi ? Pourquoi en voudrait-elle à Diana ? Et quel pouvait être son mobile pour désirer la mort de sa mère ?

Vous êtes en danger, l'avait prévenue Joan, *toi et Amanda.*

Lauren était-elle le danger contre lequel Joan avait tenté de la mettre en garde ?

– Oh, mon Dieu !

Bonnie eut la vision de l'innocente petite main de sa fille dans celle de sa demi-sœur.

– Ne fais pas de mal à mon enfant. Ne touche pas à un seul de ses cheveux.

Elle vira à droite dans Highland Street et sentit sa vue se brouiller alors qu'elle accélérait dans la rue bien dégagée.

– Je t'en prie, ne fais pas de mal à ma petite fille, supplia-t-elle tout haut.

Comment avait-elle pu laisser sa fille seule avec Lauren ? Joan ne lui avait-elle pas recommandé maintes et maintes fois de ne jamais utiliser ses enfants comme baby-sitters ? Ces déclarations n'étaient peut-être en rien des élucubrations d'une ex-épouse jalouse et alcoolique. Peut-être s'agissait-il déjà d'avertissements de la part de Joan.

Mais pourquoi ?

Toujours cette même interrogation.

Cela n'avait aucun sens. Ce n'était pas possible. Lauren ne pouvait être mêlée de près ni de loin aux décès de sa mère et de Diana, pas plus qu'à l'empoisonnement d'Elsa Langer ou au sien. D'accord, elle avait accès au revolver de sa mère ; et elle savait sûrement où Joan rangeait la mort-aux-rats. Mais cela n'était pas forcément significatif. Sam était dans le même cas. Et Rod aussi.

Sauf que tous deux étaient au poste de police, tandis que Lauren était avec sa fille.

Lauren avait emmené Amanda au parc, mais auquel ? Il y en avait plusieurs dans les environs et elles pouvaient être n'importe où.

– Bon sang ! où êtes-vous donc ? implora Bonnie. Où êtes-vous allées ?

En passant dans Brown Street, elle aperçut du coin de l'œil l'appartement de Diana, notant la présence aux abords de la maison du cordon jaune qu'elle connaissait bien désormais. *Lieux du crime.*

Passage interdit. « Ne t'affole pas », se dit-elle à elle-même en prenant sur sa droite la South Avenue, apercevant le petit jardin public au coin de la Wellesley Street. Elle ralentit en passant devant.

Des enfants jouaient autour des toboggans et des balançoires, surveillés de loin par des femmes au regard blasé, mais Lauren n'était pas là, ni Amanda. Bonnie songea à s'arrêter pour aller demander à ces femmes si elles avaient vu sa fille, mais elle ne vit aucun visage connu et préféra ne pas perdre son temps. Et, de toute façon, elle doutait de pouvoir tenir un discours cohérent.

Où pouvaient-elles être encore allées ? Il y avait un petit square au bout de Blueberry Hill Road, mais, comme il était minuscule et ne possédait qu'une poignée de balançoires, Amanda ne l'appréciait guère. Il y avait aussi l'aire de jeux derrière son école, cette aire de jeux contiguë au petit chemin nommé allée de l'Alphabet d'où quelqu'un avait vidé un seau plein de sang sur la tête d'Amanda. « Oh, mon Dieu ! » gémit Bonnie. Lauren ne tenterait sûrement rien contre elle maintenant, pas aussi peu de temps après l'assassinat de Diana.

Bonnie parcourut à toute allure la Wellesley Street jusqu'à School Street, puis tourna à gauche. Elle remonta comme un bolide la contre-allée qui longeait l'école avant d'arriver au jardin d'enfants, sauta de sa voiture pratiquement à la seconde même où elle retirait sa clef de contact, courut le long du petit chemin sur l'arrière de l'école et arriva en vue de l'aire de jeux superbement équipée.

Il n'y avait pas un chat. Elle fit demi-tour.

– Où êtes-vous ? s'écria-t-elle. Bon Dieu, Lauren ! Où as-tu emmené mon bébé ?

C'est alors qu'elle l'aperçut, abandonné sur le sable au pied d'une balançoire. Elle se précipita dessus et se baissa pour ramasser le petit sac Barbie rose vif. Elles étaient donc venues ici. Venues et reparties. Étaient-elles rentrées à la maison ?

Bonnie courut jusqu'à sa voiture, faillit rentrer dans un des arbres qui bordaient l'allée en repartant pour retrouver la rue. « Calme-toi », se dit-elle en relâchant un peu l'accélérateur après avoir viré dans Winter Street sur les chapeaux de roue. « Tu y es presque. »

Encore deux virages et la maison apparaissait. Bonnie s'engagea dans la contre-allée et sauta de la voiture.

– Amanda ! appela-t-elle avant même d'avoir atteint la porte. Amanda ! Lauren !

Après avoir trouvé avec peine le trou de la serrure, elle ouvrit la porte, trébucha en traversant le hall et monta les marches deux par deux.

Elle vit le sang dès qu'elle mit le pied sur le palier. Ce n'était que quelques petites gouttes rouges sur le parquet, mais néanmoins parfaitement identifiables. « Mon Dieu ! » Bonnie mit la main devant sa bouche pour s'empêcher de crier. « Non, par pitié, non. » Lentement, comme si elle avait porté des semelles de plomb, elle s'approcha de la salle de bains.

Elle entendit alors un léger couinement. Cela venait de derrière la porte fermée de la chambre d'Amanda. Bonnie obliqua vers le bruit.

– Amanda ? lança-t-elle d'une voix aussi tremblotante qu'une larme au bord des cils.

Sa main atteignit la poignée. Le souffle court, elle poussa sur le battant, osant à peine regarder.

Amanda était assise en tailleur par terre au milieu de la chambre, une main sur son genou, l'autre tendue vers Lauren assise à côté d'elle, qui, son grand sac posé sur ses genoux, tenait dans une main le poignet d'Amanda et dans l'autre une lame de rasoir.

– Mon Dieu !

– Ne t'approche pas, s'il te plaît, dit simplement Lauren.

– Je suis tombée, maman, expliqua Amanda en soulevant sa main pour montrer la fraîche égratignure sur son genou. Lauren me poussait sur la balançoire et je suis tombée en m'écorchant. J'ai pleuré, mais Lauren m'a dit de ne pas pleurer et elle m'a nettoyée.

– Je suis désolée pour les dégâts dans la salle de bains, ajouta Lauren, comme s'il s'agissait de la plus civile conversation du monde, comme si elle ne tenait pas une lame de rasoir au-dessus du poignet d'Amanda.

– Amanda, commença Bonnie, les yeux rivés sur les veines délicates de l'enfant, descends donc prendre un goûter et un verre de lait...

– Pas tout de suite, fit Lauren sur un ton autoritaire.

Amanda ne bougea pas.

– Lauren a dit qu'on allait devenir de vraies sœurs. Des sœurs de sang, déclara Amanda avec sérieux. Elle a dit que ça faisait pas mal.

Bonnie eut soudain l'impression que l'air autour d'elle devenait glacial. Elle avait des difficultés à respirer.

– Qu'est-ce que tu dis ?

– Qu'est-ce que Mary avait à raconter ? demanda Lauren. Je sais que tu es allée la voir. Elle t'a dit qu'elle m'avait vue, c'est ça ?

Sa voix semblait lointaine, comme si elle parlait d'une autre pièce.

– Oui, fit Bonnie en avançant d'un pas.

— À ta place, je ne viendrais pas plus près, l'avertit Lauren. Je pourrais devenir nerveuse. Ma main pourrait déraper.

Bonnie stoppa net.

— Ne lui fais pas de mal, supplia-t-elle. Je t'en prie, pas à elle.

— Lauren a dit que ça ferait pas mal, maman. Pas comme quand je me suis écorché le genou.

— C'est vrai, Amanda. (Lauren exerça une petite pression de la main.) Je ne te ferai jamais mal. Tu es ma petite sœur.

— S'il te plaît, supplia Bonnie. Lâche la main d'Amanda. Parlons, toutes les deux. Je suis sûre que nous trouverons des solutions.

— Et si je ne veux pas parler ?

— Alors, nous ne sommes pas obligées de le faire, renchérit aussitôt Bonnie. Rien ne nous oblige à parler de quoi que ce soit.

— Juste attendre que la police s'amène pour que tu puisses tout lui raconter ? demanda Lauren.

— Je n'ai rien à dire à la police.

— Non ? C'est curieux. Je pensais que tu avais un tas de choses à lui dire.

— Non, fit Bonnie, rien.

— Je les ai tuées, tu sais, dit Lauren d'un ton neutre. Je les ai toutes tuées.

Bonnie sentit son cœur gonfler dans sa poitrine, crut qu'il allait éclater.

— Tu as tué ta mère ? demanda-t-elle, bien qu'elle connût déjà la réponse.

Lauren eut alors un accès d'humeur.

— C'était de sa faute. Si elle n'était pas allée fouiner dans ma chambre, elle n'aurait pas découvert mon classeur. C'est ça qui a tout déclenché.

— C'était ton classeur ?

Lauren hocha la tête.

— Plutôt bien fait, hein ? J'ai commencé à le tenir le jour de ton mariage avec mon père.

— Mais pourquoi ?

Les yeux de Lauren s'embrumèrent.

— Mon père m'aime, vois-tu. Il m'a toujours aimée. Même quand il est parti. Même quand tu as essayé de l'éloigner de moi.

— Mais, Lauren, je n'ai jamais voulu éloigner ton père de toi !

— Tu as essayé, insista Lauren. Tout le monde a essayé. Mais jamais je ne les aurais laissés faire.

Bonnie s'efforçait de tout son être de trouver un sens à ce qu'elle entendait, sans quitter une seconde des yeux le poignet de sa fille. Peut-être que, si elle parvenait à faire parler Lauren un bon moment, elle relâcherait son étreinte.

– C'est pour ça que tu as tué Diana ?
– C'était vraiment quelqu'un, tu ne trouves pas ? Jouant à l'amie dévouée, manigançant dans ton dos, mettant le grappin sur mon père. Tu sais quand j'ai tout découvert ?
– Quand ton père a débarqué chez elle.
– Non. (Lauren secoua la tête.) Je m'en suis rendu compte bien avant ça. Je l'ai su la première fois que j'ai accompagné Sam chez elle, la fois où Amanda était avec nous. Tu sais ce qu'Amanda a trouvé quand elle a mis son nez dans la garde-robe de Diana ? Tu as découvert plein de dessous sexy, pas vrai, Amanda ?

L'enfant acquiesça de la tête, presque hypnotisée, quoique visiblement troublée par le tour que la conversation avait pris.

– Tu sais ce qu'elle a trouvé d'autre ? poursuivit Lauren. De ces ridicules petites écharpes, du même genre que celle qui était attachée à ton poignet la nuit où j'ai été malade. Exactement les mêmes que celle avec laquelle mon père t'a attachée à la tête du lit quand vous baisiez.

– Maman, pourquoi papa t'a attachée à ton lit ? demanda Amanda en ouvrant des yeux ronds.

Bonnie baissa les yeux. Le souvenir de cette nuit-là l'envahissait comme une odeur de pourriture.

– Merde, ça m'a rendue malade, fit Lauren, presque aussi malade que l'arsenic.

– Tu as pris de l'arsenic ?

– Malin, hein ? J'ai vu ça un jour dans un film. Comme ça, tu ne pouvais pas me soupçonner, même après avoir découvert qu'on t'empoisonnait. Évidemment, j'étais obligée de faire ça progressivement. Je ne pouvais t'en donner que petite dose par petite dose, si je voulais que tout le monde pense que c'était la grippe.

– Et c'est toi qui as mis le serpent dans la chambre d'Amanda, affirma Bonnie plus qu'elle ne posait la question.

– Normalement, il aurait dû s'enrouler autour de son cou et serrer doucement, mais ça a foiré. C'était pas grave. Je savais que je trouverais une autre occasion. Des petits enfants qui ont des accidents, ça arrive tout le temps. Comme de tomber de son tricycle, ou d'une balançoire... (Elle se mit à rire.) En plus, c'était marrant de te savoir inquiète.

– C'est pour cette raison que tu as lancé un seau de sang sur elle ? Pour que je m'inquiète ?

Lauren sourit à Amanda.

– Si tu l'avais vue avant qu'ils la lavent. Quel spectacle !

– Tu as lancé le sang sur moi ! répéta Amanda, complètement indignée, en essayant de se dégager. Je t'aime plus.

– Allez, Mandy, fit Lauren d'un ton enjôleur en resserrant son étreinte autour du poignet de l'enfant. Ce n'est pas un peu de sang qui peut te faire peur, hein ? Je croyais que tu étais une grande fille.

— Je ne t'aime plus. Tu n'es pas gentille. Je ne veux plus être ta sœur.

Elle essaya à nouveau de se dégager.

D'un geste rapide, Lauren la prit sur ses genoux et mit la lame sur sa gorge.

— Je t'en prie, non ! s'écria Bonnie. S'il te plaît, ne lui fais pas de mal. Ne bouge pas, ma puce, dit-elle à l'enfant effrayée.

— Tout est de ta faute, tu sais, déclara Lauren à Bonnie.

— Ma faute ?

— Normalement, tu aurais dû être arrêtée pour l'assassinat de ma mère. Ensuite, je n'avais plus qu'à emménager avec mon père et j'aurais eu tout mon temps pour me débarrasser d'Amanda. Ça aurait été nettement plus simple. Ça m'aurait évité de faire du stop et de prendre ces bon sang de taxis pour faire tous ces va-et-vient. J'aurais pas eu non plus à demander à Hasch de me procurer du sang... (Elle gloussa.) Il est tellement cruche. Il a cru qu'il ne s'agissait que d'un jeu. Il a même trafiqué ta voiture pour l'empêcher de démarrer.

Amanda s'était mise à pleurer. Sur sa joue, une grosse larme cherchait son chemin, déviée par la minuscule cicatrice.

— Ne pleure pas, ma puce, lui dit Bonnie tout en réfléchissant.

Y avait-il un moyen de détourner l'attention de Lauren pour mettre Amanda à l'abri ?

— Et Sam ? demanda-t-elle pour gagner du temps. S'en est-il mêlé aussi ?

— Tu veux rire ! Sam a jamais rien vu de plus beau que toi depuis son jeu de Lego... (Un son bizarre sortit de sa gorge, mi-rire mi-chagrin.) Ça a dû être un drôle de choc quand il est allé chercher son argent et a trouvé Diana par terre, morte.

Amanda s'agita entre les bras oppressants de Lauren. La lame s'enfonça un peu plus contre sa gorge. Une minuscule goutte de sang perla.

— Je t'en prie, implora Bonnie. Tu ne souhaites pas faire du mal à Amanda. Au fond, ce n'est pas ce que tu veux. Elle est ta petite sœur.

Il y eut un silence.

— Je ne veux pas d'une petite sœur, fit Lauren d'une voix aussi dure et froide que le granit d'une pierre tombale. Je n'ai jamais voulu d'une petite sœur.

Une sueur froide parcourut le corps de Bonnie à mesure que le véritable sens des paroles de Lauren se faisait jour en elle.

— Qu'est-ce que tu dis ? prononça-t-elle avec lenteur.

– Tu le sais très bien.

Bonnie hocha lourdement la tête.

– Es-tu en train de me dire que tu as tué Kelly ? Que sa mort n'était pas accidentelle ?

Lauren la considéra d'un regard éteint.

– Mais tu n'étais toi-même qu'une toute petite fille. Tu n'avais que six ans quand Kelly s'est noyée.

– Il faut pas tant de force que ça pour maintenir la tête d'un bébé sous l'eau, répliqua Lauren, très réaliste. Ce n'était qu'une toute petite chose. C'est ce que papa disait tout le temps, qu'elle n'était qu'une toute petite chose... (Ses yeux étincelèrent soudain de colère.) Tout allait super-bien avant sa naissance.

Bonnie pensa à Joan, à sa longue et douloureuse déchéance après le décès de son troisième enfant.

– Ta mère savait que ce n'était pas un accident, dit-elle.

Lauren acquiesça.

– Elle a menti pour me protéger. Elle a tout fait pour me protéger.

– Et toi, tu l'as tuée.

– Je ne voulais pas la tuer, protesta Lauren. Mais elle ne m'a pas laissé le choix. Après la découverte de mon classeur, elle est devenue tellement soupçonneuse. Elle a commencé à me surveiller sans arrêt. J'ai essayé de l'en dissuader. Mais, quand elle a découvert l'absence de son revolver, elle a complètement paniqué et t'a téléphoné. Elle était prête à tout te raconter. Exactement comme avec ma grand-mère un soir où elles avaient bu... (Elle lança à Bonnie un regard accusateur.) C'est de ta faute si ma grand-mère est morte, dit-elle. Il a fallu que tu y ailles et que tu la trouves. Tu ne pouvais pas te contenter de t'occuper de tes affaires.

– Lauren...

– Et voilà, maintenant mon père va être furieux contre moi. Il va penser que je suis quelqu'un de détestable, et il va foutre le camp encore une fois.

– Ton père n'ira nulle part, Lauren. Il t'aime. Il t'aime énormément.

– Tu crois ? demanda l'adolescente, ses grands yeux en amande baignés de larmes. C'est ce que j'ai toujours désiré, tu sais. C'est la seule chose que je veuille, qu'il m'aime. Tu peux comprendre ça ?

Il y eut un nouveau silence, puis :

– Oui, lui répondit sincèrement Bonnie, je comprends ça très bien.

Lauren essuya hâtivement ses larmes en frottant ses joues du revers de la main.

Comme une petite fille, se dit Bonnie, en reportant son regard sur Amanda.

– Bonnie ? appela brusquement une voix. Bonnie, tu es là ?

Lauren tourna vivement la tête en direction de la voix, relâchant momentanément son étreinte autour du cou d'Amanda tandis que des pas montaient l'escalier. Aussitôt, Amanda en profita pour se dégager et bondir à l'autre bout de la pièce.

– Maman !

Bonnie entrevit du coin de l'œil Lauren qui fouillait furieusement dans son sac de sport. Le revolver, songea-t-elle en se jetant sur le sac, réussissant à empoigner solidement le bras de Lauren au moment même où sa main saisissait la crosse de l'arme. Le bras de la jeune fille se raidit, résista, refusant de se rendre. Comme un sale serpent, songea Bonnie, qui vit pourtant la main affaiblie lâcher le revolver.

Et, subitement, Josh Freeman fut à ses côtés. D'un coup de pied, il expédia le revolver hors de portée et entraîna Bonnie plus loin.

– Mais d'où sors-tu, nom de Dieu ? lui demanda-t-elle, sans oser quitter Lauren des yeux.

Elle la vit se replier sur elle-même en position de fœtus.

– La porte d'entrée était ouverte. Je suis donc entré. Est-ce que ça va ?

– Ça ira, répondit Bonnie en fermant les yeux de soulagement.

Amanda courut se jeter dans les bras de sa mère, cacha son museau dans son cou.

– Maman, maman !

– Ma toute petite, est-ce que ça va ?

Du bout des doigts, Bonnie chercha la goutte de sang sous le menton d'Amanda.

– Qu'est-ce qui se passe avec Lauren, maman ?

– Elle ne va pas bien, ma puce.

– Est-ce qu'elle guérira ?

Bonnie embrassa sa fille sur la joue.

– Je ne sais pas.

Elle repoussa quelques mèches sur le front de l'enfant.

– Et toi ? Comment te sens-tu ?

– Je vais bien.

Elle se dégagea doucement des bras de Bonnie, s'approcha à pas de loup de la jeune fille étendue sans mouvement sur le sol de la chambre.

– Ne pleure plus, Lauren, lui dit-elle. Tout va s'arranger, tu verras. Ne pleure pas. Ne pleure pas.

Puis elle s'assit auprès d'elle, caressant les longs cheveux auburn jusqu'à l'arrivée de la police.

Rod l'attendait dans le bureau du capitaine Mahoney. Dès qu'il la vit, il se leva avec une telle impatience qu'il en renversa sa chaise.
– Bonnie, est-ce que tu vas bien ?
Bonnie referma la porte derrière elle.
– Je vais bien.
Il fit un pas dans sa direction mais s'arrêta net en voyant son mouvement de recul.
– Amanda ?
– Elle est encore effrayée et ne sait plus très bien où elle en est. Mais je pense que ça ira. Je vais l'emmener chez le docteur Greenspoon la semaine prochaine.
– Le docteur Greenspoon ?
– Un vieil ami, répliqua Bonnie sans se donner la peine d'entrer dans les détails. Tu as l'air épuisé.
– Ça a été une sale journée, fit-il en essayant de sourire.
– Lauren est en observation à l'hôpital. Tu devrais passer la voir aussitôt que possible.
Rod parut accablé.
– En fait, Bonnie, je ne sais pas si j'en suis capable. Je ne crois pas pouvoir la regarder en face.
– Il faut que tu le fasses, rétorqua Bonnie avec force. C'est ta fille et elle a besoin de toi.
Rod garda le silence durant quelques secondes.
– Viendras-tu avec moi ? demanda-t-il enfin.
Bonnie scruta les yeux bruns de son mari, cherchant une trace de l'homme qu'elle avait cru connaître. Mais elle ne rencontra que le visage d'un étranger, un homme séduisant dont les cheveux grisonnants le faisaient paraître plus jeune qu'il n'était, même aujourd'hui, en dépit de tout ce qui s'était passé.
– Non, répondit-elle simplement.
Il baissa les yeux.
– Bien. Qu'allons-nous faire maintenant ? demanda-t-il.
– Je te serais infiniment reconnaissante si tu pouvais avoir débarrassé tes affaires de la maison pour la fin de la semaine prochaine, répondit-elle.
Il hocha la tête en signe d'assentiment.
– Si c'est ce que tu veux.
– Je dois être hospitalisée au Boston Memorial pour un jour ou deux, poursuivit-elle. Je me suis arrangée avec mon père pour

la garde d'Amanda. Nick la conduira là-bas dans quelques minutes. J'irai les rejoindre dès que le docteur Kline me donnera le feu vert.
— Bonnie...
— Sam, lui, passera la nuit chez Josh Freeman. Tu pourras le joindre demain matin pour décider avec lui de ce qu'il doit faire.
— Mais, bon Dieu, Bonnie ! Tu sais très bien que je ne peux pas m'en occuper...
— Je lui ai déjà dit qu'Amanda et moi souhaiterions qu'il reste avec nous, coupa Bonnie.
— Je pense que ce serait le mieux pour lui, se hâta-t-il de répondre.
Bonnie sourit tristement.
— Oui, j'étais sûre que tu approuverais.
Elle se retourna pour partir.
— Bonnie...
Elle s'arrêta, attendit la suite en retenant sa respiration.
— Veux-tu que je te dépose à l'hôpital ?
Du coin de l'œil, Bonnie apercevait Josh Freeman qui attendait près de la porte principale. *Mon intuition me dit que tu as besoin d'un ami,* lui avait-il glissé un jour. *Je peux être celui-là.*
— Non, merci, dit-elle à Rod. J'ai un ami qui m'emmène.

Remerciements

Je voudrais remercier Jane Lonergan pour l'aide précieuse qu'elle m'a apportée en me faisant découvrir Boston et sa banlieue sous la pire des tempêtes de neige depuis des lustres. Sa générosité n'a d'égal que son accueil. Merci aussi à George Kampoures pour m'avoir initiée à l'univers des reptiles qu'il connaît si intimement. Et merci encore au Dr Terence Bates, mon expert en médecine.